白洋淀上前传

关仁山 著

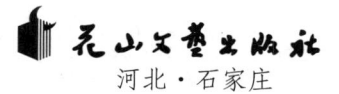

花山文艺出版社
河北·石家庄

图书在版编目（CIP）数据

白洋淀上前传 / 关仁山著. -- 石家庄：花山文艺出版社，2023.3
ISBN 978-7-5511-6426-9

Ⅰ．①白… Ⅱ．①关… Ⅲ．①长篇小说－中国－当代 Ⅳ．①I247.5

中国国家版本馆CIP数据核字(2023)第009725号

书　　名：	白洋淀上前传
	Baiyangdian Shang Qianzhuan
著　　者：	关仁山
选题策划：	郝建国
出版统筹：	王玉晓
责任编辑：	李倩迪
责任校对：	李　伟
装帧设计：	陈　淼
美术编辑：	胡彤亮
出版发行：	花山文艺出版社（邮政编码：050061）
	（河北省石家庄市友谊北大街330号）
销售热线：	0311-88643299/96/17
印　　刷：	河北新华第一印刷有限责任公司
经　　销：	新华书店
开　　本：	880mm×1230mm 1/32
印　　张：	12.375
字　　数：	330千字
版　　次：	2023年3月第1版
	2023年3月第1次印刷
书　　号：	ISBN 978-7-5511-6426-9
定　　价：	68.00元

（版权所有　翻印必究·印装有误　负责调换）

目 录

第一章	1
第二章	7
第三章	20
第四章	37
第五章	46
第六章	64
第七章	74
第八章	80
第九章	89
第十章	103
第十一章	110
第十二章	125
第十三章	132
第十四章	160
第十五章	171
第十六章	185
第十七章	193
第十八章	208

第十九章	215
第二十章	228
第二十一章	236
第二十二章	253
第二十三章	260
第二十四章	276
第二十五章	287
第二十六章	298
第二十七章	307
第二十八章	315
第二十九章	328
第三十章	338
第三十一章	347
第三十二章	351
第三十三章	373

第 一 章

我叫铃铛。

我的学名叫邢桂芹。1912年夏天，我出生在白洋淀圈头村。眨眼间到了2017年4月1日，白洋淀新区成立了，白洋淀又热闹起来。我掐指一算，我从圈头村嫁到王家寨，活到了一百零五岁，成为王家寨村最大的寿星佬。

叮当叮当！叮当叮当！

我手中的铜铃嘀里当啷地响了，我的儿孙都习惯了，只要我摇响铃铛，就是要讲故事了。树老根多，人老话多。

人这一辈子，没有吃不了的苦，只有享不了的福，没有大悲哀就没有大欢喜。人生少不了坎坷和磨难、无奈和不公，不如意的时候别埋怨别人，他人没错，我们要怀揣感恩的心，只管瞪着眼睛坚强地往前走，走着走着，身边的好事就结伴儿来了。人走到最后，你突然发现，连孤独的感觉都没有了，能够依靠的人就是你自己。老人就像黄昏慢慢收拢花瓣的睡莲。我从睡梦中睁眼就能看见门前是那株千年老梨树，树上挂着乾德大钟，而我却做不了千年的梦。钟声一响，头顶的九朵荷花祥云就尽情绽放了。

我两眼昏花却有些泪光，许多事情涌上心头，觉得日月一丝没变，日子里美好的东西又跑到我眼皮底下来了。人越老越怕死，我还会为偶然袭上心头的回忆而痛哭吗？

　　我这人爱操心，我骂你们的时候千万别烦，天下有一个爱替你操心的老人难道不是幸福吗？眼前的事记不住了，脚后跟踩烂的事总也忘不了，不管你们爱听新故事还是老故事，可我只会讲老故事。其实，老故事在逐渐消亡，消亡的不仅仅是故事，还有整个家族的记忆。有了铜铃和故事，我一点儿也不觉得孤单，即便身边亲人都不在也不觉得孤单。

　　孙子王决心背着我走进那个老院落时，一阵伤感和空虚袭上心头。亲人们一个个离开了我，其实，不是伤感和空虚，而是孤独。夜里，我躺在炕上望着浩渺的星空，感觉像是躺在青草和苇叶上，不知不觉进入梦境。我梦见大淀的水和渔船，人们围着烤鱼的篝火唱歌，淀水抬着孤岛似的村庄向着天空生气，人认出了那些回家的灵魂。我不需要眼睛看，也能知道这世界里的巨大秘密。

　　白洋淀有流传了上千年的传说和古歌。但是，我能记住最早的事情，不是传说和古歌，也不是白洋淀悦耳的水声，而是当啷当啷清脆的铜铃声。铜铃挂在门楣上，风吹响了铜铃，随后就完全沉寂了。我的母亲说，这孩子叫什么名字？母亲把铜铃系在我的腰上说，这孩子听见铜铃声就笑，我看叫铃铛吧。母亲说着，就冲着我的脸蛋儿摇了摇铜铃。据母亲说我当时真的笑了，于是，我的名字就此产生了。邢桂芹是我的大名，没人记得了，家人都顺口喊我铃铛了。这些事啊，都是我长大之后父亲邢希望告诉我的。他说我出生的那天傍晚，圈头村的人都在放河灯。我喜欢白洋淀人欢鱼跃的日子。可是，我吃鱼吃腻了吃顶了。

　　风又吹来了，白洋淀的水就荡起细密的波纹。没有谁比我更懂白洋淀的风，没有谁比我更懂白洋淀的水。母亲说，白洋淀女人真风流，淀当脸盘风梳头。春天的时候刮湿润的东北风，季末转为东南风，夏天多为潮湿的东南风，秋天就是干燥东南风，冬天的西北风越来越不冷了，风不冷，水却结冰了。

我爱穿青布裤褂，黑黑的眼睛，圆圆的脸，扎着两个翘翘的小辫子，皮肤白嫩，能掐出水来。有人夸奖我，有倾国倾城的美貌，我倒没有看出来。我的性格像男孩子，我常干一些比男孩子胆还大的事。冬天的时候，大人们砸冰捕鱼，我就带着一群孩子去"燎荒"。冬天的苇子割平了，苇茬儿和高地的荒草在寒风中抖动，我们就去放火燎荒，孩子们都目不转睛地看着我。他们的意思是让我"点荒"，点荒是野孩子干的事，因为点荒容易使村头的苇垛发生火灾。我不属于乖孩子，但也不算是野孩子，可我就有那么一股野劲，疯疯地掏出火柴点着艾草编织的火捻。火苗儿一蹿一蹿。开始地上的火不旺，我就趴在草地上撅着屁股去吹火，孩子们跟着一块儿吹，很快就连成几百米长长的火焰，红黄相间，顺风蔓延。我们的脸蛋儿被大火烤红了。我们小孩子之间相互打量，脸都成了黑鬼。

父亲说我一出生就与弟弟、妹妹不同，我是听着铜铃响声降临人间的。其实，我既有野的一面，也有女孩天生柔软的一面。但母亲唠叨着说，铃铛一个女孩子家为什么从小爱玩火？父亲说我是火命，就终日唉声叹气的。有一次我燎荒，风吹着火焰真的蔓延到村口，把夏家的苇垛点着了。我被父亲用苇子筈帚狠狠地抽打屁股，屁股被打得火烧火燎。我能够听见拴在我胳膊上的铜铃叮叮作响，我不哭也不喊叫，只是攥着母亲的手把嘴唇咬破了。

最后母亲出面给我解围，我打了个深深的寒战。

可冬天一到，我又带头去燎荒，没有碰到着火的事，非常失望。除了燎荒，我还爱玩水。我跟男孩子一起到淀里游泳，母亲担心我溺水，就急眼了，抓起炕上的筈帚要打，我撒腿就往外跑，跑到了淀边的河岸。母亲伸手一抓，我身体光溜溜像个泥鳅，母亲没有抓住，我扑通一声扎进淀里没了踪影。淀水渐渐卷起圆圈，母亲立在淀边发愣，双腿发软。忽然，在老远的地方，我口含着芦秆钻出水面，脑袋水淋淋的，望着母亲调皮地怪笑。母亲失望地叹息，我是在父母的失望中长大的。

我出生一年以后，弟弟邢大鹰出生，他却温柔得像个女孩。两年后，妹妹邢二霞出生。有了弟弟妹妹，母亲就顾不上管我了。

白洋淀的孩子一周岁都要搞一个抓周仪式。弟弟一周岁时，父母也让他抓周。八仙桌上摆着一个苇编笸箩，笸箩里有木板、毛笔、网上梭子、玻璃球、西红柿、鱼丸、月牙板，这些物件是父母期望的寄托。冷静的大鹰，并没有很快伸手。此时，我紧张极了，大气不敢出。就在众人翘首期待的时候，大鹰下手了，他伸手抓住了那个西红柿，放进嘴里就啃了起来，啃不动，小手还将西红柿捏破了，殷红的汁液流了出来。我的心一哆嗦，父亲说，不是个吃笔墨饭的，倒像个吃货！人们没有在意，都哈哈地笑了。

难道这是大鹰悲惨命运的暗示？

家族的故事，都是父亲说的。人啊，无论我怎样反复琢磨这些往事，到头来，死去的是生命，活着的是传说。

我刚出生那年月，大地黑暗，民不聊生，到处是逃荒的饥民，雪上加霜的是很多傍晚出生的孩子常常由于黑暗和饥饿而夭折。我是夜里十点出生的，能够活下来已经是万幸了。我的出生充满了传奇。母亲临产一夜，遇到了难产，家人都纷纷跪地祷告，只有我爷爷邢宗良默不作声，手就在嘴唇、下巴上摸着胡须。直到我第一声啼哭，爷爷依旧呆坐着。后来我父亲喊了一声，爹啊，真是个女孩子！爷爷没有吭声，他的脸渐渐变白，呼出一口长气就去世了。我们邢家是圈头的鱼丸世家，爷爷是含着鱼丸离开人世的。

圈头村的银淀鱼丸，在白洋淀无人不晓。

我们邢家鱼丸兴盛时期是在康熙年间。我听父亲说，很久以前，我的祖先在白洋淀水中遇着一条大鱼，这条鱼比人的身体都大，可以说是白洋淀的鱼王。祖先划船追着这条大鱼，船上没有鱼叉和渔网，他伸手就要抓到鱼王，一只手指触到大鱼嘴的时候，大鱼咬住了他的手，另一个渔民拼命用鱼叉叉鱼的头，鱼王终于松开了嘴，嘴里冒着血泡，鱼王抽搐着流着血，祖先就循着鱼王的血迹追踪而去，又发现了一条更大的鱼。兴奋的祖先毫无畏惧，急忙用鱼叉叉死了另一头大鱼。鱼王和大鱼被带回家的时候，村里人都纷纷围观。祖先用受伤的手擦了擦血，可是，当他垂手的时候，手指的血一滴滴流下来，他用草灰一抹，血就凝固变黑了。他把鱼切碎了，将鱼片泡在荷叶水里，做成了鱼丸子。鱼丸异常鲜美，祖先笑了，他的笑容使大家相信，邢家鱼丸会流传下去了。

很久之后，康熙皇帝到白洋淀圈头村打猎，建立了行宫，康熙皇帝品尝鱼丸，龙颜大悦，给邢家赐匾"银淀鱼丸"。圈头的银淀鱼丸声名远播，北平、保定、沧州都有银淀鱼丸店，后来成为天津义珍酒楼招牌菜。银淀鱼丸传了好几代，鱼是白洋淀鲤鱼，刀是保定杨三刀家定制的，传到我们这一代依然兴盛。可是，其中是有坎坷的。我们祖宗鱼丸传男不传女，后来为什么改为传女不传男呢？

这里有一段传奇故事。

我们邢家的银淀鱼丸传到光绪二十六年，竟然惹了大祸。西太后出京到保定总督府停留，道台传话，这一带有名小吃过来献艺，以博老佛爷一笑。我的爷爷邢宗良带着父亲邢希望就去了保定，总督差役将他们安排在莲池客栈做银淀鱼丸。他们精心制作，不料做的鱼丸不是味道，父子俩吓白了脸。老佛爷吃了一小口就吐了，十分生气。道台大怒，爷爷恐惧万分，他说儿子做的，他要亲自下厨再做一遍，可还是糟糕。道台骂，你们到底是不是银淀鱼丸的传人？此等劣把，也敢欺世盗名，冒充风味。不过，道台还算开明，没割了父子俩的脑袋，而是下令收回康熙帝的牌匾"银淀鱼丸"，不准邢家再做鱼丸。爷爷回到圈头村，羞愧难当，一病不起。风声泄露，银淀鱼丸店经营惨淡，只好关张算账。爷爷心灰意冷之际，请来个算命先生。算命先生说，邢家银淀鱼丸只认白洋淀的水和鱼，换了地场，便走了风味。其实，爷爷专门研究过邢家鱼丸，小刀切鱼，放进少量莲藕，慢火煮，火候足时自然香美。

算命先生又说，邢家男人气数已尽，此绝活要传邢家女人方可振兴。

爷爷听了，久久不说话，后来还是认为颇有道理，让我父亲把做鱼丸手艺传给我母亲。算命先生说，一定要传邢家刚刚出生的女孩。所以，爷爷尽管病入膏肓，却迟迟不肯闭眼，期盼我娘把我生下来，迎接银淀鱼丸的真正传人。所以说，我是带着使命来到人间的。父亲抱着我，喃喃地说，我们的铃铛快快长大吧，长大了娘教你做鱼丸子！我至今耳聪目明，一定跟我爱吃鱼丸子有关。

第 二 章

民国九年。那一年闹灾荒。

父亲说那一年,粮食颗粒无收,白洋淀旱灾,穷人家哪有一点儿抵抗能力啊?干淀那一年,我的二叔邢锁头就是饿死的。后来白洋淀蓄水,人们好歹有鱼吃了。为此招来好多灾民,有一拨来自山西衣衫褴褛的灾民,守候在村口码头,砸地主家的大门乞讨。大地主放出狗来咬他们,有的被狗咬了,有的滚落在水里淹死了。

新水成立农民协会,反抗地主的恶行。晚清翰林张怀德为会长,王家寨秀才王选青为副会长。王选青回村筹办农民协会,他开着一艘槽子船奔圈头村而来,返回时却是家人送走,船送给我们村里了。父亲不假思索地加入了农民协会。办公地点就在三槐家的豆腐坊里,房间低矮破旧。那个院子离我家很近,院里经常有人铺开苇子编席。母亲编了一捆捆的苇子席,父亲出去卖苇子席,抽空就划船去打鱼了。清晨父亲带着网卡钩篮和地笼去码头,然后划船去大淀。他细细查看鱼情和风向,开始撒网。

落日是那样美丽。鸟的翅膀被淋湿了,飞起来有些沉重。

黄昏的时候,霞光璀璨,父亲从船上爬下来,提一兜子鲫鱼、猴鱼、刀鱼、鲮鱼。父亲兴冲冲地说,炖鱼,做鱼丸子,庆贺一下。母亲愣了愣,庆贺啥呢?父亲说,我加入农会了。母亲问,农会是啥?父亲抓着脑袋,只管嘿嘿地笑,却答不上来。爷爷走了,做鱼丸的手艺在父亲身上。父亲记得那个傍晚我们吃了鱼丸子和烤鱼,鱼在火堆里吱吱流油,化作了熊熊的光芒。我们吃了鱼肉,鱼骨又重新扔回火堆。

晚秋时节,白洋淀枯水修船期,渔民要拉船出水。父亲参加拉船,绳子缠在手腕上,勒出一道深深的痕。我们小孩子搭不上手,只能隔着泥滩看热闹。我最爱听他们喊的拉船号子,喂,吼,嗨,又一吼,上去喽,再一号,往前走、使点儿劲、玩真的!在众人喊声中,渔船就被拉到了泥岗上,像一头巨龟卧在那里。父亲他们歇了一会儿继续拉船。船已到了平地,再拉就十分费力了,喊号子的人啪啪跑动起来加入拉船行列。喊号人瞅见有人不出力,就骂了起来,臭狗屎啊,下三烂啊,顶嘎巴,歪歪喽!父亲和拉船的人笑了,我们也跟着笑了。紧接着,远处就传来了拉网的号子。冬天临近的标志,是白洋淀有船的人家喊着号子把大船从水里拖上岸。冰封的时候,没有芦苇遮挡,白洋淀是那么宽阔。下雪了,雪使大淀变得纯粹和宁静,大淀看上去像是一个偌大的雪场。善于捕鱼的渔民凿了冰窟,用一杆鱼叉捕鱼。人们在捕鱼中过冬了,直到第二年开春儿。

我们在拉船拉网的号子声中进入了1921年,这一年我九岁了。父亲说,九朵荷花状的云彩同时出现在天空,将有天大的喜事发生。1921年7月1日,中国共产党成立啦!白洋淀上空就出现了九朵荷花云朵。那场面让人们激动不已。

九朵荷花对应着九条河入淀,所以白洋淀还流传着荷花女神的神话。

很久以前,天地未分,一片浑浊。到了旧石器时代,人类披头散发,手里举着木棒或石头,在大森林里追赶野兽,采摘野果。这样打猎,往往是被猎物打了。摘果子好点儿吧,却总摘到毒果,吃了吐白沫，气绝身亡，反正是各种死。后来到了新石器时代，风变了，山脚下，大河边，平原上，人类三五成群，穿着兽皮或树叶当衣服，手里拿着石刀、石铲、石锄、石耜这些磨制而成的石器，在田里播种或收割。收工准备回家时，人们擦擦脸上的汗，掸掸身上尘，有点儿讲究了。家离得不远，茅草树枝搭的房子里总有三五件摆设，那是各式各样的陶器，盛果子的，盛米面的。房屋后面，有一小院，那里养着猪、羊、牛等牲畜。可好景不长，黄河像被狠狠抽了一鞭子，脱了缰了，咆哮着一头蹿了出去，眨眼间如万马奔腾，洪水滔天。田禾被淹，生灵涂炭。

天神与地神感到了人间危机，要用神力让宇宙发生巨变。这是多么神奇的力量啊！神告别了地神，回到天庭的高云圣山。天公和天后热情地迎接天神，并供奉她为众神之王。天神还是让天公和天后掌管人间事务，她来主宰宇宙万物。有一年春天，泛滥的黄河水朝着河北平原奔着渤海而来，狂泻而下，冷冷扑面。在危难时刻，天神授意天公和天后处理。他们经过一番商议，让黄河改道。他们从高云圣山吹来一股旋风，黄河水改道流淌。后来，经黄河数番改道冲刷，这片洼地就留下了一片水，几经变迁，这片水成了白洋淀。每年夏季，白洋淀荷花盛开。

天公和天后生了三个儿子、九个女儿。他们请天神给孩子起名。天神说儿子就叫大雄、二雄和三雄，至于女儿，还是让天后来决定。天后凝望着人间仙境白洋淀荷花园，说名字就叫荷花女神吧！从此，天庭的高云圣山上有了九位荷花女神，名字依次是大洒锦、小洒锦、白孩莲、碧降雪、佛座莲、水芙蓉、大紫莲、处州莲、红台莲。

九位荷花女神各个美若天仙。天后分别按性格容貌赐给她们名字。大洒锦，白色，花开八瓣；小洒锦，青白色，花开七瓣；白孩莲，白色，花开六瓣；碧降雪，白色，花开七瓣；佛座莲、大紫莲，橘黄色，花开十瓣；水芙蓉，紫红色，花开九瓣；处州莲，红色，花瓣十九；红台莲，红色，花开五瓣。神话里说，高云圣山满池塘的荷花，在阳光照耀下香气四溢，沁人心脾。每天清晨，大洒锦女神总会比其他神起得早，她用洁白的手指打开大门，阳光和花香同时洒进宫殿。她轻轻敲响大殿的钟声，之后其余的神纷纷起床，由天公、天后带领到大殿对天神进行朝拜。天神端坐在圣殿上，布置众神每天的工作。

天公和三个儿子管理高云圣山和宇宙的治安，九个荷花女神分别掌管河流。大的河流与小的河流十分烦琐，白洋淀水大，九条河流入淀，常年河水泛滥，惊动了天神。天神与天公、天后商量，让九位女神管理白洋淀的九条河流。得到这个消息，美丽寂寞的九位荷花女神欣喜若狂。大洒锦神掌管孝义河，小洒锦神掌管白沟引（包括白沟河与南拒马河），白孩莲神掌管萍河，碧降雪神掌管府河，佛座莲神掌管漕河，水芙蓉神掌管唐河，大紫莲神掌管潴龙河，处州莲神掌管瀑河，红台莲神掌管清水河。

天神说，你们荷花女神的身体和容貌，都与白洋淀兴衰相关，保护好你们掌管的九条河流。天后与众荷花女神欣然答应，并把自己所掌管河的起点、途经地以及入淀口雕刻在天宫的铜壁上，精心照看。

众神很少离开高云圣山，只是偶尔下到凡间。她们下凡也是奉命到人间体察民情，然后向天神和天公、天后汇报情况，大事向天神汇报，小事跟天公、天后汇报，渐渐地形成了一种管理模式。但是这些神并不是永远生活在高云圣山，也是有生命轮回的。如果某个神犯了天条，或是人间有了难解的问题，天神就会派她投胎转世，去消除人间的某种灾难，即便不满天神的安排，也不能违抗，天命不可违。如果稍有反抗，就会遭到雷电轰顶之灾，重者打入十八层地狱，永远不得翻身。当然，有罚就有奖。某神如果在凡间做了善事，消除了人间灾祸，就会被天神召回高云圣山并被委以重任。

掌管白沟引的大洒锦神就有这样的经历。大洒锦神掌管的白沟引，两条河流出了问题，白洋淀大旱干淀。百姓争水，在南拒马河有一场村民械斗，出了三条人命。大洒锦神和二雄神分别被天神发配下界投胎转世。二雄神去了南方。大洒锦神转世去了新水的白洋淀，成为一个村姑，自己起名小桃红，也是荷花一种。她独自走了一遍白沟引，白沟引分为白沟河和南拒马河。民间走访，小桃红终于弄清，南拒马河流经涞水县至定兴县，北河店有易水汇入，两岸无堤防。北河店至新盖房枢纽，两岸筑有堤防，在定兴县北田村附近预留分洪口门。遇超标洪水时，弃左堤扒开北田、章村附近堤防分洪入兰沟洼。这次白洋淀水灾，北田的大恶霸地主陈宗选，担心三千亩农田被淹，带领家丁昼夜护堤，与白洋淀各村村民械斗，致使淀里王家寨等村人员伤亡。王家寨春桃姑娘父亲老金奎和哥哥大锁被打死，春桃姑娘带人扒了长堤，白洋淀开始泄洪，可是春桃被陈宗选抓进了大牢。春桃姑娘的故事惊动了小桃红。小桃红被春桃姑娘的义举感动了，她发誓要救出春桃姑娘。起初，小桃红是从状告陈宗选开始的，可到了保定衙门，官官相护，没有人给她一个小姑娘做主。小桃红动过向天后求救的念头，后来她放弃了。她被发配转世就是因为她没有管好这条河，她要凭自己的智慧救出春桃姑娘。此时水灾刚过，渔船都破碎了。人们无法打鱼，民不聊生，有些渔民准备移民逃荒去了。

  一天上午，风和日丽，神奇的景象出现在白洋淀滔滔水面。一艘崭新的大船从长堤一侧扬帆而来，船是黄色的，在阳光里金光闪闪。打鱼人从来没有见过这么大的船。船头站着美丽的小桃红，她身披红色锦缎，面如荷花。船顶有一排朱鹮飞翔而随。听说春桃姑娘死了，变成了一只朱鹮鸟。哪一只是春桃呢？船在王家寨西码头抛锚、靠岸，小桃红微笑着向人们打着招呼，并吩咐仆人从船上搬下粮食，还有猪马牛羊。村民只知道吃鱼，哪里见过这样场面？小桃红说，乡亲们，我叫小桃红，是春桃姑娘带我看望你们的。大家把物资搬走，不够用啦，我们再来送。

小桃红说完，仆人又搬来一筐嗡嗡叫的小东西。小桃红说，这叫蜜蜂，会制造出甜美的蜂蜜。你们吃了一定会喜欢。这些东西都是天神赐给大家的！

村民纷纷跪地磕头，谢谢天神啊！

忽然，有人问了一句，小桃红，刚刚你说了春桃姑娘，她人呢？

小桃红打了个口哨，一群朱鹮呼啦啦落地。她望着一只朱鹮，说，看见了吧，春桃姑娘变朱鹮啦！

人们纷纷给朱鹮磕头。

有一位长者哭泣着说，春桃啊，你爹、你哥，没了。他们是为白洋淀乡亲们走的，回家来吧！

小桃红轻轻摇头说，北田恶霸陈宗选已经受到惩罚。春桃舍命扒堤的义举感动了高云圣山的天公、天后，我要带春桃到天宫。

春桃姑娘要去天宫啦！但是，小桃红留下了那一群朱鹮鸟。

其中一只朱鹮嘎嘎叫了两声。王家寨没有人能够听懂。小桃红说，这只朱鹮就是春桃姑娘，她说话我懂，你们听不出来了。我带春桃走了，这些朱鹮鸟无比珍贵，就留在王家寨吧！

小桃红带着朱鹮鸟随大船走了。人们恍如梦中，只见大船缓缓驶入烟雾中。

大船和小桃红几乎是瞬间消失的，人们看见一只朱鹮在天边飞翔，渐渐消失在云霞之上。

村民拾起一片朱鹮遗落的羽毛，循着朱鹮消失的方向久久凝视……

小桃红转世立功，天神允许她带朱鹮回到高云圣山。天后轻轻一点，朱鹮瞬间变成俊俏的春桃姑娘。在大殿举行的隆重欢迎仪式上，小桃红回到大洒锦女神的神位，春桃被封为小桃红女神。这样，天公和天后收养了一个善良美丽的女儿。接着，天公、天后指示，九个女儿分管白洋淀上游九条河流，大洒锦神依旧掌管白沟引，小洒锦和小桃红共同掌管孝义河。

从这之后,白洋淀水患少了许多。但是,传说归传说,祈愿归祈愿,水灾和干旱照样袭来。有一天,王家寨飞来了几只朱鹮鸟,有人说是小桃红派来的。朱鹮鸟唯王家寨独有,真是一大特色。令人惊奇的是,王家寨上空多了一片荷花状的云朵。常常是一朵,可能就是小桃红神在思念故乡吧。

我们不懂这是啥大事。父亲说这是开天辟地的大事。据说那一阵,风在芦荡深处翻起道道波澜。我站在圈头村口,望着上空飘荡的荷花状的祥云。云朵越来越多,一朵变成了九朵,又慢慢演变成龙的形状,再渐渐变红,像火焰一样红。父亲说当时他看见荷花的精灵变成一股旋风吹动着云朵,剩下的尘埃落下来,融入大地。忽然,我看见有一朵云彩,一眼就看出像一条龙,龙悄悄睁开了惺忪的眼睛,俯视着华夏大地。

父亲说,这样大的事,应该喝酒、吃鱼丸子庆贺一下。母亲问,为什么要庆贺?父亲笑道,有了共产党,我们穷人就有盼头喽!我歪着脑袋问,变成啥样子啊?父亲皱了皱鼻子没有回答。父亲是个寡言少语的人。

那两年干旱,白洋淀干淀,没有水哪儿来的鱼呢?

直到后来,父亲离开白洋淀去衡水安平读平民夜校的时候,我和母亲都是糊里糊涂的。我父亲和大抬杆的父亲王学恒是衡水台城村平民夜校的同学,我父亲对此守口如瓶。这些秘密,都是大抬杆后来告诉我的。

事情的起因是这样的,原来,1923年春天,衡水安平县的农民弓仲韬在上海经李大钊介绍加入中国共产党。他从上海回到了衡水安平县台城村,卖掉了二十六亩地,创办了平民夜校。他把南湖革命红船上的火种,引到了冀中平原滹沱河畔台城村。经人推荐,王家寨的王学恒和我父亲邢希望进入夜校学习，秘密入党，还参加了台城特支。1924年，安平县台城村成立了全国第一个农村党支部，父亲和王学恒就是支部里的党员。他们回家来，常常在我家厢房密谈，声音很低，我还是从父亲与王学恒叔叔对话中，听到党的创始人李大钊、陈独秀的名字。共产党人看不了穷苦人逃荒逃难，要为穷苦百姓翻身求解放谋幸福。什么是翻身？什么是幸福？我真的听不懂，翻身能不幸福吗？

我屏住呼吸听着，笑嘻嘻一声不响。

猛抬头，我看见天上云彩飞扬，有一只大鸟的翅膀扑棱扑棱地浮在空中，把我的心也带走了。

隔了一年，夏天来临，满塘荷花开了。

荷花的香气铺天盖地起雾一般。雨季一到，淀上和芦苇荡里常常电闪雷鸣。一场暴雨过后，白洋淀的空气带着不少清新的水汽。父亲和王学恒回到白洋淀。不知这是学业有成还是衣锦还乡，他们的神气派头与以前大不一样了。父亲对我们说，没有白学习，我们扑摸到了靠山，老百姓有希望啦！我和母亲、二霞都很激动，涨红了脸。后来听说他们在那儿加入了中国共产党，眼下是被党组织委派到白洋淀的，王学恒回到王家寨以教私塾名义发展党员，父亲邢希望继续打鱼做掩护，秘密发展党员。我对衡水的平民夜校很好奇，歪着脑袋问这问那。父亲从来不提平民夜校的真实生活，但是，他的所作所为还是引起乡亲们的猜疑。各种各样的目光，落在我们家人身上，那是疑惑。父亲每次遇到那种目光，都能表现出异乎寻常的淡定自若。父亲说，夜校与私塾不一样，那是办给穷苦百姓的，圈头也应该办！他说这话时，有些神采飞扬。

有一天夜里，父亲得了眼病，眼睛肿得像铃铛，不能见光，见光就泪流不止。母亲从寨南村请来了大夫看病。母亲扶着院里的一棵槐树哭着，我一见到母亲扶着树流泪，就知道发生什么了。

我做鱼丸是从父亲那里得到的真传。我天生聪慧，做的鱼丸味道鲜美，后来我又把鱼丸技艺传给妹妹邢二霞。

银淀鱼丸啊，为什么要传女不传男啦？我看了一眼白洋淀里的游动的鱼，似乎要向鱼要答案；我望了一眼天上的繁星，似乎要向星星要答案。

没有人回答我，只听到母亲说了一句，王家寨来人啦！

我扭头一看，是王学恒来了。

王学恒的到来，让我想起我与王家寨人奇特的姻缘，这还得从打猎比赛说起。

在我的眼里，尽管九条河流入白洋淀了，可淀是淀，河还是河。可是，老辈人讲王家寨可不是王家寨。北宋时期，王家寨写成王家砦，是屯兵练武之地。宋徽宗政和三年，改莫州顺安军，这是高阳和新水县的旧称，那时的王家寨叫定平。1113年，金灭北宋以后，定平改为王家寨，我觉着还是王家寨受听。王家寨与我们圈头村一样，都是四面环水，风景秀丽，被誉为"淀中翡翠"。王家寨始于汉代，繁荣在清代。宋辽对抗的时候，王家寨当了宋军的一所水寨，是战争中的堡垒和屏障。王家寨村里有十三座庙宇，其中镇龙寺最大，是王家寨的荣耀。但谁也没想到，镇龙寺的名字冒犯了乾隆皇帝，让乾隆的行宫与王家寨失之交臂，乾隆皇帝行宫建在了郭里口村。据祖上传说，"银淀鱼丸"牌匾为康熙皇帝所赐，但乾隆皇帝也爱吃我们圈头的邢家鱼丸。我和妹妹二霞都去郭里口乾隆行宫玩过，王家寨的镇龙寺却没有去过。

有时候，我会孤独地站在自家房顶，看水天一色，远处的小黑点就是王家寨，被大片大片的苇田包裹着，成群的飞鸟盘旋飞翔。在王家寨村口，顺着鸟飞走的方向，能看到很远的天边。

王家寨是水路码头，人口多，姓氏杂，但是王家和姚家始终是两个大户。姚家比王家落户晚，王家在宋代还出了状元王炳义，皇帝赐给状元一口大铜钟——乾德大钟，钟上面雕刻着"忠义"二字。钟本来是王家寨全村的荣耀，可是却让姚王两大家族做了仇，结了怨。姚家也是家大业大，却没出个状元，确实让人有些汗颜。

乾德大钟是知县派人用船送到王家寨的，敲锣打鼓，场面甚是壮观。听祖上说状元众星捧月的样子，足以照耀王家的后人。当王家人把钟声敲响的时候，白洋淀人为之欢腾。大钟以前挂在王家祠堂，传到王耀宗这一辈儿，王家祠堂被大水冲塌了，大钟从此被悬挂在村口的老梨树上。

人们不知道为什么，大钟总是亮的，特别是夜晚，把村口码头照耀得像是耀眼的白昼。

重新修建祠堂成为乡绅王耀宗的心头大事。王耀宗有两个儿子，在王家寨也是赫赫有名的。老大王学恒是个秀才，王学恒有个弟弟叫王学武，在圈头村武馆学过武术，哥儿俩一文一武。别看王学武习武，他跟大哥一样，极为聪明，三岁能背《三字经》，五岁背唐诗宋词，不愧是状元后代、王家寨的神童。长大后，哥儿俩去保定赶考，回白洋淀的路上，有人说王家寨有水灾，王学恒哈哈一笑，我们家有大船，水涨船高嘛！回到王家寨一瞅，他们害怕了，村庄被冲得乱七八糟，大船也被冲得没了踪影，占据有利地势的姚家大院也被洪水冲毁。三天后，雨停了，水缓缓退去，村庄渐渐浮出水面，彩虹也浮现了。可本来好看的彩虹像是飞进了灰尘，乌蒙蒙的。这时，王家的大船奇迹般回来了，王家的乾德古钟从千年梨树上脱落，埋进淤泥。王学恒和王学武从淤泥中挖出乾德大钟，重新挂在老梨树上。

立秋，白洋淀围猎的季节到了。围猎之前，村里请父亲唱一段西河大鼓《荷花孝》，这是父亲重新编写的。

父亲从戏台上回家，母亲把热腾腾的鱼丸子端了上来。

父亲拿起两只碗给我们变魔术,与其说是魔术,不如说是我人生的赌博。父亲表情很严肃地说,我和你娘这辈子就你们三个孩子。你弟弟大鹰爱玩鱼鹰,他就是打鱼的命了。你们两个女孩家,一个做鱼丸子,一个唱西河大鼓。你们俩既然争执不下,就让这碗里的鱼丸子裁定吧。父亲把三个鱼丸放进碗里,然后倒腾了一阵,弄得我们眼花缭乱。父亲让我先猜右边的碗里几个鱼丸,如果我猜对了就继续做鱼丸,猜错了就跟父亲学唱西河大鼓。我的心立刻紧张起来,知道选择自己命运的时刻到来了。我目不转睛地望着碗,轻易不敢张嘴,闭上眼睛,默默祈祷。

这里两个鱼丸。我猜对了。

我使劲摇了摇铜铃,我可以不唱西河大鼓,继续做鱼丸了。

二霞脸上却极其平静,显然我的意愿违背了父亲的意愿。父亲板着脸十分严厉地数落我,你这丫头就没个好命!我不理解,难道唱西河大鼓就是好命吗?父亲可能对他的魔术裁决后悔了。我不爱听父亲说话,就摇铜铃。

父亲噘了嘴,表示失望又烦恼。其实,我稳定了心绪时就后悔了。我当时不该摇铜铃,要是耐心倾听他的叮嘱就好了。我如果不做鱼丸而是学唱了西河大鼓,也许不会是这么辛劳的命运了。论嗓音和长相,我更适合唱西河大鼓。二霞乖巧听话,跟着父亲学唱西河大鼓,成为西河大鼓的传人。

我望着母亲说,娘,你说我做鱼丸对吧?

母亲微笑着,叹息了一声。

大鹰嘻嘻地笑着,娘,我不玩鱼鹰了,也想做鱼丸。

父亲瞪了他一眼,别捣乱,不是跟你讲了吗?传女不传男。

二霞说,爹,要不让我姐唱大鼓吧,我干啥都行。

我嗖地站了起来,犟犟地喊,这么定了,不能改了!

二霞瞥了我一眼,嘟囔说,就你能,吃屎都要拔个尖儿!

我恼怒了，猛地将手中的铃铛砸向二霞。

二霞的额头被铜铃砸肿了，呜呜地哭了。

父亲叹息了一声。他没有怪我，而是冷着一双眼，看着大鹰晃来晃去，晃出一种烦躁气息。母亲不埋怨二霞，继续数落我任性，不如二霞懂事。我使劲摇铜铃，叮叮当当，淹没了父亲的辱骂和二霞的哭声。我平常对大鹰好，大鹰总是站在我这边，他眨巴着眼睛说，爹，传给铃铛姐好，我没话说了，我打鱼，铃铛姐做鱼丸。二霞哼了一声，没有给大鹰好脸色，大鹰，你个没良心的东西，你就看着她打我，你开心啊？她喉咙发抖，俨然拖出哭腔。大鹰嘿嘿地笑，脸上渗出几分狠气。父亲骂大鹰，要不你唱大鼓，你小子有那份才气吗？大鹰揶揄道，爹，这大鼓也传女不传男？父亲说，这个男女都传。大鹰说，我不稀罕，哼哼唧唧地没劲，不如淀里打鱼痛快。父亲要动手打大鹰的脑袋，母亲扭脸对父亲说，你就少说两句吧！父亲低了头不吭声了。

毫无疑问，父亲和母亲的婚姻是不和谐的，母亲没有对父亲大动肝火。父亲对我姥爷姥姥孝敬，他喜爱唱的《荷花孝》融入他的行动中。尽管一切已成往事，母亲心中还是有数的。刚刚父亲提起我、大鹰和二霞三个孩子，母亲的脸色就一沉。其实，在我之前有一个哥哥，我哥哥大锣跟二叔都是饿死的。那些年，圈头村老百姓日子艰难，除了水患，就是饥饿。

夜已经很深，有星星没有月亮，屋檐下的鸟闭住嘴巴，不再啁啾。我溜进了父亲的房间，父亲和母亲还没有睡。母亲盘算年景和收成，苇田的收入会多于捕鱼的收益。父亲越来越不想捕鱼了，他的心思在党的工作，还有他钟爱的西河大鼓。

父亲床头灯盏亮着，明天父亲就开始教二霞唱西河大鼓了，他在抄写西河大鼓传统剧目。我知道的有《荷花孝》《莲花魂》和《渔家恨》等词曲。父亲说《荷花孝》是他创作的。我以为父亲在欺骗我，他是西河大鼓的传承人不假,但是,他能够创作《荷花孝》吗?白洋淀的西河大鼓源于沧州沧县的木板大鼓。父亲告诉我,纪晓岚在《阅微草堂笔记》里提到沧州木板大鼓艺人刘君瑞,夸奖他木板大鼓唱得好。木板大鼓拉腔,单拉腔和双拉腔,基本一致,只是把木板改成了铜板,还有专人三弦伴奏。父亲说木板大鼓艺人马三峰不简单,他把木板大鼓改造成了西河大鼓,唱腔简洁苍劲,似说似唱,韵味悠长。木板大鼓在天津火爆,民国初年,在天津被定名为"西河大鼓"。

我拒绝唱西河大鼓,是有缘由的。

第 三 章

我们家族的红姑就是一位木板大鼓艺人，她的命要多悲惨有多悲惨。她是圈头村最漂亮的一枝花，苗条，白净，像荷花仙子。父亲说我的长相就有点儿像红姑。红姑年轻时唱木板大鼓，是鼓书艺人刘君瑞的徒弟。

清康熙四十七年，白洋淀端村建了行宫，康熙行宫汇聚了明清建筑风格，红莲绿水，亭廊曲径，白浪拍击，华中透雅。我们家族的银淀鱼丸就是那时候被康熙皇帝题了名。红姑和她师傅到了端村，在行宫给康熙皇帝唱木板大鼓。知县说，康熙皇帝围猎，轻闲时刻听木板大鼓，所以，红姑亲眼看到了康熙皇帝围猎的场景。康熙皇帝的船队离开端村，康熙皇帝立在船头凝望茫茫大淀。知县带着船只敲锣打鼓，从四处聚拢过来，合围到一起，怕是惊动水鸟，锣鼓就停了。船队惊起了栖息的大雁。这些胆战心惊的鸟儿，数以万计地聚集在芦苇荡里。康熙皇帝围猎之前赋诗一首：遥看白洋水，帆开远树丛；流平波不动，翠色满湖中。康熙皇帝吟诗毕，知县和众官员鼓掌。这个时候，野鸭、水鸟和大雁就飞来了，鸟叫声响成一片。

康熙皇帝接过神弓，弯弓搭箭，一箭射出，天空毛羽飘扬，哀鸣不绝，野鸭和飞鸟应声落水。水鸟多的时候，还用上火枪大抬杆，鸟和野鸭死伤无数，船上的官员欢声雷动。这一日，康熙皇帝兴致浓，一天连打四围，累了坐下喝茶，红姑她们开始唱木板大鼓了。

康熙皇帝听了木板大鼓龙颜大悦，看上了红姑，说要招她进宫，恩赐皇家服装一套。红姑一下子就成了村里仰慕的红人。康熙皇帝与众官员把酒言欢，不知康熙皇帝喝多了还是忘记了，临走的时候竟然把红姑给忘记了。可是，红姑在端村等待天亮。她激动得一夜未眠，那是一个漫长的夜晚，时间停在了夜空里。康熙皇帝的人马走了，没有想到红姑，没人敢问皇帝。红姑留在圈头没人敢娶，她常常独自划船去端村，看看端村行宫就划船回来。红姑的父亲找到新水知县武承谟，求他把红姑的情况禀报皇上。武承谟知县满口答应下来，终于来了机会。

康熙五十三年，白洋淀干淀，多日酷暑无雨，死人甚多。康熙皇帝到郭里口体察民情，武承谟知县随巡抚诸臣恭迎圣驾，斗胆提到红姑的事。康熙皇帝沉了脸说，朕是来视察灾情的，什么红姑绿姑的，救灾当紧。武承谟忙改口说，圣上劳顿，要不晚上歇息时请来艺人，给圣上唱一唱木板大鼓？康熙皇帝龙颜大怒，武承谟赶紧噤声，再说就该罢官问斩了。武承谟回话红姑父亲，皇帝把红姑忘得一干二净，让红姑悄悄找个好人家嫁了吧。红姑父亲回头好言相劝，红姑却说终身不嫁，然后穿着皇帝赐给的衣裳唱木板大鼓。

红姑等啊盼啊，没有等到进宫那一天。康熙皇帝驾崩那一年，红姑还蒙在鼓里，隔了雍正那些年，到了乾隆十三年，乾隆皇帝在圈头建立行宫，红姑才知道康熙皇帝已经驾鹤西去。听到这个噩耗，红姑整整一年没有出屋，流干了眼泪。她活到了一百零九岁，我爷爷给红姑尽的床头孝。

红姑唱木板大鼓，最拿手的是《西厢记》，年纪越大唱腔越好。红姑有才，她还将关汉卿元剧《窦娥冤》改编成木板大鼓。

父亲跟我讲红姑故事的时候，几度哽咽说，你红姑的命苦啊！母亲、我和二霞跟着掉泪。父亲说红姑年纪大了，她去不了端村，只好守候在圈头的乾隆行宫门前唱，唱得人们心中悚惶。她每天守候着圈头行宫唱木板大鼓。乾隆皇帝喜欢题字，不喜欢木板大鼓。乾隆皇帝来白洋淀围猎的时候，知县叮嘱家人把红姑看守起来，此时的红姑已经白了头。家人担心她找乾隆皇帝哭闹，惹个杀身之祸，就将她反锁在院里。乾隆皇帝离开了圈头，家人就把红姑放出来，她继续唱《窦娥冤》。我出生的时候，圈头的这座行宫饱经天灾人祸，淹废殆尽。我们村药王庙主持说红姑的长寿，造成邢家人阴盛阳衰。这让父亲极为震惊。

　　宫廷妃子的服装，红姑一辈子都没有换过。康熙皇帝驾崩，红姑也不知道，每天对着镜子梳妆打扮，自己嘴里念叨着，皇帝接我进宫啦。父亲说，红姑活到一百零九岁，她临死的时候嘴里发出悲凉的声音，我走了，皇帝接我进宫啦！

　　我的祖先红姑好可怜啊！

　　我迷迷糊糊睡着了，竟然梦见了红姑，红姑渐渐演化成了荷花仙子。我们圈头村有个荷花仙子的神话传说。传说世间没有荷花，荷花仙子是从天上掉下来，为人间尽孝的。远古时期，黄河改道，甩出了一片水洼，就是白洋淀前身。孙老汉媳妇在黄河改道中被淹没，他和儿子大年在淀里打鱼的时候，淀中翻出一片水花，随着翻腾的水花冒出一个木桶来，孙老汉急忙摇船捞到了木桶，木桶里传出婴儿的哭声。大年听见哭声就胆怯，不让父亲捞木桶。孙老汉不忍心，扔下渔网，捞起木桶，小心掀开，原来是一个女婴。他们喜出望外，将女婴抱回家，起名叫荷花，大年也十分喜爱。女儿慢慢长大了，哥哥下淀打鱼，妹妹洗衣做饭，将孙老汉养了起来。有一天，大年打鱼未归，孙老汉晒晾鱼干的时候，荷花突然跪在孙老汉脚下，泪流满面地说，爹，谢谢您，可是我再也无法报答您的养育之恩啦。孙老汉惊讶地问，出啥事啦？这时候，天空飘来一只仙鹤，轻轻落在荷花身边。荷花这才说出来，她本是天上的荷花仙子，因做了错事而被玉皇大帝惩罚到人间十八年，如今期满回天庭。大年哥哥这时回来了，再三挽留，荷花仙子还是飞向了天空。身体离开地面时，荷花说，哥哥，你以后娶个媳妇，替我孝敬爹啊！她说着，泪水忍不住哗哗掉落淀中，每一个水泡都变成了一朵荷花。她声泪俱下地喊，让这些荷花陪伴你们吧！荷花仙子朝水面轻轻一吹，淀里就盛开出无数荷花。后来，孙老汉病了，大年和媳妇并不孝顺，荷花仙子在天庭知道了，没有惩罚大年夫妇，而是让人间荷花变成了村妇来伺候孙老汉。

二霞学唱的第一个曲目，就是父亲编剧的《荷花孝》。

红姑晚年一个人过，没有太孤苦，全因我爷爷邢宗良床前尽孝。其实，红姑对家里老人也无比孝顺。但最孝顺的还是我爷爷，爷爷一边做鱼丸子，一边为红姑洗衣做饭，红姑病了他还划船请来寨南村的大夫给看病，这一切都被父亲看在眼里记在心中。父亲没有写爷爷，而是从我爷爷身上受到启发，将荷花仙子的传说编成了西河大鼓《荷花孝》。

二霞身上的能量得到充分释放，她唱了一段西河大鼓《荷花孝》：

风吹大淀万物生，
烟波相宜翠雅容。
荷花朵朵百鸟鸣，
村头是处碧波环。
春水护芳如荠青，
会心不远居然远，
我送老爹回家行……

先不说红姑的陈年旧事了，说说我们老百姓的围猎吧。

我们圈头的围猎，比不上皇帝围猎气派。民间围猎分两种，一个是打鱼，一个是打雁。圈头、王家寨、大张庄、郭里口和端村等村选出了代表，渔民聚集到王家寨荷花岛。荷花岛本来是一座孤岛，与王家寨没有连着，王家寨的人要坐船过来。男人们率先表演捕鱼和打雁。

今年活动轮值村轮到了王家寨。父亲也被聘请当了评委，他们要评选出捕鱼和打猎的冠军。这是男人的竞技场，竞争还是相当激烈的。没有这种竞争，他们到哪里彰显男人的力量，到哪里赢得人们的尊重？

王家寨村公所主持村里政务。经过历史考验，白洋淀各村的乡绅威望极高，一心为百姓做事。白洋淀人习惯了，具体事务交给乡绅。村里绅士名流十二人，二人一个小组，分了六组，每一组轮流主持一年。今年主持人是王家寨的王银斋和王炳如。古人说有德言乃立，绅士多为有德之人，他们配合官府向乡亲们征收税赋和维持地方治安。当然，围猎仪式也是他们主持的。虽然王家寨人主持，地点却选在了我们圈头村，几个村的打猎高手纷纷登场亮相。村公所的人带领渔民纷纷聚拢到圈头，闹闹嚷嚷。他们叽里呱啦说了啥，我都不关心，我只知道打鱼比赛在水上，不登船是看不见的。打雁赛场在圈头村北头的芦苇荡，黑洞洞的枪口瞄准了芦苇和古树上的大雁，我就把好奇的目光落在打雁的大抬杆猎枪上。

我除了做鱼丸，从来没有用枪打过猎。一个人扛着大抬杆猎枪打雁该有多么英武？天哪，一瞬间，我居然有了打枪的打法。可我是个女孩，那想法就像淀里的水泡无声无息地破灭了，我只有欣赏的份。我叹了口气，沮丧地说，我不该托生一个女人，捕鱼不让登船，打猎不让拿枪，只能躲在灶膛里做鱼丸子啦！

我们听到了一排一排的枪声。听见这样清脆的枪声，伴着那一片落入水中的大雁，一瞬间，男人的野心都像爆米花一样膨胀起来。

我一个哆嗦，有人掐了我一把屁股。

我受到惊吓叫了一声，嘴唇颤抖。扭头时，胳膊上的铜铃响了，有两个男孩子哧哧地笑了起来。

我大声骂着，混账，流氓！我铃铛的屁股是随便掐的吗？

两个男孩子，还是咻咻地笑，一个仰着脸，一个捂着嘴巴。

我抬手狠狠扇了其中一个男孩的嘴巴。

眼看我与他们争吵起来，父亲走过来拉开了我们，然后告诉我他们是王家寨的王寿山和胡凤久，还说王寿山的父亲是他的好朋友。王寿山外号大抬杆，胡凤久外号水上飞。大抬杆个儿头瘦高，鼻子细长，脑门狭窄，留着平头，有两只弯弯的笑眼。水上飞中等个儿头，长得黝黑精瘦，宽阔的嘴唇总是带着讥笑的神情。父亲要拉我离开，我倔倔地不走。我对两个男孩子奇特的外号产生了兴趣。被我打巴掌的竟然是大抬杆。我问王寿山为啥叫大抬杆，问胡凤久为啥叫水上飞。王寿山给我揭开了谜底。小时候王寿山喜欢二叔王学武，二叔会铁匠活儿，会做大抬杆猎枪。二叔发现王寿山这孩子胆小，为了给他壮胆，就给他取外号"大抬杆"。拿武器的名字命名，能不壮胆吗？大抬杆与邻居男孩胡凤久玩耍，胡凤久从小跟爷爷练轻功，虽然不能飞檐走壁，可是，这家伙到了白洋淀水里，就像是变了个人。水上飞有个绝技，踩着木头就能掌握平衡，在白洋淀水面上自由穿行，他由此得了个外号"水上飞"。水上飞虽然胆大勇敢，脑袋机灵，但是他爱撒谎，看着他细长的眼睛就知道他爱撒谎。大抬杆一戳穿他，他就嘿嘿地傻笑。

大抬杆抚摸着自己火辣辣的脸，怯怯地望着我，目光里充满委屈。

我有些迷惑，更生气了，抬了胳膊狠狠抽水上飞，却被大抬杆拦住了。

我对大抬杆有了好感，他胆小、善良，有点儿憨头憨脑。

水上飞调皮地抓后脑勺，嘿嘿地笑，问我叫啥。我说我姓邢，小名铃铛。水上飞说那就叫你铃铛吧！大抬杆领教了我的厉害，不敢吭声了。隔了一阵，水上飞解释说，妹妹，对不起，刚刚是我掐的，大抬杆胆小怕事，你打错人啦！我吃惊地瞪大了眼睛。水上飞说，大抬杆还有一个陋习，爱自己抠脚泥，我就烦他这点，他抠脚的时候，把脚抠到过瘾的程度，陶醉之时还把手放在鼻子下边闻闻。我对水上飞说，你给大抬杆揭短是啥意思？做人不仗义了吧。水上飞一听就脸红了，急忙解释，大抬杆是我兄弟，胆小，我得护着他，你打错了他，该怎么解决啊？

我板着脸说，咋解决？我再抽你水上飞一个嘴巴吧！

大抬杆抓着后脑勺，嘿嘿笑了。

水上飞拧眉瞪眼道，这不公平吧。

我追着水上飞说，刚才是大抬杆替你受过，应该打你！

水上飞吓得乱跑，嚷嚷着，这哪儿是个女孩子啊？我们碰上女土匪了啊！他说完就跑了。

我走路都有大雁羽毛般轻盈的形态，当然比水上飞跑得快，我在一棵老槐树下追上了他，揪住他的脖领就连连摇他脑袋，他抱着脑袋喊冤，把圈头村的人逗笑了。水上飞求饶说，他一定尊重女人。他用一个真实的承诺来弥补自己的过错。我讨厌水上飞的毛病，水上飞聪明，但不仗义，他可能看着大抬杆老实，人善被人欺，马善被人骑。他越恶心大抬杆，我就越表示对大抬杆的亲密。大抬杆胆小，眼睛却不小，他用贪婪的眼神盯着我的脸。我听见他喃喃地说，好漂亮、好白嫩的脸啊！他的声音很低，但我隔多远都能听到。我听着心里受用，却装作没有听见，心里说，这俩傻小子！我不想再搭理他们，我转身的时候，大抬杆和水上飞却打起来。起初，水上飞偷偷问大抬杆，你看在眼里拔不出来了吧。大抬杆故作镇静地说，没有啊，漂亮姑娘咱见过。水上飞故意挡住大抬杆的视线，大抬杆一把推开他，水上飞说他弄疼了他，扑过去两人厮打起来，在地上滚来滚去，引来了好多看热闹的人，大家笑着。我分别踢了他们两人一脚，望了他们一眼，然后轻盈地消失在人群里。远远地，我听见水上飞嚷嚷，这姑娘勾人的大眼睛，能把男人望倒喽！嘎嘎的笑声逐渐远去。

清脆的枪声零零星星传了过来。

打雁比赛渐入佳境，我的目光转向赛场。远处一群大雁落在水中枯树上，一跳一跳的大雁，都在说着鸟的语言。大雁的颜色五彩缤纷，大雁的肩、背三级飞羽和尾羽呈暗褐色，羽缘是淡棕色，下背和腰是黑褐色，胸部是肉红色，头侧是桂红色。大雁也叫鸿雁，是鹅的祖先。想起父亲讲的苏武鸿雁传书汉武帝的故事，我凝神良久。猎手这一枪打死一片美丽的大雁，想来也是挺伤心的。

我看十几位枪手都很专注，只有王学武显得轻松自如，人生运气来了会有意外收获，所以越不想得就越能得。我求天上的荷花保佑他们。王学武加油吧。

砰砰砰！最后一排大抬杆枪响，黑色的铁砂以扇面形状喷出去，王学武打中了几只彩色大雁。大鹰不知啥时候凑到我身边来的，我们看见一片大雁羽毛飞向了空中，大雁就一头栽到水里。大家跳着脚欢呼，打中喽，打中喽！人们纷纷鼓掌。我没有鼓掌，心中打了个战，大雁多可怜啊！

弟弟大鹰受到了感染，他不想用鱼鹰猎鱼了，他也想要一杆大抬杆。他蹦得太高，脸上严重失血。我说，大鹰啊，那大抬杆不是谁都能玩的，你拿得动吗？大鹰的目光死死盯着大抬杆猎枪，扑上去抚摸了一阵。主持人王银斋将大鹰哄了出来，然后郑重宣布，王学武赢了，而且是冠军。只有常年打雁的人才明白用大抬杆打这种大雁的难度。王学武揉了揉发红的眼睛，跪在地上吻着大抬杆猎枪。这一吻，让我看出了男子汉的铁血柔情。大抬杆看见二叔赢了，脸上充满骄傲的神情。王学武大睁着眼睛，面容冷峻，好像是一个打了胜仗的将军。

我好奇地摸了摸滚烫的大抬杆，这大抬杆猎枪有三米长，一个人端着费劲，体力好的扛在肩头，所以渔民打雁常常把大抬杆固定在专用排子船上,这样打得远,火力足,威力大。

颁奖的时候,大家纷纷拥到药王庙,圈头古音乐会马上要开始了。圈头音乐会,在白洋淀名声很大。

圈头村的人崇尚药王,音乐会开始前先拜药王庙。药王庙离我家隔着一条街,我常常过去玩。这时,尼姑香玉端着一碗净水,将水点点滴滴洒在我们额头。我感到脑门清凉多了。我们跟随大人磕头谢过药王菩萨,香玉开始念经祈祷。我听见轰的一声,香火点着了,香不是一根一根而是成堆,眼看就堆成了小山。香火燃烧起来,红红火舌舔着天空,四周噼噼啪啪响着,每个人都凑过去烘烤后背,热烘烘的,身上冒起了汗珠。父亲喃喃地说,这就祛病了。我感觉后背火辣辣的。

拜了药王庙,听了音乐会,然后就要去王家寨镇龙寺了。圈头寺庙不多,只有药王庙,而王家寨整整有十三座寺庙,镇龙寺最大,还有肖神庙、老爷庙、土地庙、文星庙等。

人们很快就散开了。

我们准备去王家寨的镇龙寺,刚一上码头就下雨了。我们在一间破房前避雨。大雨没有停的意思,我觉得这样避下去,房顶会塌的,出去更加糟糕和危险。我们用衣服蒙着脑袋去了镇龙寺。好久没到镇龙寺里了,庙堂的屋顶长满了茅草,大殿的木门刚刚粉刷,红彤彤的,我们能闻到油漆的味道,伸手一摸,摸了一手的红油漆。

王家寨镇龙寺的地位最高,打雁的胜利者率先烧香拜佛,他们的祈祷会比别人更灵验一些。这里一时挤满了黑压压的人,烧香的烧香,拜佛的拜佛,除了香火味道,还有一股潮湿的怪味。我是见庙必拜见佛就烧香的人,我双手合十,扑通跪下磕头。过了一会儿,人们陆续走出镇龙寺,我们发现王学武没有来。

大抬杆惊讶地说,我二叔咋没有来?

水上飞埋怨说,你二叔真是一个怪人!

我瞪了一眼水上飞，说不能污蔑人啊，人家是冠军！大抬杆嘿嘿笑了，铃铛看上我二叔了吧。

我红了脸说，不是看上，是崇拜啦！

我们正说着，房顶有了一股风声，还有人说话，还有人崇拜我？我抬头一看，惊讶得差点儿叫出声来，殿梁上跳下一个人来，竟然是我的偶像王学武。

王学武说，你们孩子家别来这地方，赶紧回家！我歪着头，眼睛扑忽扑忽地闪，二叔，你去房梁干啥？王学武嘴里含混不清，说他要在观音的头顶俯瞰众生。

王学武的话我们听不懂。我说，你说说，当冠军是啥感觉啊？

王学武笑了，敷衍说，这事以后再说吧，我以后再也不打大雁了！他似乎看出我对他的崇拜。他想起一个问题，想难我们一下，他说，你们说白洋淀大水，水面上的荷叶和荷花，跟着水位浮上来还不死，为啥？我发现这问题了，从来没有深入想过，喃喃地说，是啊，荷花的根扎在泥土里，水位高了，为啥不淹没荷叶荷花呢？

水上飞想了想，总是想不出来，就接着反问，二叔，你说这是为啥？王学武在心里笑了，说，荷是草本挺水植物，它的脑袋和根紧密相连，水一涨，荷叶荷花跟着水位长高了啊！

我、大抬杆和水上飞都长出一口气，一副释然的样子。

王学武嘿嘿笑了，你们观察没有，荷叶离水面多高，最爱开荷花？我插话说，这我知道，三米高最佳。王学武点点头，铃铛答对了。王学武皱着眉头，又问了一个问题——就是荷叶上落水，水珠滚动而不沾上，为啥？我们大眼瞪小眼答不上来。大抬杆眨巴着眼睛，不言语了。

王学武哈哈大笑，荷叶炭啊，荷叶上有炭，荷叶炭还有活血化瘀的功能呢。我们频频点头。王学武觉得无聊了，挥了挥手说，你们快回家吧！他说着转身就走，走到门口，扭头用目光瞟了瞟镇龙寺的房梁，就像飞檐走壁的侠客消失了。

大抬杆没有反应，我和水上飞就觉得蹊跷。水上飞惊讶地说，房梁上有情况。大抬杆望了望房梁，能有啥情况？我说，那就爬上去瞅瞅。大抬杆胆小，怯怯地不敢爬。水上飞的目光落在我脸上，我毫不犹豫地说，大抬杆站岗，我们俩爬上去瞅瞅。水上飞脑瓜灵，腿脚勤快，双手一抱梁柱，嗖嗖地爬上了房顶。我没有攀梁柱，踩着佛像后背蹿上去，唰唰地爬到了房顶。大抬杆急眼了，铃铛，你怎么能够踩佛像啊？我双腿勾着梁柱，双手合十，虔诚地说，阿弥陀佛！我听见水上飞惊呼了一声，大抬杆枪！我扭脸瞅见那支大抬杆猎枪被用铁丝捆在了房梁上。我没认出这是王学武用的那支枪。水上飞皱着眉头喃喃地说，大抬杆，为啥会这样？

大抬杆呆呆地站着，心中是一盆子糨糊。过了一会儿，他说，二叔糊涂啊，把枪藏在镇龙寺，佛家会不高兴，人会遭报应的！

我瞪大了眼睛，那该咋办？

水上飞跟着分析说，你二叔刚刚不是说了吗，再也不打大雁了，不打就不打了，藏这杆枪干啥？

大抬杆一拍脑门说，我二叔是个怪人，总爱心血来潮，要去保定读书了，所以他把枪藏在了镇龙寺。

我神秘地说，他自有他的想法！

我们离开了镇龙寺，边走边争论，既然王学武去保定读书，毕业就是文人了，为什么还要私藏大抬杆猎枪呢？

大抬杆琢磨了一阵，一拍脑门说，想起来了，这支枪是二叔亲自制造的，他还亲自打制了一把青铜宝剑！

水上飞点点头说，要不他能够当冠军呢。

我歪着脑袋好奇地问，在哪儿制造的？

大抬杆说，我们王家寨的辛铁匠家。

大抬杆带着我们去了辛铁匠家。

我有幸见到了铁匠制造大抬杆的场面。这是村西南淀边的一座小院，桌上铺着图纸，有生锈的加工铣床，只是没有冶炼的鼓风机。他们自制了特大风箱，四个汉子拉风箱，火焰烘烤着铁管，红通通的铁管拉出来，铁匠用锤子咣啷咣啷敲打，铁管子慢慢变黑，然后洒上一些水，一股白气就腾空而起，乌黑的铁管瞬间成了三米长的枪管、枪坐、枪膛、弹槽。我可开了眼，摸摸这儿，看看那儿，终于弄明白了制作大抬杆的整个流程。

天黑以后我回到圈头村的家。多么漫长而神奇的一天，世上竟有这样的一天。这一天太累了，我回到家呼呼大睡。第二天早晨我躺在炕上，听见一群大雁在窗户外边声声叫唤，叫声凄厉而惨烈。我心中一紧，是不是昨天看王学武打雁，死亡的大雁亡灵追我讨债来了？

也许从这一天开始，我对大抬杆和王家产生了兴趣。大抬杆的父亲王学恒娶的是我们圈头村的姑娘邢玉芳。王家是王家寨的大户，听说他们的婚宴摆了两天，百鱼宴，两天下来村口扔满了鱼刺。父亲说，从某种程度上说，我家跟王家还连着亲戚哩！

在当时，由于大人的关系，我们小孩只是喜欢一起玩，没有感觉大抬杆会看上我。女人崇拜英雄，我更喜欢王学武这样霸气的男人。

我后来听父亲说，王学恒要发展弟弟王学武入党，王学武个性强，他崇拜荆轲，坚决不入党，他说得了打猎冠军以后，就到保定读书去了。他崇拜荆轲，他要离开了，我幼小的心灵就乱了。

王学武身上究竟有什么魔力吸引着我啊？大抬杆跟我说过，二叔王学武从小爱捅马蜂窝，马蜂蜇人，但只要不惹它它就不会蜇你。可是，大抬杆挨蜇就咧嘴哭，王学武脖子上被蜇了红包，依然谈笑风生。他还说，王学武带他和水上飞去过古秋风台。我觉得王学武越来越神奇，让大抬杆带我看看古秋风台。大抬杆对我简直是有求必应。

我们俩去了古秋风台，这地方我第一次来。古秋风台位于安州镇西北，南易水到白洋淀入口处。荆轲刺秦，由水路登上旱路码头，就是燕太子丹与荆轲分别的地方。原来是汉白玉石碑，清道光十六年，安州天宁寺住持源琇按原样重刻，碑阳刻"古秋风台"，阴面刻有荆轲刺秦事迹。大抬杆抚摸着青石碑说，我二叔崇拜荆轲啊，崇拜他的侠风。他说荆轲刺秦的戳泪点不在秦宫，而在白洋淀边上。我惊讶地望着青石碑，将荆轲与王学武进行比较。大抬杆忽然看见石碑的裂纹，用手擦了擦。

我望着石碑，默默念着：太子及宾客知其事者，皆白衣冠以送之。至易水上，既祖，取道。高渐离击筑，荆轲和而歌，为变徵之声，士皆垂泪涕泣。又前而为歌曰：风萧萧易水寒，壮士一去兮不复还！复为慷慨羽声，士皆瞋目，发尽上指冠。

秋风萧萧，易水瑟瑟，于是，荆轲就车而去，终已不顾。有的字不认识，但是，石碑是有味道的，我闻到了时光的味道。

回到家里，我把到古秋风台的事跟父亲说了，父亲沉默了一阵说，壮士提戈出凤城，易桥相送夕风生。行人试看东流水，犹是当年呜咽声。这是明代邵炯的诗作《安州八景之易水秋风》。

我瞪着眼睛说，爹，怎么这么悲观呢？

父亲叹道，唉，荆轲精神可敬，前面是秦国所向披靡的铁骑，后面是燕国无助待宰的妇孺，一把宝剑怎堪扭转乾坤？

我说，我敬佩荆轲的豪气和胆魄！

父亲惊讶地望着我说，你一个姑娘家，怎么研究起荆轲来啦？是不是大抬杆的影响啊？

我摇着脑袋说，爹，不是，我受王学武的影响。

父亲欣赏而疼爱地说，你还小啊，不懂人间事情的复杂。荆轲以一剑挡秦，豪气干云，可这豪气也源于燕国积贫积弱，难以回天的无奈和沮丧。

我眨巴着眼睛，听得有滋有味。

一个阴雨连天的后晌，雨住天开，淀边挂着一道弯弯的彩虹。我的心情舒畅了。我去王家寨找大抬杆，看见大抬杆就能看见王学武。我来得真巧，王学武明天就去保定的学校读书了。家里做了一桌饭菜，要为他送行。我能亲自送他也算是幸运。可是，晚宴开始的时候，王学武还没回来，天黑下来，还不见他人影。难道他出什么事了吗？

王学恒焦急地说，学武知道今晚的送行晚宴，为什么失踪啦？

大抬杆愣愣地插了一句，二叔要出门了，去镇龙寺烧香了吧。

王耀宗心中担忧，多皱的脸上网着很多的愁。他戳着拐杖叹息，我们是德孝之家，在家敬父母，何必远烧香？这孩子做事唐突，欠考虑，去保定读书也算叫人省心了。王耀宗话一落，家里人就开始纷纷控诉王学武。

大抬杆辩解说，二叔厉害，他是打雁冠军呢。

王学恒瞪了大抬杆一眼，骂，没你插嘴的份，用大抬杆打雁子，这算是啥本事啊？

王耀宗吸着烟袋说，唉，老大，我们家的大抬杆枪不见了，是不是老二学武给卖了？

我和大抬杆知道猎枪在镇龙寺的房梁上。我们相互递了个眼神，虽然我舌头痒痒，但是不敢说。

我们忧心忡忡地等待王学武回来。两个钟头过去，还不见他的影子，桌上的饭菜都凉凉的了。

王学武终于回来了，天已经彻底黑了。我们看见王学武身体极度疲惫。无论父亲和大哥怎样发火，他依旧沉静地坐下来，缓缓掏出一把剑，让王学恒闻了闻，王学恒闻到了血腥味道，惊叹道，你是不是杀人啦？

王学武平静地说，哥，瞧你这大惊小怪的。我今天帮村头的胡炳银大爷家干了一件好事。也没啥复杂的，事情是这样的啊，炳银大叔吸大烟土，借了高利贷，卖鱼、编席挣的钱，都被放高利贷的土财主王希腊收走了，利滚利的还不够。

王学恒问，王希腊是谁啊？没听说过啊。

王学武说，王希腊是任丘的大盐商，心狠手辣，人黑着呢。听我往下说啊，我本来是乘船去大张庄买衣裳、笔和本，在船上炳银大叔和大婶就给我跪下了，哭天抹泪啊，说王希腊抢走了他家的闺女胡翠翠，求我救救胡翠翠。这孩子是先天心脏病，过去了，没几天就得死了啊！爹，大哥，你说我们王家人能够见死不救吗？

王学恒点点头说，那是啊，我们是一个村的，王家人不能见死不救啊！

王耀宗惊慌了，人家盐商势力大，你是怎么救的啊？

王学武说得口干舌燥，喝了一口水说，别问了，具体动刀动枪的惊险，说了怕吓着您老人家。不过啊，富的怕穷的，穷的怕不要命的。我一动这把护身宝剑啊，我没有杀人，人家人多，我只能扎了自己腿上一刀。王希腊听说我也姓王，就网开一面放翠翠回来了！

我听了一颤，脸上显露出毫不掩饰的惊惧神情。

王耀宗赶紧让他大嫂拿药来，包扎伤口。王学武嘿嘿笑了，已经包扎好了，上了药。不深，没事儿啊！他说着，伸手撩了一下裤子。

王学恒叹息着，这多危险啊，快吃饭吧。

吃饭的时候，大人一桌，我和大抬杆一桌。王学武边吃边把话题扯到了任丘盐商王希腊家，王家大院真是富得流油啊！大人们就开始讨论贫富。王学武说，说归说啊，我他娘的不眼热人家。贫穷是一种人生状态。我啊，就是安贫乐道。姚家人有钱，我不眼热，我要是想发财当地主，早就去天津做生意去啦！

我听着点点头，王学武说的是心里话。崇拜荆轲的人是有胸怀的，他不会拜倒在女人裙下，更不会追逐金钱。

王耀宗插话说，学武呀，我们家境不富裕，日子还算殷实。可是，你整天舞刀弄棒、打打杀杀成何体统？你赶紧去保定读书，我们王家是状元世家，赶紧把文脉给我接续上啊！他说到这里咳嗽了两声，动心伤情，眼角湿润。

王学武说，爹，我记着呢，我就是要读书的。明天我按时出发，学成归来接续我们王家文脉！

王学武明天就要走了，走向一个未知的世界，他不由得手心捏出两把汗，说道，我们王家人，祖先的文脉到底是什么？我思考了好久，弘毅明德、笃学创新是我们的精髓，文脉赓续、弦歌铮鸣，这是我们的理想。可是，这是什么世道？恶人当道，老百姓水深火热，救百姓于水火，应该就是续我们家的文脉。说到荆轲，他留下的豪气应该是更大的文脉啊！他说得很流畅，一股热血涌上了他的脸，他的脸色瞬间红润起来。

王耀宗惊愕地望着王学武，没法张嘴了。王学恒说，二弟，少说多学，少说多做……

我诚惶诚恐地看着他，又是心悦诚服。

王学武摸了摸大抬杆的脑袋，又亲昵地拍了拍我的肩膀，他问我看见这把带血的剑害怕吗？我大睁着眼睛，点点头说，我不怕。王学武嘿嘿笑了。

饭后，大人们开始议事，我却坐着睡着了。

王学恒把我安排在东厢房睡觉。

后半夜醒来，我从窗口望见了那一弯白白的月亮，映在水面上涌动着。不知为啥，我对深夜的月亮有一种条件反射的恐怖。我做噩梦了，梦里王学武被一群黑衣人抓走了。

天亮的时候，我们吃了早饭，大家送王学武去保定了，他先是水路到码头，然后再乘车去保定。正是秋天，秋风萧瑟，淀水一片苍茫，风越来越大，吹动着树叶和苇叶旋转着飞起来。

王学武带着一把剑，站立在船头，很像古代的侠客。

我又想到了那句纪念荆轲的名言，风萧萧兮易水寒，壮士一去兮不复还。王学武不会像荆轲一样不复还吧？我赶紧跺脚，吐唾沫，保佑他平安归来。可是，他离开的日子，我的生活变得寡淡无味，就像白天看不到太阳，夜里望不到星星似的，心中常常叹息。转念又一想，我们的年龄相差悬殊，他与自己有什么关系呢？

日子久了，水也会枯的。王学武的影子渐渐淡了。

第 四 章

我弟弟邢大鹰爱玩鱼鹰，爱吃西红柿。

大鹰想学王学武，可是怎么学都不像，似乎有点儿狂。他的强项是训练鱼鹰，连父亲都惊讶。圈头有句土语，一只鱼鹰养一口，一船鱼鹰养全家。熬鹰的本家三爷总要拍着大鹰的脑袋说，小子，看你这对眼睛，够狠，有出息。过去，我看三爷熬鹰，他对鱼鹰凶狠的样子，感觉到他是一个凶狠的人。大鹰熬鹰结果比三爷还狠。

有一天，大鹰回家吃饭，拿回了一片鱼鹰瓦当。父亲戴上眼镜细看，说是易县燕下都出土物件，说明鱼鹰很早就进入了白洋淀渔民的捕猎生活。大鹰让我把瓦当珍藏起来。在家里，他还是信任我的。大鹰常常不回家，住在村北淀边的泥铺子里。泥铺子是一色焦黄的苇席盖顶，有一个露风的窗户。我喜欢从窗户里看月亮，还喜欢鱼鹰骁勇的习性。苇席盖顶上立着一白一灰两只雏鹰。我放下柴筐，偷偷走进大鹰的泥铺子，看见大鹰正眯眼打瞌，鼾声像夏日风一样哨响。

天黑的时候，我就能够从这窗口看月亮了。

大鹰年轻气盛，守候着河滩，窝在泥铺子里熬鹰。当时我还真不知道他为什么爱熬鹰，仅仅是好玩吗？母亲告诉我，大鹰用鹰来逮鱼，替父亲分担生活压力。鹰就叫鱼鹰。逮鱼的鹰老了，大鹰就把它卖掉，重新熬新的鹰。这两只小鹰就是新的。疲惫无奈的日子孕育着大鹰满心的指望。这时，灰鹰和白鹰在屋顶待腻了，呼啦啦拍打着翅膀，飞进泥铺里来了。我和二霞逮鸟的时候，大鹰睡醒了，眼角上还沾着两块儿白白的眼屎。大鹰喝了我们一声，脸就像古铜一样放光了。大鹰得意地伸出巴掌，两只小鹰分别落在他的掌心里，他看看白鹰，又看看灰鹰，说不清他到底喜欢哪一只。大鹰站起来，两只鹰就落在他的肩上，他晃晃悠悠地走上了黄昏的河滩。大鹰肥大的裤角像两面旗一样抖动起来，落霞将他和鹰的羽毛映照得通体明亮。

有一天傍晚，我亲眼看见大鹰在泥铺熬鹰。他熬鹰的时候狠歹歹的，对鹰没有一丝的感情色彩。我问，大鹰，这只鹰还熬吗？大鹰笑笑，没说话，意思是你过一会儿就会看见的。我看见大鹰拿两个红布条子，分别将灰鹰和白鹰的脖子扎起来，不给鹰东西吃，等鹰饿得嗷嗷叫唤了，大鹰就像变戏法似的，从床铺底下端出一个盛满鲜鱼的盘子。鹰扑过去，吞了鱼，喉咙处就鼓出一个疙瘩结。鹰叼了鱼吞不进肚里，又舍不得吐出，憋得咕咕叫着。我看着看着心疼起鹰来，哀求大鹰说："你就让它们吃点儿吧！"

大鹰没看我，也没看鹰。我再三求情，他才看看我，他看我的时候脖子僵僵的，和身子一起扭动。少顷，他一只手攥着鹰的脖子把鹰拎起来，另一只手紧捏鹰的双腿，鹰头朝下，一抖，用巴掌狠拍鹰的后背，鹰嘴里的鱼就吐出来了。就这样反反复复地熬着，大鹰累得喘喘的，眼睛里充满了莫名的兴奋，笑着对我说，姐，这是两块儿逮鱼的好料子！它们逮了鱼，留给你做鱼丸子！

我很欣慰，大鹰懂事了。

后来我听说，大鹰在熬鹰的时候，对灰鹰和白鹰的情感发生了变化。变化的原因是一场龙卷风。龙卷风到来之前并没有一点儿先兆，傍晚时，炊烟还是直直摇上去的，到后半夜龙卷风就凶猛地袭来了，还夹杂着大雨。风大到了大鹰想象不到的地步。芦苇齐刷刷地被刮倒，淀水涌起高高的浪头，大鹰住的泥铺子被龙卷风摇动着，大鹰反应过来的时候，泥铺子已经哗啦一声倒塌了，他被重重地压在废墟里，好在没被砸坏筋骨。灰鹰和白鹰抖落了一身泥土，钻出废墟，惊惶地鸣叫着。灰鹰如得了大赦似的，不顾主人就飞到一棵大树上躲避风雨。可白鹰没走，它知道主人还被压在废墟里，围着废墟转了好几圈。狂风里，白鹰的叫声是凄凉的，大鹰被压在里面，喉咙口塞着一块儿泥团子，喊不出话来，只能用身子拱。白鹰终于瞧见主人的动静了，一个俯冲下来，立在破席片上，呼扇着湿漉漉的翅膀，刮着浮土。呼嗒，呼嗒，烟柱升起来，白鹰的羽毛糅合着灰尘飘起来了。天快亮了，这时，大鹰渐渐看到了外面铜钱大的光亮，大鹰借着白鹰刮出的小洞，呼吸到了河滩上打鼻子的鲜气，大鹰奇迹般地活过来了。

我听见龙卷风，感觉大鹰那里有事。我跟跟跄跄地追过去，心跳得厉害，身子也晃得厉害。到了泥铺子一看，泥铺子塌了，大鹰已经钻出来了，我上去一把抱紧了他说，你吓死我了，受伤没有？大鹰嘿嘿笑着，跟我炫耀手里那只白鹰。我看见灰鹰还在树上傻傻地立着。是白鹰把起早种地的村人吸引过来，人们七手八脚地把大鹰救了出来。大鹰将白鹰拢在怀里，瘦脸上泛着明亮的泪光，感激地说，白鹰，谢谢你救了我，我的心肝宝贝儿哩！

过了好半天，灰鹰见人活了，才慢慢飞回来。

我看见大鹰的泥铺子又重新搭起来。大鹰说，白鹰和灰鹰都还好，还得熬下去，不能半途而废了。大鹰再次板起脸来熬鹰。大鹰本来还要依照过去的熬法，可不知怎么的，他对白鹰就下不去手了。白鹰救过他的命啊！他看见白鹰饿得不行了，心里就软了，心疼地抚摸着白鹰，故意让白鹰把喉咙里的小鱼咽进去。白鹰不再挣扎，叫声也清亮悦耳了。我看见大鹰拍着白鹰亲昵地说，宝贝儿，委屈你啦！再看灰鹰，大鹰依旧照着过去的熬法，有时比过去还狠。灰鹰也想吞吃一条小鱼，被大鹰看见了，大鹰狠狠地抓起灰鹰，一只手顺着灰鹰的脖子朝下撸，灰鹰哇的一声惨叫，像吐出五脏六腑似的，把小鱼从嘴里吐了出来，喉管里的黏液也一股脑儿流出来了。

我吓得吐了舌头，可白鹰却幸灾乐祸地看着灰鹰。

半年过去，鹰熬成了。熬鹰千日，用鹰一时。一天，大鹰神神气气地划着一条旧船出征了。到了老河口，白鹰孤傲地跳到最高的木撑上，灰鹰有些懊恼，也跟着跳上去，却被白鹰挤了下来。白鹰还用嘴巴啄灰鹰的脑袋，灰鹰反抗，竟然被大鹰打了一下。可是到了真正逮鱼的时刻，白鹰蔫儿了，灰鹰却行了，不断地逮上鱼来。后来，我见到大鹰的时候，大鹰嘴里开始夸奖灰鹰。一次，我看见灰鹰眼睛绿绿的，它按照大鹰呼的哨，勇敢地扎进水里，很快就叼上鱼来，喜得大鹰扭歪了脸相。可白鹰却很难逮上鱼来，只是围绕大鹰扑脸地抓挠，大鹰很生气地挥手将白鹰扫到一边去。灰鹰也开始嘲弄起白鹰，大鹰慢慢地对白鹰冷淡起来，甚至是嫌弃。连白鹰自己的饭食也靠灰鹰养活，灰鹰在大鹰面前占据了原来白鹰的位置。我想，人的得意和失宠不也是如此吗？

不久，我听说那只白鹰自尊心很强，它实在受不住大鹰的冷落，在大鹰脸色十分难看的时候，独自飞离了泥铺子。白鹰要自己生存。大鹰惊讶了，曾发动我们几个人帮助他寻找白鹰。从黄昏到黑夜，我们和大鹰寻找着白鹰，大鹰招魂的口哨声起起伏伏，可是依然没有找到白鹰。这时，大鹰的胸膛里像是塞了一块儿东西，十分堵得慌。他对我们说，白鹰，这个冤家，它不会打野食儿啊！一天黄昏，还是灰鹰帮助大鹰找到了白鹰的尸体，白鹰饿死在一片苇帐子里，身上的羽毛几乎秃光了，肚里的东西被蚂蚁们掏空了。大鹰捧起白鹰的骨架，默默地很伤感，颤抖着落下眼泪。

此时，灰鹰正雄壮地飞在我们的头顶。

大鹰训练鱼鹰的故事，给了我深深的启发。大自然呈现给我们的自由、和谐和爱的表象，掩饰了种种残酷的竞争。其实人和鹰一样，生存的空间是很有限的，生存不是寓言，生存不是梦幻，雄鹰为飞翔而生，鱼鹰为捕鱼而生。所以，父亲用网捕鱼，鱼鹰却可以在渔船无法抵达的地方大显身手。这只灰鹰，日捕鱼量在二十公斤。

后来，大鹰训练了满船的鱼鹰。

人们最不愿意遇到的事还是发生了。

月色朦胧，青苇沙沙，蚊虫鸣叫都已歇息了。土匪是深夜袭击村庄的。我们还在睡梦中，最先报警的是大鹰的那只鱼鹰。鱼鹰好像通了人性，它常常黄昏出去，早晨归来，回来的时候嘴上叼着鱼，不但没有腥气，身上还带着一股清爽的晨露气息。这天夜里，鱼鹰提前回来了，在我家窗前拼了命地扑腾，把家人都惊醒了。

鱼鹰最先唤醒的是大鹰，大鹰没有在意。鹰的叫声惊动了父亲和母亲，父亲惊讶地说，鱼鹰报信了，可能闹土匪了。我、大鹰和二霞被母亲拽醒了，说闹土匪了，赶紧到地窖躲起来。我全身不由得冷飕飕战栗起来。父亲话音刚落，我家的门就被哐哐地砸开了。大鹰刺溜一声下炕，自己跑地窖去了。母亲喘了口粗气，用被单将我和二霞蒙上，麻溜地下炕去藏粮食。可是，已经来不及了，母亲紧紧抱着那袋粮食，被土匪踹了一脚，粮食就到了土匪手中。

母亲叫了一声，天杀的！我的脑袋钻出被窝，看见她满脸泪痕，脸色苍白。这一瞬间，父亲猛地扑过去夺粮食，被土匪打了一枪托，额头打出血来了。父亲略略挣扎了几下，便倒在了地上。屋里一阵乱响，前前后后都被土匪翻遍了。土匪翻不出什么来，立即就失去耐心，气冲冲地出去了。我家没有啥值钱的东西，一袋子粮食被抢走了，同时被顺走的还有晾晒的干鱼片，那是全家一个月的口粮。我听见母亲的惨叫，也听到街上乱哄哄的声音，带着危机和恐怖。我再也忍不住了，嗖地跳起来，扶起受伤的父亲。父亲说，不要管我，去看你母亲。

在幽暗的墙角里，我扶起了母亲，看见母亲的眼光里充满了哀伤。母亲骂，混账，晦气，呸！

天还没有亮，我和父亲找大鹰，大鹰在地窖里呼呼睡着。我想起房顶晾晒的玉米，这是用鲤鱼和芦苇换来的。我提着马灯到干草棚去扛了梯子，爬上了青砖瓦房。我刚刚露头，就看见了晾晒的金黄色玉米粒，谢天谢地，房顶的粮食没有被抢走。老街老房，具有白洋淀水乡特色。圈头村处于泽国水乡，历史上水患频发，所以百姓们集千百年的生存智慧建设的青砖瓦舍女儿墙，便于防水、晒粮、放苇、盛夏乘凉，可谓一房多用。母亲又想起那一缸腌好的酸菜，可酸菜也被抢走了。母亲看着堂屋的大缸，想起自己把成捆的菜叶和芥菜洗净、晾干、切碎，撒上一些盐，然后放进大缸里，不禁触景伤情，没精打采的。过了一会儿，母亲不哭了，可她没有心疼父亲额头的伤，她心疼那一袋子粮食，她的脸颊几乎是一夜之间塌陷了。连续几天阴天，房间里阴沉沉的，母亲整天为柴米油盐发愁，本来她是想要一个男孩的，可是，孩子生得多，日子不好过。

事后，我们听说那天夜里，水面飘着蓝灯，王家寨、郭里口、大张庄好多村被抢了。大张庄还死了三个人。

父亲气愤地骂，狗日的，蓝灯匪！

我瞪着眼睛问父亲，啥叫蓝灯匪？

父亲说，平原上，还有白洋淀，是藏不住土匪的。匪徒大多在深山老林，蓝灯匪在曲阳县老虎山上。

这伙土匪头目叫许大彪。父亲只是随口一说，我没有在意许大彪的名字，却在心中记住了蓝灯匪。

许大彪是曲阳灵山镇人。他打家劫舍，富人穷人一块儿抢，听说刚刚袭击了保定大户人家谭词侯。这家离莲池书院不远，祖上在总督府当差，许多金银财宝都让蓝灯匪劫走了。谭家都拿蓝灯匪没辙，白洋淀里这些穷苦人家有啥办法？

父亲说，必须替乡亲们讨回公道！

母亲说，这世上哪有公道？别让土匪再来抢劫就是了。

父亲眼睛没有神，干涩的。他沉重地叹息一声，骂道，蓝灯匪这群狗日的，老和尚打伞无法无天啦？母亲说，人家是土匪，土匪能规矩吗？父亲不吭了，想了想，他去找圈头村乡绅夏柳青，夏柳青找到王家寨的王银斋，商量了一个稳妥方案——到县上找县长，请求派兵来剿匪。齐县长毫不犹豫满口答应，派来了保安团的第一连。连长姓张，是个麻子。

张麻子的保安团来了。

水村的人们踏实了一些，依旧过着习惯的、一成不变的平淡生活。我们蹦蹦跳跳地来到防浪堤的航标处，航标灯一闪一闪，招来许多村的孩子。我们玩芦苇叶做的风车，玩到了傍晚，我们都想走了，防浪堤风大，吹在身上打透了衣裳，身体里冰凉，太阳的照射也不能增添暖意。

我刚刚回家吃饭，知道夏柳青找了父亲，给张麻子队伍安排了吃住地方，就是药王庙边上的李家大院。李家是大地主，有一年闹瘟疫，一家人得病死了。张麻子的队伍人多，一个村庄住不下，一半住在圈头村，一半住在王家寨。王银斋和王学恒让我父亲过去帮忙，父亲带人来到王家寨，将破旧的肖神庙进行改造，经得张麻子同意，清理了三天荒草杂木、砖头瓦块，肖神庙焕然一新，保安团的人就住进去了。

张麻子刚来时，村村都搞了盛大的音乐会以示欢迎。

受到王银斋的邀请，夏柳青和父亲参加了王家寨的音乐会。父亲顺便带我来找大抬杆他们玩。大抬杆对我说，王家寨音乐会源于晚清。太行山一个道观毁于战火，女道长幸免于难，她携着劫后的道家祭祀音乐、曲谱辗转来到白洋淀，到了王家寨暂住。村里的陆先生早有组建王家寨音乐会之意，盛情邀请女道长传授音乐会所用工尺、曲谱，属于北乐。吹奏乐器有管子、笙、笛，打击乐器有鼓、镲、铙、铛子、云锣。

这天晚上，他们演奏了《陶军令》《串葫芦》《月桥》《妻上夫坟》等曲目，我和父亲听得津津有味。在那热腾腾的气氛中，父亲很陶醉。渐渐地，父亲发现张麻子他们似乎对音乐会不感兴趣，保安团的士兵在我们圈头村听了一场音乐会，到了王家寨是第二场，新鲜劲过去了，抱着枪睡着了。还有人起哄打着口哨，父亲的心凉凉的。

父亲说，张团长，我给你唱一段西河大鼓怎么样？

王学恒微笑着说，对呀，我给忘了，老邢可是西河大鼓的传人啊！他的师傅，可是享誉天津的王龄泉啊！

张麻子轻蔑地一笑，就他？老邢？一个大老爷们儿唱大鼓？

父亲一眼看穿，张麻子他们想喝花酒，还要女人来陪。父亲赌气说，你不听，我还不唱呢！

张麻子说，老邢啊，别生气啊，你唱腔没的说，就是形象寒碜了点儿。你闺女铃铛长得好，让她跟你学西河大鼓吧！

父亲叹息着说，铃铛这孩子像男孩，她爱做鱼丸，不爱唱大鼓。

我听见张麻子说到我，感到一阵恶心。

王银斋耐心地解释说，炖鱼、美酒都有，可是就是没有美女啊。张麻子有些恼怒，沉了脸骂，妈个巴子的，老子在新水城喝酒都有娘儿们陪，没有娘儿们喝个啥劲啊？张麻子的副官小李附和说，我们团长可是齐县长的大红人，新水商会的酒宴，都是唱堂会的啊！张麻子得意地摸了摸下巴。

父亲凑过去相劝道，张团长，我们这小地方，哪儿能跟城里比啊？我唱西河大鼓你不爱听，村里音乐会是最高礼节啊！每年正月初一，王家寨音乐会全体会员出会，还要燃放鞭炮，围着棋盘街吹奏一番，给乡亲们祈福、保平安。齐县长让您和弟兄们来，不也是给乡亲们保平安的吗？张麻子哈哈笑道，保护乡亲们，是我们的职责。可是，弟兄们没啥文化，听不懂这高雅的玩意儿啊！

王学恒插嘴说，张团长和众弟兄有什么要求呢？张麻子摸着下巴，眨巴着小眼睛说，起码有娘儿们来陪酒吧。父亲插嘴说，村里都是良家妇女，织席做饭好凑合，没有会喝酒的。您就凑合着让弟兄们喝好！张麻子瞪了父亲一眼，老邢，闭嘴，这是王家寨，不是圈头！父亲的话被噎回去了。王学恒解释说，老邢是好意。我们两村亲戚连亲戚，不分彼此啊！张麻子歪着脑袋想了想，把脸上的麻肉堆起来，露出满口金牙，晃着巴掌说，算啦，算啦，不为难你们啦！喝酒吧！父亲心头隐隐地一痛，还是点点头答应了。

父亲和王银斋、王学恒都陪张麻子喝了酒。为了活跃气氛，父亲还乘机说了几段绕口令，保安团的士兵跟着学，没有一个学好的，但是总算嘻嘻哈哈挑了气氛。父亲平时话不多，绕口令却说得挺好，这我和二霞领教过了。他们喝酒，我和大抬杆、水上飞玩跳房子游戏。玩累了，我们三个靠着苇垛睡着了。张麻子他们闹哄哄折腾到深夜，各自回房间去睡了。

千家万户都灭了灯，漆黑一片。

自从闹了蓝灯匪，家家夜里都亮油灯。

第 五 章

　　这一夜差不多就过去了。蓝灯匪没有来。
　　父亲喝高了，睡在了王家寨。土匪是有时有会儿地来，可是，齐县长派来张麻子，百口人驻扎下来就赖着不走了。张麻子带的队伍欲望无限度地膨胀，找村里乡绅要保护费，天天搜刮百姓，让人敢怒不敢言。一个月过去了，蓝灯匪依旧没有往枪口上撞。夜里巡逻的老人敲打着铜锣，喊着，平安无事喽！平安无事喽！父亲悲苦着脸，叹息说，蓝灯匪徒不来了，可是，这张麻子跟土匪没啥两样啊！我们得找齐县长，赶紧把张团长召回新水城去。母亲叹息说，请神容易送神难啊！我忽然插话说，我看叫大抬杆二叔王学武回来，拿抬杆枪把张麻子他们轰走！父亲瞪了我一眼，小孩子家别插话，学武到保定读书去了！
　　我的心沉到了沟底，想到王学武不在王家寨，就觉得空落落的。直觉告诉我，这不是爱情，是少女对男人朦胧的崇拜吧。
　　齐县长给我们派来了保安团，父亲担心保安团会出乱子，果然不出所料，张麻子把村里搅得鸡飞狗跳，还给我的婚姻带来了巨大危机。年年不变年年变。即便是那个黑暗年代，我们家的日子还是一点点好转，家里能够拿鱼兑换粮食了，母亲能够给我们包饺子、蒸馒头、做糖三角了。虽说吃饱了，可是，我家发生了不愉快的事。张麻子团长隔三岔五地到我家来，嘀嘀咕咕说一阵，就满脸微笑地颠了。刚刚吃了饺子，张麻子带着卫兵晃晃地走了。

我问父亲，这几天张麻子团长咋总到我们家来啊？

父亲叹息了一声说，张麻子为给齐县长拍马屁，看中我们家铃铛了，他要给保媒，对象是齐县长的二儿子齐同辉！

母亲欣喜地说，赶紧找个算命的吧，看看两个孩子生辰八字合不合，如果合了，也算咱家攀了个高枝儿啊！

我听见了，气呼呼地说，啥高枝啊？我不去攀哪！

父亲惊魂未定，担忧地说，这事儿怕是没那么简单。胳膊扭不过大腿，你说不去就不去啦！

我倔倔地拧着身体说，我就不去！我还要读书呢！

母亲哮喘上来了，紧张地说，如果铃铛不同意，赶紧给张麻子送点儿钱，让他美言几句，别让县长记恨咱。花钱买个平安吧，谁不愿意儿女平平安安的呢？母亲说着，端上一碗热腾腾的鱼丸子。

我和父亲都没有吃鱼丸的欲望，呆呆地坐着。

母亲说，你们谁也别争别吵啦，我们最后还是听算命大师的。鱼丸传女不传男，就是人家给算的。多准啊！

我咯咯笑道，你和爹倒是想生个儿子呢，生丫头的命。鱼丸是传我了，我们邢家也没见着兴旺啊！

父亲仰脸叹息，忧心忡忡地说，国破山河在，城春草木深。感时花溅泪，恨别鸟惊心。烽火连三月，家书抵万金。白头搔更短，浑欲不胜簪。这是杜甫的诗作《春望》，杜甫不愧是大诗人，写得好多啊！愿人间再无战火，愿和平永驻人间。可是，愿望归愿望，没有国哪有家？眼下国家破败成这样子了，家如何振兴啊？

我在心中默默地背诵父亲朗诵的《春望》。

母亲不耐烦地说，你们准是不饿，二霞，他们不吃我们吃。

二霞夹着鱼丸子，吧唧吧唧地嚼着说，你们吃诗就吃饱啦！

我瞪了二霞一眼骂，死丫头，你才吃屎呢！

二霞辩解说，谁说吃屎了，我说吃诗！诗歌的诗，我姐诗屎不分！她津津乐道，嘴上叨咕着没完。我嘿嘿笑了，抓起鸡毛掸子抽她的后背，她端着碗躲藏着。

第二天上午，天空飘洒着小雨。父亲打着雨伞去找张麻子，回来的时候雨停了，父亲的脸却是阴沉的，比锅底还黑。天黑了，我在家里点燃煤油灯看书。起初，我没有十分在意张麻子保媒的事，父亲回家一说，我才感到事态已经严重了。张麻子巴结县长，已经禀报了，齐县长竟然答应了，要带着儿子到圈头村来相亲。我一想，真的麻烦了。母亲看出我的紧张，劝说道，闺女，你别害怕，人家齐二公子要是一表人才呢，你嫁了还是好事，真的掉进福窝里了。我任性地喊，我不，我不嘛！好事让二霞去。

二霞放下书本说，人家是来相你，我没有我姐长得漂亮。

父亲对我说，你好好准备准备吧。这不仅是关系你个人的幸福，还关系到我们圈头村、王家寨村里的命运。

我惊讶地问，爹，命运？你拿我婚姻做交易啦？

父亲无奈地说，瞧你这话说得多难听。哪有交易？这不是见到齐县长了，我们有求于县长，让他赶紧把张麻子他们的保安团调回新水城。村里的老百姓叫苦连天，招架不住啦！

我哼了一声，这不是交易是什么？

我望着夜空，未圆的月亮高高挂在天上，夜空碧蓝如洗，我的心情却无比糟糕。

第二天麻麻亮，有人咣咣地敲门。父亲出去开门，母亲完全被辛劳和操心占据了，刚刚摇着纺车在纺线，见到张麻子就把纺线的铁锭子放下了。张麻子带着两个卫兵来了我家。张麻子是提亲来的。我没有看书，看到的是张麻子的脸，麻麻的红坑，我疑惑着张麻子真是脑子有病了。张麻子揉了揉眼，尽量活泛着脸上的皮肉，低头给我相面，似乎要把我看个遍。

父亲把我介绍给张麻子。

我很腼腆，仓促地回应道，张团长，您坐。

张麻子的眼睛不够用了，目光在我的脸上纠缠，这孩子，真漂亮，还怪腼腆的。我看啊，不用齐家少爷相亲了，我就当家了。

大鹰熬鱼鹰回家，我抱着书本跑出去了，脚上的铃铛叮当作响。我跑到了堂屋。张麻子鸭子一样的笑声传过来，哈哈，老邢啊老邢，你说你们两口子长得都不咋样，生个闺女咋赛若天仙呢？一般闺女随爹，儿子随娘，大鹰倒是像你媳妇，铃铛一点儿都不像你，跟我说实话，铃铛是不是你的种儿啊？不是抱养的吧？

父亲连连说，是，是我们的。后边的声音我就听不见了。

我气愤地跑出来了，几乎是六神无主。这个张麻子真讨厌！

父亲让二霞把我拽回去了。二霞说，姐，人家给你提亲，你不在还行啊！

天黑的时候，我硬着头皮回去了。张麻子虽然是武行，却懂一些圈头村提亲规矩，送来了男方的年龄、属相和生辰八字。张麻子笑呵呵地说，铃铛的属相和八字我带给齐家，你们找算命先生算一算，如果行了，齐县长就带儿子过来，换龙凤帖了。

张麻子走了，我也没有抬一抬屁股。

大抬杆和水上飞就到圈头村找我。其实，我遇到难题自然会想到这两个铁哥们儿。大抬杆见到我，就问出嫁的事，新郎叫什么？我要出嫁的事，不知怎么传到大抬杆和水上飞那里的。我问，你们怎么知道的？大抬杆问，我只问你是不是真的？你要是撒谎，我们哥儿俩以后就不跟你玩啦！水上飞羡慕地说，这小子叫啥啊？运气来了挡都挡不住，财运和桃花运，结了伴儿来啊！我大声赌气说，他叫齐同辉，齐县长的儿子，张麻子团长保的媒，我没有见过他，更没有答应啊！

大抬杆却不吭声。

水上飞说，你是咋想的？

我口气坚定，我跟爹说了，不嫁人。

大抬杆说，你光嘴硬不行，张麻子和齐县长你惹得起吗？

水上飞想了想说，老天爷啊，保佑齐同辉不会看上你，这样就一了百了，大家都省事啦！

大抬杆说，我们去王家寨的镇龙寺烧香吧，菩萨会保佑铃铛的！

我随着大抬杆和水上飞去了王家寨。大抬杆划船，我和水上飞坐船两边，到王家寨的时候，日头已经升了一竿子高了。我们钻进了镇龙寺，烧香磕头，这个时候，我忽然想到了王学武。

我抬头望了望房梁，无助的表情让人可怜。大抬杆糊涂着，水上飞脑袋机灵，忽然说，我们把王学武的大抬杆拿下来吧！

大抬杆怯怯地摇头说，不行啊，我二叔回来找不着咋办啊？

水上飞眼睛灵活地一转，说，人不是活的吗？动你的狗脑子。这几天我们说不定能用上。齐县长的船来了，我们一枪喷出去，就打烂齐同辉的屁股。

我暗暗佩服水上飞的聪明，但是，聪明人共有的毛病，就是有些傲慢。他动嘴了，让我和大抬杆爬上去摘王学武的大抬杆枪。

我们找来了梯子，顺着梯子爬了上去，将沉重的大抬杆抬了下来。好沉的大抬杆啊！我们把大抬杆藏到了王家祠堂墙根，用苇席遮盖起来，然后就去了大抬杆的家。

王学恒正好在家。

王学恒一听这个棘手的事，沉默了好一阵。他表现出来的是一脸的智慧和冷峻。他皱着眉头说，既然老邢说了，连着两个村的命运，就非同小可。此事既要满足了铃铛，还要把张团长和齐县长笼络好啊！此事办妥了，会一箭双雕，如果有了闪失，麻烦就大了！

我心头一紧，抽抽搭搭地哭了，叔叔，麻烦大……大到啥程度呢？我可是不愿离开圈头啊！

王学恒说，男大当婚，女大当嫁。张麻子提亲没有毛病。可是，我知道齐县长的儿子，两个儿子都见过。老二齐同辉长得好，可是游手好闲，你嫁过去就是吃苦。还有，这个家庭更是处于险境。全国的农民暴动风起云涌，保定高阳、蠡县的农民暴动刚刚开始。伪县长蹦跶不了几天了，你嫁过去了，福没有享着，跟着吃大亏！

我咬咬嘴唇说，我更不嫁了！硬没让眼里的泪水掉下来。可我忍着忍着还是没有忍住，又哭了。

大抬杆劝说，别哭了，天塌不了。

王学恒露出自信的微笑说，回去给你爹捎话，我明天找你爹。

回到家，我们跟父亲对着流泪。

我凄楚的眼泪，使父亲的心肠变软了。

父亲的眼圈是黑的，可以想象，这几天他也在为我的婚事煎熬。父亲说，铃铛，爹理解你。哪家父母不巴望孩子好啊？我明天到码头迎候学恒，看看他的主意，力争有一个完满的结局。

隔了一天，父亲去码头迎接王学恒。我尾随而去，看看王学恒是不是大抬杆划船送过来的。我走到门口，突然肚子一阵阵地搅和，赶紧去茅房拉屎。我拉屎出来的时候，父亲跟随王学恒去了学堂。下午的时候，父亲大步流星地回家了。他红而粗糙的脸，终于有了笑模样。但是，他的眼睛很黑，像两条淀中的黑鱼。黑鱼是神秘的。我就知道他们谋划了一个方案，他们做的部分一律保密，我该做的都布置好了。最后父亲说，孩子，路已经铺好了，你是天上的凤凰，还是地上的鸡，就看你的命了！

我吃惊地问，我不是凤凰，就是鸡，我有啥能耐？

父亲想了想说，这是相亲，如果齐县长带二公子齐同辉来了，你要搞好关系，假装说说情话，主要是把张麻子整走，我们需要他。

我带着一脸忍辱负重的神色说，好吧，爹，我怎么脱身呢？

父亲说这是一个秘密，你就不用操心了。说完转身回屋了。

煤油灯闪闪烁烁，我的眼里好像模糊着一层泪水，心中忐忑不安，说是那么说，我能不操心吗？这关系着我的人生大事。

第二天上午，阳光明媚。齐县长等人顶着烈日来了，一艘双槽木船缓缓停靠码头。我、父亲、大鹰在码头迎候，远远地，我看见站在船头的齐县长和他儿子齐同辉了。齐县长是瓦刀脸，很长很窄的瓦刀。这家伙鬼精鬼精，伤人不留痕，杀人不见血。他身上有一股官气，能够驾驭众人。这是一位不好惹的对手，自古红颜多薄命，我觉得自己的麻烦来了。

敲锣打鼓，鞭炮齐鸣。武术表演队的表演开始了，父亲、夏柳青、张麻子陪同齐县长坐下看表演。我看得出来，齐县长对武术不感兴趣，但还是问了问题。他问，圈头村的武术从何时兴起啊？夏柳青说，北宋时期，杨六郎把守三关口，圈头是屯军之所，崇文尚武，官军在村里设了好几处杆子场，习武之风就延续至今啊！齐县长没有再问，父亲介绍了一下眼前的表演，齐县长，现在表演的是"飞脚点穴"，还是王家寨镇龙寺的武术高僧悟觉传授的呢！齐县长没有回话，起身说，最近身体不大好，拜一拜药王庙。人们带着齐县长去了药王庙。人走了，只有老百姓凑过来继续观看。天热了，武术队员个个都大汗淋漓。我陪同年轻帅气的齐同辉看了一阵武术表演。

过了一会儿，我问齐同辉为什么叫这个名字，齐同辉摇着扇子，眼里闪着浪漫的光芒说，母亲生我的时候是夜晚，那天夜里的天象日月同辉。我微笑着说，那是奇特的景象，你日后必有好的前程。齐同辉连连说，谢谢你的祝福。我装作微笑的样子，点头致意。齐同辉跟我抛媚眼儿，我装没看见。

我们随大人走着，齐同辉下意识拉我的手，我很反感，刚刚认识就拉手。我故意躲避着他伸过来的手，他也没有在意。

参观了康熙的行宫和药王庙，齐县长等人登上了木头拱桥。这里地势高，齐县长不由得驻足猜测，张麻子不愿意离开白洋淀，是不是有利可图？他要来看个究竟。然后众人就陪同齐县长乘船去了王家寨。父亲让大鹰在圈头用鱼鹰捕鱼，家里没有鱼了。

到了王家寨，没有先去镇龙寺，齐县长想在小街上走一走，体察一下民情。我与齐同辉无话可说，随大溜缓缓走着。街道狭窄，小巷清幽。平时这小街上骑车的很少，多是步行的人，人们对头相遇只能擦肩侧身而行。今天小街两头由张麻子的士兵把守，算是给县长一行清场了。我们边走边说话，忽然，在王家寨的一个胡同里，我看见大抬杆和水上飞了，可是，他们没有看见我。大抬杆伸了一个姿势优美的懒腰。水上飞一手扶着一只扁担，人在地上蹲着，他们俩执行什么任务，对我也要保密的。

齐县长走着走着，忽然一歪头，瞅见一家门口戳着黄灿灿的苇席，有炕席、囤席、苫垫席、包装席、天花板席和丈六席，在阳光里闪闪发光。齐县长收住脚说，我们到做苇席的农家瞅一瞅！

王银斋说，县长体察民情。他说着就带着齐县长进去了。父亲、王学恒在后边脚挨脚跟着。我陪同齐同辉说话，齐同辉没有到过白洋淀，谈笑风生，指指点点，看哪儿都稀奇。

我们进了这家院子。阳光照耀在院子正中，那是院里最热的地方。老人摊开放了一张苇席，躺在苇席上打呼噜。王银斋喊，老板头，县长来了，快起来！老头被喊醒了，看见来了这么多人，一骨碌爬起来，畏畏缩缩不动。齐县长问，你这苇席都销往哪里啊？老板头说，新水城、保定、沧州和天津。齐县长问他家的年收入多少，老板头说，卖席、卖鱼收入还凑合，可是，自从县里派来了保安团，吃拿卡要，日子该过不下去了。

张麻子脸上麻点儿抽搐着，火了，大骂起来，保安团招你惹你了，这不是血口喷人吗？再胡说，老子一枪毙了你！

王银斋拱手作揖劝说，张团长，您大人不把小人怪，别生气了，他没文化，不懂规矩。

齐县长眼睛里透出威严，让人家把话说完，到底有没有克扣欺压老百姓这种情况？

老板头跪下给齐县长磕头，县长大人，我没有半句假话，可怜可怜我们吧，替我说一句公道话吧！

齐县长扭头问王银斋，老王，是不是这种情况？

王银斋怕得罪了张麻子，支支吾吾没说出来。

齐县长转脸问夏柳青，说，你们圈头村有这种情况吗？

夏柳青望了一眼张麻子，吭哧说，张团长和弟兄们还是非常尽心的，五个指头还不一般齐呢，老百姓当然说啥的都有——

父亲听着不对劲了，仗义执言说，齐县长，圈头有这种情况。保安团抵挡了土匪，功不可没。可是，他们花销太大，羊毛出在羊身上，也影响了老百姓生活。

齐县长皱着眉头说，蓝灯匪抢劫，保安团是你们几个村的乡绅联名请来的，既然你们不欢迎他们，我会派人调查清楚的。我们要爱护老百姓，最近我们保定高阳、蠡县的农民暴动，就是教训。水能载舟也能覆舟，失去了民心，加上共产党煽风点火，老百姓就反啦！

张麻子点头说，齐县长，您说得好，我记住了。

张麻子狠狠瞪了老板头一眼，哼了一声。

我的心怦怦地跳，张麻子是心狠手辣、眼里不揉沙子的人，我担心张麻子事后报复老板头。从老板头家里出来，齐县长还是没去镇龙寺，而是乘船去了城子荸。城子荸在王家寨村东，出土了陶艺，有陶瓮、陶砖和陶瓦。现在水旺，只露一个圆顶，枯水的时候，浮出四个大土丘，就像老龟在那儿卧着。齐县长站在城子荸顶部，就把四周一切尽收眼中。白洋淀环境幽雅，村庄、苇地、园田相隔，淀泊以沟河相连，甚为壮观。张麻子殷勤地递给齐县长一个望远镜。齐县长举着望远镜，他不但看到了渔民打鱼，还看到了农家织席，更远处看，弯曲绵延的大清河水道尽收眼底。大清河水闪闪发光，河两岸有鱼店、鱼行贩，老百姓叫"翻波浪"。这里鱼市交易嘈杂繁忙。

王银斋说，县长，运往天津的鱼就从大清河水道运走了。

齐县长举着望远镜，感慨说，富饶之地啊！

蛙声和鸟的啼叫声交融到一起，非常动听，齐同辉说这是他听到的世界上最美好的声音了。

齐县长将儿子齐同辉叫到身旁，嘀咕了几句，然后就安排定亲酒宴。我毕竟是圈头的家，夏柳青和王银斋商量，酒宴原是安排在了圈头村，但齐县长与王家寨姚家交往甚密，他已经安排在姚家大院了。

这是我第一次进姚家大院。听大抬杆说，姚家跟他家有仇。姚占轩是个开明地主，老百姓闹水灾，不仅不收芦苇，还开仓放粮。但是，他的儿子姚廷阶不是好人，经常放出狗来咬穷人。在这个院里定亲，显然违背我的意愿。

姚家家大业大，建的大院无比排场，两座规整的四合院，用走廊连在一起。大门口，灰色的砖墙簇拥着高高的门楼，房脊两端高耸着砖雕的麒麟。檐下垂着伞盖式的透花木雕，门柱是油漆彩绘。大门是暗红色的，厚重的门扇上镶着两个黄铜门环。大门两侧是汉白玉的石狮子。穿过大门的门洞，迎门便是一道影壁，连影壁也是瓦顶、砖基，四周装饰着砖雕龙，影壁中间雕刻着书法"福"字，影壁的底部是一丛盘根错节的南方盆景，开着一串小黄花。

影壁后边就是一个狭长的前院,有荷花池,周围种植着海棠和石榴,树叶婆娑,从春天到秋天都能够欣赏,显示着与众不同的幽雅和宁静。我有一种目不暇接之感。别的地方我没有细细观察,姚占轩让管家把我们直接带到了客厅。

大人们寒暄着,齐同辉坐在我身边聊天了。他说他去过陈调元的庄园,比这儿阔气多了。我说,陈调元是谁?

齐同辉微笑着说,你连陈调元都不知道?白洋淀的同口村人。他当过军阀段祺瑞的参谋,国民党安徽省主席,那可是大官啊!我歪着脑袋问,他比你父亲官还大吗?

齐同辉哈哈笑了,我爹只是县官,跟人家能比吗?你看人家也是穷苦人出身,他娘卖苇席供他读书,二十岁读了保定陆军军官学校,冯国璋、张宗昌都非常欣赏他的才干。这家伙爱交朋友,爱说爱笑,身手灵活,胆识过人,更是蒋介石眼里的大红人啊!

我说,你是不是特崇拜他?

齐同辉说,那当然。我想知道,你心中最崇拜的人是谁啊?

我毫不犹豫地说,王家寨的王学武,他也去保定读书了。

齐同辉问,他有什么惊天动地的业绩啊?

我说他是我们白洋淀用大抬杆猎枪打雁冠军。

齐同辉仰了脸,挤眉弄眼,一脸坏笑,我装着听不见。他讥讽说,打雁冠军,还是白洋淀的?我给你说一个陈调元的故事吧,1923年春夏之交,津浦铁路山东临城站出了一个绑架案,谁干的呢?大土匪孙美瑶。

我情不自禁地吸了一口气,好吓人啊,天下咋这么多土匪啊,蓝灯匪就常祸害我们。不过,这个土匪的名字挺好听,是女土匪吗?

齐同辉摇头说,男的。蓝灯匪许大彪跟孙美瑶没法比,孙美瑶带千余个匪徒,将二百多个乘客绑架到抱犊崮,里边有十九个外国人。消息一出，震惊中外。为保人质安全，山东督军田中玉亲自上山与土匪代表谈判。几个回合，愣没有谈下来。绑匪嚷嚷着要先拿外国佬开刀，英国、美国、法国外交官都急眼了，再不谈下来就麻烦了。北洋政府让冯玉祥带兵剿匪，外交使团强烈反对。谈不成，还缴不得，直系首领曹锟想到了陈调元。

齐同辉口才好，讲故事富有感染力，我完全被他带进陈调元的故事里去了，父亲喊我过去我都没听见。齐同辉像讲评书似的说，陈调元临危受命，去了山东临城。为让土匪放心，他和卫兵把枪交了，嘻嘻哈哈地跟孙美瑶谈，说自己甘愿下地狱，做保人，促成和解。这家伙从小吃白洋淀的鱼啊，脑子聪明，嘴皮子好使，谈笑间取得了孙美瑶的信任，孙美瑶放了人质，接受招安，并亲自送陈调元下山，惊天大案挥手完事。你说他牛不牛？

我吸了吸鼻子，不吭声了。他口若悬河，但是，他不如王学武有魅力，话少气场大。我心中有王学武，齐同辉说什么都没用了。

齐同辉笑道，以后我们是一家人了，你的偶像不能是打雁的王学武啊，让我都小瞧你，最起码也是陈调元这个级别的。

我梗着脖子喊，哼，十个陈调元也比不上王学武！

齐同辉说变脸就变脸，他吼道，混账，闭嘴！

说着，他的皮带下边的扣子松开了，我好心好意给他指出来，他好像不高兴。这时候，姚家的管家过来叫我们吃饭了。

餐厅不如客厅大，刚好摆了两桌。我与齐同辉在一桌。齐同辉不爱吃鱼，手撕着鸡肉喝酒。这家伙酒量大，在清醒的时候，装得文质彬彬，可是，一喝醉酒就胡吹海哨，说话的声音都高了。张麻子过来给齐同辉敬酒，然后比画手势，你们小点儿声，县长做指示呢。齐同辉不在乎他，竟然站起来说，铃铛，老子数学第一，全保定没有比的。他一整天沉浸在喜悦中，我越发瞅着他恶心。齐同辉让我喝酒，我说不会喝酒。齐同辉说，铃铛，你的志愿是什么？

我吃了一口炖鱼，想了想说，我想做鱼丸子。

齐同辉捂着嘴巴，笑喷了，你做的鱼丸好吃吗？

我淡淡地说，那得你吃了才能说好吃还是不好吃。

齐同辉又笑了，看出没有嘲笑我的意思。可是，我没有觉得好笑，我心思走神了，大抬杆和水上飞他们俩干什么呢？他们现在吃饭了吗？

父亲拉着我的双手，到了齐县长这一桌。齐同辉也跟过来了。我与齐同辉并排站着，恍若做梦。张麻子主持订婚仪式，说今天，我们借王家寨的姚家大院这方宝地，举办齐同辉和邢铃铛的定亲仪式。两个孩子，八字非常合适，两人见面也是一见钟情、情投意合啊。下面就是过小礼啦！

大家纷纷鼓掌。齐县长微笑着，挥了挥手，下人就搬来了"四色盒"。这是白洋淀各村的风俗，定亲男方给女方四色盒，每个盒子装的东西不一样，有衣裳、布料、袜子、化妆品等。父亲接过四色盒，转放到我的手中，然后作了揖，给齐县长敬酒，我鞠了躬。齐县长微笑着说，这孩子，长得漂亮，看眼睛就灵透啊！

今晚没有月亮，天和地一片漆黑，天空灰蒙蒙的。不管有没有月亮，淀水在夜里的颜色都是青白的。提着马灯，我们才送客人上了船。齐同辉是被架到船上去的，他坐到了船头，就哇哇地吐酒，连连喊，铃铛啊，上船跟我们去新水城吧！我只是摆手，没有说话。我隐隐感觉到，这个花花公子不是省油的灯，早晚有一天会给他父亲惹祸的。

好戏一场接一场。圈头村夜里忽然冒出了蓝灯匪。每个匪徒提着蓝蓝的灯笼，幽灵似的穿梭游动，速度极快，来无影去无踪。我们家的门被敲响了，我吓得又钻进了被窝。父亲匆匆忙忙出去了，匪徒竟然没有到家抢劫。第二天早上，父亲晃晃悠悠地回来了，喘着气，头上冒着汗，他告诉我们张麻子的保安团就被蓝灯匪袭击了。保安团在圈头和王家寨几乎同时被端。双方开了火,火星四溅,子弹像蝗虫一样乱飞。匪徒死了多少不知道,尸体被装船拉走了,张麻子的保安团死了十一人,受伤二十多人。张麻子不能再等了,圈头和王家寨已经不是世外桃源,而变成内忧外患的是非之地了。

从这一场战斗之后,张麻子和他的保安团消失得无影无踪。

父亲微微一笑说,我就说嘛,手大遮不住天,小鱼拱不翻船。张麻子有他栽的这一天。保安团受伤的士兵几乎全是中了大抬杆的枪砂,我有些疑惑,蓝灯匪盘踞在太行山的老虎山,怎么也有大抬杆呢?

王学恒、夏柳青和父亲喝酒庆贺。因为保密,没有让我参加。我可以找大抬杆和水上飞去庆贺。按我的推算,张麻子跑了,他给我保的媒也就黄了。

大抬杆和水上飞见到我的时候,两人都光着脚。我问道,你们的鞋呢?大抬杆说,夜里丢了,跑进了岸边的芦苇荡,脚疼,才发现脚上的鞋全跑丢了。如果张麻子破案,发现他俩的鞋怎么办?

我佩服地说,大抬杆哥哥是个胆小怕事的人,敢冲着王家寨的保安团放枪啦?

大抬杆耸耸肩说,这样说也未尝不可,我总不能一辈子叫人说成胆小鬼吧。也许有一天,我比水上飞胆子还大。

水上飞听着不舒服,争强好胜的性格使他不能沉默。他突然说漏了嘴,大抬杆啊大抬杆,你小子放了一枪,打伤了保安队员,王家寨就搁不下你啦?如果不是你爹和铃铛她爹布置好了,你敢放枪吗?如果是真的蓝灯匪来了,你敢出来吗?

大抬杆蔫了,不说话了。水上飞的缺陷就是嘴损,话上粗糙而已。如果不是大抬杆有意刺激他的自尊心,他不会这么激烈的,是大抬杆那过去没有的傲气让水上飞难以忍受。

大抬杆嘟囔说,粗人就是粗人,你看你还是泄密了吧。

我恍然明白了，嚷道，不是真的来了蓝灯匪，你们装的蓝灯匪。

水上飞说，不是我们装的，我们只是参与了。铃铛啊，这事人命关天，可是不能传出去啊！

我这才明白，父亲说的秘密是什么了。我忍不住为他们高明的谋略而笑了，心中充满了敬佩。我有几分羡慕地说，打死我也不说。唉，你们多有福气。我要是参战就过瘾了！

大抬杆说，打仗是男人的事，女人还是在家待着吧。

水上飞笑道，你小子由鼠胆儿变贼胆儿啦，我问你，你哪来的胆儿啊？

我们站在淀边，尽管误了吃饭的时间，但一点儿也不觉得饿。赶走张麻子的事，反倒使我意犹未尽不大过瘾。既然一切都摊牌了，我就再三逼问，他们也进一步透露了活动细节。

一切都是事先周密策划、安排好的。两个村赶张麻子的保安队不是一天两天了，可是，几次努力前功尽弃。张麻子来我家提亲，给了村民一个绝好的机会，一是引来了张麻子的顶头上司齐县长，二来人们想到了以毒攻毒的计谋。张麻子吃定了圈头和王家寨，不动到你死我活，他是不会走的。王家寨老板头的告状，让齐县长丢了面子。开始，并没有想到冒充蓝灯匪，王学恒跟我父亲商量，找一找白洋淀当地的土匪。外面世界风雨飘摇，各路人物风云际会，白洋淀活跃的几股土匪，有同口的红枪会、采蒲台的黄罗锅、容城的张六慵、安州的王烈军、霸县的柴恩波等土匪，真是"番号满天下，司令如牛毛"。不能从屎窝挪到尿窝，父亲和王学恒把这几拨土匪研究了一番，还是选中采蒲台的黄罗锅。黄罗锅说话算话，为人仗义。

父亲和王学恒悄悄到了采蒲台，见到黄罗锅。黄罗锅与张麻子的队伍交过手，他骂道，他奶奶的张麻子，保安团欺压百姓，不能留情，那有多少杀多少，杀了人割下耳朵作为凭证，回来一个耳朵赏三个大洋！

众匪徒热血沸腾。他们兵分两路，一股去了圈头，一股到了王家寨肖神庙。张麻子刚刚接待了齐县长，正是人困马乏之时，黄罗锅土匪帮提着蓝色灯笼，扑上来了，打得保安队措手不及。张麻子提着裤子指挥还击，胳膊中弹负伤。黄罗锅泥鳅性子很狡猾，他也是怕张麻子事后算账，他说张麻子是为了提防蓝灯匪而来，干脆来个将计就计。所以，他们都提着蓝色灯笼来了。黄罗锅人手有限，没等张麻子醒过神来，先杀了人，死人血肉模糊，血流如注。土匪割了耳朵，捏着血糊糊的耳朵开船就跑了。黄罗锅有指示，不能恋战，突然袭击见好就收。后来竟然还出了一个笑话，土匪三老歪竟然割了两只耳朵，追着黄罗锅索要六个大洋。黄罗锅歪着脑袋问，老三，你杀了两个人？三老歪强撑着说，是。黄罗锅将两只耳朵擦了擦，往桌上一摆，看出是一个人的左右耳朵。黄罗锅瞪了眼睛，畜生，糊弄老子来啦？三老歪软了，黄罗锅狠狠抽了他两鞭子，歪着脖子还是给了三个大洋。

听到这里，我嘿嘿地笑了，大抬杆，你放枪杀死了几个保安队员？提着耳朵换大洋吗？

大抬杆说，我是打的铁砂，伤了一片，好像没死人。

水上飞捂着嘴巴说，没死人，人都伤了屁股。

屋漏偏逢连夜雨，船迟又遇打头风。过了半个月，我起早贪黑缺的觉补足了，脸色就红润了。刚要想着去找大抬杆玩，张麻子来了。张麻子没有带保安队，他是为我和齐同辉的婚事来的，所以没有穿保安团军装，而是穿着灰色长袍，脸上堆满了笑。我分明感觉到他满脸笑容里藏着诡异阴狠。

张麻子笑说，老邢，恭喜了，你们家有喜了。

父亲一屁股坐在椅子上，沉重的忧虑还是没逃过。他没有相中齐同辉，并不是因为他是共产党，不愿亲近伪县长，而是担心我过了门受委屈。我以为这桩婚事已经黄了，谁知齐同辉还惦记着我呢。我不爱他，怎么能跟他结婚呢？我抽泣着哭了。

父亲说，张团长，我觉着齐县长家大业大，官位显赫，我们铃铛是圈头村里的柴火妞，没读几天私塾，怕是配不上齐公子啊！

张麻子说，人家齐公子听说你们祖上出了红姑，皇帝都相中了。出美女的家族啊，齐公子看上铃铛了，还有什么配不上？

母亲讷讷地说，孩子毕竟还小，不懂事啊。

张麻子眼光里有一种狠毒的东西，骂道，啊，这话早不说啊！别忘了，在姚家大院，人家齐县长的四大盒都收了，还反悔啦？

母亲忍气吞声，赔着笑脸说，齐县长家公子看上我家铃铛，那是我家福气。可是，铃铛就是逆风恶浪的命，哪儿有那个福啊？四礼盒还留着，一点儿没动，要不就请张团长给送回去吧！

张麻子想翻脸，还得忍着，老邢啊，事情没有这样的，哪儿有拉出来的屎往回坐的？你们让我咋跟县长交差啊？

两个卫兵用枪托戳地，嗵嗵地响着。

父亲说，铃铛的性格你知道，强扭的瓜不甜，她要是委曲求全，齐少爷的日子也过不好啊！

张麻子狠狠地说，过了这村就没这店了，我受人之托，就得忠人之事，过好过不好，老子不管。将来你们是亲戚了。

我痛心疾首地叫了一声，那我跳淀死了得了！

我这一哭，父亲的心被女儿哭碎了。

张麻子说，这是打着灯笼都难找的好事，嫁到了齐家，就算掉进了福窝儿，你还哭，还横，还嚷？

父亲倔强地说，这不是你情我愿的事吗？那齐同辉能对铃铛好一辈子吗？铃铛要是挨欺负，我可是跟你没完！

张麻子恶狠狠地说，邢希望，别敬酒不吃吃罚酒，我可把话给你挑明了，我可是抓着采蒲台的黄罗锅了。你和王学恒合计的阴谋，还用我挑明吗？冒充蓝灯匪该当何罪？老子整天护着你们，你们却暗藏杀心。我没跟齐县长说呢，如果说了，还不踏平你们圈头和王家寨吗？

我吃了一惊，父亲的额头也冒汗了。

父亲一看张麻子急眼了，嘴上说那我把婚事安排好，其实他在想跟王学恒再想办法，把我解救出来。

张麻子说，我们打开天窗说亮话，如果铃铛乖乖去了齐家，我啥也不提了，如果你们掉链子，别怪我新账旧账一起算！

父亲立刻周身一颤，呆愣在那里，半天说不出话来。

我头顶涌上一股血来，脑子瞬间做着选择，不能连累家人和王学恒叔叔。胆怯是对危险的躲避，人一旦没了躲闪的余地，怯懦者也会变得勇敢起来。我就是这样的人。我憋足了劲大声吼，我同意嫁给他！

张麻子笑道，好，你们邢家啊，还是铃铛明事理。说完带着保安团的士兵走了。

母亲瘫软在地，一把鼻涕一把泪哭着，老天爷啊，这可咋办啊？这闺女俊了也是灾啊！你说祖上的红姑，不就是漂亮惹的祸吗？

我知道红姑的悲剧。一想到红姑，我就想找到一个没人的地方，号啕大哭。

第 六 章

  父亲陷在被戳穿秘密的沮丧里，呆呆地坐着。
  今天是二霞做的饭，饭走了相，白面馍像鱼，鱼丸子像蘑菇。二霞长得像父亲，脸圆，胖乎，不爱笑，特会体谅人。我有些事让她不痛快，二霞经常忍让着我。大家不约而同地把目光集中在父亲身上，只有父亲能救我了。我向父亲发出求救的目光，爹，你救我啊！
  父亲擦去一头的冷汗，什么也没说，只是把头埋在书堆里。他拿着一本书走了，这书对他来说像一座大山那样沉重。我精疲力竭地躺在炕上，脑袋嗡嗡作响，沮丧地说，如果不行，我就跳淀去死！
  父亲严厉地吼，不准胡说八道！
  傍晚，灵感在这一时刻很难降临。我想到了大抬杆和水上飞，这两个家伙也许能够救我。
  第二天早上，父亲悄悄走到我身边，他的眼睛一下子变得十分苍老，他的脸凑到我耳边，轻声说，叫上二霞，我们读书吧。我任性地摇起了铜铃，我不听，火烧眉毛了，哪有心思读书？父亲瞪了我一眼，你不听别后悔，我念给二霞。二霞搬着板凳凑了过来，我只好耐着性子听。父亲竟然找到了一本鲁迅的书，他要给我们朗读鲁迅小说《铸剑》。
  父亲揉了揉眼睛，戴上眼镜，声音里有一股铁器味道。我的脑子里就出现了一柄纯青、透明、寒光闪闪的宝剑。那个铸了剑又死于剑的人，是怎样的气质和长相呢？那个神秘的黑衣人，他给儿子留下了宝剑，也留下了遗恨。可见，父亲崇尚荆轲，欣赏鲁迅的文章和风骨。父亲的嗓音从来没有这么神秘深沉，我忽然觉得王学武就是《铸剑》里的黑衣人。

父亲念完了，我插嘴说，我看见黑衣人啦！

父亲一愣，你看见谁了？

我说是王学武。

父亲浑身一个哆嗦，眼神有了光彩。

和县长的公子定了亲，我要出嫁的新闻在圈头村轰动了。可是，乡亲们哪里知道我心中的苦啊？婚期到了，我像吃了断肠草一样万念俱灰。迎亲船到来的两天前，我让父亲给我办一个送别的篝火晚会。但父亲没有同意举办篝火晚会，只是安排了一次篝火烤鱼活动。夜晚降临，这是揭开帷幕的夜晚，帷幕后边的景象，虽然有些龌龊，但毕竟开启了新的天地。亲戚、朋友们纷纷来参加烤鱼晚宴，父亲和二霞唱了西河大鼓，我不明白，他们此刻怎能唱得这么心安？乡亲跳着捕鱼舞，在跳舞的时候，邻居的邸老太太悄悄死去了。她死得真不是个时候，不好的征兆啊！

我赠给二霞一块儿粉色的布料，这是齐同辉给我的，我相信她会喜欢的。二霞却没有说话，也不唱大鼓，却学了两声乌鸦叫，模样怪怪的。她陪着母亲，独自吃烤鱼的时候，总是垂着头，一会儿坐下一会儿站起来，独来独往让她的脚步变得沉重。

我约了大抬杆和水上飞，让他们参加我们的篝火烤鱼，结果大抬杆不来，水上飞露了一下头。水上飞对我说，你嫁给齐同辉是自愿的吗？我瞪了瞪水上飞，没吭声。水上飞黑着脸说，大抬杆对你的选择非常不满意，他生气了！然后就划船走了。我就猜想这俩家伙不消停，我对水上飞咆哮着喊，大抬杆凭什么不满意我嫁人，他是我的啥人？可是，在我们联欢的时候，我突然发现大抬杆和水上飞悄悄来了，大抬杆慢吞吞地坐了下来，也不吃烤鱼，大手搓了搓脸，然后微微地抬起头，凄凉地朝我笑了一下。他这是啥意思？其实，我想起了白洋淀渔民的一句话，风和时扬帆，风暴时抛锚。我生活中的锚，一旦牢牢地抓住岸，船就不惧怕风暴了。

大抬杆和水上飞喝酒了。大抬杆酒壮了胆儿，说话肆无忌惮，有的时候，还到我跟前傻笑、撒泼。水上飞也像中了邪，放肆地大笑，这俩家伙疯到让我父亲看不下去的程度，有人往心里去，也有人却浑然不觉。

父亲厉声吼，大抬杆，别晃了，坐下喝！

大抬杆乖乖坐下了。

后来我听说，当天晚上大抬杆回家跟王学恒说了，王学恒过来看望我父亲，两人谈了什么我没听到。至于后来发生的事，三言两语就可以说完。齐同辉的婚船来到我们圈头码头，我被人们吹吹打打地迎到船上。我蒙着红红的盖头，新郎齐同辉穿的什么我都没有看见。那些热闹喜庆的婚俗，我就省略不说了。我紧紧闭上眼睛，四周一片漆黑。

婚船开到了淀中，两条渔船冲过来了，一股浓烟陡起，黑衣人勇猛地跳到船上。劫持婚船的就是这个黑衣人。我掀开盖头，和黑衣人的目光刚一接触，便都认出了对方。这是多么熟悉的眼光！黑衣人是谁呢？我的眼睛蒙了一层泪，风在耳边呼啸。齐同辉勃然大怒，全身颤抖，给我去抓劫匪啊！护船的保安团士兵纷纷冲过去，因为是婚事，他们没有带枪，用刀用剑去拼杀，都被黑衣人打到水里了。这事让齐同辉后悔，他让张麻子在北大堤码头迎候。

黑衣人把我劫到另一条船上，这是一条新船，我闻到了木头淡淡的香气。令我惊喜的是，看见大抬杆和水上飞，心就落了地。他们的行动一定是父亲和王学恒安排的。好在惊险的打斗结束了，大抬杆很快就恢复了活泼的样子。大抬杆用身体护着我，给了让我目瞪口呆的温柔和包容。

　　船唰唰地钻进了芦苇荡，我的心才慢慢平静。黑衣人喊一声"我走啦"，然后就跳上了另外一条船。咚一声，这声音就一连声儿地传到远处去了。我听见了鸟叫，彻底扔了红盖头，我的眼睛仿佛笼罩了一片郁郁葱葱的芦苇，与刚才的纷乱相比，眼前的一切看上去分外的宁静。

　　我在王家寨大抬杆家里躲了几天。我问大抬杆那个营救我的黑衣人是谁，大抬杆憨厚地摇头，说爹让保密。

　　我住在大抬杆家里，这地方待着挺好。最近日子太乱了，我需要离开家，离开亲人的目光，一个人静静地待着，像父亲常说的，需要清理自己的腐朽思想。我考问自己，铃铛啊，你跟父亲和王学武比较，是不是活得没有目标？

　　这一天，我发现了一个秘密。大抬杆带我潜入了王学武的房间，这是他偷偷练功的地方，也是他读书的地方。两间厢房，屋子很小，墙壁和房梁都被烟熏黑了，泥地里有两个深深的土窝，王学武练剑踏出来的。强者都是在不起眼的地方，悄悄练成的。牛羊同群，猛兽独行。

　　王学武就是一个独行侠。

　　后来我平安回家，父亲跟我说，为了防止张麻子的保安团反扑，县城还发生了农民武装袭击县府的冲突，张麻子直接从码头去县府救援。这两起事件是那么巧合，难道是父亲的巧妙设计？

　　一切恍然如梦。

　　我的危机解除了，回到家里，母亲做了鱼丸子庆祝。父亲喝了几杯酒，继续给我们读鲁迅的《铸剑》。我一口咬定黑衣人就是王学武。这黑衣黑得纯粹，没有虚假的成分。父亲放下书，猛地吸了一口气，说到王学武，你的感觉是对的。他可是我们家的大恩人啊！

　　我愣了愣，爹，恩人？

父亲说，你还不知道吧？齐县长儿子婚事，是他劫船救的你。

我表情有些惊讶，心里早已认定是王学武回来了。

父亲说，他不仅救你上船，还在新水城找到齐县长，摆平了你的婚事。这叫卤水点豆腐，一物降一物。学武有勇有谋，日后必有大用啊！

我激动得声音沙哑，天哪，王学武！

这时，我的心里对王学武充满了无限的爱意。

我这一切难道父亲提前都有感知？他为什么读鲁迅的《铸剑》？我又去王家寨找大抬杆核实。大抬杆说，真的。我感动地落泪了，我说要见到王学武。大抬杆摇头说，他不会见你的，他救了你，平息了城里的农民暴动，就回保定了。这个时候，我才知道王学武跟父亲一样是中共党员了。但我更多记住的，是他身上有一股荆轲那样的燕赵侠风。水上飞说，还是大抬杆舍不得我离开白洋淀，求助了他二叔。我失望地呆愣了好一阵。

水上飞还跟我说了王学武在保定校园的一场恋爱，轰轰烈烈地开始，戛然结束，来得快，去得也快，颇像白洋淀的上空变幻的荷花云朵。他失恋的原因不清楚。我和大抬杆只是知道他喜欢的女人叫石燕红，教师的后代，家住保定一亩泉附近。我好奇地想，这个让我心中英雄动心的石燕红长得什么样啊？她怎么那么有福气？我说我要是嫁人就嫁王学武这样的硬汉。大抬杆失望地望着我，水上飞踢了我一脚骂，瞎说，没良心的！大抬杆和水上飞划船送我回家。天空出奇地湛蓝，我出于感激和好奇，提出到保定看望王学武。

大抬杆沉着脸说，他被学校开除了。

我惊讶地问，为什么？

大抬杆说，据说是闹学潮。

我担忧地说，那他现在在哪儿啊？

大抬杆摇头说，天知道。

我大声说，我要去找他。

水上飞说，要去你自己去，不解风情的丫头片子！

我悻悻地回家了。

第二天，父亲带我去淀里打鱼。船缓缓驶入淀中，一只鸟在水面上呱呱叫着，我没有看到什么鸟叫，声音有些像黑顶麻雀。我看见三蛋在树上掏鸟蛋，二愣搭船去烧锅淀找他父亲。突然，我听见三声紧凑的枪响，看见三发子弹从芦苇荡里穿过去。父亲摁着我的脑袋趴在船板上。这是哪里来的枪声？我还看见二愣光秃秃的脑勺被打出了个洞，他躺在那里流着血，嘴巴里嘟囔一句，我被打着了。他一歪脑袋就死了。我一动不动地趴着，神色大变，继续凝视着射来子弹的芦苇荡，好像等待着什么。好久没有动静，开枪的人神秘地消失了。一阵风吹过，水波荡漾，睡莲轻轻地震颤，光线弯曲着一波一波折射过来。我再扭头一看，三蛋枯瘦的尸体挂在了芦苇包围的大柳树上。三蛋在树上掏鸟窝，也意外中枪了。父亲叹息一声，怕是张麻子的人冲我们打黑枪呢！我恨恨地说，这个张麻子，我要告诉王学武找他算账！

灾难的降临总是没有征兆，父亲发烧了，烧得迷迷糊糊，吃了中药还是不顶用。过了七天，父亲退烧了，可是眼睛几乎瞎了。父亲两眼一抹黑，再也无法划船打鱼了。父亲好几天都不说话。有一天，他自己偷偷摸到淀边，对着茫茫无边的白洋淀水面，高声唱了一阵西河大鼓，我没有到场，我想父亲一定哭了……

一切都无法补救了。这样的痛苦，让我实在难以承受，我要是不让父亲读鲁迅的《铸剑》就好了。

父亲眼睛看不清，村里党员夏慧敏非常吃惊，让人送过一些鱼来。她每次送鱼来，都要到父亲屋里偷偷说话。父亲剧烈地咳嗽，教二霞唱西河大鼓的事情也暂时搁浅了。我和母亲做鱼丸，精心照料父亲，整天熬那些中药，有清肺的荷叶，还有医治眼睛的。那些日子，父亲几乎停止了工作。他吹灯躺下以后，我就轻轻走出来，我在院里站一会儿，听一听，他并没有像往常那样咳嗽。

父亲身体渐渐恢复，肺病好了，眼睛却无法像以前那么好了。

春天来临，天气转暖。

白洋淀的水面嘎嘎地解冻，春天忙碌而平常，芦苇冒出绿芽，梨花开了，桃花和杏花陆续也开了，清风带着泥土的气息扑面而来。过清明，我和父亲到祖坟祭祖，发现大堤的冻土也酥松了，升腾着缕缕地气。淀边的柳树已经萌生了招人喜爱的绿芽，随着春风摆来摆去。

这一天傍晚，天将黑未黑，屋里亮着油灯。一片黑云盖了月亮，院里的槐树在风中摇晃。淀里下了大雾。春天很少下雾，灰不喇唧的雾大团大团地游移，几乎把整个白洋淀盖住了。我俏皮地探了探头，父亲对着周围的声响发了一声感慨，然后拄着拐杖从塘边回了家。父亲守着灯教二霞唱西河大鼓。我默默地写字。父亲一边唱，一边教我写字，让我吃惊的是，他视力那么差还能写一手好字。

其实，父亲是痛苦的。不幸中的幸运是，他的盲人身份也掩护了他，没有人注意到他偷偷发展党员。父亲教我写字的时候，我发现灯光越来越模糊，灯没油了，灯碗子又大又深，我把剩下的半罐油都倒了进去。圈头村的党员夏慧敏、赵丙奎来了。父亲让我和二霞到里屋继续写字，二霞走了，我偷偷蹲在屋里没动。

夏慧敏沉重地叹息了一声。

父亲对夏慧敏说，慧敏，是不是情况不好啊？

夏慧敏沉默了一阵，没有吭声。

父亲感到了不妙，抬手晃了晃，你们说话啊！

夏慧敏脸色严峻地说，老邢，形势非常不好，国民党蒋介石在上海发动了"四一二"反革命政变，4月28日，共产党的创始人李大钊和二十人被奉系军阀张作霖杀害啦！

父亲愣了愣，眼神黯淡许多，极为悲伤。

我知道李大钊这个名字，父亲的老师弓仲韬就是由李大钊介绍入党，他回到衡水安平办贫民夜校，建立了全国第一个农村党支部。父亲和王学恒参加了农民夜校，就是在那儿入了党。

父亲抹了一下眼睛，愤愤地骂，国民党挂羊头卖狗肉！残害百姓，滥杀无辜，不得人心！夏慧敏说，这是我们党的巨大损失啊！

父亲长叹了一声说，弓校长常常给我们讲李大钊、陈独秀的事。他们为啥成立中国共产党？初心就是为了天下穷人。他们看见穷人逃荒，饿死在半路上，两人含着热泪朝着穷人深深鞠了一躬。天下穷人是一家，穷人要彻底当家做主，大家要紧跟共产党，干革命，闹翻身，打倒军阀，打倒国民党政府，建立老百姓自己的政权！

我虽然不懂，但父亲的眼神又亮起来，像油灯一样闪烁着火焰，近乎失明的人眼神竟然那么明亮。

赵丙奎说，共产党一心为穷人，说什么就干什么，我们必须组织起来建立党支部！跟国民党反动派斗争到底！

夏慧敏说，老邢，我们该怎么办啊？

父亲皱着眉头，想了想说，我们要反抗，要组织暴动，走，我们去王家寨跟王学恒商量。

父亲和夏慧敏、赵丙奎连夜去了王家寨。

二霞和母亲听到"反抗、暴动"的字眼，吓得脸都白了。我却没有一丝胆怯，甚至有着一种莫名的兴奋。我想跟父亲一起去王家寨，父亲拒绝了。其实，我是想大抬杆和水上飞了。自从劫了我的婚船，他们很久没来了，这俩人想不想我铃铛呢？

这个夜晚，风平浪静，母亲和二霞睡着了，我却睁着眼睛始终无法入眠，好多事情一幕幕在脑海中闪过。

圈头村的夜晚总是没一点儿动静却又不同寻常。

我说到这儿，翻一下本子。我记录的是1927年5月19日，中央决定在北方建立中共顺直省委，领导北方地区党的工作。8月1日，中共顺直省委在天津成立，保定特委归顺直省委领导。王学武就在保定特委工作。当初记这些，都是盼着王学武快点儿回来。

这个夏天的一个早晨，王学武真的回来了。

王学武来时我正在村头玩耍，突然我的眼睛亮了，瞅见王学武穿着青布裤褂，长头发剪短了。但他并不是我想象中那么威风凛凛，而极为低调、普通。他的打扮令我失望，既不潇洒又不帅气，还不如黑衣侠客呢。但是，他的眼睛像两盏灯闪烁着光彩。

他是以保定特委特派员身份回来的，他和白洋淀北冯村的刘亦瑜最先来到圈头村。他从肩上的褡裢里摸出糖果来给我。我拿着糖果，拉着王学武的手，感激涕零地说，谢谢二叔救了我。王学武仰脸一笑，应该的，张麻子和齐同辉没有再找你麻烦吧？我摇头说，没有。王学武说，他们不敢了，反动派的末日到了！我听不懂王学武说的末日是啥意思。大抬杆抬了脸问，二叔，你不回保定读书啦？王学武微微笑着，没有正面回答，说他以后就在新水城了，有事到新水城找他。然后他就神秘地消失了。

我高兴地蹦了起来。

后来听大抬杆说，王学武和刘亦瑜在保定的学校入了党，被学校开除了。他与石燕红的恋爱真的结束了，他穿着黑衣救了我之后就回到保定，组建保定特委。特委干啥的我不懂，我的脑子里依然是王学武打雁的样子，潇洒帅气，那份崇拜还留在我心中。

王学武去我家看父亲，我要亲手给他做鱼丸子吃。王学武好像是饿了，狼吞虎咽吃着鱼丸，咕嘟咕嘟喝了一大碗汤。父亲一直病着，没有吃鱼丸，却突然精力充沛地坐了起来，颤抖着摸索着王学武的手，攥得紧紧的。父亲说,谢谢你救了我家铃铛!王学武傲慢地一笑,齐县长和张麻子没有什么好怕的。父亲沮丧地说,船老直腰,人老佝腰。我老了残了,日后就靠你啦!王学武大咧咧地说,客气了,我们两家不是一家人吗?我哥是个好人,但是,他干不了打打杀杀的事,杀敌人的事找我!父亲脸上皱纹舒展开了,坚定地说,学武啊,别看我眼瞎了,用得着我的地方就说话啊!王学武点点头。

王学武抚摸着我的头,掏出一个小镜子当礼物送给了我。我拿着镜子照见自己的脸,我吃惊地发现,自己还真是个美人坯子。

母亲说我比二霞好看,可是红颜薄命啊。母亲又说到红姑,还骂了几句康熙皇帝。

父亲阴了脸说,别提红姑的事了。

夜里,我掏出王学武给我的小镜子,照了照自己的脸蛋儿,我有红姑那么漂亮吗?小镜子没有白天那么明亮,乌蒙蒙的,映照得我的脸有些变形。母亲说夜里照镜子,会招来妖气,我就赶紧收了,没多久就呼呼睡着了。

王学武的活动场地在新水城,白洋淀还是没有他的踪影。这个家伙,来无影去无踪,真像那个黑衣侠客了。但不管他在哪儿,总能给我们带来惊喜。可他难道就不知道我想他吗?

第 七 章

鹰叫一声,鱼惊千里。那天鱼鹰叫了,父亲说有好事。果然,他的节日来了。

我的小本子记录着,1927年10月,中共新水特别支部在北冯村成立,称为北冯特别支部。具体哪一天就模糊不清了。

党支部是刘亦瑜和王学武悄悄组建的,刘亦瑜跟王学武是同学。当然,还有我父亲和王学恒的功劳。父亲在圈头村发展了七个党员,王学恒也在王家寨偷偷发展了七个人入党。父亲要去淀里的北冯村,会议在白洋淀北冯村芦苇荡里秘密举行。母亲得了风湿病,膝关节变了形,上船下船都费劲,更别说划船了。父亲开会的时候,母亲让我划船送父亲去了幽深幽深的芦苇荡。

我十五岁了,划船已经是一把好手了,父亲把我叫到身边进行了一次严峻的保密培训。我不能参加会议,我的任务是站岗放哨,一旦有情况,就摇我胳膊上的铜铃。我说记住了。培训完了,我吃了一个玉米饼子就上船出发了。天上一群鸽子忽地飞过来,似乎要掉在水里,忽地一个斜冲又飞进了芦苇荡。我一边划船一边问了父亲一个幼稚的问题,如果穷人翻了身,就不用打鱼了吗?父亲苦笑了一声,有些不耐烦地说,傻闺女,打鱼还是要打鱼,只是不用逃荒了,不会饿死人了。父亲的眼圈红了,我知道他想到饿死的哥哥了。我还是有些懵懂,问他,像你这样双目失明的人是不是养起来啦？父亲沉了脸说，革命尚未成功，这不是你个孩子思考的问题，说了你也不懂。

我坚定地说，爹，我懂，我长大了！

父亲迟疑了一下说了四个字，理想，信仰。

我真的不太懂了，有些模糊，但是，四个字分量很重、很美。但是，美丽字眼管什么用呢？

父亲后来的一句大白话，让我明白了。

父亲补充说，孩子，共产党让穷苦百姓都过上好日子！

父亲的这句话，我刻在心中了。

我把船划向了芦苇荡，船头一头扎进芦草里。父亲身体虚弱，眼前晕晕的。我扶住他的胳膊，你不舒服吗？父亲使劲揉了揉失明的眼睛，说要划船。我死死攥着船桨说，爹，您的眼睛咋划船？您老了，我爱听您唱的《荷花孝》，以后就让我孝敬您。我划船非常麻溜，有使不完的力气。一路上，父亲和我都不再说话。傍晚的时候，我们到了北冯村。我不是党员不能听会，只能将船划到很远的地方等着，不光是等，还有站岗放哨的任务，有什么意外情况及时汇报，报告的方式是摇我手里的铜铃。暮色苍茫的时候，那个方向的天际出现了不断闪动的火光。这火光是哪里来的？我凝视了很久，到今天都无法解释清楚。

会议整整开了三个小时。

父亲当选了支部的支委。为了父亲的工作，我和母亲四处打听，从寨南村找来了杨崇年大夫，让他给父亲治眼睛。杨崇年说父亲得的是"瞳孔翻倍"，让他吃了一阵中药，但父亲的眼睛还是没有起色，我们一家十分忧伤。父亲眼睛看不到，就常常派我到王家寨找王学恒递纸条，我和大抬杆见面就多了。

秋天过半，那些荷花相继凋谢。大抬杆和水上飞在家里训练鱼鹰，我也学会了训练鱼鹰。

1928年6月，北冯特支发动农民抢收地主的麦子，轰动新水全城，随之三台镇农民协会成立。这一年，直隶改称河北省。7月，国民党在新水建立了党部，新水县公署改为县政府，县知事改称县长。

母亲叨叨我，一个女孩家偏偏对这些感兴趣。这个不用翻本，我心里记着呢。真说不清我怎么会记住这个年份。

日子过得飞快，一晃就到了1931年冬天，大雪的节气到了。

那是我们家割苇的季节，俗称"打苇"。我跟着母亲和雇工去苇田打苇。苇子分两种，柴苇和席苇子。我们家的苇田一半是柴苇一半是席苇，柴苇在霜降季节收割了，席苇一般在大雪节气前后收割。我们现在打的是席苇。打苇的方法因苇田的地势高低而定，分为打旱、扒苇、大套、刨套、甩套。无论按哪个方法收割，母亲都要求把留下的苇茬锉平，苇要割得干干净净。我喜欢在冰面上打席苇，我边玩边干，耍着镰刀，唰唰山响，粗壮的苇子被割下来，冰碴溅到我的脸上。母亲在前边割着，雇工在后边打捆，回头看是一片黄灿灿的芦苇。我们运回了苇子，雪就大了，无法继续打苇子了，甚至收割完的苇子也无法运回了。白洋淀的雪粉在冰面上窜动，又瞬间结成冰，岸边的冰已冻到淀底。我细细查看，靠淀边冰的颜色灰白，离岸越远，冰的颜色越深。

黄昏风停了，天气好转，我和二霞在岸边玩了一阵堆雪人。天说黑就黑了，我看见父亲穿着厚棉长袍等候他的神秘客人。

客人有两位，一位是王学武，还有一位叫何东林。

王学武穿着棉长袍，戴着黑色礼帽。新客人何东林用的是化名，真名是保密的。他身边的瘦高个儿小伙子姓孟，是他的秘书。

夏慧敏送来了鱼，她家善于从冰窟里掏鱼。我们家炖鲫鱼招待尊贵的客人，我做了鱼丸子。

王学武跟父亲介绍说，何东林同志是江西抚州人，他是1929年来到保定的,是中共保定特委的人,也是王学武进入保定特委的介绍人。他一到保定农村就发动了抗捐抗税斗争,也叫反割头税斗争。他还组织了高阳、蠡县的农民暴动,把剥削穷人的地主打得落花流水。1931年7月,中国工农红军第二十四军进入保定阜平县,创建了中华苏维埃阜平县政府。8月11日,红二十四军因"法华事变"回山西向陕北进军。阜平县苏维埃派出宣传队到保定、高阳、曲阳、新水等地宣传共产党和红军的政策主张,受到穷人的欢迎。共产党人何东林就来自红军,他组织保定的学校开展了学潮斗争,在那时候与王学武结了缘。保定的学潮激发了人们的爱国热情,很快波及了全市,王学武所在的学校也罢课了,要求停止剿共,枪口对准日寇。省政府却宣布解散学校,开除了多名学生,派军队包围了学校,形势十分危急。如果新水等各县都行动起来,就能牵制国民党军队对学校的围攻。我终于听明白了,何东林是协助王学武到新水县搞农民暴动的。

我听着要出大事了,浑身热血奔涌。

我和母亲摆好一张古旧八仙桌。桌上摆好酒具,父亲打开了一瓶老酒,招呼客人落座吃饭,我闻到酒香溢满房间。王学武脱了棉长袍,摘下了礼帽,微笑说,既然饭熟了,我们边吃边聊吧。我把炖鱼端上来,故意放在王学武那边,王学武吃了一口,直接说,这鱼咋这么淡呢?母亲长叹一声,没有盐啦,用了点儿硝盐。何东林惊讶地问,什么是硝盐啊?父亲吃着鸭蛋说,在我们新水啊,穷地方的老百姓买不起官盐。

今天的聚会很重要,饭菜也丰盛,我和二霞不断往桌上端菜,有蒸菱角、咸鸭蛋、鱼鳞粉、鸪顶熏鸡、阴阳藕、炒鱼片和炖肘子等,白洋淀的四凉、四热凑了八大碗儿。

父亲说,我们白洋淀水面浅而宽,水中多荷叶水草,阳光直照湖底,各种鱼肉鲜刺少,肉紧而洁净。我们做鱼呢,有清炖、清蒸、红烧、干烤几种做法。哪种做法,没有盐都不成。学武是知道的,白洋淀老汤炖鱼最好吃，泥灶、烧木头劈柴最出味。

我把鱼丸子端上来，斗胆给王学武夹了两个，嘻嘻一笑，二叔，这是我做的，里边放了莲藕，尝尝味道咋样。

王学武朝我莞尔一笑。我很得意，看来英雄也有温柔的一面。

父亲严厉地说，铃铛，先是可着远方客人夹菜啊！一点儿礼貌不懂。何特委啊，您别介意，辛亥革命以后，白洋淀女孩自幼就上船干活了，淀水洗脸，船上梳头，自然少了礼教规矩！

何东林连连笑着摆手说，没关系，都是自己人。老邢啊，这孩子挺好，长得多漂亮啊！

王学武吧唧着嘴巴说，这鱼丸子好嫩好鲜，还是淡。

母亲说，好几年了，白洋淀家家户户盐荒啊！吃鱼是咸中得味，没有盐，多好的手艺也是白搭啊！

何东林继续问，什么是硝盐啊？

父亲说，硝盐是小盐，官盐是大盐。我们这一带，是盐碱地，寸草不生，老百姓刮地皮，拿铁锅熬硝盐。县衙成立了盐务缉私队，砸盐锅盐瓮，打人罚款，老百姓反抗还出了人命！

王学武把筷子啪地一摔，厉声吼，狗日的，我们砸盐店！

何大林眼睛一亮，急忙说，那就学习阜平，在新水发动党员群众砸盐店！

父亲放下筷子，双手交叉到一起，情绪变化很大，一会儿是激动，一会儿是愤怒。他喘着粗气，煤油灯火苗儿一闪一闪。父亲说，我们圈头的党员，早就憋着一股劲呢！

吃完晚饭，父亲与王学武、何东林商议具体方案。母亲收拾桌子，二霞负责洗碗。父亲摸着墙壁走过来，让我悄悄跑一趟王家寨，给王学恒递个纸条，接他到圈头家里来开会。天贼冷贼冷，白洋淀的冰冻透了，冬天不用划船，我自己撑着冰床去的。白洋淀的冰床像东北的铁爬

78

犁，比船的速度要快一些，速度越快浑身越冷。王家寨的街上黑灯瞎火，也少见人影，只有几个孩子拖着清鼻涕玩耍。我嚷了一句大抬杆，没有孩子回应。我把纸条送到了王学恒家。大抬杆不在家，我就用冰床接来了王学恒。

王学恒没有想到我小小年纪冰床撑得这么好，既稳又快。我微微有些得意，可是，要是王学武夸奖我就美了。

王学恒一到我家，何东林就开始布置砸盐店工作。何东林先念了一段毛泽东在《湖南农民运动考察报告》里的话：革命不是请客吃饭，不是做文章，不是绘画绣花，不能那样雅致，那样从容不迫、文质彬彬，那样温良恭俭让。革命是暴动，是一个阶级推翻另一个阶级的暴烈的行动。

王学武坚定地说，就是要搞农民暴动！先从砸盐店开始，然后就开展"翻泼浪"运动。

何东林惊讶地问，什么叫"翻波浪"啊？

父亲解释说，打击欺行霸市的鱼店、鱼行贩！

何东林喝了口茶水，进一步分析说，先从砸盐店开始，然后再翻波浪反鱼霸！太行山阜平县砸盐店活动已经成功，新水县错过了反割头税斗争，上级要求新水农民砸盐店，动员所有受苦的农民起来砸盐店，打击不法盐商，团结农民。同时，给保定的国民党以威慑，这会动摇国民党的根基！

我嘿嘿笑了。我当然赞成砸盐店，砸了财主家的盐店，家里就有盐吃了，鱼丸子就有滋有味。

父亲眼睛不好，何东林不让父亲直接参加新水县砸盐店运动，而是让他做一些幕后工作。父亲急得跺脚，要求参加砸盐店运动。

第 八 章

母亲扶住趔趄的父亲，担忧地说，你啥都看不见，砸谁啊？只能是累赘！父亲说，铃铛扶着我去啊，我不仅是党员，还是支委，这么重要的活动我参加不了，会遗憾终生的。我赞成父亲的观点，眼睛瞎怎么了？心明眼亮！我陪爹去砸盐店！母亲扭头瞪了我一眼说，我的小祖宗，你就别添乱啦！王学武脑袋灵活，他想了想说，老邢还真有用武之地，我问一个问题，你不是会算命吗？父亲咧了咧嘴巴，苦笑了，摇了摇头说，我不会算命，瞎子算命两头堵，害人啊！党员不能迷信。我会唱西河大鼓！王学武嘿嘿地笑着说，那好，真的需要老邢。这次砸盐店斗争主场在新水县城。

我来了兴致说，我就是爹的眼线。我还会给爹打木板，弹大三弦！

何东林抚摸着我的脑袋，温和地说，这孩子好可爱，你父亲眼睛不好，心是亮的。你不是眼线，是爹的贴心小棉袄啊！等你长大了就是革命的新生力量。

王学武说，白洋淀水区和县城的情报传递，就靠你们爷儿俩啦！

父亲冷峻的脸上露出一丝笑容。

按计划，第二天，我和父亲先去新水接情报。我搀扶着父亲去了新水城的大街上。父亲右手拿着竹竿，边走边敲打着地面，戳戳点点。国民党政府在新水城东大街设立了"官盐店"，还有一个官商勾结的盐商——孙见喜家的盐店。砸盐店，就是砸掉这两家。

　　孙见喜的盐店生意火红，门庭若市。孙见喜的家门口戒备森严，似乎有了防备，我还看见张麻子的保安团在那里轮流巡逻值班。

　　我和父亲的任务是在他家门前，表面唱西河大鼓，其实是瞄着孙见喜的踪影。我们在盐店唱了一段，然后就去了县衙门口，斜对面是音乐会的戏台。其实，唱大鼓适合搞情报工作。父亲唱的是西河大鼓《五峰会》，父亲唱腔过硬，围了密密麻麻的人观看、喝彩，也有过路人扔来几个铜板。

　　我瞅见张麻子乘坐轿子一闪而过，心里就紧张了，越弹心底越发虚。我在父亲耳边悄声说，爹，张麻子过去了，这让张麻子认出来咋办？父亲冷静地说，张麻子不怕。你瞅着学武啊，我们拿了情报就回去。

　　我悄声说，不是学武，送情报的是一个叫王家林的男人，接头暗号是他花五块大洋点你一首西河大鼓，大鼓名字叫《宁武关》。

　　父亲点了点头，我会唱《宁武关》，老段子啦！

　　父亲唱到最后，果然来了一个黑瘦的男人，农民打扮，戴着麦秸草帽。他的眼睛又黑又大，黑眼圈像个黑猩猩。他掏出大洋，点了一曲《宁武关》。我轻声问，您是王家林叔叔吗？他说他叫王家林。

　　都对上号了，我们就顺利接纳了情报。父亲装模作样地唱了一阵《宁武关》，王家林鼓掌叫好，路人跟着鼓掌，保安团的士兵也过来听西河大鼓。王家林转身匆匆离开了，我们也回了圈头村。

　　父亲把夏慧敏几个人喊到家里来，按情报要求做了暴动部署。我们圈头村出五十六个农民参加。过了几天，王学武和何东林一直没有来圈头，也没有新情报，说明行动没有变化。父亲和王学恒给党员和群众开了会。但刚开完会，大抬杆的姥爷去世了，王学恒去守灵尽孝，没能参加了砸盐店，也因此，他没有暴露。

正式行动之前，我对父亲说，我和大抬杆、水上飞也要参加砸盐店。母亲狠狠瞪了我一眼，你们还小，这事儿别瞎掺和！大鹰对砸盐店不感兴趣，他说这几天要熬几只雏鹰。他对父亲的事，几乎都不关心，独自享受一家人对他的宠爱。我要走的时候，母亲拽住了我的胳膊，你敢去？我犟嘴说，我们还小啊？我们必须跟着王学武干，打倒土豪劣绅，农民翻身做主人！二霞摸着我的辫子，嘿嘿地笑，我姐将来是当官的料。父亲黑着脸，没有再表态，其实，他心里是矛盾的。他眼睛不行了无法参加，想让我替他出征。可任我怎么纠缠，父亲都没有答应。

窗口有了脚步声，接着传来大抬杆的口哨，我就知道他们接我来了。我蔫蔫的，不敢吭声。父亲和母亲怕我出去砸盐店，就看守着我，在寂静的夜晚，微弱的声音也比白天显得响亮。父亲看不见我，母亲打盹儿了，我怕他们听见我逃跑的声响，就轻轻朝街里奔跑而去，一直跑到了大抬杆家。

家有千口，主事一人。王家还是王耀宗主事。

砸盐店之前，王耀宗召集王家人开家庭会议。因为我提前住到了王家，就参加了王家的家庭会议。王耀宗翻开古籍，缓缓地说，起义，暴动，这都是官逼民反。但是，你们砸盐店，表面是给百姓分盐，其实也是暴动，你们要三思而后行。那可是血的教训啊！王学武和王学恒不吭声。夏雪莉说，你们这俩冤家，听好了，你爹是过来人，他走过的桥比你们走过的路都多。

王学恒不敢吭声。

王学武说，路是路，桥是桥，闹革命就会有牺牲，我们不怕！

王耀宗说，你不怕，我信。我们白洋淀有句土话，有钱难买回头看。清顺治元年，农民抗清起事，四面围攻新水城，未破。清顺治六年，淀区白莲教起义，驾舟百余只，欲攻克安州，州守陈圣治率兵镇压，杀害白莲教百余人，攻城失败。还有，清同治元年，捻军从南向北推进，新水城告急戒严五个月啊！乡绅招募壮丁，昼夜守护，捻军南退至曲堤，因新水城四面环水未入。是年七月五日，安州、高阳、容城、博野等十四个县农民相继起义，很快遭到清兵的镇压，最后怎么样？血流成河啊！

王学武说，爹，您放心，我们这一次与以前不一样。

王耀宗愣了愣问，你说怎么个不一样啊？

王学武脸上冒着红光，说，我们是共产党人，共产党人领导农民闹翻身，农民一定会翻身，是不是大哥？

王学恒点点头说，对，不一样，我们会成功。

王耀宗叹息了一声，你们参加共产党，我没意见。你还要正面回答我的问题，共产党领导的农民暴动，有何高人之处啊？

王学恒说，爹，真的不一样。过去的起义，都是混饭吃的，一盘散沙。共产党真心为老百姓，扭成一股绳团结向前，敌人没有不怕的。

夏雪莉嘟囔说，我们王家本来就人丁不旺，我和你爹就你们两个儿子，学恒就大抬杆这么一个儿子，你们要是都有个闪失，我们咋活啊？说着啜啜地哭了。

王耀宗心领神会地点点头，细心琢磨着王学恒的话。

父亲和母亲的忠告，王学武还是听进去了。他说，爹，娘，自古忠孝不能两全。我大哥暂避，我出头砸盐店。我如果走了，大哥替我尽孝。

王学恒还是觉着遗憾。加上圈头岳父病逝，王学武故意让大哥王学恒发丧避开了。

第二天，上午九点钟，党员和群众都来到指定地点安州东大洼。王学武即将在白洋淀掀起一场声势浩大的砸盐店运动。三十几个村的村民早已纷纷行动起来，先是创办了农民协会，挂起了一块块棕底黑字的牌子，现在，人们呼啦啦地来了，手持铁锹、棍棒、大刀、鱼叉、铡刀。

南北冯村、南北刘庄、同口村等村是一拨，其中熬硝盐的郝庄、白庄来人最多，王家寨、圈头村、郭里口、大张庄等水村是另一拨，两股力量聚合在东大洼，得有五百多人，人头攒动，吵吵嚷嚷。每人得到一个红布条，算是一种证明、一种荣耀。有意外晃动红布条，就会有人接应。昨天晚上，我在大抬杆家偎了一宿。我说没有武器，大抬杆举着小鱼叉说，铃铛，这不就是武器吗？我说不行，只有短兵相接的时候有用。水上飞眼睛灵活地眨了眨说，我有办法。他回到家里，拿了一个酒瓶子，里边装上煤油，这就是对付敌人的燃烧弹。水上飞腰里鼓鼓的，掖着燃烧瓶呢。

王学武站在台上讲话，同志们，共产党领导的新水砸盐店，意义重大，不仅让老百姓得到公平价格的食盐，还要借此改变穷人的命运。我们穷苦百姓团结起来，拧成一股绳，不怕个人牺牲，跟国民党、土豪劣绅斗争到底，争取最后的胜利！正如《国际歌》里唱的："团结起来到明天，英特纳雄耐尔就一定要实现！"现场欢声雷动。

王学武挥舞着双手打着节拍，教大家唱《国际歌》。我们一起唱起了《国际歌》，歌声震耳。

王学武从讲台上走下来，来到我们跟前，抚摸了一下大抬杆猎枪，这是他打雁当冠军的那杆猎枪。我们现在才明白，他为啥将它藏在镇龙寺房顶上。大抬杆猎枪由大抬杆、水上飞和孙大勇抬着，因为太沉重，猎枪的一头就戳在地上。我威风凛凛站在人群中，英姿飒爽地举着一个小鱼叉，听何东林叔叔上去讲话。他是南方口音，有的话听不懂。

天空是浅蓝色的，淡绿色的是河岸。我抬头看见云彩流动，整齐地飘动，仿佛东大洼跟着一起移动。队伍分成两排，出发时杂沓的脚步声响出很远。我们的脚步声杂乱无比，坚定的、喜悦的、匆忙的、惊慌的、胆怯的、沉重的、嘈杂的。我个头矮，只闻脚步声，不见队伍形和影。我们进城的时候，赶上新水大集，围观的群众黑压压的。他们像看大戏似的望着我们，听说要砸盐店，有的赶集群众纷纷自愿加入进来。

砸盐店的人，像洪水一样把县衙围得严严实实。县衙大门依然威严，死死地关着。王学武说，拿我们准备的大抬杆砸！

我们带来的大抬杆派上了用场。大家用沉重的大抬杆砸县府的大门，嘭嘭几声，厚重的门板被撞开了，铜环在地上滚了滚。

人们呼啦啦拥入大堂。

我没有找到齐同辉。当差的说，齐县长的家人有病，到荷花医院就医去了。不知当差的话是真是假。王学武对当差的说，你禀报齐县长，我们不是来找碴儿的，农民们要见他，谈谈我们的条件。当差的退下之后，王学武坐在大堂，开了个临时会议，分别设计了几套方案。

齐县长终于让当差传话来了，说他要跟领头的谈判。

何东林担心王学武暴露会有危险，王学武压低声音说，我们不能让县委领导出面吧？我们两个特委走了，他们还要继续工作。何东林说，还是我去吧！王学武说，老何，你的南方口音他们听不懂，我去吧！王学武一马当先，代表暴动的农民与齐县长谈判，同口村党员王家林等人随从而去。我、大抬杆和水上飞偷偷跟去了。到了门口，当差的截住了我们。人乱哄哄的，齐县长没有认出我来。王学武提出了四个条件：一是交出官盐和私盐，两个店里的盐，无偿发给老百姓；二是清查账目，取消一切苛捐杂税；三是打倒盐霸、鱼霸和地主，不准剥削农民；四是释放以前熬硝盐而被关押在监的农民。

传了话之后，齐县长狼狈地出来了，额头冒着汗，他连连掏出手绢擦汗。

王家林督促齐县长吼道，必须当众答复，如果不采纳这四条意见，就没有谈判的余地，只有兵戎相见了！

齐县长抱拳作揖，干咳几声，王特委的要求不算多，好商量，好商量。你们先撤兵，后议事，你看怎么样啊？

王学武说，乡亲们不好组织，既然来了，就不能撤。

齐县长老奸巨猾，故意拖延时间说，你们来得太急，县府没有思想准备。你们提的这些大事，一时半会儿没法落实。你们先撤，我马上召开会议，两天后一定给王特委满意答复！

王学武说，必须现在答复，先来第一条和第四条，放盐给老百姓，释放熬硝盐的农民！

齐县长眨了眨眼睛说，这两条还行，我马上安排。

齐县长说去找总管安排，转身去了后院，到后院去了厕所。跟随的人在厕所外面守候，王学武一身傲气，没有多想，这家伙还能跑到哪里去？结果齐县长有去无回。

王学武左等右等，都不见人影，派人一找，果然发现后院厕所有暗道，齐县长脚底抹香油偷偷溜了。

暗道在哪里，臭烘烘的不好找。

我警觉起来，张麻子的保安团一直没有出现，这让我很是疑惑，里边肯定有诈。我让大抬杆过去提醒王学武。

王学武赶紧走出来，让暴动的农民做好战斗准备。

人群蜂拥而上，首先把官盐店砸了。有人安排分盐，我们随着众人拥向东大街盐商孙见喜的私盐店。店主孙见喜探了探头，吓白了脸，慌张地缩回去了。显然，他们没有任何准备。他家雇佣着盐务缉私队，小规模的交锋之后，我们就砸开了大门。把守盐店的盐务缉私队不堪一击，店面掌柜的举手投降了。人们斗争盐主的方式花样翻新，有人捆绑盐主游街，有人一窝蜂冲进去抢盐，那些赶集的群众扛着食盐装上马车兴高采烈地走了。

给老百姓分盐的过程有多半天，暴动队伍如果不再袭击县衙，估计不会有那么大伤亡。后来我明白王学武和何东林本意，还是借砸盐店造势，灭一灭国民党的嚣张气焰。

我看见那天送情报的王家林叔叔了。他带头呼喊着口号，打倒国民党反动派！人们就跟着喊，一边喊着一边感觉翻了天，个个扬眉吐气。

下午四点多钟，王学武安排人去县衙监狱，解救关押在监的熬硝盐农民。就在去监狱的半路上，惊险的一幕发生了。张麻子的保安团把暴动的农民包围了。最初围困的时候，没有动枪，只是广播驱散。齐县长拖延时间，就是等保定来的两个连的国民党部队，国民党兵镇压过高阳、蠡县农民暴动，还围困过保定二师。两股敌人将新水城主要干道堵得死死的。王学武一看，马上跟何东林商议，敌人有枪，我们这边枪械太少，长矛大刀适合近距离肉搏，狭路相逢勇者胜，只有拼死一搏了。王学武大喊，我们跟他们拼啦！冲啊！农民们举着武器就冲上去了。农民与敌人厮杀在一起，场面极为混乱。砍刀、鱼叉、铁锨、棍棒挥舞，碰撞出当啷当啷的乱响。敌人开枪了。我精神一振，睁开眼睛，脑袋上飞过去子弹，身边有人中枪倒地了。

这是一个充满着嘈杂血腥的夜晚，令人胆寒。

我使劲将手里的鱼叉扔进了敌群，扎着保安团人的大腿。鱼叉一扔，我就跌倒了，一颗子弹尖叫着，不知落在了哪里。我站起身来，天旋地转，眼花缭乱，一个跟头又栽倒在地。我重新爬起来，喊着大抬杆的名字，跑出了混乱的东大街。起风了，风在空中哭泣，我闻到了风中血腥的气息。街上没有大抬杆、水上飞，这俩家伙估计也在到处找我。我跌跌撞撞地跑出了城，天漆黑一片，恐惧即刻笼罩了我，我双腿沉得跑不动了。

枪声零零落落消失在很远的地方。

我迷路了，又独自走了很久，我真的无从判断应该朝什么方向走。我在一片灌木丛中找到了一条小路，这条小路弯弯曲曲，充满了泥泞，怎么走都是湿地。我想沿着这条路走下去，总会找到人烟。

我身上没有吃的，又饿又冷。我跌倒了，我的胳膊受了伤，疼痛折磨着我，刚刚就疼得我一头栽到芦苇垛上，我用牙齿咬住芦秆儿。由于缺觉，等我再爬起来时，我的双脚实际上已经踏上了相反的方向，越跑离白洋淀码头越远，竟然走进了一片小树林。我在树林的芦苇垛里睡着了。我睁眼醒来的时候，迎来的是一个没有日出的黎明。

我稀里糊涂地走回王家寨，看见了大抬杆和水上飞，几乎是欣喜若狂。

事后我才知道，晚上混战的时候，大抬杆他们受了伤，敌人枪响了，大抬杆猎枪就没用了。他们压根儿就没有给猎枪点火的时间，可惜了那么多火药和铁砂。大抬杆和水上飞爬上了墙头，水上飞把一个燃烧弹扔在了国民党兵的队伍里。我亲眼看见一个瓶子炸碎了，烧起一团大火。大抬杆往那里扔石块，他躲闪的时候竟然从高高的墙头上摔了下来。大抬杆骨折了，却忘记疼痛，不停地呼喊我的名字。他们找了一阵，没有找到我。水上飞踩着尸体，艰难地背着大抬杆回到了大张庄码头。水上飞额头被打破了，当时流了好多血，脑袋缠了绷带，两腮浮肿。我见到他们的时候，夏雪莉奶奶叹道，我的天神哩，铃铛也回来了，这仨孩子啊，多大的命啊！

因为王学恒和我父亲没有参加砸盐店，剩下就等王学武的消息了。

隔了两天，父亲得到消息，砸盐店牺牲了一百二十二名党员和群众。白洋淀的水在呜咽，芦苇耷着脑袋齐声哀鸣。好在王学武和何东林特委没有意外，他们和新水县委的同志们安全转移了。

后来我听说，王家林这个软骨头叛变了。

父亲紧张地说，我们圈头党组织要格外小心了。听说王家林带着保安团的人大肆搜捕砸盐店的中共党员。

第 九 章

死去的是生命，活着的是传说。王学武还活着，他带着党员在芦苇荡里开会，没有上岸，而是蹲在三艘四舱的小船上。船钻进了芦苇荡深处，比较安全隐秘。芦苇荡里，三条船并排一起，会议就开始了。砸盐店之后，王学武并没有停下步法，而是谋划下一步"翻波浪"，发动渔民打击鱼霸。王学武最信任我、大抬杆和水上飞，他让我们坐在小船上警戒放哨。听见有人喊叫，就将船划过去。草沟里走船随时都有抛锚的危险。

我们的小船钻出芦苇荡，看见水中航道了。淀水亮得晃眼，突然来了几条中号的对艚船，这是运输船，津保内河航线走的都是这种船。张麻子带着保安团抓人，听说他们抓了不少砸盐店的老百姓。我看见船上的人群里有圈头的夏慧敏，心跳到嘴边，握着船舷的手快要绷断了。我探头寻找父亲的身影，没有父亲。张麻子这是要把乡亲们运到哪里去啊？

大抬杆划船，紧紧跟着对艚船。

敌人的船靠近了王家寨北侧的一个小岛。这是一座荒岛，今年水大，小岛的芦苇淹到了半腰。敌人端着枪把老百姓赶到岛上去。我们看明白了，敌人要在这里屠杀砸盐店的骨干。大抬杆说，这咋办啊？水上飞说，你们在这儿守着，我去给二叔报信。我急切地说，你没有船啊！

水上飞弯腰从船上拿起一根木棒，轻轻送入水中。他双脚踩到木棒上，撑着竹竿钻进芦苇丛里。我惊叹地说，真是水上飞人啦？别淹了他啊！大抬杆憨憨地说，别担心，他不会这技术，咋叫水上飞啊？我把头扭回来，继续在芦苇荡里观察岛上的动静。

老百姓被胆战心惊地赶到岛上去了。

从暗处看孤岛，岛上的黑土很厚实，杂草上还盛开着一片橘黄的苦菜花。但是，我觉着马上会有危险的事情发生了。保安团将老百姓团团围住，张麻子掏出手枪，对着孤岛上面的天连放三枪，惊飞一片鸟群，飞鸟冲向空中滑出惊惧的影子。张麻子突然仰头哈哈大笑，你们这些穷鬼，今天还算挺配合。实话跟你们说吧，我是奉命捉拿王学武的，因为他是共产党，这次农民暴动的头领。王家寨没有人，给他仨胆子，也不敢回王家寨了。跑了和尚跑不了庙，你们听我问话，谁都不许动，谁动就打死谁！

老百姓鸦雀无声，齐刷刷望着张麻子。

张麻子继续喊，你们这些穷鬼，就是没良心。那年闹土匪，齐县长派我带兵来剿匪，人家齐县长爱民如子，你们倒好，恩将仇报！一群喂不亲的狼！

张麻子凑近夏慧敏，夏慧敏，我知道你参加了砸盐店，赶紧交代，王学武在哪里？

夏慧敏刚毅地说，不知道！

我敬佩夏慧敏，父亲没有看错人。此刻，她的脸上染着红色霞光。

乡亲们万分悲愤，怒目圆睁地看着敌人。

张麻子拿枪顶着夏慧敏的脑袋，吼，你个臭娘儿们，到底说不说？王学武在哪儿活动？

夏慧敏薄薄的嘴唇绷成一条刚毅的直线，用轻蔑的目光看着他。

张麻子火了，扣动了扳机，砰的一声枪响，我吓得闭上了眼睛。睁开眼睛的时候，发现躺在地上流血的是赵丙奎。

赵丙奎替夏慧敏挡了一枪，躺在地上，血从他的嘴里流了出来。

张麻子瞅了一眼边上人，喊，家林，你过来，辨认一下，他是不是参加砸盐店啦？

王家林肩上斜背着匣子枪，点头哈腰过来了。

我看见王家林的脸扭曲成奇形怪状，有点儿变形，我从他手里拿过情报，记得他的黑眼圈，一眼就认出来了。这狗东西很快进入角色了。我跟大抬杆分析说，这是王家林的一个毒计。张麻子让王家林挨个指认共产党员和砸盐店的群众，企图一网打尽。

王家林哑着声音说，张团长，我得到情报啦，这几天王学武带人在这一带秘密集会，总结砸盐店得失，继续在白洋淀"翻波浪"砸鱼霸。我的心提到了嗓子眼，王家林这叛徒知道这么清楚，指不定现在跟王学武开会的人里，就有王家林的眼线。

张麻子说，还真有不怕死的！

赵丙奎躺着不动了，估计已经死了。王家林搜赵丙奎的身子，摸出一个红布条，他抖了抖红布条说，这是砸盐店的标志。东大洼的动员会上，王学武给每人发了一个红布条。

张麻子说，好，以后就按红布条给我搜查！

保安团的人上前挨个儿搜身。夏慧敏朝敌人吐了一口，孙大勇抬脚将敌人踹了个跟头。

张麻子哼了一声，焦躁地跺着脚，满脸怒气地吼道，他娘的，我成全你们，给我架起机枪扫射！

国民党匪兵架起了机枪，正要扫射，我的心即刻悬了起来。是时候了，此时必须有人现身。果然，我们听到一声呐喊，住手，我是王学武！我看见王学武从芦苇丛里冲上来，双手架起了机枪，子弹嗖嗖地射向天空。

人群炸窝了。我惊讶了，瞪圆了眼睛。啊？真是王学武啊！

张麻子让王家林过来指认。王家林凑近王学武，狠狠地说，就是他，王学武特委！

张麻子哈哈笑了，有种，果然是王学武。

王学武大声说，张麻子，赶紧放了乡亲们。我这块肉，就放在你案板上了，要杀要剐，要煎要涮，随你便了。

王家林说，王学武，摆在你面前两条道：一个装进麻袋送你到白洋淀喂鱼；一个乖乖跟齐县长合作，退出共产党！

王学武恨恨地骂，王家林，你娘的，你入党还是我的介绍人呢。算我瞎了眼，你面对党旗宣誓的时候，是怎么说的？我们的党旗就是一面照妖镜，照出你的肮脏、无耻！叛徒没有好下场！

张麻子吼道，还敢嘴硬，带走！

我惊惧不安地看着王学武被敌人带走了。王学武昂首阔步地走了。我看着他的脸，紧盯着他的眼睛，他的眼神里有一股荆轲刺秦的气概。

大抬杆躲在我的身边感到害怕，双腿哆嗦，低声抽泣起来。

王学武被捕了！我回家告诉了父亲，父亲叹息了一声。

我彻夜难眠，天天担心王学武的安危。

夏慧敏被释放以后的崩溃出乎人们的预料。夏慧敏毕竟是党员，父亲说党员的意志比钢坚。可是，她毕竟是个女人，胆量不大。张麻子的枪响了，赵丙奎倒在她的脚下，她受到了惊吓，尽管她被王学武救了。她回到家里来，精神恍惚，像是中了邪，双手抱头放肆地大笑。我带父亲去家里看望她，父亲惊讶得说不出话来，沉重地跺脚，哀伤无比。父亲让我把圈头村药王庙女法师香玉请来。香玉法师给夏慧敏把了脉，翻了翻眼皮，说她是真疯了，但是，有人说她的神情里有一些真东西，是体面背后的东西。我似懂非懂，体面背后的真东西是什么呢？夏慧敏疯疯癫癫，穿着花裤衩就往街上跑，当着人们的面就撒尿，不知羞耻，尊严都丢了,哪里还有体面啊?后来,夏家人把她锁在屋子里,专人喂饭,但没有几天她就死了。夏慧敏的死,在圈头没有激起一点儿波澜。夏家人用苇席将她草草掩埋,再也没有人提起她。

王学武的光芒把他们遮盖了,对比之下,夏慧敏好像给党员丢了脸。其实,父亲不这样看,王学武是英雄,夏慧敏同样是英雄。父亲为王学武的义举感动,含泪写下了西河大鼓《渔家忠魂》,其中也提到了赵丙奎和夏慧敏。二霞沿水村一唱,王学武的名声在白洋淀越传越响了。唱归唱,噩耗很快就传来了,王学武将被处以火刑。行刑地点就在安州的东大洼。

我、大抬杆和水上飞商量,要舍命营救王学武。王学恒发现我们的动机,严厉地警告说,你们别去干傻事。

王学恒来到了圈头,他跟我父亲商议怎么营救王学武。王学恒说他爹王耀宗凑了点儿钱,用来打点监狱看守。人们把王学武的被捕归罪于王家林的叛变,夏慧敏这些党员也是被王家林害死的。父亲让我把夏慧敏父亲夏老大也叫来了。我插嘴说,我和大抬杆、水上飞也要参加营救行动。父亲拍了拍我的脑袋,生气地说,你别瞎插话。我吓得吐了舌头,吸了一口冷气。他们商量这事的时候,把县城监狱环境研究了一遍。

我听大抬杆说,父亲和王学恒的营救行动失败了。行动极为缜密,但还是被敌人识破了,羁押王学武的监狱出动警车把他临时更换了地方。

执行火刑的那天下午,父亲瞎了的眼睛流泪了,他摸出一支毛笔,奋笔疾书:为民舍命,日月同光;为国而死,人天共仰!

营救已经无望,我的心都碎了。我和大抬杆、水上飞去了新水,即便救不了王学武,起码送壮士最后一程。我崇拜王学武,我想他会在英勇就义前的一瞬间,让人肃然起敬。

那是一个黄昏，夕阳血红血红。东大洼的木头架好了。张麻子的保安团和国民党兵严防死守，怕是连一只鸟也飞不走的。到了傍晚，执行火刑的时候，我仰起满是泪水的眼睛仰望天空，好像那里有王学武即将升天的灵魂。敌人推推搡搡带来五花大绑的三个人，我定睛一看，竟然没有王学武。敌人烧死了三个挑头砸盐店的党员。

让我欣喜的是王学武获救了。

绝处逢生的奇迹发生了。本来不抱希望的来了希望，不让步的地方人家让步了，看来这里有秘密。关于王学武获救有两种说法。一种是何东林特委出面营救，王学武在县衙关押时就被保定来的人劫走了。还有人说，王学武的恋人石燕红出面说情，齐县长给了石振司令面子放了王学武。石燕红父亲石振可是赫赫有名的国民党大官，毕业于保定军校，如今是保定守军司令。王学武啊，你怎么会爱上国民党官员的千金？

我有一个疑点，王学武既然被石燕红所救，那他为什么出狱后没有去保定？王学武在监狱被施以酷刑，伤痕累累，伤势严重，被王学恒接回了家，藏在他家地窖里。王家后院有个深深的地窖，储藏粮食、菜和干鱼。叛徒王家林担心王学武伤愈后报复他，就带着保安团到他家里搜查，没有找到就撤了。

我尽管知道王学武获救了，但是不知他藏在哪里，看来那个地窖还很隐蔽。后来王学武伤愈之后，我听大抬杆说，王学武就藏在他家后院的地窖里，他的身体在母亲夏雪莉的精心照料下渐渐复原。他开始没有食欲，身体虚弱，但是依然坚持每天练剑。母亲给他吃了一支野人参，那是水上飞从曲阳老虎山的方贵仁大夫那里买来的一支党参，补血补气。王学武吃了之后，鼻子里血管儿崩裂，流了好多黑色的鼻血，但从此便有了食欲，身体慢慢恢复。到了八月中旬，天气热了，他能挂着拐杖在院里晒晒太阳。砸盐店暴动虽然胜利，但是基层党组织遭到重创，"翻波浪"暴动没人响应，王学武感到迷茫、颓废，甚至有些绝望。

王学武伤愈以后，给父母磕了响头，偷偷上船走了。

大抬杆说，二叔去保定找石燕红了。

我恍然大悟，如果他去找石燕红，说明第二个传闻是准确的。尽管他没有背叛，但是，也算英雄折腰丢了面子。他这次一别，会不会退出革命，跟石燕红结婚呢？

这一段日子，王学武潜伏在保定城，继续做党的工作，尽管有石燕红的保护，但过得并不顺心。这时的白色恐怖波及新水，国民党反复"清乡"，所以王学武主动要求回到白洋淀，就是重建党组织的。为了保护家人，他从不去王家寨一步。王学武行不留影，动不留踪。这个家伙，我们想他难道他不知道吗？

弯弯的月牙儿，悬挂在夜空。我从褥子底下翻出了王学武赠给我的小镜子，暗暗发誓，我要珍藏好，看见镜子就等于看见王学武了。阳光映到镜子上，一束强光冲向天空。我和大抬杆向天空望去。一只大雁孤零零地飞着，翅膀闪闪发光，青灰色的羽毛闪烁着铁的光芒——

有一天，王家寨大财主姚占轩突发奇想，他向王学恒发出了邀请，请他到王家寨姚家学堂授课。

王学恒正在圈头教私塾，他犹豫了一阵，很纠结，去还是不去呢？

人间许多事不能诠释。去有去的理由，我父亲分析说，砸盐店事件之后，"翻波浪"没有搞起来，父亲眼睛瞎了，夏慧敏死了，圈头村发展党员几乎停滞了，眼下王家寨安定了，那里需要继续发展党员。

王学恒想想父亲说得有道理，就答应回家了。可是，我后来听说，王学恒刚刚回村，还没有走进姚家大院，就听说姚占轩的母亲姜王氏火冒三丈，大骂姚占轩忘记了姚家与王家的祖上仇恨。

记得那是民国十五年闹土匪的事。

王学恒的二叔王占奎，也就是王耀宗的弟弟，参加了军阀赵杰的部队。春天刚刚降临，军阀赵杰的溃兵分别盘踞在王家寨和郭里口。那是个荒年，溃兵粮草危机。他们脑袋一热绑架了村里十名教师和八十名学生，作为人质，勒索赎金。结果前来解救的人太多，王占奎带溃兵狗急跳墙，将十个学生推向泥坑活埋，里面就有姚占轩的十岁女儿小苇子。小苇子哭泣着，本能地爬上来了，紧紧地抱住一个士兵求救，士兵看着小女孩，不忍心杀死，跟王占奎说情，说这是姚家后代，给个面子。结果士兵不仅遭到拒绝，王占奎还狠狠打了他一拳。王占奎说，姚家是王家寨的大财主，姚家不拿钱来赎，还指望得到穷人的赎金吗？一边骂着，一边抬脚将小苇子踹进了坑里。随后，曲阳老虎山的土匪许大彪也赶来解围，溃兵打不过土匪，王占奎和溃兵携人票乘船到邸庄苇塘隐蔽，最后还是被土匪袭击，小苇子等人得救了。可是，小苇子被王占奎踢进坑里的恐怖瞬间给她留下了阴影。过去姚家与王家是较暗劲，自从出了小苇子事件，姚王两家的梁子就深深地结下了。

姚占轩对母亲辩解说，尽管是一家人，但走了两条路，王占奎作恶，王学恒是善良的书生。再说，王占奎也罪有应得，他被土匪枪毙了！姜王氏气愤地说，王占奎死有余辜，这笔债要记在老王家身上！我们姚家与老王家不共戴天！只要我还有一口气，就不能让王家人进姚家大院！

王占奎是被冷枪打死的，王家人也从来不提这个败类，但王学恒回到王家寨，却没能走进姚家大院。

父亲一听说这事就僵住了，替王学恒焦急。大抬杆脑瓜灵活起来，他想到能够说服姚占轩的有一个人，就是水上飞的父亲胡应辉。王学恒到邻居家求助胡应辉。胡家跟王家好成一家，胡应辉自然欣然答应，当天晚上就进了姚家大院。胡应辉在姚家面子大，早一些年，胡应辉对姚家还有功劳。他脑筋活络，在北京见到姚占轩，提议姚占轩回乡购买苇塘。姚占轩回乡查看苇塘，苇泥浅薄不肥，芦苇长得矮小枯瘦，所以农民卖价低，姚家财力雄厚大量收购，再转手卖给天津的天雄造纸厂，捡了天大的便宜。胡应辉尽管不经营皮货了，两家的交情仍旧深厚。

胡应辉摸透了姚占轩的心思，劝他把军阀赵杰闹事的历史忘记。王家是德孝之家，可哪个家族没有一两个败类呢？

其实，姚占轩心里是佩服王学恒的学问的。起先，姚占轩就是在姚家大院的私塾学《百家姓》《三字经》，再往前些年追，姚占轩的爷爷姚融金把十三岁的姚占轩送到北京学徒。相传姚融金在道光二年，也就是1822年出生在王家寨，那一年大瘟疫，白洋淀和王家寨死了好多人。姚融金在北京陪着孙子，嘴里经常说，爷爷出生的那一年，生的少，死的多，你来到世间不容易，你一定好好学手艺。姚占轩记住了爷爷的话，心灵手巧，勤劳聪明，很快在北京永盛和参茸庄学成。东家为商号拓展业务，派他到朝鲜分号打理生意。1910年，朝鲜半岛被日本吞并。动荡之时，姚占轩临危不惧，处事不惊，将商号囤积物产全部兑换成金条，只身带回北京总部，赢得永盛和东家的赏识，晋升为经理。姚占轩的钱财越聚越多，他懂中医，成了北京同仁堂的股东，同仁堂的生意红红火火。他在西宁、张家口设有分销商和商号，张家口的商号为庆盛源，由侄子姚富打理。早先，姚家雇用着胡应辉，后来生意不大，小本经营不下去了，胡应辉与姚家合伙经营着皮货。

胡应辉出面，王学恒到王家寨姚家大院教私塾。王学恒回到王家寨，他跟父亲见面的机会就少了。

王学恒教私塾，当他看见淀边一缕缕如烟似雾的柳丝微微拂动，就来了灵感。王学恒写一手好字，所以有时也卖字卖画，替寺庙抄写佛经。

王学恒爱吃鱼丸，过去他经常到我家吃鱼丸，如今再吃就不方便了。大抬杆过来看望我父亲，也迷上了鱼丸子。大抬杆说他父亲说要吃鱼丸，雄县那边做得不好，鱼丸就属圈头村邢家了。父亲说，我们两家谁跟谁啊，铃铛赶紧去给学恒叔叔做鱼丸子。这样，我又有机会去辉煌气派的姚家大院。

大抬杆本来是让我进姚家大院开开眼，但大抬杆和水上飞可能糊涂了。那一年，我来过姚家大院，与齐同辉相亲时，我还吃过相亲饭，这是我的伤心地。那次来姚家大院，齐同辉纠缠着我说话，我没有去过后院。现在，后院变成了姚家学堂。这次来已是春天了，地气升腾起来，大院里树木繁茂，生出清香嫩绿的树叶，玉兰树上开了一朵朵花，乌鸦、麻雀和金丝燕不落在树杈上，而是沿着墙头啾啾唧唧地飞。往深里走，我看见两处院落呈凹字形，中央环抱着一片荷花池塘，太湖山石、江南细竹正对着村西的白洋淀湖面，风水极佳。如果在夜里，红灯笼会亮一片，是红红火火的气氛。

一个伏天，连续几天的大雨，白洋淀闹了水灾。空气湿漉漉，带着一股腥气，不知不觉中雨就落下来了。父亲在圈头村堡垒户李老殿家里开会，我在村口放哨。天上下雨了，我躲在了房檐下避雨。大水是猛地从大淀里蹿上来的，我在村口被洪水冲走了。真是没有想到，救我命的竟然是身上的那个铜铃。我躺在一扇门板上，被冲到了芦苇丛中。因为失温，人已经昏迷，水位还没有下去，我随着门板在芦苇荡里逛荡着。因为发大水，大抬杆母亲让他和水上飞去圈头村找王学恒，船行途中，他们的船被大水冲得七拧八歪。其实，最先在芦苇荡里发现我的是水上飞。水上飞听见铜铃响，支棱着耳朵说，大抬杆，你听，哪儿的铜铃响啊？大抬杆细细一听，惊讶地说，好像是铃铛的铜铃。他们循着铃铛的声音划船过去，发现我昏迷在门板上。他们知道，我的右脚脖子上经常挂着一个铜铃，随着大水涌动，铜铃琅琅响着。

大抬杆他们救活了我。

这事我想想就后怕，吓一跳，冷汗顺着后脊梁往下淌。想到我的家人，父亲、母亲和二霞也不知怎么样了，我心头如撞鹿，忐忑不安，右眼皮突突地跳。他们肯定出了问题，究竟是谁呢？

我们急匆匆回到了圈头村。傍晚，水缓缓退下一些。大抬杆和水上飞在村口高地，看见了房顶避难的王学恒。他们一溜小跑到了我家，先听见一片哭声。母亲和二霞从房顶下来了，我父亲却遇难了。父亲在李老殿家里开会，没有被大水冲走，而是房屋被大水泡塌，他为掩护两个党员，被砸死在屋里了。

人们七手八脚扒出父亲的尸体。我扑向父亲的尸体，淤积在心里的泪水全倒了出来。父亲死了，母亲在灵堂上哭得好悽惶，哭声里说自己这是啥命啊，撇下我和仨孩子咋活啊……

搭灵棚的时候，圈头村的亲戚朋友都来了，人们踩着地面的水，吧唧吧唧地响着。灵前摆着一张供桌，摆好了供品，一盏长明灯一闪一闪。供桌前用砖围成一个圆圈，人们就在圆圈里点燃几张纸钱。有人来吊唁，吊唁人鞠躬或磕头，我们守灵人就跪地还礼，然后磕头，哭丧。

村里几个党员过来吊唁父亲。

母亲跪在地上烧纸，磕头。她相信在她的祈祷声中，父亲赤着双脚，踩着莲花驾鹤西去了。

我久久跪着，不出声地哭，泪水长流。人终究会死的，世界上许多事，过度的悲痛，死人是不知道的，对活人却是一种安慰。

天亮的时候，王家寨来人了，王学恒、邢玉芳、胡应辉、大抬杆、水上飞来吊唁。王学恒趴在父亲尸体旁，像个妇人那样哭，老同学啊，这是想不到的灾啊！大抬杆哭着搀扶起王学恒。王学恒摇摇头，一副痛惜的样子，一步一颤地走了。邢玉芳的娘家是圈头的，王学恒去了他岳父家，叮嘱大抬杆和水上飞留下帮助发丧。

第二天早上，黑色的云彩肯定是劳累过度了，打着哈欠。雨停了，天气好转。圈头村和王家寨一样，属于纯水村，一直实行木棺土葬，将棺材葬于高高的苇园子上，死者算是入土为安。可是，今年土葬怕是不行了。白洋淀十年九涝，每遇水患年月，就没有露出水面的苇园子。无奈，只好夯下四根木桩，将棺材架起来固定好，大水退去再来苇园子祖上墓地深埋圆坟。

母亲说，父亲是党员，他希望有一个简朴的葬礼。怎样发丧父亲，用棺材还是用苇席，我跟母亲产生了严重分歧。如果不是我据理力争，恐怕连棺材都不买了，苇席一裹就埋了。我说，给爹买一口上等棺材，不然爹不闭眼，我心里不安生哩！母亲不吭声了。

起先我以为母亲抠门，舍不得花钱，后来我才明白一个秘密，家丑一道门，迈进这道门就能看见父母家人的恩怨。当初，母亲嫁到邢家，姥爷嫌弃邢家穷，一直不答应，是姥姥促成了这桩婚事。我姥爷死时，就是用苇席裹走的。当时，父亲和母亲因姥爷的一口棺材争吵起来，最后还是父亲占据上风，是父亲记恨姥爷吗？如今轮到父亲了，难道母亲记恨父亲吗？这种犹豫、纠结和折磨，使我彻夜难眠。保家庭生活还是给父亲体面？后来我还是挺住了。保父亲的体面，买棺材！

我听大抬杆说，王家寨朱家是做棺材世家。为了从朱家买一口棺材，我绞尽脑汁。我们只靠卖鱼丸子不成，尽管日子十分拮据，可也只有把自家二十亩苇塘卖了。可是，卖给谁呢？我找到大抬杆和水上飞商议。水上飞说，我爹跟着姚占轩干事，他说姚家到处买苇田呢！我有一股男人气，像家里的主心骨。我大声说，我去王家寨跟姚家谈，卖了苇田，厚葬老爹！母亲抽泣着，我的姑奶奶，卖了苇田，咱家咋活？我想了想说，用不了那么多钱，卖了苇田，买了棺材，剩下的钱就开一个鱼丸店啊！

大水回落了一些，母亲期待有奇迹发生，就不用买棺材了。

可是，天不遂人愿，水位最后还是没有回去，村里的墓地还被淹没在水中，只有买棺材一条路了。

我的意见得到大鹰的肯定，大鹰夸奖我将来会为邢家支撑门面。母亲只好妥协了，她不再坚持用苇席裹父亲。

　　眼下水灾，没有置备花里胡哨的纸车、纸轿、纸人、纸马，父亲的尸体蒙着白布，脚底蹬着墙壁，这叫"脚不蹬空"。白面和大枣和成面团，一串串穿在芦苇棍上，拿火烧白面团制成打狗棒，母亲将打狗棒塞在父亲的两只手上说，老邢，你眼睛瞎了，一支打狗，一支当个拐杖吧！

　　圈头音乐队自愿来了。丧葬音乐响起来了。

　　音乐会只是吹奏到夜里十二点，人们纷纷散去。后半夜，我给父亲的尸体守灵，煤油灯在我眼前一闪一闪。极度悲伤让我头晕目眩，后半夜，我出现了幻觉，感觉父亲没死，我在父亲耳边使劲摇着铜铃。过去，父亲装死的时候，总是在我的铜铃声里慢慢睁开眼睛，然后搂住我的脖子，亲昵地拍我的脑袋。这一次，我的铜铃失灵了，父亲身体僵硬，脸色苍白，死死地闭着眼睛。

　　我掀开白布，想多看一下父亲的脸。尽管就一盏油灯，可是我感觉远近的灯火次第亮起来，引来了更多的流萤，流萤围绕着我们，闪闪烁烁，仿佛生命找回了失去的光芒。

　　圈头村的死者停放五天发殡，这为我买棺材赢得了时间。水上飞和大抬杆带我找到了王家寨的朱家。朱家做一手好棺材，是受皇帝委派，从广西柳州迁移到王家寨专门做棺材的。我们进了朱家的深宅大院，头一回看人做棺材。七八个木匠拉锯破木，粉末飞扬起来，飘荡着木头的香味。一个胖木匠的锤子一声声地砸铆钉，像是组装棺材板。

　　朱家掌柜的见我头上戴孝，就知道来了买主，立刻朝我微笑，脸上挤出了许多细到快看不见的皱纹。他打量着我说，棺材质量绝对有保障，可是，我家棺材概不赊账。他说着，就剧烈地咳嗽起来。

　　我一下子蒙了，哀求说，不赊账，手里没钱啊，求求你啦！

　　朱家掌柜的冷冷地说，不赊账，送客！

大抬杆嘴上不会说，也跟着咳嗽，木头粉末呛得我也咳嗽起来。水上飞嘴巴灵巧，说了水灾的严重、家里的危急，可是任他怎么说情，都没有打动朱家人冷酷的心。

我想做棺材和卖棺材的都不是好东西，他们每做好一个棺材，就要送走一条生命。

我很失望，悻悻地转身离去了。

大抬杆和水上飞追了出来，看见我偷偷抹眼泪。水上飞想到了他父亲胡应辉，他与姚家有交情，让胡应辉带我去找姚占轩。

那天下午，胡应辉带着我去了姚家大院。姚占轩去了一趟北京，刚刚回到王家寨。王家寨附近苇塘近千亩是姚家的，烧车淀北留通村附近的佟家地还有一千三百亩苇田和六十亩高园子地，郭里口的西南府也有一千亩以上的苇塘，加上大张庄、沙家洼百亩以上的高苇场地，姚家拥有苇田苇塘五千多亩。高园地就是姚家屯放芦苇的地方，每年收了芦苇，看场的长工就雇用两三个人专门晾晒芦苇。

姚占轩嘴里叼着长长的烟袋，让人把儿子姚廷阶喊过来，静静地说，廷阶，我就要回北平了，你就把她的苇田收过来吧，我心中一块石头落地。胡应辉说，铃铛，老爷慈悲为怀，赶紧谢老爷！我给姚占轩鞠了躬，眼泪立刻就下来了，感激地说，谢谢老爷。我抬头的时候，发现姚廷阶两眼直勾勾地盯着我。

我拿到卖苇田的钱，到朱家买了一口上好的红棺材。百善孝为先，厚葬父亲是我应尽的孝心。

我、大鹰、大抬杆、水上飞又去看了墓地，淀水爬上浅滩，清清地流，远远的一湾又一湾，鱼在水中欢欢地窜着。可是，邢家墓地没有露头，依旧被淹在浑水中，看来只能打桩悬棺了。

那个年代啊，连发殡都不让人消停。我们往圈头运棺材的时候，竟然出了意外。

第 十 章

我们划船去王家寨朱家取棺材。

淀里沟壕交错，河淀相连，弯弯曲曲。下午三点，我们的船到了王家寨。赶上朱家人搞祭奠仪式，案台摆放着供果，香火直线升腾起来，朱家大姑娘朱文颖唱着丧歌。朱家有一艘六槽大船，专门负责给白洋淀各村送棺材。船头有一个瓷盆，盆里燃着一些香火，像萤火虫一样明亮。如果多花钱，还要由朱家女人唱柳州安魂民歌，一直唱到船上岸。我叮嘱大鹰在圈头码头上点燃祭火。我身无分文，水上飞嘴巴会说，说动了抠门的朱家人免费唱护棺歌，而且还是朱文颖领唱。她开始唱的时候，声音都颤颤巍巍的。我头一回听人唱护棺歌。朱家女人都会唱，就像轻盈的百灵，用嘹亮婉转的葬歌恣情吟诵着对死者的追思和对大自然的歌颂。

我、大抬杆、水上飞、二霞护送棺材，听着朱文颖唱的歌往回走，途经烧车淀水域，突然听见芦苇荡传出沉闷的枪声。我一个激灵，吃了一惊，远远地望去，一条木船从芦苇中冲出来，国民党兵惊慌地把船划走了。

大抬杆抬头喊，你们看，苇秆儿上有血。他险些跌倒。我知道大抬杆晕血，急忙扶住了他。水上飞让朱家船往芦苇荡里开，他蹲在船头，双手划开芦苇。船越走水道越窄。淀水映着芦苇荡是灰色的，周遭的一切都是灰色的。忽然，我们发现一个血糊糊的尸体。朱文颖惊叫一声，不敢再唱护棺歌了。二霞双腿颤抖，眼里的光都吓散了小声说，姐，我好怕。我埋怨说，我说让大鹰来，你偏偏要跟着来。我弯腰低头去看，摇了摇头说，这人没有死，还动弹呢。水上飞胆大，招呼大抬杆赶紧救人。我也冲上去了，听见扑通一声，水上飞跳进水里。他推，我们拽，费力地把人拉上了船，人脸露了出来。这人脸色苍白，水上飞说，铃铛，你瞅瞅，这人在你爹那里见过。大抬杆捂着脸不敢看，我伸手撸了撸这人脸上的水，马上认出这是保定来的何东林特委，他和王学武在我家吃过饭，砸盐店就是他和王学武操办的。

何东林是乘啥船来的呢？周围怎么也找不到船啊？何东林在船头香火熄灭之后完全醒来，他微微睁开眼睛，谢谢你们救了我。

我伤感地说，何叔叔，我是铃铛啊！

大抬杆凑过来说，何叔叔，我是王学武的侄子大抬杆啊！

何东林欣慰地点点头，哇地吐出一口脏水。

我蹲着身子给何东林擦脸问，叔叔，您要去哪儿？发生什么了？

何东林艰难地说，听说你父亲去世了，他是我们的好同志，好党员。我是代表王学武前来探望吊唁。

我心中一热，急忙问，谢谢何叔叔，王学武呢？

何东林说，叛徒王家林告密，他暴露了目标，只能在保定活动。现在看来，他们也盯上我了。

远处又传来零散的枪声。我说，何叔叔，这是我给父亲买的棺材，你别去吊唁了，你去了太危险了，心意我们家领了，你快躲起来吧！

大抬杆说，赶紧把何叔叔藏起来，敌人来了就麻烦了！

我急中生智地说，躲在棺材里最安全。

水上飞说，这是好办法！

于是，我们七手八脚地将何东林抬到了棺材里。

但是，圈头村码头上岸的时候，张麻子的保安团与国民党兵严格把守，上船的人都要盘查一番。敌人一问棺材，大抬杆有些胆怯，二霞更是心惊肉跳。我却急中生智说，我爹大水淹死了，里面躺着呢，你们要看看吗？敌人围着棺材转了转，并没有掀开棺材盖子，悻悻地下船走了。

大抬杆额头冒出了汗，下船赶紧抬棺材。棺材本来就沉，加上多了个何东林，更是沉重无比，走一步都艰难。

风声轰轰隆隆，响彻云霄。风声搅得狗也不安生了。圈头村狗多，夜晚的时候，一条狗起头叫起来，众多的狗都跟着叫，连成一片。

国民党兵和保安团的人把守着圈头各个路口。一个当官的又冲过来盘查，我知道出了事，让朱家人、水上飞和大抬杆抬棺材，自己赶紧过去，说认识张麻子团长，然后又跟国民党兵周旋一番。这时候，棺材已经下船，村里接应的人都到了，我们舒了一口气，把棺材抬到我家里了。

朱家的人吓得噤了口，开船连夜回王家寨了。

夜深人静，天空升起一轮大得出奇的圆月。王学恒趁着夜色过来了。他看见何东林时，何东林已经苏醒了，腿上的枪伤导致失血过多，他脸色十分苍白。何东林看见我的母亲，伸长了黄褐色布满皱纹的脖子，拉住母亲的手，用嘶哑的声音说，大嫂，你和家人节哀吧，邢希望同志是我党的好同志，席卷整个新水、让敌人闻风丧胆的砸盐店暴动，就是在你家策划的。他的牺牲是我们党的重大损失，愿他一路走好吧。母亲含泪点头说，您放心吧，您好好养伤。事到如今，还能说什么呢？我感觉父亲死得窝囊，不能像王学武那样冲锋陷阵。当然了，如果他眼睛不瞎，就不会被砸死了。

何东林转脸望着王学恒，断断续续地说，老王，形势严峻了，阜平的红二十四军去了陕北，中华苏维埃政府面临"围剿"。4月30日，曲阳县的领导人王银科被捕叛变,中共阜平县特别支部领导王宗泉、李心仁等八人被保定行营逮捕,其中,王宗良三人被杀害。学武是王银科供出来的,国民党反动派到新水抓他,我们接头的时候,我可能也暴露了。他们尾随到白洋淀抓我。好在我们俩是单线联系,你和老邢没有暴露。我如果牺牲了,你要继续秘密发展党员,但是,你不能在圈头村教书了。

王学恒点了点头说,东林同志,我们王家寨姚家大院办学堂,我过去教书了,随时请你和县委指示呢!何东林点点头说,姚家财大气粗,北京有背景,是你掩护自己开展工作的好地方!王学恒坚定地说,我明白了,孩子们不能白救你,你不能有危险,我带你回王家寨,躲在我家地窖养伤。寨南村有个有名的大夫,能给你医伤。何东林抬头说,谢谢你,学恒同志。我已经暴露,不能待在白洋淀了,那样会连累你的。老邢走了,你可不能再有闪失啦!王学恒噘嘴皱眉想着办法。

这时候,大抬杆和水上飞走过来了。水上飞脑子灵活,说,大伯,让何叔叔到曲阳去吧,老虎山安全,我舅舅方贵仁是老虎山有名的大夫,他能够治好叔叔的病!危机来得太突然,王学恒拿不定主意。何东林说,曲阳县城敌人挺多,但是,越是危险的地方,也许是最安全的地方,我先去那里养伤。王学恒说,先敷上止血药,夜里用船送你出淀。到了雄县码头,我派人接应,那儿有我们的人送你去曲阳。何东林说,老邢是我党的好同志,他牺牲在岗位上,而且还是为救党员而死,他死得光荣,我要汇报给新水县委。我无论如何不能走,我要亲自送老邢出殡。王学恒说,有组织的肯定,老邢在天之灵,也会得到安慰。但是,事不宜迟,夜长梦多,你必须撤,天亮就走不了啦。你到老邢的尸体前,再磕个头吧!何东林拖着伤腿,一步一摇地走近父亲尸体,跪地叩头,老邢一路走好!

夜里起风了,白洋淀的浪头涌叠着,声音越来越大。时间紧迫,得赶快把何东林运出去。王学恒叫来了一艘槽子船，连夜送走了何东林。

按圈头村规矩，丧事要有上床、报庙、停尸、送路、入殓、起灵、发殡、下葬、圆坟一系列环节。但因为大水不退，棺材摆好了，只能暂时发殡。最后一天，药王庙的空海药师做法事祈祷父亲的亡魂缓缓升天。

大鹰、大抬杆、水上飞都参加了水中打桩。大鹰将第一个木桩打下去，我看见水浪翻腾，鸟群又一次飞临上空，发出凄凉的叫声。四根木桩打进水里，四角用麻绳缠上，棺材被稳稳地架在半空，倒影映在水中，凄凉而温馨。跟父亲一起被装进棺材的还有他的眼镜、毛笔、月牙板和桃木算盘，好让他在那个世界看书写字唱大鼓。后来，每到阴雨的日子里，父亲的坟头就好像传出月牙板的声响，我觉得那是父亲寂寞了给我们唱的西河大鼓。

安放仪式的第二天，我和二霞划船过去，将一些供品摆在棺材的前头。水灾淹死了猪、狐狸、猫等动物，如果这些动物有亡魂，也可以享用这些祭物。可是，这些动物腐烂了，散发着缕缕臭味。我们期盼着大水快点儿退去，好将父亲埋在邢家墓地入土为安。

父亲的棺木映在水里，这个画面让我永远不会忘记。那天，突然有一只大鸟儿立在棺材板上，发出三种音调，唱出清脆的歌，中间似乎有一个停顿，好让这宛如银笛吹奏的轻轻的声音丝丝入扣地传遍四周的芦苇荡。我惊喜地喊，看啊，那是朱鹮！我们惊喜地望去，真是一只朱鹮鸟。我发现棺材上覆着一层潮湿的露水，到处是苇叶儿、鸟屎和枝节横生的树枝。杂草和水葫芦从远处飘来，纠缠四根木柱。我双手紧紧地抓着木桩，放声痛哭。我边哭边祈祷，大水落下去，让父亲入土为安吧。父亲是个多么好的人啊，父亲的灵魂留下来，让他能够看见我们穷苦的生活。老天爷啊，发发慈悲吧，那个世界不再让他眼睛失明，不再让他受苦，让他能够看见淀水、芦苇和鱼群。我仰起鼻子吸那沁人心脾的淀野气息。可是，我在水里泡久了，支撑不住，昏倒在水里。好在昏厥时间不长，大抬杆和水上飞过来看我，把我拖到了船上。苏醒后，我听到朱鹮扇动翅膀飞走的声音。

大抬杆眨着眼睛说，朱鹮鸟真好看。邢叔叔不是凡人，招来了朱鹮，等邢叔叔安葬时，我们再来帮你啊！

我轻松一些了，问，我欠你们的太多了，让我咋谢你啊？

水上飞像个兔子似的蹦到我跟前，嬉皮笑脸说，你就嫁给他吧！我当媒人！

大抬杆的脸红了，似乎还是腼腆。

我望着水上飞骂道，滚，你个臭小子，我爹还没有入土为安，你就胆敢提亲？

大抬杆苦着刀条脸，怔怔地望着我，喃喃地说，你是不是还想着我二叔王学武？

我的眼睛慢慢红了，心都碎了。王学武在哪儿啊？他还活着吗？如果活着，他跟石燕红在一起吗？

大抬杆似乎明白了什么，他知道我嫌弃他胆小，我心中崇拜英雄王学武。可是，我与王学武不是一代人，王学武当我是小孩。我对大抬杆的好感是不是来自王学武呢？记得在圈头村看王学武打雁的那一天，因为水上飞捣鬼，我误打了大抬杆一巴掌。他怪声怪气叫唤的声音到现在还在我耳边回响。不打不成交，这一巴掌让大抬杆心中丢不下我了。我努力回忆那时的情景，但是有些内容总是模糊不清。我到底爱不爱大抬杆呢？我离不开他，却还没有嫁他的冲动。他在我生命中究竟是什么位置呢？

大抬杆乖乖走到二霞身边去了。

我弯腰在船头烧纸，纸燃烧，没风却旋起了纸灰。我冲着悬棺嚷了一句，爹，我想你！然后就闭上了眼睛，泪水遮住了脸颊，或许是由于过度悲伤，或许是为了使出最后的力气。阳光越来越强烈，荷花和芦苇都散发出强烈的香气。二霞守着悬棺旁若无人地唱西河大鼓，我知道她是唱给父亲的。起初，她的歌声脆脆的，像是一串铃铛摇晃发出的声响，后来，当她唱到西河大鼓《五峰会》的时候，我听得喉咙哽咽。

  朕把他的灵柩带回朝，
  再超度他的亡魂。
  他的忠心扶日月，
  他的好气贯乾坤，
  朕追封他忠烈公，
  朕封他一辈一辈，
  辈辈辈的，
  世袭传留荫子孙……

  隔了半月，大水彻底退去了，我们终于把父亲埋进了祖坟。

第十一章

　　我的命运为什么这样？为什么要让我经历这一切，而且要为这一切感到痛心呢？

　　父亲去世以后，母亲突然变了个人，经常一个人发呆，懒得打理日常生活，什么时候做饭、什么时候织席、什么时候纺线都不闻不问了。还有一件事，更让我头疼。原来说得好好的，埋葬了父亲，就把我家的苇田过到姚家名下。可是，母亲还是变卦了。姚廷阶马上跟姚占轩禀报，说圈头邢家当家女人不给苇田，姚占轩很是恼火。管家禀报说，邢家那片苇田苇子长得枯瘦稀薄。姚家人觉得不要也罢，可是又想到邢家是圈头村银淀鱼丸传人，就说让她家女儿到姚家大院当长工，做饭做鱼丸，拿工钱顶账，估计有两三年就能够顶上欠账。我没有怨言，欠债还钱天经地义。我也没办法，照顾母亲的活只能交给二霞。苇田保住了，母亲心里踏实多了，我的婚姻生活她倒是不很在意，只是担心我再惹事。

　　一连好多天，大鹰都没有拿鱼鹰抓鱼。他带一片鱼鹰守候着父亲的棺材，远看像一片乌鸦。中秋节放河灯，大鹰来了，我们专门给父亲放了一盏，灯放进水中就灭了。倒是有一些别人放的灯，晃晃荡荡移拢过来。白洋淀水声滔滔，那些灯盏听不见我的倾诉。母亲流泪了，望着我说，铃铛啊铃铛，你啥时候让娘眉开眼笑啊？我不知道母亲指的什么，喃喃地说，你现在就可以笑啊！

我去姚家打工，这一变故便宜了大抬杆。大抬杆和水上飞亲自划船接我。母亲和二霞到码头送我，没有一句叮嘱的话。船渐渐走远了，母亲还站在码头望着。看得出来，我的到来给大抬杆和水上飞带来了快乐。听说有个媒婆给大抬杆介绍采蒲苔的姑娘，大抬杆死活不见。大抬杆竭力在我的面前表现自己，帮着我干活，表现得勤劳、勇猛、强壮。更惊奇的是，大抬杆竟然拿起书本读书了，专心致志。这让在姚家大院学堂教书的王学恒欣慰地说，这孩子晓事理了，长大了。王学恒哪里知道，大抬杆捧着书本学习是假学，他硬着头皮读书，是为了多看我几眼。

其实大抬杆不爱读书，父亲的课，如腾云驾雾，他半点儿不懂。我不在时，他拿起书本就不由自主地打起瞌睡。

王学恒见到了气得颤抖。我亲眼看见王学恒拿木板抽打大抬杆的手心，啪啪地响，大抬杆嘴巴一咧一咧。王家出过状元的，还是德孝之家，怎么到这一辈文脉就断了呢？王学恒老人本来想让孩子识文断字，大抬杆偏偏不爱读书，一看书就困得耷拉脑袋。为这，王学恒没少在他的手掌上打板子，手掌打肿了，也不顶用，二十多了，再不学都来不及了。更让老人尴尬的是，他讲课的时候，只要水上飞从窗台一冒脑袋，大抬杆就消失得无影无踪。

端午节到了，王家每年都去王家祠堂祭拜。

王学恒没有拿我当外人，我也去了祠堂。王学恒带领王家人到王家祠堂祭拜，大抬杆不情愿地跟着去了，他知道去了就得给状元祖先磕头。我不是王家人，没有资格进去祭拜，只能扒着窗户偷看。

我看见正墙上悬挂着状元的画像。我知道状元孝敬老母一度传为佳话。王书堂中了状元以后在广西桂林做官，家中突传噩耗，母亲得了脑瘫，吃药稍好一些，但还是失去记忆，走丢了。王书堂辞官返乡，回到

111 | 白洋淀上前传

家中，在镇龙寺祈祷，刺破手指，用自己的血抄写《金刚经》，行走四方寻母。七年过去，他终于在沧州沧县找到八十岁老母，把老人接回王家寨，留在母亲身边行孝。母亲去世，王书堂守孝三年，才重返官场，为国效力。状元画像两侧挂着一副对联：奉先思孝，重道修德；倾己勤劳，忠义守信。旁边还有一副对联：欲高门第须为善，要好儿孙必读书。王学恒让大抬杆把两副对联都念一遍，大抬杆嘟嘟囔囔地念了一回，错了三个字，王学恒一瞪眼，大抬杆就乖乖垂下了头。王学恒训斥道，寿山，你说我该怎么惩罚你？大抬杆说，天哪，爹又生气了，我学习不好，我能打鱼，我孝敬老人啊！王学恒眼睛湿润，要说孝敬，大抬杆真的做到了。王耀宗爷爷病了，大抬杆昼夜伺候。大抬杆讷讷地说，爹，我一边打鱼一边读书，活到老学到老！大抬杆说话的口吻，还像父亲没在跟前。王学恒失望地闭上眼睛，沉沉一叹，你啊，怎么越来越像你叔叔王学武啦？

祭拜结束，大抬杆第一个冲了出来。

我觉得这一切都是大抬杆的命，他不爱思考，盲目地相信一切，特别喜欢淀里打鱼。打鱼也不爱动脑子，别人装了满船的鱼，他总是那么一小篓子。大抬杆家教这么好，为什么不好好读书呢？王学武是文武双全，他不仅用大抬杆猎枪打雁、用苇箔围猎，还跟他哥哥一样舞文弄墨，知识渊博，这才是状元世家的后代。

大抬杆每天到姚家大院就是想看看我。我做鱼丸的时候，看见大抬杆就心慌，常常失手，鱼丸子煮熟了像蘑菇。

水上飞就给他出了个主意。大抬杆偷偷跑到姚家大院厨房房顶，用瓦刀掏了一个洞，趴在房顶看我黑黑的头顶和白嫩的脖子。我去厕所的时候，他就赶紧闭上双眼。只要看着我做饭，就是他最赏心悦目的时刻。大抬杆的悟性来自视觉，他明白了一个道理，喜欢一个人不仅喜欢她的外貌，还要喜欢她的三三两两、丝丝缕缕。他对我的喜爱不知不觉达到了格外纯粹的程度。

　　高大的苇垛，一垛连一垛。大抬杆依着苇垛睡着了，像个隐身人。我们听见呼噜声却谁也没有找到人。大抬杆在梦中喊着我的名字。这声音被水上飞听见了，水上飞独坐在船尾抠脚，抠得来劲，听见大抬杆梦中喊我的名字，扯着嗓子嚷道，大抬杆，你给我出来，你小子想铃铛啦？听见这样的话，我心里喜滋滋的。尽管大抬杆的眼神里充满哀伤，但是，我还是爱他的，这个胆小善良的大抬杆啊，就是自己终身依靠的男人。如果我们结婚了，也算是托老一辈人的福。我梦一般想象着那时候多么幸福，想象着跟他过日子还是能够幸福的。想到这里，我欢乐而激动，心里充满了温情。

　　姚廷阶爱吃我做的鱼丸，吃的时候额头淌汗。吃着吃着，这家伙就动了歪念头，到厨房的时候多了。他不说话，看着我额头飘着水汽的脸庞入神了，时不时还有一些小动作。我隐约地感觉到姚廷阶这老家伙看上我了。这让我恐惧和厌恶。我煮鱼丸的时候，腰弯得厉害，沸腾的水溅出来，脚底下一滑，几乎跌了一跤。姚廷阶趁势把我抱住了，探过脑袋亲我，他的胡子茬儿扎到我粉嫩的脸颊，我扔下煮鱼丸的勺子惊慌地躲闪着。

　　姚廷阶脸色变得难看，嘟囔说，你这不解风情的丫头片子！我继续做鱼丸，姚廷阶死皮赖脸地说，我要把你聘为三房，带你到北平开鱼丸店。我的惊叫，惊动了房顶的大抬杆。房顶一阵簌簌的响声，我心中不慌了。可能是大抬杆把烟筒堵上了，烟气就在厨房弥漫开来，我剧烈地咳嗽着，姚廷阶也被呛跑了。大抬杆不敢跟姚廷阶正面冲突，只能偷偷爬上厨房的房顶监视着姚廷阶。隔了一会儿，大抬杆从房顶溜下来，找到我道歉说，铃铛啊，对不起了，我是想熏一熏姚廷阶那狗东西！他敢动你，我就杀了他！

　　我惊讶地望着他，嘿，你还变得胆大啦？大抬杆拍着胸脯说，我是胆小，为了你，我啥都不怕！

　　姚廷阶并没有死心，变了花样纠缠我。他来到厨房望着我面带微笑，眼神却不怀好意。他叫保姆张婶过来做饭，把我像佛一样供起来，只让我做鱼丸，别的杂活由张婶来做。

　　姚廷阶为了娶我，找到胡应辉当媒人，胡应辉的皮货生意越来越不好做了，他想背靠姚家转型做药材，所以答应帮忙。他提着礼包到了圈头村，找我母亲提亲。我母亲说，我这闺女啊，性子烈，这事得问她，我当不了家啊！

　　胡应辉回来一说，姚廷阶心中不悦。

　　夜幕降临了。姚廷阶将我叫到了他的书房。姚廷阶最近身体不好，脸有些浮肿病态，看书、吃药、吃饭都在书房。大太太有事去了北京，二太太常年在天津。他在北京的大哥娶了三姨太，他也跟大哥较劲，非要娶三姨太。我担心他这身板，能吃得消吗？姚廷阶给我介绍了新来的管家张万寿。张万寿是衡水人，北京的老父亲推荐过来的。他是个矮胖子，脸宽，腰粗，说话不多，脑子机灵。我做的鱼丸端了上来，张万寿就要退出，姚廷阶让他坐下一起吃。我们两人吃饭，为什么还要叫张万寿呢？

　　张万寿先吃了我做的鱼丸，吧唧着嘴巴说，好手艺！从来没有吃过这么好的鱼丸啊！姚廷阶说，铃铛，你看，张总管刚刚来，就说你的鱼丸好吃。他朝张万寿递了个眼色，张万寿就乖乖退出去了。我明白，这是姚廷阶级故意安排的。但是，人家夸奖我家的鱼丸，我心里受用。姚廷阶改变了策略，让我吃饭，他也吃着鱼丸，不再逼我给他当三姨太，而是邀请我去北京开一家鱼丸店。当然，投资由他负责，我只管做鱼丸。我知道他葫芦里卖啥药，闷闷地不答。天黑着，房间闷热，姚廷阶打开了窗子，飘进窗里来的，除了花草气味以外，还有厨房里的鱼腥气。我捂了捂嘴巴，姚廷阶又去把窗户关上了。我走进屋里，感到身后有眼睛,我猜想一定是大抬杆。其实,大抬杆一直偷偷监视着我们。可这种情况,姚廷阶对我无理,他也没有办法啊。他自己冲进来,没那个胆量,如果是王学武,他一定会奋不顾身地亮剑。

嘭的一响,只听见哗啦一声,玻璃碎了,紧接着玻璃碎片飞起来,从耳边飞过。

姚廷阶吓了一跳,嗖地蹿了过来。我在猎枪熄火之后被吓跑了,他也跟着跑出了书房,王学恒也从教室里跑出来。院落里空空的,没有一个人,只有一杆大抬杆猎枪躺在地上,枪筒冒着一缕黑烟。大抬杆和水上飞两人扔下猎枪跑了。姚家的管家、家丁都跑了出来。姚廷阶黑着脸骂,给我查,查出来,定严惩不贷!

张万寿吼,这是谁家的大抬杆猎枪?想要谋害我家老爷吗?这事不能这么完了!

王学恒感觉事态闹大了,匆匆过去低头一看,是他家的猎枪,而且是王学武比武打雁用过的猎枪,枪托有一把宝剑的图案,这是他给王学武定制时专门刻上去的。他心生两个疑惑,学武不在村里,猎枪也不在家中,他这杆猎枪藏在了哪里?又是怎么到了大抬杆手里的?还有,难道是儿子大抬杆要来取姚廷阶的命吗?他越想越恐惧。后来我听说,最初王学恒否定了自己的想法,他始终觉得大抬杆没有这个胆量。他没有吭声,而是记在心里了。

第二天回到家,王学恒就把大抬杆叫来审问,三嚷两诈,大抬杆就把他和水上飞打枪的事坦白了。原因就是姚廷阶请我到书房吃饭,大抬杆生气了,去找水上飞盲目地进行报复。两人从镇龙寺找到王学武隐藏的那杆大抬杆猎枪,上足了火药,安放在姚家大院对面的土台上,瞄准了我们。他说好像听见姚廷阶掐我喉咙的声音。其实,不是掐喉咙,而是对我动手动脚,我嘶哑着嗓子尖叫了一声。大抬杆听见了,他一着急,点着了药捻,拿大抬杆朝窗户放了一枪。

王学恒黑了脸严厉地骂，你为什么放枪？谁给你的胆子，这要出人命的。大抬杆哆嗦着说，姚廷阶那狗东西，把铃铛叫屋里吃饭去了，我怕铃铛吃亏啊。王学恒倔强地说，铃铛的爹去世了，你保护她没错。可是，你看见什么啦？大抬杆倔倔地说，姚廷阶要对铃铛非礼，我听见铃铛喊叫了！我能见死不救吗？王学恒无奈地一叹说，人家是东家，铃铛是姚家的长工，在一起吃饭不挺正常吗？大抬杆低头不吭声了。王学恒说，人要三稳，口稳、手稳、脚稳。大抬杆还犟嘴说，我二叔，咋三个都不稳呢？王学恒气愤地说，天地之间，物各有主，学武是我们家的荆轲，你有他那身手吗？你有他那胆儿吗？

　　王学恒动用了家法，将大抬杆摁倒在炕，用船桨打大抬杆的腰和屁股，打得啪啪响。大抬杆被打得龇牙咧嘴，嗷嗷叫唤。邢玉芳劝说，别打了，闹得姚家知道了就不好啦！我心疼大抬杆，把大抬杆挨打的事告诉了王耀宗，王耀宗回来了，王学恒这才罢了手。

　　打完了，大抬杆躺着呻吟。水上飞蹦跳着进来了，王学恒继续审问水上飞，水上飞泄露了两个秘密，一个是大抬杆爱护我了，一个是枪是王学武私藏在镇龙寺的。

　　大抬杆与我的爱情冲淡了王学武的猎枪，一家人开始议论大抬杆婚姻的事。大抬杆爱上我，王学恒有预感。王耀宗和夏雪莉都喜欢我。王耀宗捋着白色的胡须，微笑着说，男大当婚，女大当嫁，大抬杆已经到了娶亲的年龄了，他娶了铃铛，兴许就不会再惹是生非了。

　　王学恒孝顺，对父亲的话从不顶撞。

　　王家人答应了这门婚事。大抬杆和水上飞却被姚家的张管家抓走了。纸里包不住火，大抬杆和水上飞浮出了水面。好在他们被抓之前把王学武的猎枪又藏回了镇龙寺。张管家带着众家丁准备动刑，王学恒说情都不管用。姚廷阶说，两个臭小子，跪下，磕个头，认个错。大抬杆跪下了，水上飞不跪，皮鞭就带着风声落在水上飞的后背上。抽皮鞭的是丁少先，并不是带着仇恨打的，但是，我知道水上飞是替大抬杆受难。

老天赏赐了一个让我救大抬杆和水上飞的机会，姚廷阶老父亲姚占轩八十大寿，请我过去做鱼丸子。我对姚廷阶说，你放了大抬杆和水上飞，我跟你去北京做鱼丸。不知是我的要挟起了作用，还是姚廷阶给了王学恒情面，他把教育大抬杆、水上飞的任务甩给了王学恒，带着我和张管家乘坐马车进了北京城。我进了京，还坐上了洋车。

我只知道王家寨的世界，没想到还能来北京走一遭。如果说在白洋淀，我对姚家满怀憎恶，那么北京之行是让我对姚家满怀恐惧。最初的几天，大家忙于姚老爷盛大的生日宴会。

我、姚廷阶和张管家都住在姚家的一座四合院里。这里也是姚家的家业，姚家真是家大业大。四合院在一条胡同儿的尽头，那是一个幽深的死胡同儿，可是地面干净，设计精巧，在胡同儿里可以把洋车调过来，车可以开进去，又可以开出来。这四合院也是独门独户，有影壁、五进的院落，带一个跨院，还有一大片花坛。北京人爱在院儿里种上柿树、枣树、石榴树、月季花，是那样雅致与宁静。而且北京是这样的习惯，院子里家家都把炉灶儿放在外边儿，院子里什么味道都有，醋熘白菜、熘肝尖儿、油煎黄花鱼，唯独没有我的鱼丸子。

出了这个院子，对面还能见到北京的穷人。与我们乡下一样，有两口子吵架的，婴儿哭的，猫咬狗叫的，这些声音此起彼伏，有时甚至慷慨激昂。我避开了对面的嘈杂，抬头欣赏北京的月色，情趣盎然，让人浮想联翩。此刻，大抬杆在王家寨也想我吗？

早上醒来，我都不想马上睁开眼睛，因为一旦睁开眼睛，就感觉不知道自己睡在哪里。听不到白洋淀水声，我心中空空的。我贸然睁开眼睛，脑子里被强烈的早霞照得空空荡荡。我先动了一下身子，头痛了，可能昨晚着凉了，我强撑着起来做鱼丸。我带来了刀具，张管家带来了白洋淀鲜鱼和阴阳藕。我走到厨房，鱼摆在案头，我右手反攥着刀，咔一声，用刀挑了长长的鱼刺。这一动作吸引了一个女人，她好奇地望着我。她问我为什么这样握刀，我腼腆地一笑，这样鱼刺才剔得干净。她微微一笑，问我从哪里来北京的。我说我是白洋淀人，银淀鱼丸传承人。她说她叫田婉儿，唱京韵大鼓的。我说妹妹二霞是唱西河大鼓的。她当时不懂西河大鼓，我纠正说木板大鼓她就懂了。

贺寿的晚宴上，姚老爷和客人喝酒、吃饭。田婉儿站在一群侍女中间，显然是最漂亮的，有些鹤立鸡群。她站在院里的戏台上唱歌儿，唱的是京韵大鼓。我感觉京韵大鼓不如我们的西河大鼓好听。

过了两天，就传出田婉儿在四合院儿里跟姚廷阶偷情。姚家雇工都晓得，田婉儿是老爷姚占轩的情人。少爷不会被处罚，田婉儿却只能被秘密处死，田婉儿跪下哀求都不管用。主要是时间节点不吉利，赶上姚占轩的八十大寿，算命先生说，如果饶过田婉儿，老爷就会寿终正寝。田婉儿知道自己命不如老爷命值钱，她要在死之前洗个澡，穿上戏装，体体面面的。田婉儿洗了澡，还要唱一阵京韵大鼓，姚廷阶还是给她面子的，让她唱了一段，她从来没有像今天唱得这么好。之后田婉儿双手被捆住了，她披散着湿漉漉的头发，戏装不整，乳房半露在外面。我隔着窗户看见她了，一道闪电过去，她仰望着天空看了一阵，苍白的脸上露出了灿烂的笑容。有人推搡了她一下，之后扑通一声，她就被推到井里去了，然后井盖儿被盖上。我心里一寒，眼前一黑。我想她还会活着，夜里我就趴在井盖儿上听里边的声音，我想昏迷的人还会清醒的。可井里的哭泣声早停止了，我估计她已经断气了。我想黑夜里出去救她，又怕引火烧身不敢出去。这一刻，窗外暴雨如注。女人的命就这么不值钱，我又想到了祖上红姑，唱大鼓的女人命怎么这么惨啊？

下雨了，那是老天流泪了。我下意识地冲出屋子，站在雨中哭了。这一夜，我没有合眼。

第二天早上，姚廷阶问我，铃铛，北京好吗？

我点点头，又摇摇头。

姚廷阶说，你不要害怕，说真话！

我偷偷瞟了姚廷阶一眼，感觉他太可怕了，田婉儿的死，就像没有发生一样。我一直疑惑，把田婉儿赶走不就完了吗？为啥非要处死呢？原来我以为姚廷阶有色心没色胆，看来是我误判了，姚廷阶就是一个色魔，如果姚廷阶敢对我下手，我就拿剁鱼的菜刀跟他拼命。一条生命就这样没了，他们都在干一件残酷的事，姚家人可能饶恕他，但是我不会饶恕他。

姚廷阶说，你这么好的一个姑娘，搅在大抬杆和水上飞俩穷小子之间，有什么幸福可言？嫁给我，让你留在北京生活。

我摇了摇头说，别提这事了，我高攀不起，我还是想回白洋淀。

姚廷阶失望地叹息了一声，悲哀，悲哀啊！

我想立马就走，我想大抬杆肯定急成了热锅蚂蚁，恨不得跑北京来找我了。

尽管我态度冷淡，姚廷阶还是带我到中轴线北端的鼓楼去玩了一天。鼓楼是京城鸣钟击鼓的地方，鼓楼也叫齐政楼，明初建的古楼，明初被大火焚毁，后来又重新翻修了，楼内设一大鼓，二十四个小鼓，表示一年二十四个节气。

姚廷阶还要带我逛一逛潭柘寺。我说哪儿也不逛了，赶紧回王家寨吧。

我们在出发之前，带了一些老北京的小吃。

回到王家寨，我越想越后怕，姚廷阶和张管家杀人的事一直都装在脑子里，我陷入了极大的苦恼之中。想起那个可怕的夜晚，姚廷阶喝得醉醺醺的，死皮赖脸地纠缠我，日子长了我能挺住吗？我在大抬杆和姚廷阶之间痛苦地挣扎。更加让我苦恼的是，大抬杆简直就是榆木疙瘩，我早就暗示给他了,他却对我的爱情呼唤没有应声回答。我左思右想,这件事不能再拖了,我主动约了大抬杆,直截了当地说,大抬杆,你想娶个什么样的媳妇啊?大抬杆吞吞吐吐地说,我胆小,娶个胆大的女人给我撑腰。我听了一哆嗦,扑哧笑了。大抬杆虽然胆小,却是充满雄性气息的男人。我直截了当地说,我铃铛看上你大抬杆了,你要不娶我,我可就嫁给姚廷阶啦。

大抬杆猛吸一口冷气,瞪圆了眼睛,连说不能啊!铃铛,你别急,我找我爹娘商量。我头发哗地散了一堆,忙抬手去拢。我想到了北京四合院田婉儿的悲剧,他们哪里知道姚廷阶这个笑面虎是个杀人恶魔啊?不赶紧想办法要出人命的。大抬杆糊涂着,我的话外音王学恒听明白了,他在姚家大院的首要任务是暗中监视姚廷阶,目的就是保护我。我主动靠近王学恒,不让自己离开他的视线。可这弄得他十分疲劳和恐慌。

一天,王学恒坐在太师椅上,喝着茶对我说,孩子,我跟你爹是志同道合的挚友,我们一起在衡水安平入党。你爹走了,我待你应该像亲闺女一样。大抬杆是我儿子,你们两个好,大叔从心底高兴。我不明白,他一个傻乎乎的家伙,读书也不努力,你到底喜欢他哪儿?我爽快地说,大抬杆哥哥诚实、善良,会一辈子对我好!王学恒抚摸着胡须,微微一笑。我还说了一个心中的秘密——因为我崇拜王学武,大抬杆是王学武的亲侄子。我爹说过,王家是德孝之家。王学恒微微点着头,还有一些顾虑,淡淡地说,孩子,你是个好姑娘,你进我们王家,是我们一家人的福分。可是,你想过没有,你老爹去世不久,这么急合适吗?我红了脸,低下了头,觉得对不住父亲。可是,人常常为一些美好的理由干坏事。我抬起头大声说,不急怕是不行了,姚廷阶逼我当他三姨太,我始终不答应!王学恒吃了一惊,这道貌岸然的家伙还不死心,这就非同小可啦!

把姚廷阶说成道貌岸然，真是高抬他了，他们还没看清姚廷阶的那一面。北京之行让我对姚廷阶有了更多的了解，他应该是老奸巨猾、心狠手辣。我是一个拿自己的眼泪酿酒的人，一不做二不休，我要离开姚家大院，跟姚廷阶直接摊牌吧，是死是活听天由命了。

那一天上午，我故意穿上破衣裳，把脸抹了锅底黑，就去了姚廷阶的客厅。姚廷阶很会伪装，他坐在太师椅上品茶，我直截了当地说，我要走啦！姚廷阶手中的烟袋抖了抖，烟渐渐熄灭，空气中一阵沉默。过了一会儿，姚廷阶缓缓起身打开窗户，清风和荷香扑面而来。我继续说，我娘身体不好，我要离开姚家大院。姚廷阶沉着脸，还是没有说话。我脸上的表情异常坚定。姚廷阶摸着山羊胡子，翻着青黑的眼皮想鬼主意呢。我推想他会在我家的苇塘上做文章。姚廷阶闪着贼眼说，你爹的棺材钱咋办？给我苇塘你走人！不然你就留下继续做鱼丸。我一个激灵，真的为难了，母亲和二霞死活不给那片苇塘。姚廷阶说，我要派人去强行收回，这没有问题。只是，我不愿意这么做，宝贝儿，我还是等你回话，给我当三姨太，在姚家吃香喝辣。我生气地喊一句，你死了这条心吧！就摇摇晃晃地跑出去了。

我在淀边坐了半夜，默默流泪，直到天上出现了曙光。

大抬杆划船来找我。我身上很冷，看到大抬杆，心里就热热的。大抬杆划船到淀里，望着芦苇和淀水，久久不说话。我坐在船头，低着头嘟囔，姚廷阶死皮赖脸地纠缠我，我烦死了。大抬杆抬头问，老地主脸皮真厚，你到底咋想的？我憋着一口怨气，抬起头来说，我铃铛是啥人，你还不知道吗？我是攀附权贵的人吗？齐县长的公子我都不愿嫁，我能情愿当他姚廷阶的三姨太？大抬杆用若有所思的目光望着我，试探说，人家那么有钱，你还可以到北平当阔太太啊。我瞪了瞪他，生气地喊，大抬杆，你揣着明白装糊涂，嫁给不喜欢的人，北平有什么好？我又不是贪图享乐的人！但是，我告诉大抬杆，我娘说，如果不嫁给姚廷阶，也要嫁个好人家，起码把姚家的债务解决了。大抬杆不吭声。尽管我性子烈，但谈恋爱也难以掩饰少女的羞怯，眼下不知道怎样把心里话跟他说清楚。面对自己心爱的人，夜里想好的话又难以启齿。

大抬杆为自己的软弱感到内疚。我需要人帮助，解决与姚家的经济纠纷，可是，王家现在只靠着王学恒那点儿教书收入生活，关键时候无能为力。大抬杆说，要是我家有钱该多好，我和水上飞想想办法，哪怕去借，也要借来帮助你。没有过不去的火焰山！我听着感动了，竟然用手捂住自己的脸哭了。大抬杆慌得不知如何是好，赶紧把船划出芦苇荡。

我还想知道，如果我与大抬杆结婚了，以后生活他怎么打算，就是打鱼吗？

大抬杆被我的问题逼住了。我自己的事情还焦头烂额，却对以后的事情这么热心，他心中很是感动。他感受到一丝美好，看见芦草中掩映的朵朵荷花，采了一朵荷花塞进我怀里，微笑着说，给你的！我愉快地接受了荷花。他说，我们都是白洋淀人，荷花最常见，但是，今天这朵花代表我的心！我愣了一下，眼睛汪了泪水，颤抖着手把这朵花放在鼻子下面闻了又闻。大抬杆说，为啥给你一朵？你永远是我心中唯一的一朵花。我王寿山只要活着，就永远对你一个人好！我更加感动了。大抬杆紧紧拥抱了我，他抬手将我脸上的泪痕抹去。我轻轻在大抬杆耳边说，我想给你当媳妇！然后脸色绯红。

过了一会儿，大抬杆把船划到一片清静的水面，开始撒网打鱼了。鱼真多，一会儿就有满舱的鱼蹦蹦跳跳。我将双脚放进淀里，水清澈见底，我捧着水喝了一口，深深叹息道，好甜啊！大抬杆也跟着喝了一口，摇头说，还是那破味儿，不甜啊。我逗大抬杆这个傻子，将水一撩，溅到大抬杆的脸上，大抬杆，你喜欢我哪儿啊？喜欢我做的鱼丸吗？大抬杆摇了摇头，不，你的一切我都喜欢。还有，我娘说我胆子小，要找一个能干的女人来撑门户！我自信地说，你有眼力，撑门户没问题。你呀，得改改性格了，你爹王老师就说，人是应该有点儿精神的！男人就要当英雄！我说着，把外衣脱了，穿着红兜肚跳进了碧澄的水里。大抬杆望着我的身体愣了。

我让大抬杆也下来，大抬杆摸了摸水惊呼，铃铛，快上来，水太凉了。我抬手掌击水给他，故意板着脸说，没骨头的货，你连水都怕凉，将来还咋干革命？大抬杆嘿嘿一笑说，我不干革命，只跟你过日子！大抬杆伸手试探着水，还是不敢下水。我瞪了瞪他，又说，你连水都怕凉，你怎么娶我？怎么保护我？大抬杆被将住了，歪着脑袋咻咻笑，笑得有些酸楚。我一个猛子扎进水中，他只能看见翻花的水泡。大抬杆咬了咬牙，甩了上衣，扑通一声跳下来了。我们在水中紧紧拉着手，后来拥抱成一团。过了一会儿，我实在憋不住了，拽他蹿出水面。大抬杆凉得说不出话来。我撸着脸上头发上的水哈哈笑了。时间不知不觉地过去，我们爬上船，四仰八叉躺在船板晒太阳，仍意犹未尽。

不远处的芦苇里，我发现有一双眼睛瞄着我和大抬杆在水中嬉戏。水上飞双脚踩着一根木板，在水面上来回穿梭，钻进芦苇荡里的时候芦苇哗哗作响，有王学武的英姿，还有一点儿古代侠客的味道。

我冷不丁叫了他一声，水上飞！

水上飞吓得一哆嗦，双腿一滑，人从木板上落水，扑腾了半天爬上木板，像个落汤鸡。

我和大抬杆幸灾乐祸地笑了。

水上飞撸了撸水涝涝的脸说，好你个铃铛啊，收拾你哥。等你们结婚闹洞房的时候，看我咋收拾你！

我呵呵笑着。水上飞像鱼鹰一样，翻个了筋斗，双脚重新稳稳地站在木板上。芦苇荡里激起一阵水花，水上飞瞬间钻进芦苇荡就没影了。

我们顶着落日回去了。我在心中祈祷我与大抬杆的爱情天长地久，可是，我的眼皮突突跳了两下，想到那个问题就沮丧。人在船上，任谁都是过客，终了一生也是过客。人迟早要下船的。大抬杆想的却是另一个问题，谁家娶媳妇不得下聘礼啊？他立马想到自己家的那片苇塘，离烧锅淀不远，那是高质量苇塘，用那片苇塘娶铃铛进门！王学恒一听，脑袋开窍。就这么一个儿子，为了儿子的幸福豁出去了。大抬杆对父亲的态度很感动，但是，怎么与姚廷阶那个老狐狸谈，却是一个不小的问题。姚廷阶如果故意刁难，恐怕既对我与大抬杆的关系不利，还让王学恒不好在姚家学堂教书了。姚家大院是重要阵地，不仅能发展党员，还能搜集情报，上级不让王学恒离开。党的任务，当然比我们的婚事更加重要。王学恒苦恼了一阵，还是想不出办法来。他担心大抬杆失去耐心，跟姚廷阶去拼命，那样自己就被动了。

第 十 二 章

天无绝人之路。一个救命的机会终于来了！

解铃还须系铃人，王学恒想到了保定特委特派员何东林。何东林在曲阳老虎山方贵仁大夫那儿治好了伤，与上级取得了联系，组织派他到新水来了，他一到新水就找到了王学恒。听到何东林的名字，我马上想到了我心中的英雄王学武。

船重千钧，掌舵一人。父亲死后，王学恒成为党员们的主心骨了。在姚家教书还是一个很好的掩护。何东林与王学恒又取得了联系，为了解救我，王学恒求助他一件事。国民党要员陈调元回同口村给老母贺寿，一律要地方名菜，白洋淀全鱼宴、河间的驴肉火烧、唐山麻糖、沧州熏肠、狮子头肉丸都要去。我们这儿有银淀鱼丸，王学恒希望推荐过去，目的是拿陈调元镇住姚廷阶，让我离开姚家大院。何东林明白王学恒的意图，说通过关系试一试。本来是有病乱投医，并没有抱多大希望，可是，何东林那边很快回话了，陈调元家的管家孙冀怀负责安排。何东林担心王学恒暴露，让孙冀怀管家亲自来到王家寨姚家大院。

何东林指示，这个寿宴上一箭双雕，既要帮助了我，还要除掉威胁共产党的叛徒王家林。

为此，何东林让王学恒提前安排给了我们任务。怕惊动陈调元，王学恒要我们递给王家林一封信，他接了信，就等于完成了任务。

贺寿前一天，孙冀怀总管来到姚家。姚廷阶对国民党陈调元将军仰慕已久，他听说陈调元回白洋淀给老母祝寿，请我做银淀鱼丸，受宠若惊，连连赔笑说，那是应该的，然后扭头望着我，叮嘱说，铃铛啊，孙管家看中了你的鱼丸子手艺，你可要亮两手啊！一定让陈将军和老寿星高兴！我没有说话，频频点头。姚廷阶转身给孙冀怀施礼说，孙管家啊，廷阶有个小小请求怎么样？孙冀怀笑道，姚先生请讲。姚廷阶说，我们姚家在北京、天津都有商号，我爹叫姚占轩。廷阶想拜见陈调元将军，也好给陈将军的老母贺寿！孙冀怀迟疑了一下说，这个嘛，只能答应一个。陈家庄园虽大，贺寿宾客来自各地，都是各地大员，贺寿不能请您了。陈将军给老母祝寿之后就回南京，但是，见陈调元将军一面，我还是可以安排的。姚廷阶频频点头，听说是老寿星八十五岁大寿，我给老太太准备了金条、同仁堂药包和长白山野生人参。

孙冀怀带着我和大抬杆去了陈调元庄园。

大抬杆不仅划船，还要背着一个铁锅。我提着刀具、勺子和铲子，船摇晃的时候，丁零当啷乱响。这可是我们邢家祖上做银淀鱼丸专用的。船快靠岸的时候，孙冀怀总管派人到码头接应。

陈调元家在新水同口镇同口村，紧邻白洋淀，村头建了一座陈调元庄园，在白洋淀一侧。我听说这处宅地，原来是白洋淀水灾冲出的大坑，1904年开始填土，七年填平，1922年建成陈调元庄园。陈调元亲自设计，效仿故宫院落修建，三进四合院落组成，青砖红墙，高脊瓦檐，红梁赤柱，雕梁画栋，布局壮观。

我和大抬杆走进了陈调元庄园，两人都傻眼了。好阔气啊！真是天外有天，姚家大院跟这儿比真是小巫见大巫了。

我们朝后院厨房走着，我惊讶地说，我的娘呀，忒大了！

大抬杆低声说，你的鱼丸可得做好啊，要是有点儿闪失，我们两个就回不去了。大抬杆来之前，跟父亲打听了一番。王学恒告诉我们，陈调元在1903年考入袁世凯开办的保定参谋学堂，1906年5月，他被保送到保定陆军军官学校深造。因早年丧父，母亲和妹妹编织苇席供养他读书，所以他对母亲格外孝敬。陈调元最初追随冯国璋，后又投靠孙传芳，最后归入蒋介石部下，虽然不是嫡系，却很受蒋介石器重。

大抬杆接着说，这次来之前，我爹特意叮嘱，别弄砸了，弄好了回去姚廷阶就不敢纠缠你了！

第二天上午，陈调元老母贺寿典礼开始，场面宏大，热闹非凡。做鱼丸的厨房在三排厢房，我和大抬杆自然没有见到陈调元的机会，只是看见宾客来来往往。我做鱼丸的时候，剁鱼肉、剁阴阳藕十分细心，为了防止油腻，我放进一点儿切碎的莲藕。我们从王家寨带来了阴阳藕。王家寨净出稀奇事，南边的大淀长出了阴阳藕，有几根是空心，有几根是死膛儿，死膛儿的像一根白芍药。这是第一次尝试阴阳藕，不知道老寿星喜欢不喜欢。

老寿星吃鱼丸的时候，满意地微笑了，说这鱼丸子好吃。孙冀怀赶紧解释说，这是咱白洋淀圈头村银淀鱼丸，当年康熙皇帝在圈头建了行宫，到白洋淀打猎，品尝了圈头村的鱼丸，还亲笔赐匾："银淀鱼丸！"

陈调元见到母亲高兴了，大声喊，把做银淀鱼丸的传人叫来，以后老太太想吃，就过来做啊！

我端着一碗新出锅的鱼丸过来了，笑道，做鱼丸的铃铛给老寿星请安，祝您福如东海，寿比南山！

老寿星微笑了，问我做鱼丸的方法，还问为啥传女不传男了。我愣了愣，说了说爷爷给西太后做鱼丸的故事。

老寿星又吃了一个，笑道，还得用我们白洋淀的水、白洋淀的鱼啊！差一点儿都不行！

我插嘴说，还有咱白洋淀的藕，阴阳藕最好吃。

陈调元哈哈笑道，鱼丸好吃，娘高兴，我就高兴。我爹没得早，老娘和妹妹织苇席、卖苇席，供我在保定读书，老娘，自古忠孝不能两全，我当儿子的再敬您老人家一杯酒啊！

大家纷纷鼓掌。

齐县长站起身来，先给老寿星敬了酒，然后给陈调元拍马屁了。他诚恳地说，陈主席是我们新水人的骄傲啊！1929年5月，孙中山先生灵车抵达济南车站，陈主席还亲自宣读了祭文，讲得好啊，爱国忧民之心令人感动。卑职让县上人多多学习。

陈调元微笑着说，齐县长过奖，过奖了。

我看着齐县长有点儿恶心，转身出来了。我四处寻找张麻子和王家林。这俩狗东西没有资格上主桌，我到了厢房那桌。张麻子和王家林在划拳喝酒，我把带来的信递给了王家林，王家林喝得红头涨脸，看了看信，继续喝酒。

我听说孙冀怀总管很讲信誉，隔了一天，陈调元离开新水同口村的时候，孙总管安排姚廷阶过来，见了陈调元一面。后来我还听说，王家林在同口村口遭遇冷枪，谁打的如今还是个谜。我们离开以后，王家林酒足饭饱，独自去了村口武状元的石碑前，他喊了两句小六子的名字，那个小六子没有出现，砰一声，玉米地里射出一颗子弹，就打烂了他的脑袋。

我默默地想，丙奎叔和夏慧敏的在天之灵可以安息了。但是，我始终不明白，王家林接到信之后为什么会去村口石碑？他是那么谨慎的人，为什么轻易中了圈套？他饭后要见谁？开枪的人又是谁？

我和大抬杆回到王家寨，进了姚家大院，姚廷阶就笑脸相迎，好像我就是陈调元家的一员了。我有些硬气地望着姚廷阶说，我可见到陈调元将军了，老寿星特别爱吃我做的鱼丸子，还认了我当她干孙女，你要是再敢欺负我，我就去找我奶奶收拾你！

姚廷阶频频点头。

我终于逃离了姚家大院。大抬杆和我庆祝了一番。初恋是甜蜜的，初吻却充满恐惧。大抬杆在芦苇掩映的排子船上，在高悬的日头底下，把我紧紧搂在怀里。他吻了我的嘴唇、脸和脖子。我们在拥抱中滚到了船板上，我既兴奋又恐惧，满身颤抖着，恐惧就消失了，最后被融化了。亲吻都能把女人融化，说明男女之间的事真能出神入化，这就是人们常常挂在嘴边的风情吧。

隔了半年，王学恒跟父亲王耀宗和母亲夏雪莉商量，在王家寨给我们举办了一个隆重的婚礼。

婚礼是按白洋淀风俗，过了大礼，定了婚期。我开心极了。结婚两天前的下午，大抬杆家做了馒头、粉条、一刀肉、豆腐、双棒和一把秫秸秆。这为催嫁。母亲一边收东西，一边打点回礼。回礼是押回一包盐和一块石头，盐寓意闺女嫁过去，在婆家少言寡语，让男方放心；石头是决不食言，婆家娶到媳妇，一块石头落地了。大抬杆拿着盐和石头，恭恭敬敬鞠了躬，开开心心地抱回去了。我见到盐和石头，想到跟着王学武砸盐店的往事了，我说，不砸盐店，哪儿来的盐？母亲笑说，自打你爹参加共产党，我没沾啥光，闺女嫁了好人家，也算是沾光了。我看见母亲终于笑了。天一黑我就睡了，一直睡到第二天午饭后。大抬杆着实打扮一番，水上飞划船从王家寨到了圈头村。船不靠岸，我们圈头村就锣鼓喧天、鞭炮齐鸣了。

傍晚来临，我们女方家要先"坐大席"，酒宴款待亲朋好友。我就穿上大红衣、头蒙红绸巾盖头跟随迎亲队伍上了大抬杆的"船轿"。

婚礼不同寻常，太阳都是为我们升起的，花都是为我们盛开的，我听到二霞说一朵像荷花的云朵，变幻着不同的颜色，在天空中往下撒金撒银，光影婆娑，整个白洋淀好像个富贵的女人，穿上了羽衣霓裳。我们从圈头码头上了船，大鹰和二霞亲自划船送我。一个多小时，我们到了王家寨码头，大抬杆一家在码头迎候，大抬杆将我背下船的一刻，爆竹声震耳欲聋。人们说说笑笑，给这场喜事增添喜庆。我蒙着盖头上了轿子，看不清谁在颠轿，但是听见水上飞的笑声了。轿子四角挂着红绸，红绸子在爷们儿的喊声中颤颤悠悠。阳光从轿子缝隙里照射进来，我的脸都添红抹彩。我是大姑娘坐轿头一回，饱满的胸脯起伏颠耸，浑身酥痒酥痒。此时，没有人知道我正憋着尿，憋得脸红红的。好在我的家离码头不远，进了家门，我让大抬杆带我去了厕所。

婚礼隆重热烈，王家确实给我长了脸撑了腰。傍晚的时候，还有朱鹮鸟扑棱棱飞来。大鹰送给大抬杆、水上飞的鱼鹰也飞来了。鱼鹰和朱鹮同时出现，说明神鸟都祝福我们，我是世界上最幸福的人了，我的眼泪立刻就流了出来。

晚上入了洞房，我看见大抬杆的眼睛幽幽闪光，他先脱光了，像个黑泥鳅，我脱光了，脱得跟白鲢鱼一样。他强壮的身体闪着幽光，我滚进了他的怀里，他瞬间就严丝合缝地把我覆盖了。我的身子变得滚烫，火一样滚烫，把他冰冷的身体焐热了。我们两人忘记了时间，忘记了吃饭，身体已经汗流浃背。折腾完了，大抬杆禁不住为人生里难得满足的欲望叹了口气，我娘啊，这感觉真他娘的好啊！

我瞪了他一眼说，想一想，我们婚后日子怎么过？

我们计划了半天才睡去。

婚后的日子是舒缓平淡的。大抬杆依旧打鱼，夫妻搭配干活不累。我们早晨出去，黄昏归来，身上带着芦苇和淀水的清新气息。我喜欢这样的生活，生活让我产生许多联想，诱惑我进入了主妇的角色。

可是这种平静能够维持多久呢？

因为大旱干淀，很长一个时期，王家寨人买不到粮食，我们到大淀里采摘莲子，将莲子磨成面，用它煮成粥。大抬杆的爷爷王耀宗病了一场，几乎不起炕，不睡觉，黑暗中睁着眼睛盯着我们。我给他喂莲子粥，有一天他突然坐了起来，能吃鱼丸子了。他长得个儿高，瘦瘦的，像个麻秆，吃了鱼丸子，慢慢好了起来。病好之后，爷爷常常带我们到王家祠堂，给我们讲祖宗的故事，还朗读《弟子规》《孝经》《论语》，叮嘱我们说，德孝文化是我们王家的根脉，好好传承下去。我们不想辜负了爷爷的好意，伸着脑袋听着，可是，大抬杆又连连打哈欠，最后睡着了。

我结婚后，二霞时常划船过来，听王耀宗爷爷讲故事。二霞长大了，她身材颀长，五官喜人，脸蛋儿似荷花一般漂亮。我说二霞漂亮，二霞却说我婚后变得漂亮了，说我的脸像阳光一样莹白明亮。奶奶夏雪莉爱听西河大鼓，我让二霞带着月牙板和大三弦过来，有模有样唱一唱。父亲去世后，她不再唱西河大鼓，演唱水平明显下降了。二霞不唱大鼓，我的心情会是另外的样子，不会在追忆父亲时那么心痛。

有一天，王耀宗出了一个主意，王家寨是水上要道，开个鱼丸店肯定生意好。我和大抬杆望着王学恒，王学恒与王耀宗显然是商量过的。他们让我把康熙皇帝题名的银淀鱼丸发扬光大。我回圈头征求了母亲的意见，得到支持后就开始选址。村口有运输码头，我们在码头租了三间空屋，简单装修一番之后，鱼丸店开业了。平时，大抬杆打鱼，我做鱼丸卖。

闲暇的时候，我们在芦苇荡里游荡，口里唱着失传已久的渔家歌谣，享受风雨来临之前最后的平静生活。

第 十 三 章

1937年7月7日，卢沟桥事变，日军侵占了北平、天津和保定等地。日寇要侵占保定之前，国民党在保定守军动员民众赶筑防御工事，聚集十万大军奋勇抵抗。日寇装备精良，动用三个师团，决战五天，最终国民党军队伤亡两万人，抗敌不支而撤退。

听到这个消息，我的脖子像是落了枕似的梗住，心中充满恐惧，我的心里牵挂着王学武。事后我们才得知，王学武没在白洋淀，也没有跟石燕红在一起。国民党战败之后，要撤离保定了。在国民党撤离保定的时候，石燕红劝说王学武参加国民党。当时王学武被营救，只是在保定暂避一时，迷茫过去，意志更加坚定，他拒绝了石燕红。他既然在学校选择了共产党，就永远不会改变了。石振司令对王学武失望至极，王学武即将被行刑的时刻，他是看在女儿面子上，找齐县长说情救出王学武。按蒋介石部署，石振司令要带家眷转战西安。王学武跟石燕红做最后的告别，石燕红给王学武过了生日，拥抱了他，喃喃地说，不管你走到哪里，都不能忘记保定还有一位惦念你的妹妹。王学武内心感动了，紧紧拥抱了石燕红。告别之后，王学武去了延安。

这时候，王毅夫在新水县任县委书记，领导人们反抗日本人的侵略。以前，我在大抬杆家听到过王学武说他和王毅夫一起抗日的事。现在，我、大抬杆、水上飞，还有白洋淀许多热血人士，除了打鱼种田，还受到王毅夫的影响，隐蔽在村子里或芦苇荡里打鬼子，锄汉奸，保卫自己的家园。

一天，王家寨人接到县委通知，立刻组织人开会，要成立正式的抗日队伍。

我、大抬杆和水上飞一起去开会。大抬杆划船，我静静地坐在船头，水上飞却自己撑一根竹竿，踩一根木头跟着船走。他有时冲到船的前面，有时钻进芦苇荡里自由穿插，溅起一串串水花。

夜里九点多，白洋淀的水反光，照得我眼睛迷离。以前没结婚时，我没有恐惧，后来结婚后，我就有些担惊受怕，生怕家里人出什么事。但自从日本人来了，我反而不怕了，更多是愤怒。我担心大抬杆，不知道他能不能挺得住？我没有吭声，如果父亲活着，他一定会参加白洋淀抗日班的。

可大抬杆很不争气，会刚开始没多久，他自己先出去了。我和水上飞先后跟出来，我说，这可是你的不对啦，咱王家家训怎么说来着？国家有难，匹夫有责。大抬杆被水上飞拉住了。水上飞讥讽说，说你胆小你就洋崩儿，追铃铛咋胆不小啊？追到手了胆子又小啦？大抬杆嘟囔说，你别开玩笑了，我肚子疼，出去拉屎，你跟着我干啥？我连声骂道，你这个不争气的东西，跟你二叔差远了！开的这个头可不好。大抬杆盯着我的脸，好像在等待我的态度。我督促说，大抬杆，听话，我们快回去吧！水上飞指着大抬杆说，你看你媳妇觉悟多高，刚刚看你溜了，抗日班徐书记真火了，我反复解释，说大抬杆是我们邻居，他的外号叫大抬杆，可是这小子从小胆小如鼠，连只鸟都不敢打。他媳妇做鱼丸，宰鱼都是媳妇上手。他如果参加了抗战，弄不好会叛变的。大抬杆急眼了，骂，狗嘴吐不出象牙来，你才会叛变呢！我扑哧一声笑了，大抬杆啊，你弄得媳妇跟着丢人啊！大抬杆提了提裤子说，我回去，我赶紧拉屎就回去，说着就钻进了树林。水上飞望着他的背影消失在树林里，抬手指指点点，我们不能强求，抗日自愿啊！我又把话头拿回来说，说真的，我们大抬杆看见血就晕，打仗就是杀人，他是打不了仗。水上飞想了想说，他可以当后勤嘛，修理修理抬杆枪也是挺好的啊！我说，这倒是挺适合他。水上飞说，铃铛，他离不开我，我到淀里打鬼子去了，他在家也待不住！我笑着说，你跟徐书记说，我男人虽说胆小，但是他内秀，枪出了事你们找他！

当天晚上，白洋淀抗日班正式成立。

白洋淀抗日班首次袭击日本鬼子巡逻船，这情报是我和大抬杆提供的。时间、地点都有胜算，可是，抗日班的大抬杆枪出了问题。连连阴雨天，大抬杆枪膛火药受潮，打了哑炮，眼睁睁看着鬼子的汽船擦肩而过。徐书记非常焦急，让水上飞赶紧找大抬杆。水上飞找到大抬杆说了情况。

大抬杆心里有数。他让我从柜子里找出来一把雁翎刀，我知道这是王学武赠给他的，刀身两面都有花纹，一面是流水纹，一面是羽毛纹。他把存好的雁翎找出来，用雁翎刀将一头削得光溜溜的。

大抬杆去了抗日班。他蹲在船板上，掏出削好的雁翎，在猎枪火眼上插上一只雁翎，果然奏效，火药不潮了。于是，每杆猎枪都插了雁翎。徐书记笑了，大抬杆胆小，还有这手艺啊！大抬杆嘿嘿笑着，谦逊地拱手作揖，碰上了，碰上啦！我这是傻小子睡凉炕，全凭时气壮！王毅夫书记仰脸笑了，他想了想说，那就把抗日班改成"雁翎班"。水上飞说，真好，应该叫雁翎抗日班。他想让大抬杆留下来，大抬杆捂着肚子又一颠一颠地跑了。水上飞哭笑不得，说，这个没出息的货！大抬杆跑了几步又跑回来了，掏出一个小布包，缓缓打开，露出那把雁翎刀，认真地说，这是二叔王学武赠给我的，雁翎到处有，雁翎刀就这一把，削好雁翎，还得用雁翎刀，我赠给雁翎班了。徐书记紧紧握着大抬杆的手，谢谢你大抬杆，不，谢谢你，王寿山同志。水上飞笑着叮嘱说，王学武回来找你要，你别反悔啊！大抬杆咧嘴巴说，不会的，男子汉哪有拉屎往回坐的？

大抬杆刚刚回到家，我正要做饭，忽然就听外面铜锣响，哐哐的声音传出很远。水上飞过来说，伪军队长秦凤生带领日本人收缴乾德大钟，听说他们在整个白洋淀收缴铜和铁，其实，收铜铁是假，收缴武器是真。

大抬杆和水上飞去找雁翎班报信了。雁翎班要抢在鬼子之前，将各村的大抬杆猎枪集中上来，和一些猎枪沉入湖底。

但还是有一些零散的枪支被收缴了。可恨的是，敌船开走以后，姚廷阶节外生枝，想借日本人把王家挂在老梨树上的乾德大钟弄走。

日本鬼子带人收铜钟来了！这在王家寨炸了窝。人们纷纷聚拢过来，怒目圆睁。这口钟有几百年了，堵在姚家人心口上，尽管王家寨方圆五十里的芦苇荡都是姚家的，长工收了芦苇卖了钱都要交给东家姚廷阶，姚家人还是贪得无厌。有个说法，船过大洼袍，苇荡都姓姚。姚廷阶老奸巨猾，日本人来了，为了保住姚家家财，姚廷阶让二女儿姚玉环嫁给了秦凤生，秦凤生知道将来姚家的财产也有他和玉环的一份，对老丈人唯命是从。姚廷阶一直觊觎乾德大钟，这次倚仗日本人下手了。

那天吃过早饭，天气阴沉，秦凤生带着日伪军气势汹汹来到王家寨，张牙舞爪要收缴大铜钟。他让伪军黑猴把皇军收缴铜铁的告示念了一遍，还把告示糊在老梨树干上。这一恶劣事件，激怒了王家寨人，特别是激怒了王家人。王银斋出面护住了大钟。王银斋被绑在树上，鬼子要用刺刀挑他。秦凤生阻止说，我们不杀他，他是乡绅，我们只要钟，说着就指挥人将大钟抬到了船上。

敌人撤走了，王银斋一口血喷了出来。大抬杆和王家人将老人抬到家里养病。

水上飞从雁翎班回到家里，听说发生了抢钟的事，非常气愤，他与大抬杆说回去与雁翎班商量。水上飞去找雁翎班的徐书记商量。徐书记说，解铃还须系铃人，钟虽然是铜的，但日寇收的是民间武器，钟不属于收缴范围，这里问题在哪儿？水上飞想了想说，准是秦凤生干的坏事。徐书记说让雁翎班的侦察员冯科侦察一番。

水上飞和冯科从新水城侦察回来，说这是姚廷阶和秦凤生的阴谋，纯属姚家对王家的挑衅。日寇开始想烧毁铜钟，难度非常大，后来秦凤生说他岳父想买了运到天津，日本鬼子听说是宋代铜钟，还是文物，就想把它密封好藏入白洋淀，等待时机运到日本。

我和水上飞、大抬杆等雁翎队员头顶荷叶，嘴吸苇管，隐蔽在芦苇丛中，有时探探头，观察着敌人水下藏钟的场面。

黄昏时分，日伪军来了三艘汽船、一艘渔船，戒备森严，大钟被放在渔船上。水上飞想打伏击，一举两得。徐书记不让，说那样我们会吃亏，按原计划行动。我们的原计划是观察敌人藏钟地点，等敌人走了，夜里再派人潜水把钟捞上来。

日伪军藏了钟，汽船缓缓开走了，他们消失在夜幕里，没有发现头顶荷叶的雁翎班战士。

夜里，我们潜水把钟捞了上来。日本人有高手，钟被放进木箱里，里边裹了三层油布，抹了桐油。乾德大钟捞上来怎么处理？众人有了分歧。有人说，给王银斋出气，连夜挂在千年梨树上。徐书记说，不行，那敌人还会抢走。我的意见是，这钟让王银斋老人看看，摸一摸，我们再藏起来，等赶走了日本鬼子，我们庆祝时挂上，让王家人敲响大钟！大抬杆很感动，说这主意好。他冲着徐书记深深鞠了躬，替他父亲感激共产党，感激雁翎班。可是，这钟藏在哪儿呢？

水上飞把船划到了王家寨，大抬杆搀扶着王银斋，王银斋颤抖着双手抚摸着乾德大钟，老泪纵横。

水上飞脑子好使，他出了个主意，把钟放在王家寨的朱家棺材铺，做棺材的地方比较忌讳，鬼子和伪军一般不去。

我和大抬杆、水上飞带人去了朱家。现在朱家是朱老茂主事，朱老茂也认为乾德大钟是镇村之宝，答应私藏大钟，并保护好。趁着月光，我们把大钟埋在了朱家后院，上面盖着一口棺材样品，棺材在月光里泛着青光。

日本鬼子发现铜钟不见了，包围了王家寨，抓了人再三审问，得不到底细，把王家寨掘得千疮百孔。

后来，抗日队伍要转移，经新水县委批准，雁翎班从三小队里独立出来，改名为雁翎队。雁翎队开始只有三支手枪和四支"冀中造"长枪，现在又添了一艘四舱船。雁翎队第一任队长陈一荣、副队长邓海光、指导员任三林，加上队员共四十多人，分了三个班，水上飞当了第一班班长。他们用大抬杆、火枪、鱼叉等武器展开游击战。雁翎队的船在水面上行驶，往往呈现人字形，像大雁空中飞翔一样。这一年，雁翎队打了一些小规模战斗，平时主要以训练为主。

我和大抬杆继续开着鱼丸店。水上飞练完单臂游泳，肚子饿了，就带着陈一荣队长和邓海光副队长到店里吃鱼丸。陈一荣队长问，那里安全吗？水上飞说，大抬杆虽然胆小，三脚踢不出个屁来，可是，他绝对是自己人，可以放心。于是，他们化装成老百姓来吃饭，感觉很好吃，就让大抬杆讲一讲白洋淀鱼丸。大抬杆腼腆，让我讲，我就讲了一通，脸红红的。吃完了，水上飞要跟着队长走，大抬杆叫住水上飞，你别走哪！水上飞马上明白了，笑说是不是等我宰鱼啊？大抬杆说，打来一条大鱼，我不敢杀。水上飞讥讽说，你小子挣的钱，可得分我一份啊。陈一荣他们先走了，水上飞跟着去水边杀鱼，大抬杆怕血，还得帮他洗干净。

杀了那条大鱼，水上飞划着木排消失在芦苇荡。大抬杆拿来劈开的白色的大鱼片，我就在案板上剁着。有一天，我的手指切破了，流了不少血。大抬杆晕血，还是咬牙给我包扎。他用自己的善良和关心体贴我，绝不允许家人和外人对我有半点儿伤害。

这天，二霞过来，说大鹰有了相好，女孩竟然是圈头村熬鱼鹰三爷的闺女白鹅。三爷有四个闺女，白鹅是最小的一个。我对白鹅印象不错，个头高，藕一样白净，五官不算出色，还算周正，脾气烈一些，但是明白事理。她小时候跟我玩过燎荒。我想，既然大鹰他们要成亲，二霞再有个人家，弟妹都有着落了，我在王家寨也算安心了。

我和大抬杆回圈头的时候，看见大鹰和三爷一起训练鱼鹰。他们不仅用鹰逮鱼，还能卖成熟的鱼鹰。

这让我想起父亲还在的时候。本来，父亲是想把大鹰送到保定读书的。保定的学校都联系好了，我们一家人给他送行。我亲手做了鱼丸，可是，他走了没几天，就偷偷回来了。这让父亲非常失望。我讥讽说，大鹰，人家王学武上学走的时候，带着一把宝剑。你呢？带的都是吃的，一看就是个吃货！大鹰倔强地说，我就是吃货，人不吃，能活吗？宝剑能杀人，可是不能当饭吃。我不杀人，我跟三爷熬鱼鹰养家。父亲望着大鹰，沉沉地叹了一声，扶不上墙的阿斗啊。

圈头的老百姓喜欢看热闹。众人浮浮浪浪的杂声里，三爷坐在船头吸烟。我们习惯叫他三爷，其实，他年龄不很大，六十多岁的样子。他面色蜡黄，颧骨高而亮，两眼黑枯了似的，下巴颏儿有一绺淡淡的稀疏的老鼠胡子，一件灰黑颜色的青布蒜疙瘩背心懒懒地挂在他的瘦胸上。白鹅说他耳朵不好使，歇息时耳朵也是警觉地支棱着，仿佛要将全身的器官变成耳朵，在无风燥热的午后，来倾听淀里鱼群流动的声音。火候到了，他就撒出黑鱼鹰扑向鱼群。大鹰说他耳朵背，肩头的黑鱼鹰是他的眼线。然而给我留下最深印象的是三爷那长而瘦的老船桨般的手臂。

三爷肩头的黑鱼鹰统领所有鱼鹰。灰不溜秋的黑鱼鹰老迈了，秃秃的皮毛，嘴巴磨得很平，唯有那双频频转动的眼睛依旧贼亮。错午的大淀时晴时阴，但是并不影响鱼鹰逮鱼的兴致。

黑鱼鹰是敏感的。黑鱼鹰似乎感到某种征兆，吱吱叫着躁动起来，三爷便格外精神地站起来准备行动。

大抬杆把船停好，大鹰带我们来到三爷身边，三爷微闭着眼睛吸烟。我喊了一声，三爷，我和大抬杆看您。三爷仍旧眯着眼睛不吭。有个老渔民隔老远就喊，三爷，你个老东西赚了钱就不理人啦？三爷这次真醒了，张开瘦船桨似的手臂打个哈欠，站起身笑笑，哦，是铃铛回娘家来啦？我说，听说大鹰跟白鹅好了，我高兴啊。三爷说，你爹活着的时候，我就瞅着大鹰这孩子顺眼，话不多，憨厚，实在。我微笑着说，以后您就多多操心吧，我弟弟啊，家里一个男孩，我娘都给他宠坏了，任性。您和白鹅多多教育他啊！三爷呵呵一笑，男孩子嘛，娶了媳妇就长大了。

大抬杆常年用渔网打鱼，看见这么一片黑压压的鱼鹰，感叹说，这一家的鱼鹰，比我们一个村的都多，三爷发财了吧。三爷叹一声说，咱是弓起腰杆淋大雨，背时啊！那个老渔民吸着烟说，你别得便宜卖乖，你这营生越干心越黑，你看他这黑鹰王，只要三爷不打口哨，能把人的眼睛啄出来。我和大抬杆不敢靠近黑鱼鹰。

三爷抖抖身子，黑鱼鹰飞起来，落在桅杆顶上。

大抬杆提着两兜鸭绒来了，送给了三爷。三爷摆手不要，我劝说，您收了吧，千里送鹅毛，礼轻人意重。

三爷放声大笑，就把两兜鸭绒收下了，临走，他还送给我们两只鱼鹰。大抬杆嘿嘿笑着，两只，我留一只，送给水上飞一只。

没有想到，本就不太平的日子里，姚家竟和我家算起旧账。有一天，姚家管家张万寿拿着我当年签字的借条，带着几个家丁到圈头，去要我家的苇田。母亲还没张嘴，张万寿就狠狠打了母亲一个嘴巴。母亲瘦弱的身体摔倒在地，张万寿不顾母亲死活，抓起母亲的胳膊在条款上摁了手印。大鹰没在家，二霞也没在家，在场的只有头昏眼花的三爷。三爷也想去阻止，却被姚家的家丁打倒在地，额头磕肿了。

这个仇在大鹰心中种下了。同时，还有大鹰对我的怨恨。他恨我为啥给姚家打这个借条，打了借条为啥不乖乖在姚家当长工还债，给他和母亲留下致命的后患。大鹰想到王家寨狠狠骂我一顿，又担心大抬杆和水上飞替我揍他，这怨恨便在心里积下了。其实，我也恨姚廷阶和张万寿，明明是我签的字，为啥不找我而是直接找我母亲？人心里有了恨，一点一滴都会记在心头。大鹰平时傻乎乎的，却很记仇。大鹰还不会调动鱼鹰袭击人，只有三爷有这个技能。三爷目睹了张万寿欺负母亲的场面，嘟囔说，狗财主，太不像话了！

有一天黄昏，大鹰把母亲骗到他的船上，船藏在王家寨码头的苇丛里。等张万寿和姚家家丁的采购船来了，他让母亲和二霞辨认那个胖乎乎的家伙是不是张万寿。母亲认出了下船的张管家。大鹰催促说，娘，那个是吗？母亲摇着头说，不是，不是，咱回家吧！大鹰急眼了，娘，你要是不说，我就去找我铃铛姐。二霞明白了母亲的善意，母亲担心大鹰惹祸上身。

大鹰的悲剧在冲动上，冲动不但对别人危险，同时也使自己陷入绝境。后来我听说大鹰自己摸到了姚家大院，找到了张万寿。可是，他在姚家门口被打得鼻青脸肿。他报复张万寿的行动虽然失败，但让我和大抬杆刮目相看，这小子还真有那么一点儿骨气呢。

我回到圈头家里，母亲连连哭骂道，小祖宗啊，你就消停消停吧，别去王家寨报仇了。咱小户人家斗得过财主吗？去一趟让人捆一回，咱邢家脸上好看？你姐在那儿咋出门啊？邢大鹰梗着脖子一声不吭。我想了想说，苇田的事，我找水上飞他父亲出面协调，你不能冒冒失失地瞎闹了，到时吃亏是你自己。大抬杆说，日本鬼子来了，姚家的二女儿嫁给了伪军队长秦凤生，姚家人横行霸道，惹不起啊！大鹰说，苇田是苇田，随便打人不行。打我邢大鹰行，谁打我娘都不行！母亲火了，骂，小祖宗啊，不行又能咋的？人活低了，就得按低的来啊。你爹走了，这个家就靠你和白鹅支撑啦！说着，轻轻抹着眼泪。

我和大抬杆回到王家寨。

这事还得求助胡应辉。胡应辉得了偏瘫，但还是挂着拐杖哆哆嗦嗦去了姚家。胡应辉说过，他当年在张家口打理姚占轩的店铺，遇到土匪抢劫，他冲在前面，两肋插刀，姚占轩曾经认他是自家人。他本以为姚家会给他面子，但姚廷阶的口封得很死，说，铃铛没有履行协议，按合同还差三年，既然邢家毁约在先，那么姚家必须把苇田拿回来。胡应辉回来一说，我、大抬杆和水上飞都呆住了。更让我难以接受的是，姚廷阶当场变脸骂了胡应辉，你个老东西欠我家钱呢，还有脸替别人说情，滚！胡应辉说，少东家，我给老爷做了好事啊！我要跟老爷通话。姚廷阶冷漠地说，那是老皇历了，我爹叮嘱我了，不能搭理你们这些穷鬼！胡应辉没敢再说话，挂着拐杖出了屋。张万寿又把胡应辉拽了回来，逼他在地上打滚儿出去。胡应辉反抗不过，不得不扔了拐杖，真的趴在地上打了一个滚儿，起身的时候三次跌倒，最后才站立起来。姚廷阶和张万寿像看耍猴一样，仰脸哈哈大笑。胡应辉心里流血，看见地缝都想钻进去。

胡应辉回到家跟我们说这些的时候，心情已经平和了。胡应辉曾经以自己与姚家的关系为荣，经历了这些，今天才明白，他对姚家有太多的自信和期待，最后受伤的只能是自己。他对人与人感情的灰心，源自他受到的侮辱。姚家人都按这坏规矩办事，胡应辉却不得不承认现实。胡应辉叮嘱水上飞说，儿啊，爹这张老脸不值钱了，以后帮不了你们了，你们都长大了，自己往前闯吧。他说着，眼眶一抖，两行泪水淌了下来。我强忍着气愤说，大伯，对不起，我家的事让您受委屈了。胡应辉喃喃地说，铃铛啊，你别多想。儿啊，你爹的屈辱，我承受得了，你爹这一滚，姚家跟我们没有关系了。记住啊，这是我们老一辈的恩怨，你不能去姚家报复！水上飞胸脯颤抖着说，我咽不下这口气，您老了，你儿子还年轻嘛！让您委屈，就是儿子的不孝！胡应辉瞪眼说，你还没听见吗？你要是孝敬你爹，就别惹事，给咱胡家传宗接代。水上飞郑重地点了点头。胡应辉继续说，大抬杆你们哥儿俩出生入死，形影不离，这份感情不容易，可得好好珍惜啊！大抬杆和水上飞纷纷跪下了，齐声说，我们已经结拜金兰兄弟，有福同享，有难同当，一辈子都是好兄弟！我扑通一声，也跟着跪下了说，我铃铛是见证人！我回圈头给凤久介绍一个好媳妇，让您早早抱孙子。胡应辉嘴角露出微笑。我继续说，我们大抬杆，善良，胆小，怕惹事，凤久哥一直提携着他，他变了好多啊。所以说，好哥儿们就得相互帮助，凤久哥的婚事包我们身上了。胡应辉似乎瞬间忘记了在姚家的屈辱，嘿嘿笑着，好啊，大抬杆娶了铃铛，有福，有福啊。我们凤久的婚事啊，就拜托铃铛了！后来，胡应辉因为在姚家失了体面，从此不再出家门。

  人狂有雨，天狂有祸。张万寿带着人去圈头收回了我家的所有苇田。大鹰没拦住他，内心的火气越积越深。蔫人出豹子，仇恨让老实巴交的大鹰变成了狂人，狂得没边没沿。他借来了三爷的黑鱼鹰。黑鹰王能杀人，人们都很恐慌，远远听到黑鱼鹰的叫声，便立即采取措施，小心防备。终于有一天，大鹰行动了。他用三爷的黑鹰王杀死了张万寿，黑鹰王啄碎了他的脑壳，还啄伤了姚廷阶两腮。母亲听到之后，当场就吓晕了。我们赶到家里时，母亲正躺在二霞的怀里呻吟，大鹰却得意忘形地说，有仇不报，还是男人吗？他的口气轻巧甚至风趣。

  我心中更加慌乱，急忙说，大鹰啊，你这疯子，又犯浑了。人命关天，姚家不会轻饶了你，赶紧躲躲吧。

大鹰像个大英雄，眉飞色舞地说，白洋淀养鱼鹰的人多了，他敢说是我家的鹰？

大抬杆望着我说，让大鹰加入我们吧，让黑鹰王杀鬼子，大鹰抗日绝对是一把好手。

我摇头说，我担心他，不放心啊。

大抬杆说，我们都参加了抗日队伍，你有啥可担心的？

我的眼皮突突跳着，说不上来，反正不放心。

我们偷偷说话，让大鹰听见了。

大鹰凑过来说，姐，姐夫，听说你们打鬼子？

我冷着脸说，你听姐的话，我们划船送你到端村，到端村大林爹那儿躲一躲。

大鹰倔倔地说，我不躲，我要参加雁翎队，发我一杆枪。姚廷阶这狗东西敢找我麻烦，就一枪崩了他！

我说，你不行，躲过风头，你回家跟白鹅成了亲，好好照顾娘。

大鹰不情愿地嘟囔说，娘有二霞呢，你们都抗日了，为啥我偏偏不行啊？狗眼看人低！

我警觉地吼，谁说的，我和你姐夫开鱼丸店呢。

大鹰眨眨眼睛，嘿嘿一笑，刚刚你们说的，我都听见了。我还知道，你们的大领导是王学武的好朋友王毅夫。

我狠狠地瞪眼说，不准瞎说。

大鹰说话嬉皮笑脸，不说，不说。

我生气地说，大鹰，你过去挺男子汉的，今天怎么成了滚刀肉了？

大鹰倔倔地说，我就是滚刀肉，咋啦？

我们强行把大鹰送去了端村，让他暂避一时。后来的事果然被我说中了，秦凤生锁定了大鹰，沿白洋淀各村张贴告示，缉拿邢大鹰。伪军还到了圈头和王家寨，在我娘家和婆家都翻了个遍，没有找到人。我在想大鹰的出路。我在心里喃喃地说，老天爷啊，保佑我弟弟大鹰吧！可是，大鹰在大林老父亲家躲了半个月，就偷偷回家了。他就跟去保定读书一样，总是自作主张。人就是这样，刀山火海都闯过来了，有时候就忍不了最后一下子。可能做不成大事的人都这样。

家里有消息来了，但并非所有的消息都是好的。

二霞划船到王家寨报信来了，我和大抬杆急忙回了圈头村。大鹰从大林老父亲家跑出来后，没有直接回家，而是偷偷去了白鹅家。但他中了秦凤生的埋伏，连夜被抓到赵北口的炮楼里挨了毒打，回来时生死未卜。到了圈头村，我们还没有迈进家门，就听到母亲的哭声。那恐怖的场面让我终生难忘。母亲在炕上抱着浑身是血的大鹰。大鹰无力地说，娘，你还好吗？母亲哭得更凶了，儿啊，你被打成这样，娘还好得了吗？这让娘咋活？唉，都怪你那铃铛姐姐，她就是个害人精。如果当年不买棺材，她也不至于给人家当长工，我们也不会跟姚家因苇田结仇。听见母亲骂我，我的心头哆嗦了一下，报应，报应啊！事情都是环环相扣、有因有果，再往深里追究，就怪罪到我的头上了。母亲认为如果不是我执意给父亲买棺材，就哪有我们圈头邢家与王家寨姚家的怨仇？如今我是罪人了。大鹰嘴里冒了血泡，他断断续续地说，娘，我不行了，只有下辈子孝敬你了。母亲没有看我们一眼，擦着大鹰嘴里的血，绝望地说，你个冤家，娘不让你死。娘等你养老送终呢，你姐嫁人了，二霞迟早也嫁人，你才是我们邢家的正根儿哩！我们扑了过去，眼看着大鹰要闭眼。我摇着大鹰说，姐来了，姐对不起你。大鹰，你挺住，我给你请好大夫。

大鹰缓缓睁开了眼睛，流着眼泪说，娘，都这样了，别怪罪我姐姐了，她也是为了爹。赶上了大水，如果没有棺材，哪儿能下葬啊？娘，两个姐姐对我都好，就是你太偏心眼了。

我的心刀剜一般疼，眼泪哗地下来了，哭喊，大鹰，都是姐不好，没有保护好你。

  大鹰被打伤又被放了，完全是秦凤生的一个圈套。大鹰伤好了，他又被抓走了，很久没有消息。我看不到自己失魂落魄的样子，倒是把身旁的大抬杆吓得一愣，两个人束手无策。

  大鹰失踪了，但我们的生活还在继续，我们的战斗也从没停止。日军频繁来袭，烧杀抢掠，无恶不作，制造出多个惨案，我们只有反抗。

  王家是德孝之家，夏雪莉奶奶是一个思想进步的人，她是王家寨第一个放足、剪辫子的，可她放足时，小脚已经舒展不开了。大抬杆说他亲眼看见夏雪莉脱掉鞋子，将细长的裹脚布一圈圈解开，将新鞋穿好，在地上来来回回走了几圈，爽快地笑道，你们看，这有多利索！不然鬼子来了，只有挨刀、挨枪子的份儿！

  夏雪莉奶奶的话，源于她参加了妇救会。有一阵子，王家的地窖里藏了三个受伤的八路军。这是大抬杆的父亲背回家，夏雪莉强行留下的。夏雪莉是个女强人，王耀宗对夏雪莉十分尊重。夏雪莉的娘家在大张庄，是渔民世家，因为王家是王家寨的德孝之家，父亲才答应她嫁给王耀宗的。那三个伤员都是共产党三小队的人，是她私藏的，就由老人来照顾。三个伤员伤愈离开王家寨时，纷纷给夏雪莉跪下，喊了三声，娘！夏学莉扶起三个归队的孩子，热泪濡湿了她的脸。夏学莉过去在家里不抛头露面，护理伤员她却走到台前了，家里事当紧，抗日的事更让她上心。儿媳邢玉芳不理解，夏雪莉理直气壮地说，过去咱的王家寨，就是养伤员的地方，不然皇帝凭啥从广西柳州请朱家做棺材？邢玉芳被噎回去了。夏雪莉带头参加了新水妇女抗日救国会，所以，上边要粮食，她就张罗粮食，上边要草料，她就让王学恒备好草料，给部队送编好的苇席。她被妇救会评为"巾帼英雄"。

  一天，县妇救会来了任务，让夏雪莉带我们去端村慰问演出。二霞唱西河大鼓，我给二霞弹奏大三弦。这次大抬杆和水上飞没有来，他们到淀里打鱼去了。

这赫赫有名的端村，我们都没有来过。我们是划船来的，如果乘坐马车走陆地，要经过南北刘庄木桥。端村跟王家寨、圈头不一样，它依北大堤而建，半农半渔。河堤北边是高粱地、玉米地。河堤寂静，阳光耀眼，端村就像仙境，令人神清气爽，连猫和狗都很通人性似的，慵懒地望着我们。父亲说过，康熙四十七年，在端村建了行宫。这座行宫比我们圈头行宫规模大，气派无比，但是，现在已经破败了，有的地方还被日本飞机炸塌了一角。

演出之前，妇救会的领导让我们参观皇帝行宫，夏雪莉问我去不去。

我倔倔地说，我不去！就不去！

二霞嘻嘻笑了笑，埋怨说，你不去我去，你还为红姑的事跟皇帝较劲呢？替古人担忧，你有病吧。

我大声说，你不怕倒霉就去吧！

二霞即刻止步，她被我的话吓住了。

我有些自豪，我不活成红姑，天皇老子都没用。任何苦难都不能压倒我，我活在白洋淀，就要像一朵出淤泥而不染的荷花，娇嫩而美丽。

夏雪莉说，我们不看行宫，赶一赶端村大集吧。

夏雪莉带我和二霞去了大集。正值夏天，掉了零零星星的雨点儿，又很快停了。头顶有一块雾蒙蒙、有点儿黑暗的云朵，遮住了移动的太阳。夏雪莉喃喃地说，我们白洋淀土语，六月初一龙掉泪，新粮倒比旧粮贵。为省钱，夏雪莉准备买一袋旧粮食，说回去的时候带到王家寨。

有句土语，能舍新水庙，不舍端村集。端村集市热闹，货物齐全。我们悠闲地穿梭在大集的人群里，享受短暂的安静祥和。忽然，头顶有飞机飞过去了，嗡嗡的声音响到很远。夏雪莉说，这是日本鬼子的飞机。

人们抬头叽叽喳喳叫嚷着,狗日的小日本!

我真担心,我们的活动万一被鬼子飞机发现多么可怕。夏雪莉低头选着粮食,还扯了几尺白布。我愣了愣问,奶奶,买白布干啥?夏雪莉惋惜地说,妇救会让我们救人,埋烈士尸体。我每次给烈士们送葬,都要扯上一条白布,系在他们脖子上。

我们在大集的出口碰见了何东林,他已经是中共保属省委副书记了。他和我们说,今天是新水县培养武装骨干、学习游击战术培训班开班仪式,有各村抗日干部、妇救会会员、自卫队队员参加。开班仪式上,延安来的特派员孟庆山和何东林都要讲话。所以我明白,这个演出有多重要。

我说,我妹妹二霞今天唱西河大鼓《山河泪》,我弹三弦伴奏,给抗日鼓劲!何东林赞叹说,好啊,你爹是好党员,养了两个好闺女,我们都怀念他。有空到圈头去,想吃你做的鱼丸子啊!我连连点头。

何东林带着一个自卫队的小伙子大春,他高高的,瘦瘦的,有一双弯弯的笑眼。他有些腼腆,说话时目光盯着我的齐耳短发。大春是端村人,何东林让大春陪同我们,然后转身忙他的工作了。大春肩上背着一杆长枪,说话爱笑,他对我献殷勤,竟然要送我一个小镜子。我拒绝了,我结婚了,和他也不沾亲带故,不能要他的东西。

大春显然很失望。

大春跟我和二霞说,我爱听西河大鼓,西河大鼓的大师马三峰,高阳人,唱木板大鼓的时候就落户在我们端村。

二霞眼睛亮了,是吗?爹没说过。

到了端村大戏台,二霞在化妆,我却遇到了麻烦。我调试大三弦的时候,嘭的一声,弦断了,接了半天接不上。这可咋办?

夏雪莉慌了,没有伴奏咋唱啊?

二霞的嘴巴一咧，失落从惊愕中溢出，叹息说，没有大三弦，那不等于干唱吗？

大春眼睛一亮说，我们村邸大爷家好像有大三弦，他祖上是马三峰的徒弟，唱西河大鼓，你跟我去，看看能不能用。

二霞开始化妆，我跟着大春去淀边邸大爷家借大三弦。在邸大爷家，我闻到了苇席的香味。老人领着我们进了厢房，打开破旧的柜子，里边散发出一股霉味。邸大爷掏出一把古旧的大三弦，三弦的底座已经褪色，落满了灰尘。三弦跟一支黄铜唢呐捆在一起，唢呐斑驳残破，一条红绸子已经变黑。我试了试大三弦，声音纯正，竟然能用。

大春给邸大爷打了借条，邸大爷憨厚地微笑着。

演出就要开始了，大春扛着大三弦，脚步快捷如飞。他手臂真有劲，抓着我的手拽得我几乎双脚离地。

演出开始了，二霞唱的就是《山河泪》。

夏雪莉头发干枯花白，坐在那里倾听。这是她儿子王学恒编的剧本，老人脸上有一种自豪。我父亲走了，王学恒接茬儿了，他根据新水军民的抗日故事编写了西河大鼓《山河泪》，让二霞在白洋淀各村传唱，从而激发民众爱国热情。王学恒低调沉稳，跟王学武性格不同，却说出了这样一句话，写英雄，自己首先是英雄。

二霞唱到高潮处，台下掌声雷动，众人大声叫起好来，效果非常好。

我弹着大三弦，心情激荡，像融入了战火纷飞的战场。

端村演出一结束，我们马上转场到三台演出。

大春依依不舍地送我们上船。我叮嘱他说，告诉邸大爷，大三弦用完了我们就送回来啊！

大春跳上船，将小镜子塞给了我，我只好接受了。

二霞脸上化妆用了油彩，到淀边洗脸时，弄出了个大花脸。夏雪莉笑道，这是油彩搞得。我笑了，掏出大春给的小镜子，让二霞照一照脸。

二霞一看自己的花脸就笑喷了，重又挽起裤腿跳进淀里洗脸，双手撩起高高的浪花。大春笑了，他笑出眼泪的样子很美。他跳到岸上，解开缆绳，微笑着朝我们挥手，稚气清秀的面容渐渐模糊了。

隔了半个月，我和大抬杆、水上飞划船来到端村，给大春送那支借来的大三弦。这样一来，大春跟大抬杆他们俩认识了。我们在大春家里吃了熘鱼片，饭后我洗碗，他们几个人在屋里聊天。大春问我，二霞咋没来啊？手里的碗叮当响着，我说，二霞去演出了，她可是大忙人哩！

这时候，大春的父亲急急地走进来，神色慌张，拿起铁锹就出去了。我看了他一眼，心里七上八下的，实在不放心。大春也紧张起来。我说这么晚了，你爹拿锹干啥？大春说，怕是河堤有事，我们去河堤看看吧。我放下洗的碗和筷子，手用围裙抹了抹，就要往外走。我们刚刚出了胡同，突然传来敲锣的声音，还有人尖锐的呼喊声，不好了，不好了，要决堤了，大家快出来吧。我们才感觉头上凉凉的，哗哗下雨呢。大春跑回屋里给我拿了一件蓑衣，他们几个戴了草帽。

我们顶风冒雨上了河堤，一看大吃一惊。闪电划过，炸雷轰响，借着闪电和马灯光亮，我们看见河水像一只凶猛的巨兽，张牙舞爪地翻滚着，怒吼着，急切地冲破堤坝的阻挡，像失控的野马奔腾而下。大春无比疑惑和惊讶，他说刚刚加固了堤坝，怎么冲出这么大的豁口啊？大抬杆抓着脑袋说，是啊，真是有鬼啦！大春嚷嚷道，赶紧堵住，不然一年的庄稼就白种啦！大春有种庄稼的概念，我们圈头和王家寨是纯水村没有庄稼，头一回看到这种险情。我说，水火无情，赶紧堵住豁口吧。我们扛上沙袋和土袋，扑通扑通往豁口里扔去。

水流湍急，沙袋在水里稳不住，滚了几滚就被冲走了。这个时候，水上飞第一个跳下去了，大春也跳下去了，他们在水里死死拽着沙袋，用脚猛踩。大抬杆试了试，一闭眼也要跳，我拽着他的手喊，你啊，别跳啦，扛沙袋也需要人手啊！大春父亲也这样说，是哩。水上飞撸着水涝涝的脑袋，骂了一句，这个胆小鬼！大抬杆也不生气，将沙袋递给他们，水上飞他们在水里接着沙袋，大坝的豁口慢慢就堵住了。我、水上飞、大抬杆和大春累得趴在地上喘息，满身泥水，分不清脸上是雨还是汗。老百姓陆续赶来，愣愣地站着，大春咧着嘴对他父亲说，爹，这情况不对啊！这段大堤挺牢固，是不是鬼子和伪军搞破坏啊？大春父亲眨眨眼说，这两天留点儿心，抓住敌人不能轻饶！大春记住了。

后来我们听说，扒大堤的事真是炮楼里的鬼子和伪军干的。最近一阵子，白洋淀和大清河、子牙河几处决堤，庄稼、苇田和房屋被淹没。大春带着几个抗日骨干看护大堤，抓到三个鬼子和五个伪军，统统装进麻袋扔白洋淀喂鱼了。后来鬼子到端村报复，被潜伏的区小队伏击，鬼子和伪军死伤一片。我们很解气，所有的悲伤和仇恨，就像一缕青烟，飘散在空中。

有一天，我在村里小街上奔跑，摔了一跤，哗啦一声，我兜里的小镜子挤碎了。我想不是好兆头，后来就碰上大春出事了。

那天没有下雨，雷声像是推石碾，响了两个时辰。区小队和自卫队战士与鬼子、伪军在小王庄激战六天六夜，敌人死伤过半。我们这边伤亡也很大。夏雪莉带我们赶到小王庄北岸时，伤员都被陆续运走了，尸体被装进两辆牛车里。我一眼认出大春的尸体。他被压在上边，脸上没有血，身上血淋淋的，裤子被刺刀划破了，鞋和袜子没了踪影，裸露的脚丫子滴着血。

我脖子一颤，汗毛倒竖，惊恐和悲伤笼罩了我。

尸体要被拉走掩埋。牛车走了两步，夏雪莉叫住赶车人，大哥，你停一停。牛车瞬间停住了。

夏雪莉让人们把大春留下来。赶车人惊讶地说，他死了！

夏雪莉说，我看他还有一口气。

我、大抬杆和水上飞就七手八脚将大春抬下来。

夏雪莉有经验，用小勺给大春的嘴里灌水。大春没有张嘴，一动不动。赶车人说，我说死了吧，快装上吧。

夏雪莉让赶车人先走，说如果救不活，我们负责掩埋大春。夏雪莉放下手里的小勺，左手托起大春的头，右手顺着嗓子眼、心窝一点点往下揉，揉着揉着，他轻轻呼出一口气。

我惊喜地喊，奶奶，大春真的活了！

过了一阵，大春又没动静了。夏雪莉目不转睛地望着他，喃喃地说，大春是多好的孩子，只要他还有一口气，我就一定把他救活！说着，她将手缓缓伸到大春嘴边，试探了一下，却感觉不到他的气息。

我摸着大春的手掌，俯身在大春的耳边说，大春，我是铃铛。你要能听见，就动一动手指。

我叫了半天，大春还是一动不动。

我们上船了，夏雪莉让我们把大春抬上船，带回王家寨。到了王家寨，我和大抬杆去打鱼，做鱼丸子给大春吃。

夏雪莉继续给大春揉着，大春的嘴唇微微动了一下。我们提着几条鲫鱼回家的时候，夏雪莉和王耀宗高兴地说，大春活过来啦！

我们进了门儿，惊喜地喊，大春，你可活过来了，你看看我们是谁啊？

大春的眼睛浮肿，睁开一条缝，眼睛亮了一下，嘴角微微一笑。

夏雪莉端着一碗鱼汤一勺一勺喂大春。大春脸涨得通红，声嘶力竭地喊，太热，烫死我啦！

我生气地说，大春，你有啥资格对奶奶发火？是奶奶从死神手里抢回了你，没有良心的东西，烫死你！

夏雪莉横了我一眼，说，铃铛，别跟大春发火。他受了伤，你看伤得多重！他是跟鬼子拼过命的英雄，身子疼就没好脾气，别怪罪他。

大抬杆说，奶奶说得对。

我还犟嘴说，你得好好活着，配合养伤。

大春流泪了，挣着身子说，我不能连累你们啊！

夏雪莉给大春喂着鱼汤，微笑着说，大春，你为了咱国家，打鬼子，光荣啊！到了奶奶这儿，就到了家一样，养好了伤，再去杀鬼子！

大春含泪点点头。

可是，天不遂人愿，大春的伤势恶化，右腿感染了，他常常昏迷。寨南村的大夫说，他的腿需要做手术，所以要转移出去，立马做截肢手术。大春没有一点儿退路。他不愿意走，长叹一声，天灭我也，如果我大春是一个瘸子了，还咋打鬼子？还咋活在世上？夏雪莉劝慰，孩子，别悲观，也许能够治好呢。大春脸冷得像冬天的冰坨子，拿心拿血都暖不过来。夏雪莉继续说，大春啊，不管你啥样了，都好好活着。奶奶伺候你！大春眼圈红了，声音哽咽，谢谢奶奶！我孤零零地站着，突然背过身去，偷偷抹掉眼泪。

夜晚降临，大春被区小队秘密接走了。临登船的时候，我看见他的手死死抓着码头芦苇，用芦苇缠住胳膊。他不愿意离开我们。夏雪莉说，孩子，做了手术就回来，给奶奶当干孙子啊！大春这才松了芦苇，说治好了病到王家寨看望我们。后来左等右等，都没能等来大春。那天暮霭四起、炊烟缭绕的时候，我们听说了大春的悲剧。大春到了新水城，被组织安排住到医院，医生做了最大努力，他的右腿还是被锯掉了。他无法忍受这个结果，开枪自杀了。

夏雪莉彻夜难眠，长一声短一声地叹息着。

我呜呜地哭，声音像流水。大春这冤家啊，太不争气了，刚刚二十二岁，你这么走了，对得起谁啊？你对不起夏雪莉奶奶，对不起我、大抬杆和水上飞。

我们在船上讨论大春自杀的原因，大抬杆吭哧了一阵，说不出个所以然来。忽然，一只雄鹰从苇丛里腾空飞旋起来。我明白了，大春像一只雄鹰，折翅的雄鹰不能飞翔了，宁可悲壮地死去，也不愿意窝窝囊囊地活着。

头伏的一个早上，天气很凉，窗纸还没有发白，院里灰暗得像一块抹布。说不出有啥东西不对头，我心里乱糟糟地静不下来。门响了，村妇救会主任来了，又给夏雪莉下了任务，让她带人到北冯村救治伤员。九分区十八团到了北冯村，打了一场保卫战，创造了"以少胜多"的范例。我们赶到了北冯村的大堤。那里的惨景，让我们触目惊心。没有伤员，也没有鬼子尸体，敌人下手早，已经把他们的尸体搬走了。只有八路军的遗体，横七竖八散在河堤。水中还有两具尸体，我们打捞上岸。夏慧敏从兜里摸出白布，本来是包扎伤口用，这会儿却没有活人了，她就将白布一条条撕碎，每个尸体上系一条。

我们抬尸体的时候，不知从哪儿下手，这时从大张庄来了几个妇女。夏雪莉张罗着将尸体统一装车。她特别坚强，这会儿却忽然哭起来。三大车尸体缓缓被拉走了。我们默默地送行，瞅着就心疼，后来低了头不忍去看。

我们去了北冯村，没有想到因此会躲过王家寨一劫。

头伏凉浇倒墙，我们回家的时候，大雨如注。后来雨停了，雷声从中午响到黄昏。这时候王家寨出事了。鬼子和伪军想在王家寨制造一场震惊世人的惨案，结果被王耀宗爷爷给搅乱了。敌人悄悄包围了王家寨，有叛徒告密，说各村抗日干部在村里开会。王耀宗在老梨树下吸烟，码头有一条四舱船靠岸，两个人偷偷上岸，神态诡秘，他就很警觉，凡是生人进村就得提防。他定睛一看，船后又来了两艘大船，鬼子和伪军靠岸。新水城里鬼子空袭有防空警报，我们圈头是敲锣，王家寨是敲钟。王家寨码头的老梨树上挂着乾德大钟，钟一响，就是警告大伙鬼子进村了。王耀宗脸色白了，抓起樟木棍子敲钟。他不允许自己有任何犹豫，所有的犹豫都会铸成大错。他憋足了力气，一下一下敲钟，敲得很尽心，钟声很惨烈。他敲了九下，九声钟声是报警。最近一年，日伪军在白洋淀频繁制造杀人惨案，夏雪莉和王学恒回家就控诉，王耀宗听了总是非常气愤，脸和嘴唇气得发白，双眼喷出怒火。

秦凤生看到了问，老东西，敲钟干什么？是不是给八路报信？王耀宗对着敌人大声骂，杂种的，你们就是畜生！他的声音有些颤，至于他还骂了敌人什么，没有人描述清楚。鬼子冲着王耀宗的胸膛猛刺了数刀。正是因为王耀宗报了警，开会的抗日干部从镇龙寺后面的船上撤走了，避免了一场悲剧。

事后，邢玉芳说，她跑到老梨树跟前的时候，鬼子、伪军和老百姓围在那里。王耀宗身上的血流尽了，身体足足立了二十分钟，最后才直挺挺地倒在老梨树下。人躺在地上，几乎就是一个血人。

惨案，我算亲眼看见了什么叫惨案。太惨了，惨到我不忍心看下去。我和大抬杆、水上飞哭得呼天抢地。

夏雪莉没有哭，瘫坐在老梨树下。

第二天上午，人们都来慰问，夏雪莉一句话都不说，她不想诉说家里的不幸。人们鞠躬磕头就离开了。按王家寨的风俗，人弥留时分，应该迅速穿上寿衣死在炕上，不得死在郊野。若死在郊野，立马穿上寿衣，将带不走吃穿，死者在阴间受难，所以会把购置的纸质寿衣在灵前焚化，再给逝者穿上寿衣。因为王耀宗死在树下，那就先焚烧了纸寿衣，再给逝者穿上真寿衣抬进棺材。

特殊时期，没办法走完所有丧葬程序。我和大抬杆去镇龙寺报了庙。夏雪莉对这一步非常看重。

王耀宗被日寇杀害，王学武回来了。王学武这次回来与之前判若两人。他没有穿军装，又瘦又黑，黑脸膛，黑胡子，黑眼睛，黑色大衣，戴着一顶黑色礼帽，还戴上了黑框眼镜，简直就是鲁迅小说《铸剑》里的黑衣人。王学武可能是出于隐蔽需要，故意化装成这样的吧。我也不明白。

王学武得到噩耗的时候，已经过去五天了，老人的葬礼等不了他。他一到家，我们就陪同他去王家墓地磕头、烧纸。傍晚回了家，我和大抬杆问了好多问题，王学武没有回答，表情呆滞木讷，悲伤始终左右着他，使他无法与家人有效交流。他的脸上闪烁着模糊的蓝光。他眼睛浑浊，目光里既看不到当年的狭义，也看不到果敢。他还是我心中的大英雄吗？

对于王学武来讲，制怒比发怒还要难。但是，他一旦情感迸发，足以惊天动地。

湿漉漉的黑暗笼罩的村庄，沾满露水的祠堂在夜光中闪烁。王家祠堂亮着一盏长明灯，蚊子和蛾子绕着灯飞舞。王学武彻夜未眠，一根一根地吸烟。

夏雪莉手持剪刀，呆坐到天明。天亮的时候，她拧着小脚走出来，端坐在太师椅上。

日光透过木条窗户的裂缝，用积满尘土的光带将客厅分割成条条块块，厅堂家具几乎被光线遮盖了。我望着夏雪莉，阳光照在她的脸上，有一种冷得吓人的光泽。

孩子们猜不出夏雪莉的心思，懵懵懂懂地围坐过来。

王学恒勉强抬了头，温和地说，娘，鸭有反哺之义，羊知跪乳之恩，爹走了，我们哥儿俩留下一个，我去前线打鬼子，学武留下孝敬您吧。

夏雪莉呆呆地坐着，不说话。

王学武说，大哥，不可能，我已经到延安了，过了爹的五七，我烧了纸就立马回部队，还是大哥留下照顾娘吧。

夏学莉还是不吭声。

王学武急切地说，娘，您到底是怎么打算的？

夏雪莉回答果决，你们都跪下，我有话说！

王学恒、邢玉芳、王学武、大抬杆和我都跪下了。

夏雪莉尽量以平静的口吻说，你们给我听好了，一个都不留，都走，玉芳和大抬杆也去，都给我上前线打鬼子！

王学恒说，娘，您不能说气话，王家得留人伺候您，孝敬您！

夏雪莉一字一字地说，我不用你们惦着，我不给你们当累赘，走吧！你们多杀鬼子，为你爹，为了所有冤死的乡亲们报仇啊！

王学恒说，娘，我去前线，既然学武回来了，就让他留下照顾您吧，学武都三十多了，这么大还没娶媳妇呢，让他把燕红娶回家伺候娘吧！

夏雪莉声音嘶哑了，老大，你是党员，咋也跟着犯糊涂？国破家亡，国没了，哪还有咱的小家？有日本鬼子在，娶媳妇也是个死！

王学武倔倔地说，我跟燕红说了，为了报国，我什么都可以舍弃！包括我这条命！

王学恒愣了愣问，燕红答应你啦？

王学武说，她挡不住我。我要干的事，没有人能够拦得住！我就在抗日前线。

夏雪莉扭头望着王学武说，老二啊，你说得对，放下儿女情长，一心打鬼子。你们再也甭惦记着我啦！如果你们孝敬我，就提着鬼子人头见我！

王学恒眼圈红了，娘，您放心吧，遵命，王家是德孝之家！

我想让二霞将夏雪莉接到圈头村，方便照顾她。可对我的建议，夏雪莉无动于衷。

王学武跪下去，一声长喊，娘！

他喊得夏雪莉涕泪长流。

沉默，谁也不说话了，所有的话都是多余的，只能听到几颗心脏搏动的声音，好像整个世界只有这一种声音。

夏雪莉投来的是慈爱、柔情的目光。

水上飞听说我们要去前线，坚持和我们一起去。我们给王毅夫写信说了王家的事和我们的打算，王毅夫回信表示支持我们。

临行前，夏雪莉给了王学武一个蓝布包，独自在房间收拾东西。

乡亲们纷纷到码头来给我们送行。人们大受感动，泪眼汪汪。

我们的船缓缓驶离码头，大抬杆和水上飞划船，老梨树和乾德大钟越来越模糊。我替王学武抱着夏雪莉给他的蓝布包，心里充满好奇。我特别想知道里头装着什么，试图解开它。得到王学武的同意后，我打开了蓝布包，里面裹着一把青铜宝剑。这宝剑短，雕着龙的花纹，一看就不是他常背着的那把宝剑。王学武接过宝剑，惊呼，不好，我的娘啊！就在这一瞬间，王学武扭回头，望见码头方向王家的房子冒出滚滚浓烟，虽然看不见火苗，但烟雾已经说明了一切。凭肉眼判断，王家大院着火了。

要是早打开这蓝布包就好了。原来王学武与母亲有个约定，母亲只要在世一天，就替他珍藏这把短宝剑，如果他死在了外面，尸体回不了家，母亲就将这把短宝剑埋入祖坟。看见这情景，我猛然记起夏雪莉叮嘱我和大抬杆，船过二道淀的时候，就停下来看看王家寨。这是啥意思？我们都蒙着，现在终于明白了。

王学武脸色煞白，他跪在船头喊，娘啊……

我的脑子乱哄哄的，全然没了主意。

王学恒急忙让大抬杆和水上飞调头，船头颤抖着划了过来。

船离码头还很远,王学恒、王学武、大抬杆扑通扑通跳下船,蹚着齐腰深的水,跌跌撞撞朝岸上扑去。

我们到了家里,灰砖瓦房都烧塌了,熊熊烈火还没有熄灭,风吹来,却是越烧越旺,焦化的檩条流着油点子,灰黑的纸片被风吹到空中,满天弥散。小院变成一片焦土,院里的两棵大树也烧秃了枝杈,火还蔓延到王家祠堂,祠堂烧塌了一角。救火的人来了,却早已来不及,大火映红一片焦灼的脸。王银斋来了,让人们往火堆里泼水。火焰渐渐熄灭了,我们才扒出了夏雪莉的尸体,黑乎乎的一团,人已经无法辨认了。

我的眼泪忽地涌出眼眶。

夏雪莉最疼大抬杆,大抬杆哭得泪水止不住,但没有人理会他的泪水,因为人人心底都淤积着很多泪水。我哭得肠子都像扯断了似的。我一半是悲伤一半是感动,多么刚烈可敬的老人啊!夏雪莉知道儿孙都孝顺,所以她自己了断,让王家大院清零,断了后路,不让后人惦记她,所以她走得那么决绝。

夏雪莉的葬礼上,王家寨老百姓自发来吊唁。下葬那天,我们将王耀宗的棺材挖出来,让两位伴侣结伴儿上路了。

夏雪莉一死,门口老梨树一夜间枯萎殆尽,叶片飘落。这件事颇为惊奇,还没有入冬,老梨树也陪葬了吗?后来到了第二年春天,老梨树重新又开了白花,冒了绿芽。

葬了夏雪莉不久,王家人重新谋划行动方案了。家没了,我们去了鱼丸店,开了一个临时家庭会议。王学恒声音沙哑地说,爹娘没了,长兄如父,大伙都要听我的。王学武似乎有些不服地说,大哥,听你的可以,那要看你说得对不对啦!王学恒说,好,你听听。我的意思是,娘让我们去前线打鬼子,给爹报仇。我想,打鬼子不分远近,我、玉芳、学武都去南宫东进纵队前线,铃铛、大抬杆和水上飞留下。铃铛还有老娘,水上飞还有爹娘,他们哥儿俩谁也离不开谁,就在白洋淀打鬼子吧!你们看怎么样啊?我插嘴说,我娘有二霞尽孝,我们不能辜负奶奶的心意,我和大抬杆去前线!水上飞说,我也去前线,我爹娘没有意见。大抬杆说,铃铛在哪儿,我就在哪儿!王学武望着王学恒说,大哥说得对,我赞成。不过,我的任务是送你和大嫂到南宫,然后我得回延安。我当然愿意去东进纵队打鬼子,可是,延安那边还要给我新任务。王学恒点点头说,二弟说得有道理。你安顿好我们,就去陕北延安。水上飞眼睛转了转,说,如果我们不走,也照样能打鬼子!我赞同地举了举拳头。

王学恒说,你们是好样的。

我们分手以后,王学武、王学恒和邢玉芳去了邢台南宫。我、大抬杆和水上飞留在了白洋淀。王学武正准备动身去延安,王毅夫书记来到王家寨,说新水县要推选一位县长,上级领导认为王学武合适,让他去县里开会。不久,王学武正式成为新水县长,王毅夫与他为百姓谋利益,带人们打鬼子,成为新水的"二王"组合。

我和大抬杆回到圈头村,跟母亲说到了王耀宗和夏雪莉的悲惨遭遇,母亲难过了好几天,流下了痛惜的泪水。我受到母亲的感染,只觉有说不出的空,无着无落,心往淀底里掉。

第 十 四 章

水上飞让我和大抬杆住在他家。

大抬杆望着我,轻轻地摇头说,不方便吧,你们家房子太窄小了,我们先在鱼丸店里住着。那天傍晚,水上飞来看我们,端来一碗炖鱼。我没有食欲,说,我们还得把房子盖起来。大抬杆叹息道,哪有钱啊?我想了想说,我们把鱼丸店再开起来,挣点儿钱盖好房子,哪怕先搭建一座草屋呢。大抬杆说,铃铛,我听你的。我又说,我要继续把银淀鱼丸发扬光大。大抬杆说,要不是日本鬼子,鱼丸早就火了。水上飞插嘴说,日本鬼子迟早要被打走的,我们活着的人还得好好活啊!大抬杆说,狗日的小日本,我要送他们见阎王!水上飞拍着他的肩膀说,鼠胆变贼胆啦!大抬杆望着一眼水上飞,没有吭声。天不早了,水上飞眨眼间就走了。

这几天晚上,大抬杆连连做着噩梦,夜里突然惊醒。他真是胆小,每天醒来的第一件事,就是哆嗦着说,奶奶走得突然,没有给奶奶去镇龙寺报庙!要是奶奶的灵魂不肯升天,奶奶会怪罪我们的。大抬杆是相信有鬼魂存在的。

我抚摸着大抬杆长长的胳膊说,你总是说梦话!我们给奶奶上坟烧纸吧!

大抬杆说,去,三十六都拜了,就差这一哆嗦了吗?

我虔诚地说，到了墓地我跟奶奶说，不是你不孝，爹和二叔让我们留下来打鬼子！

第二天，我们到王家寨祖上墓地，跪在坟头磕头、烧纸。

大抬杆说，爷爷，奶奶，你们的灵魂安息吧！我爹、我娘都去南宫打鬼子了。二叔当了新水县长，让我和铃铛、水上飞留在白洋淀，我们就回来了，您别怪罪我们啊！我们在白洋淀也要打鬼子，给爷爷奶奶报仇！

我没有说话，拿树枝翻动燃烧的烧纸，风吹来，纸灰飘到空中，像朱鹮在头顶盘旋。

大抬杆久久坐在坟头，望着天空的纸灰，等待着与奶奶的灵魂相逢。我惊叫了一声，说看见奶奶的灵魂了。

我凑到大抬杆跟前，他一把抱紧了我，流着眼泪说，铃铛，奶奶没有怪罪我们。对不起，让你跟着我家受苦了！

我感动地说，我有你，吃啥苦都不怕！

隔了几天，我和大抬杆的鱼丸店重新开业了。除了卖鱼丸挣钱，鱼丸店继续为雁翎队刺探情报。

一天，白鹅哭着跑来说她父亲三爷被杀了。当时，失踪多日的邢大鹰回来了，跟三爷在一条船上，芦苇荡里响了一枪，三爷就当场毙命了。大鹰跑得没影了，但是他注定会找这个人报仇的。白鹅不知道该怎么办了，就赶紧到王家寨找我，她呼天抢地地哭叫，把头往墙上撞，又哇哇地吐了一地。我知道她怀孕了，不能这么悲伤。三爷死得冤枉。圈头村的种种议论，表达的是对三爷的同情和怜悯。

我和大抬杆去了三爷的葬礼。大抬杆亲自从朱家定制了一口好棺材，葬礼排场、庄重，但是人很少。

三爷葬礼上，邢大鹰来了。他当着白鹅的面发誓，一定挖出凶手，割了他的狗头祭奠父亲！

我拉着大鹰说话，问他这些天去哪儿了，他却冷冷地不回答我，像在证实我在鱼丸店听到的那个传言。

三爷葬礼后，水上飞情绪低落，他好像故意躲我们，我们之间好像隔着东西，却又说不清。有一天，二霞过来递给我一个水葫芦，说是在刺杀三爷的水面捡到的。我蒙了，大抬杆拿过来一看，这才解开了我们心中的谜团。这是水上飞的东西。水上飞为啥杀三爷？

晚上找到水上飞，一向温和的大抬杆突然拍案而起，水上飞，你还是不是我哥们儿？我这辈子没做过对不起你的事吧？没做过瞒着你的事吧？水上飞愣着说，大抬杆，你今天这是咋啦？

我质问水上飞说，打开天窗说亮话吧，大鹰的岳父三爷是不是你杀的？

水上飞脸色铁青，支支吾吾。

大抬杆说，好汉做事好汉当，说吧，是不是你？

水上飞不吭声，我们三个人面面相觑。

大抬杆从兜里掏出了水葫芦，水上飞一看就蔫软蔫软的了，目光躲躲闪闪。水上飞痛苦地低下头，沮丧地说，我错了，上级任务是除掉邢大鹰，结果失手了。怪我啊，我不敢说，担心给队里抹黑，担心你们不认我这哥们儿啦！

大抬杆埋怨说，你啊，你是聪明人，咋办糊涂事啊？纸里包不住火，做了坏事，脸上都藏不住的。你除掉邢大鹰，我们没有意见。你为什么不带我，自己偷偷摸摸地干啊？你想想，我们哥儿俩这些年，肝胆相照，干下的事有哪一件是偷偷摸摸的？水上飞抱着脑袋，自责地说，我好后悔啊！我是冲邢大鹰去的，可是那天，那天……我大声说，大哥，你别说了，你还是拿我和大抬杆当外人。你是不是担心我与大鹰的关系，担心我泄密啊？你还不了解我们俩吗？爷爷死在鬼子屠刀下，奶奶为抗日自焚，邢大鹰虽说是我亲弟弟，他当了汉奸，就该受到惩罚。

在民族大义面前，我和大抬杆都不会犯糊涂的！

水上飞说，王毅夫书记指示，为什么让我和田一鹤除掉大鹰，这是给铃铛面子啊！

大抬杆说，锄奸，不能讲面子。你为啥干了？

水上飞吼道，大抬杆，你别跟我装糊涂，大鹰已经死心塌地当了汉奸，不除了他，下一个目标就是你二叔。如果我们俩一起行动，让你一枪崩了你的小舅子，你下得了手吗？

我悲伤无比，哽咽道，邢大鹰过去是好孩子，眼下他真的变了。这些天我听到这个传言，还不信，可他真的当了汉奸，死一个，死十个，都不冤枉。可是，多好的三爷啊！

水上飞哭了，使劲捶着自己的脑袋说，我知道，我知道。如果天下有卖后悔药，就卖给我一副，让我给三爷偿命哩！

大抬杆来了脾气，你小子为啥不叫上田一鹤？田一鹤会让邢大鹰一枪毙命！

水上飞摇头说，田一鹤执行任务去了。鬼子的目标是王学武，我听说大鹰已经找到王学武的踪迹了。

我说，赶紧告诉二叔，多多小心哩！

水上飞拽着大抬杆说，走，陪我找陈一荣队长认罪去。

大抬杆和水上飞走了。我走到码头，望着他们划船远去，鱼鹰在木梁上孤独地站着。一只鱼鹰呱呱地叫着，我望着芦苇荡，没有看到鱼鹰在啥地方叫，那叫声很凄厉，像是有人在哭。我估计是三爷给的那只鱼鹰在叫。突然，大淀里刮起一股黑旋风，淀水哗哗地响，天昏地暗，芦苇倒地。人们从来没有见过这阵势，在码头惊呆了。我感觉是三爷的冤魂在鸣不平。大鹰认贼作父，死心塌地跟了日本鬼子祸害白洋淀老百姓，三爷是受了大鹰的牵连。大鹰这次躲过水上飞的一枪，但迟早要遭到报应。我心中惊悸不安，抬头看到连树上的鸟都慌乱起来。记得母亲说过，冤魂是会找人报仇的。

只是万万没想到，没多久，大鹰为了引王学武现身，把我、大抬杆和水上飞都供了出来。敌人抓我们的时候，大抬杆和水上飞执行任务躲过了一劫。

我被抓到端村的鬼子炮楼里酷刑拷打。鬼子让我说出雁翎队和王学武的下落。我躺在炮楼里的木板上，好像是拆散的老船板，能闻得到淀水泡过、太阳晒过的鱼腥味儿。大鹰声音尽量温柔地劝我，姐，听弟弟的一句话吧，王学武在什么地方？

我死死闭着眼睛，没有说话。但是，我听出是邢大鹰的声音。邢大鹰说，我知道王学武是你的偶像，你崇拜他，那你说出雁翎队的总部在哪里啊，这总可以吧？我闭口不答，打死也不能说的。王学武、大抬杆和水上飞的脸，在我眼前晃了一下又一下。秦凤生逼他用那烧红的烙铁烫我，考验他是否忠诚。邢大鹰推托说，秦队长啊，我肯定跟定你了，她毕竟是我姐，还是女人，咱不能动粗啊！

秦凤生瞪了瞪他，硬是把烙铁塞进他手里说，你先拿着，有备无患。她要是乖乖招了，我们就没有必要动刑。

邢大鹰接了烙铁，我双腿禁不住一阵剧烈抖动，脑子一阵晕眩。

秦凤生低声说，你他娘的别瞪我，太君看着你，也看着我呢！你要是不好好表现，连我也保不了你！

邢大鹰勉强拿着烙铁，双手抖得厉害，颤着声音喊，姐，你说了吧，识时务者为俊杰，我们一起跟着日本人干，往后咱白洋淀就是日本人说了算了，何必自讨苦吃啊？跟了秦队长，跟了日本人，我们照样能吃香喝辣。我轻蔑地喊，滚，爹投身革命，没想到邢家出了败类，我以邢家出你这样的孽种而耻辱！

邢大鹰眼睛冒出凶光，姐，你还是那么犟，那就别怪弟弟不客气了。他的脸扭曲着，一闭眼，烙铁即将烙上去时，猛然收了手。这当口，秦凤生跟手下黑大个儿递了个眼色，黑大个儿吼叫着冲了过来，攥住大鹰拿烙铁的手。大鹰争执着，额头冒汗，他撑不住了，红红的烙铁还是抵住了我的胸脯，刺啦一声，我哇的一声惨叫。烙铁咣当一声，掉在地上了。我当即昏倒了。

哗地一桶水，泼在我的脸上。我清醒过来的时候，闻到了一股人肉味道，看见大鹰蹲在地上，捂着脸哭泣。

我隐隐约约听见有人议论，这女子不简单，不是共产党，比共产党还厉害！另一个伪军说，听说她父亲是共产党。伪军说，赶紧抓来啊！伪军说，已经死球的啦！

有一次邢大鹰听见了，给两个伪军猛抽了几个嘴巴。

我没有招供，几天以后，邢大鹰还算有点儿良心，他出面跟秦凤生求情，通过内线联系上了大抬杆，大抬杆和水上飞把我从端村炮楼救了出来。

我体会不到大鹰心里的痛苦，他的堕落让我无法理解也无法容忍。后来我明白了，拿常人标准要求他简直是强人所难。我听说，大鹰参与了史无前例的"三台惨案"。那是早春的一天拂晓，日伪军一千二百人分别从保定、徐水、固城、新水出发，包围了三台镇的六个村。新水的八路军杀敌一百多人，己方牺牲三十多人撤退。敌人包围了狮子村。大鹰他们逼问八路军在哪儿，没有人回答。敌人当场烧死了顾老汉，然后就把村里男女老少一百多人赶到一个院里，先用机枪扫射，再用大火烧，尸横遍野。每时每刻，都是恐惧和悲伤。鬼子和伪军都撤了，邢大鹰带着几个伪军收尾，他爬上了墙头，看见一片焦黑的尸体。突然，有个女孩露了一下小脑袋，大鹰举着王八盒子手枪想给女孩补一枪，忽然，他拿枪的手颤抖了，他示意小女孩低头别喊，鬼子一露头就走了。鬼子撤光了，他从死尸堆里扒出了小女孩。他偷偷将女孩带到了圈头村，交给了我母亲。我母亲愣了，问大鹰，这孩子是谁？邢大鹰说，我的女儿。母亲不问了，就当孙女拉扯着女孩，给孩子取名花花。花花姓焦，家人都在惨案里死去了。

后来我听母亲说，大鹰还带着焦花花去了王家寨的镇龙寺。大鹰为啥带孩子去镇龙寺？难道是良心发现了吗？我望着镇龙寺上空寂静的蓝天想，当你心里有了信仰，有了力量，有时并不需要仪式来约束自己。许多时候，生活的残酷会考验你的内心，当你无助到濒临绝境时，内心的力量能不能支撑你扛过这一关，就是一种考验。

我从端村炮楼回到王家寨不久，噩耗传来，新水县委书记王毅夫牺牲了。

对于王毅夫的牺牲有两种说法，有人说是叛徒告密，有人说是他闹了痢疾，到中药铺看病被伪军盯梢。经过找王学武核实，我们知道第一个说法比较准确。王毅夫是在宋庄阴家淀苇塘开会后被日伪军包围的，血拼的整个过程是秦凤生传过来的，然后再由王学武转述给我们。

那情形说起来是悲壮的。前一天的傍晚，王毅夫得了痢疾，他在老乡家里养病。事后王学武按照秦凤生的传话，进行了推理还原。事发当天傍晚，残阳如血，天黑的时候，王毅夫的会议刚刚散。敌人的三艘汽船在宋庄阴家淀聚集，瞬间就包围了王毅夫的木船。开始，秦凤生用他的破锣嗓子喊话，让缴械投降。王毅夫说杀出去，枪声一响就昏天黑地了。枪声过于密集，难以分辨谁在死亡。一块弹片从空中飞来，恰好削在勤务兵的脖子上，脖子顿时血流如注，他倒在船板上一动不动了。那个勤务兵怎么死的，王毅夫一点儿都没有察觉。其实，王毅夫身上已经中了两颗子弹，疼痛折磨着他。他的嘴角紧闭着，拿起勤务兵的长枪继续还击，子弹打光了，就扔出一颗手榴弹。敌人被炸出汽船。第三颗子弹是从肚皮打入的，待他转身时血溅到船板上，像晚霞一样红。他意识到不能当俘虏，他不能把手枪里的子弹打空，要留两颗给自己。敌人喊，快冲啊，新水县委的大官，抓活的！鬼子和伪军快速逼近了，他抓起船板上沾血的手枪,缓缓对准自己的太阳穴,咔地扣动扳机,手枪被水泅湿了,打了哑炮。敌人喊,他没子弹了,正好抓活的。王毅夫把手枪砸向了鬼子,低头看见流血的肚子,肠子都露出来。他蔑视地望了一眼鬼子,用最后的力气把自己的肠子一点点拽了出来,血咕噜噜响着流淌下来。鬼子凑近了,能够看见他的肠子红白相间,一截一截的。船在颤抖。敌人惊呆了,端枪的手颤抖着,一步步连连后退。王毅夫憋足了最后的力气,凄厉地长吼一声,吱的一声,把自己的肚皮撕开了,血哗哗地涌流。他疲软了,他每拽一下,他的脖子就痉挛一下,肠子拽到最后堆了一地。血流尽的时候,他坚毅的眼神似乎看见了未来,他轻蔑地一笑,慢慢闭上眼睛。

鬼子和伪军端着枪,一抖一抖地后退着,手中的枪掉在地上。

王毅夫吐出一口血泡,眼睛一闭,脑袋一歪躺平了。夜幕降临,星星向这里窥望,并从高远的天空带来清风。日本队长山田喘了一口气,表情严肃地喊,巴嘎,向英雄致敬!他抬手向空中放了一枪。鬼子和伪军手中的枪掉在地上,齐刷刷地垂下了惊恐的头向王毅夫鞠躬。

王学武带我们赶到现场的时候,鬼子和伪军撤了,船上有三具尸体,鲜血已经渗过船板流到淀里去了。

我们伏在船板上,大抬杆忘了怕血的事,抱着王毅夫的尸体喊,王书记啊!我掏出毛巾,擦着王毅夫脸上干硬的血。埋葬王毅夫那天,我、大抬杆和水上飞从朱家买来了一口上好的棺材,放在郭里口墓地。雁翎队的队员走了,只剩下我、大抬杆和水上飞。有夜莺飞上了天空,我认为是王毅夫的灵魂升天了,化作了一颗晨星。

我抬头望着星星,却不知道是哪一颗。

王学武说雁翎队是王毅夫书记组织起来的,给王书记报仇雪恨,还得靠雁翎队。然后,王学武召开会议,对抗日和锄奸工作做出周密安排,还给我们下达任务,迅速查出王毅夫书记遇害的真相。陈一荣队长把任务领下了。

没几天,水上飞、田一鹤带领锄奸队找到了给王毅夫告密的女叛徒。她叫大筛子,是个寡妇,就是王毅夫的房东,敌我难辨,防不胜防。这是我们的堡垒户,怎么会出了问题呢?锄奸队的人抓住了她,问她为什么告密,大筛子临死才说,她跟伪军副队长邢大鹰是姘头。水上飞他们把大筛子捆绑起来,仍进冰窟喂鱼子。我听了一阵心痛,大筛子伤风败俗,就是典型的下三烂,但罪魁祸首是邢大鹰。家门不幸,父亲的在天之灵如果有知,该是多痛苦啊!邢大鹰堕落到这一地步,家里难道没有责任吗?母亲从小娇惯大鹰,我和二霞也配合母亲宠他,使他更加自私、残暴。父亲的立场让我敬佩,他一直严管大鹰,可是他的力量太单薄了,他离开人世太早了。

大抬杆对水上飞说,你们犯了个错误。

水上飞说,错了,错了,大筛子不应该处死,应该用他诱邢大鹰上钩。

我不说话,大抬杆知道自己说走嘴了。

我恨恨地想,邢大鹰这该死的东西,他是替三爷报仇,找不到水上飞,却拿王毅夫书记下手了。我恨不得亲手杀了邢大鹰。

我夜里听见响动,是王学武半夜爬起来,没有点亮油灯,在黑暗中摸出烟来吸着。他望着窗外的星光,直到天亮星星消失。他终于发现了自己惊心动魄的抗战舞台,还是故乡新水县,也许这就是命,没有谁比命走得更远。

天有不测风云。灾难又像雪花一样降临了!

1940年冬天,白洋淀大雪。雪花纷纷扬扬,我和大抬杆的鱼丸店却格外红火。日本小队长板田与秦凤生喝酒,吃铜锅鱼丸子。板田喝多了一些,迈出去时跌了一跤,被人扶起来就断了气。死去的板田头朝上,脸向着天空,眼睛浑浊却闪烁光亮,嘴里还含着鱼丸。我被吓了一跳。

这下就惹了祸。日本人误以为鱼丸店放毒，查封了店铺，抓了我和大抬杆。我们不可能投毒，再说了，往我家祖传的鱼丸里投毒不是自毁家业吗？荒唐。

我和大抬杆被关押在郭里口的日本炮楼，日寇的隔离审讯开始了。我的脸被惊吓和痛苦弄得扭曲了，嘴巴哆哆嗦嗦说着一句话，我没有投毒！我没有投毒！

我听说鬼子给大抬杆上了老虎凳。我看不见人，但是，能听见他疼痛时的惨叫声。

我被捆绑着双脚悬吊在房梁上吊打。我踢蹬着双腿，绳索划破了我的脚脖子，血顺着双脚流淌下来，刺疼在我的全身蔓延，到处都是血腥味。

我这是第二次到日寇炮楼受刑，忍是能忍的，眼不见，我也能想象得到雁翎队在想办法营救我们。

水上飞先找到秦凤生，说大抬杆胆子最小，哪敢下毒害日本人啊。秦凤生没有答应，但也是心生疑惑，他也跟着吃了喝了，没有毒啊，碗筷和鱼丸都化验了，没有毒啊。他找日本人去说，被骂了回来。秦凤生怀疑这是雁翎队所为，让水上飞盯着雁翎队情报，有事报告他。水上飞施了一计，说老爹过寿，请他过去捧场。秦凤生带着几个伪军去了王家寨给老人过寿，他喝高了，水上飞从他嘴里知道了大抬杆和我的下落。后来我听说，水上飞给陈一荣队长汇报了，陈一荣带着雁翎队准备去营救我和大抬杆。

我们被关押在潮湿的炮楼里遭受严刑拷打时，日寇和伪军还审问我们是不是雁翎队，为什么毒害日本人。我咬住嘴唇，闭口不答。日军带我去看大抬杆上刑，当着我的面，又给他上了老虎凳，他的腰和腿都嘎嘎地响，嘴角流了血。大抬杆奄奄一息的时候，突然张嘴了，我的心提到了嗓子眼，担心他胆小撑不住。

我咳嗽了一声，大抬杆抬了眼皮瞅我。

就在这时，日本法医鉴定结果出来了，板田不是投毒而死，而是突发心脏病。得到消息，水上飞立刻找到秦凤生说情把我们放了。

我和大抬杆被放出来了。

第 十 五 章

嫁到王家寨的女人，婆家都给配一个红柜，里面装着女人的东西，也藏着我们的秘密。当柜子的红漆旧了，就感觉自己被时光变成了旧人，对生活都失去了幻想。感觉自己憋闷了，烦恼了，她们就划船出去转一转。转到哪里去呢？只能到自家的苇田割苇。割苇节是女人的节日。银色的镰刀飞舞着，金黄的苇叶纷纷扬扬落下来，落在头发和肩头上，耳朵被沙沙声音灌满，反而有了一种快感，报复谁的快感。天气渐渐凉了，王家寨的夜晚却是溽热的，虽说白天很累，但是无论男人还是女人，夜晚精力异常旺盛，溜光的身子躺在苇席上，浑身上下淌着汗，皮肤叠着苇席的印子，花嗒嗒的。有的家里，传出女人的呻吟和男人的喘息声。

苇子被割下来做成苇帘子、苇席。织苇帘子是手脚并用，手续苇楣，脚踩踏板，咔嚓咔嚓。当一片片苇楣子被机器吃进去时，苇帘子和苇席就做成了。苇帘子和苇席都卖到天津卫。卖了之后，人也不马上回家，还要在天津北港割苇打零工。那里的人不会割苇子，王家寨的人就到天津北港割苇，挣钱散钱。俗话说一叶通津，去的时候走大清河水道，一夜行船，天亮到达天津卫。苇子割得差不多的时候，人带着钱回家过年。他们回王家寨的时候，冻冰了，回家的路就不那么容易了，只能乘坐冰床回村。

王家寨人家大多女人当家，卖苇帘子和打工挣的钱，都由女人保管，钱就藏在红柜里。女人从天津卫扯来的新布料，也都放在红柜里。这规矩传开了，王家寨如果来了小偷，一般都奔家中的红柜而去，翻箱倒柜把钱偷走。后来女人们把红柜锁得严严实实。

雁翎队给了我们任务，秋天到天津割苇子，再买一些药品回来。陈队长给我们拉了一个药单子。其实，我们去那里，还有一个任务，给水上飞找媳妇。王家寨的割苇节期间，我发现割苇女人给小孩喂奶的时候，大抬杆总是背过脸去，水上飞则扭着脑袋偷看。想到身体每况愈下的胡应辉，我的脑子里猛然划过一道闪电一样，不能再等了，赶紧给水上飞找媳妇。

这一年秋后，鬼子缩在炮楼里。跟雁翎队请了假，我们随着王家寨的男人女人去割苇子了。像是在淀里打鱼一样，这个买卖似乎成为一种永恒，其实，并不永恒，总体上看是永恒的。

我、大抬杆和水上飞来不及编苇帘子，就带着去年的苇帘子乘船去了天津北港。那是海滨，一片盐碱地，没有粮食，吃的是打稀饭。打稀饭出锅，撒一把黄豆，黄豆是软软的，吃一粒就豆香满口，只不够顶饿。好在那儿的芦苇又矮又细，干活不累。

从王家寨出发前，我到镇龙寺烧了香，祈求水上飞能找到媳妇。我的祈求灵验了。

我们圈头村没合适的姑娘，几次张罗都不成。但是，到了天津北港，这姑娘就出现了。她叫肖梅婷，个头不高，一张白白嫩嫩的脸盘，两个柔和的小酒窝，不是多么俊俏，但模样十分受看。梅婷说话有点儿口吃。她父亲肖春满是个算卦的，外号"神算子"，在天津北港小有名气。我对神算子问这问那，问多了，他就笑一笑，很神秘的样子。神算子本身的故事就很扑朔迷离。

我们割苇时住在北港小店村。房东大娘说，神算子看风水、算卦，还会法术，有呼风唤雨的能耐。有一年荒年歉收，王家寨到北港割苇的人没挣到钱，都想回家过年，还想节省路费，给神算子家割苇的人召集众人，求助神算子。神算子让他们都坐一条船上说，听我喊三声，就全部闭上眼睛，不管听见啥声音都不能睁眼，我喊到镇龙寺了，你们就睁眼，如果你们有人提前睁眼，撂在半道上我就不管了。大伙上了船，神算子喊，闭眼！大伙都闭上了眼睛。不久他喊，到镇龙寺了，大伙睁开眼睛，一看果然到王家寨镇龙寺了。大伙都觉着神奇，就将神算子越传越神。我当笑话听，如果他真的神，就施法术把我们送回王家寨。房东大娘说，这家人啊，梅婷娘死得早，剩下父女俩，一个神算子，一个药罐子。我再细问，她就不再说了。

我把房东大娘的话好好掂量了一下，默默记在心里。回头我就跟大抬杆商量，我告诉他房东说的话，这闺女哪儿都好，就身体不好。大抬杆为难地说，身板不好，会拖累水上飞抗日的，天下女人多的是，梅婷就算了。我瞪眼说，你脑瓜没转轴，就一根杠子，自古有讲嘛，破罐熬好罐，主要看梅婷人品好不好！大抬杆说，王八看绿豆，对上眼儿了，你说啥水上飞都不嫌。我想了想说，还是得征求水上飞的意见。我悄悄对水上飞说了实情，水上飞大大咧咧地说，我瞅梅婷屁股不小，保准能给生娃。大抬杆笑了，能生娃不能生娃，那得睡了看，我跟铃铛这不也没动静嘛。水上飞的鼻尖上流着幸福的汗，连声说，就她了，就她了。人在情绪沸腾的时候，听不进降温的语言。我叮嘱一句说，大哥，你自个儿定的，有啥事别怪我们。大抬杆嘿嘿笑了，瞅这家伙急得，跟个催命鬼似的。水上飞站着端着碗喝粥，笑了笑说，梅婷身体弱，能生娃就行，躺在炕上我养着！我立即夺了他手上的碗，用抹布打他的脑袋骂，心急吃不了热豆腐，看你猴急猴急的，娶媳妇，你当是买一件东西？那是一辈子的大事。

我头一回当媒婆，一手托两家，把水上飞家里情况说给梅婷，王家寨是纯水村，没有庄稼种，打鱼人家穷啊，一条鱼两只眼，有的吃没得攒，有鱼有虾，饿不死，富不了。梅婷轻轻一笑，用天津口音对我说话，姐，咱不是嫌贫爱富的人，我就爱吃鱼，吃鱼聪明。我望着她的眼睛说，你们这里是海鱼，我们那儿九河入淀，吃的河鱼。梅婷咯咯地笑了，这有嘛事，都一样。我就把水上飞和他老父亲的事说了。梅婷说，俩爹还有个伴儿，铃铛姐，你问问胡大哥，相中我了吗？我要带我爹过去他能答应吗？我说像你爹这样的算命先生，我们白洋淀也不少。梅婷脸色一沉说，如果不能带上我爹，这婚事就算了吧。我更正说，我不是那意思，别误会，你爹养你长大，即便不会算卦，也要赡养，我们都是德孝之家。我给她讲了王家寨乾德大钟的故事。梅婷笑了，听得津津有味，眼神里充满向往和敬意。

　　割了一天苇子，大抬杆跟水上飞下棋，前三盘大抬杆都输了。水上飞得意地吐舌头。大抬杆没精打采地提着裤子去外边撒尿，回来就凑我跟前为解气骂了几句水上飞，这个臭棋手，到了北港转运哩。我知道他俩爱下象棋，但弄不清他们到底谁输谁赢。我说，苇子割得差不多了，我们该回家了。大抬杆说，好，回家好，水上飞早就想带新媳妇回家了。我愣了愣说，你没跟他说啊，梅婷还有个条件，带他爹神算子一起回王家寨。大抬杆问，如果相中了，神算子就不回来了？我说，人家就这么一个闺女，老了靠谁啊？大抬杆翻了翻眼皮不说话了，哗哗地洗脸。夜里睡觉时，我想起大抬杆翻眼皮就知道他有话要说。大抬杆说，媳妇，水上飞着急回家了。我捅了捅大抬杆说，这水上飞娶个病媳妇，还搭一个老爹，他愿意吗？大抬杆说，不能吧？我说明天好好问问梅婷。

　　大抬杆睡不着了，心急火燎地穿上衣裳找水上飞去了。鱼鹰在泥屋顶梁上钻来钻去，搅落得尘土在灯影里弥漫。我听见了老鼠磨牙的声音，还有一阵风声。北港出海打鱼的人多，家家晾晒渔网，夜风吹打屋外的悬网发出的声响有些瘆人。我也睡不着了,傻呆呆地望着房顶的鱼鹰。这只鱼鹰是三爷送给大抬杆的,我们从白洋淀带到北港,它一双贼亮的眼睛也盯着盐碱滩。大抬杆回来时我已经睡着了,天亮的时候,我才知道他俩半夜为神算子的事唧唧半天。我问大抬杆水上飞啥意见,大抬杆说,他看上梅婷了,老鸦不嫌鱼鹰子黑,别说她带爹,带爷爷都没问题。我扑哧一声笑了,这叫卤水点豆腐,一物降一物。正说着话,水上飞偷偷进来了,进门就嚷,你俩说什么呢?卤水、豆腐啊,我看你们是见不得穷人吃饱饭啊!我风趣地说,大哥你别得便宜卖乖啊,娶了俊媳妇,还得了一个能掐会算的老岳父。水上飞抓着脑袋嘿嘿笑。

离开天津前一天,我们买好了雁翎队交代的药。

我们先到了杨柳青码头,没有船了,只好在码头小客栈睡一宿。为了节省盘缠,我和梅婷一屋,大抬杆、水上飞和神算子一屋。早上登船的时候,大抬杆还跟我说了一个秘密,神算子睡觉,一双眼睛浊如鱼目般地睁着。除了我父亲,我又发现了一个睁着眼睛睡觉的人。傍晚,我们乘船到了白洋淀大张庄码头,白洋淀水面开始结冰,冰薄薄的一层,船头有破冰的声响。开淀冻淀不出门。这阵淀面的冰薄如纸,王家寨人几乎全都窝在村里。我们从大张庄码头回到村里,王家寨码头坐着老老少少,瞅见水上飞从天津北港带回了俊媳妇梅婷。梅婷带着小药炉来到了王家寨。

水上飞把神算子和梅婷安顿下来,熏香活动开始了。王家寨的熏香由来已久。每年的农历腊月三十和来年正月十五,村里花会游街,有花会表演和音乐会打旗演奏。音乐会和狮子会给其他花会下请帖,狮子会打头,音乐会排尾。熏香活动热闹非凡,神算子和梅婷看着稀奇,天津北港地广人稀,神算子从来没有见过这阵势,就想弄个算卦的摊子。梅婷跟父亲生了气,婚姻还没有落定就出去算卦。神算子忍住了。

神算子经常到我们的家里来,我望着神算子褶皱的脸,就像一张揉皱的黄纸，有阳光的时候我好像看到了很多别人的脸。后来我拿苇席将阳光遮住，这些脸便都不见了。我和大抬杆好久不在家，家里便有一股潮湿的沤馊气，巨大的黑暗朝我压来。一连几天我睡得不舒服，起来腰酸腿疼的。我想回圈头娘家看看母亲和二霞，我惦记着她们，带回了天津大麻花，可是，她们惦记我吗？

　　春天淀冰解冻的时候，水上飞和梅婷结婚了。白天坐桌热闹了一天，晚上我们意犹未尽，继续在水上飞家院里庆贺。这是一个燃起篝火的夜晚，大抬杆和水上飞边吃鱼边喝酒。大抬杆和水上飞喝多了，他们表现得截然不同。水上飞放下酒碗唱了几句西河大鼓，梅婷也跟着唱，她的歌声是那么凄美。有了女人，水上飞就跟平时不一样，唱得很忘我，歌声显得那样雄壮苍凉。大抬杆却搂着水上飞哭了，这一哭一唱，是那么酣畅淋漓，白洋淀的水一悠一颤，鸟儿受了惊吓嘶叫着飞走了。

　　梅婷成了胡家的儿媳。她既孝敬又勤快，每天起床倒了尿盆就做饭，清扫了院子又去村口井里担水。胡应辉身体好多了，满意地说，这媳妇好，我儿有福。

　　我心中的一块石头落地了。

　　早上，我吃了鱼丸子去淀边转了转，顺便寻找神算子和梅婷。然而，我都没找到，估计他们摇船下淀里去了。梅婷就爱听船头破冰的碎声，有时她还捡块冰放嘴里嚼着。中午，胡应辉带神算子、梅婷回来了。不知道是哪里得罪了神算子，我看见神算子脸色阴郁得像被鬼舌舔过一样。这个老家伙，他到底想啥呢？难道对这门亲事不满意？

　　天黑不久，我从鱼丸店回了家。神算子在水上飞家的厢房里仍没露头，他跟梅婷嘀嘀咕咕不知说什么。大抬杆在船头晒渔网，又颠儿颠儿地跑回来了。外面的冷风吹来，他的身体瑟瑟发抖。到了火盆跟前，水上飞将脸凑近炭火，没有一会儿他的黑脸膛上就汗涔涔的，额头闪闪发亮。我还没有生火做饭，就与水上飞胡侃了一会儿，最后说到他与梅婷的婚事。水上飞说，我爹说，他们爷儿转了转封冻前的王家寨。梅婷很高兴，谁知神算子忽然沉着个脸，嘀嘀咕咕跟他闺女密谋呢。我一愣，神算子有啥不满意的吗？

水上飞摇头说不知道。

我看见水上飞的脚脖子有一块蜈蚣一样的疤痕，后来我才知道那是他跟师傅练水上单飞时受了伤。他说春暖花开，给梅婷来个水上表演。过了一阵，神算子过来跟我说，这婚也结了，我不能耽误他们小两口过日子，我得租个房子住。我答应找个老房子给神算子住。神算子一笑，说最好是临街的。我知道神算子是想开个算命铺子。

远来的和尚会念经。神算子的算命铺子一开，瞬间就在王家寨传开了。神算子给人算命的时候，嘴巴上翘，口若悬河，神采飞扬。他算出了名堂，人们感觉灵验。所以，他想在白洋淀扎根，不想回天津北港了。水上飞偷偷告诉我说，神算子眼睛够毒的。我笑着问，咋个毒法儿？水上飞一边用手指搓着手掌上的泥，一边神秘地说，神算子说我们村冬天里即将发生瘟疫，会有人在瘟疫里死去。我的心头一紧，不觉一阵骚动。白洋淀历史上有过瘟疫，但是常常在春天地气上升的时候发生，冬天怎么会有瘟疫？

冬天，果然被神算子说准了，白洋淀暴发了疫情。

那得从神算子去圈头村给三爷安魂说起。黑鹰王好像通了人性，三爷冤死之后，黑鹰王就立在坟头不吃不喝饿死了。这鱼鹰让我们肃然起敬。我们带着神算子到圈头村时，看见了死去的黑鹰王，它的肚子被鸟掏空了，只剩脑袋、双爪和几片羽毛散在那里。

命运啊，真是太捉弄人了。梅婷身体弱最先染病，吃了药迟迟不见好。水上飞去了曲阳舅舅方贵仁那里，方大夫有祖传的"荷花清肺"。但"荷花清肺"也没能救了梅婷，没多久，她还是撒手去了。水上飞哭成了泪人。神算子流着眼泪说，唉，这就是我家梅婷的命，没有人比命跑得更远。

我几天都想哭，只能忍着，因为我怕自己一哭，大抬杆和水上飞就跟着抹眼泪。水上飞说，瘟疫并不严重，她父亲神算子都扛住了，梅婷怎么就没了呢？我叹了一口气说，梅婷是个好媳妇，倒也不能怪她，当初不跟你说了吗，她是个药罐子。水上飞叹息了一声，沉默了。这事对水上飞打击很大，他很久才走出悲伤的情绪，却整日烦乱地思前想后。我问他，下一步还娶吗？他没有立马回答，眼神是迟缓绝望的。

三爷送来的那只鱼鹰扑啦啦飞回来了。

我忽然冒出了一个怪念头，水上飞杀死了三爷，三爷的冤魂会带来鬼气邪气，按常规会让水上飞缠身，可是水上飞是顶风咽浪的命，所以报复到身体虚弱的梅婷身上了。

打春的瞎子，开河的鸭子。立春一过，鸭子浮上白洋淀的水面，算卦的瞎子也齐聚王家寨了。这是神算子召集各村算命先生来进行的大比拼，里面有明眼人，也有手执拐杖的瞎子。他们缓缓走上码头，到老梨树下吸烟喝茶。望着这么多崇拜他的瞎子，神算子的老脸天真无邪地笑了。他的本事确实超过常人。我看见神算子吸溜一下鼻子，闻了闻梨花的香味，天地之光，命泉殇殇。可是，梅婷走了，他想离开这伤心地，听说日本鬼子的大"扫荡"又开始了，还是回北港避一避吧。所以，离开之前他搞了这个算卦先生大比拼。

端村的郭瞎子戳着竹竿首先上岸，后来是大张庄的瞎六、东田庄的伍瞎子……有二十多个算命先生。这些人被搀扶着上了岸，就到老梨树下集合。郭瞎子放下竹竿，摸着老梨树吹牛说，我摸了女人的脚就知道人长什么样子。我好奇地说，你摸摸我的脚吧。郭瞎子说，你把脚伸过来。我就脱了袜子把光溜溜的脚伸过去。大抬杆吃醋了，伸手挡住了我的脚，将自己的脚伸了过去。郭瞎子摸了摸大抬杆瘦长的脚说，这闺女的脚啊，有点儿男相。水上飞捂着嘴巴笑出了声。郭瞎子继续说，高个头，大长脸，嘴巴大，眼睛小。这是谁家姑娘，还好嫁出去吗？我望了望大抬杆，说得很像。大家一阵哄笑。我在郭瞎子眼前晃动着手掌说，你看得见，你骗我，你骗我，你啥都看得见！郭瞎子痛苦地摇了摇头，骗你有啥用？你又不是我媳妇。郭瞎子说，我不是天生瞎子，眼瞎之前我就爱看女人的脚。如果不瞎，我会看痴了眼的。我把大抬杆哄走了，让郭瞎子摸了我的脚，他把我的模样描述了一遍，猜个八九不离十。郭瞎子说，我真的是瞎子，别人能用目光传递情感，可我只能用手摸用嘴说，如果我看见了啥，都是用心看到的。我们端村人传说我开了天眼。神算子说，我知道开天眼的人，可分为内视、透视和遥视，看到肉眼一般看不到的东西。我听北港人说，神算子也有这个能耐，单从脚就能判断女人的俊丑。

水上飞走了，他跟随雁翎队去郭里口执行任务，我和大抬杆在王家寨招呼这些算命先生，也是替神算子了却一桩心愿。之前我误解神算子了，以为他是想借这个集会树立自己的威望，没承想他是为了帮百姓控制瘟疫。

神算子郑重地说，大伙不摸女人脚了，白洋淀瘟疫四起，还在往县城蔓延，全新水都有扩散苗头，请大家出谋划策，尽快控制瘟疫。

郭瞎子说，以往春天起瘟疫，冬天发生的瘟疫，春天还在蔓延，这说明有冤魂起妖。

神算子咳嗽了两声说，冬天给圈头三爷安魂的时候，我就看出来了，瘟疫起于他的黑鹰王，鹰的内脏被鸟叼了，扩散了疫情。其根源还得是安抚冤魂，我看这样好不好，在圈头村建一座塔。

这说法与我的感觉是一致的。

伍瞎子说，先生所言极是，塔能镇妖去瘟神。

这时候，码头传来枪声。枪声响过，呼呼一阵风声，铜锣声和村民急促的呼喊声向码头老梨树这边移来，说日本鬼子来了，有汉奸告密，要把这群算命先生一网打尽。村子乱了，像捅了马蜂窝，敲锣的嚷嚷快跑啊，皇协来啦！没有日本鬼子，白洋淀人管伪军叫皇协。但人们还是没跑掉。伪军把盲人团团围住，用枪抵住了他们的脑袋。我们都慌了。我以为伪军要抓雁翎队的人，却没有想到呼啦啦把算命先生围了。算命先生们却极为平静，默不作声地坐在那里。

张麻子的保安团已经改为伪军大队，换汤不换药，那些持枪的面孔还是非常熟悉。神算子站在那里不动，保持着最后的尊严。

张麻子说，哪个是神算子？

神算子站出来，点了点头。

我看着张麻子由愤愤转为温和的目光。张麻子说，你不是瞎子，还以为是瞎子呢。齐县长请你到城里走一趟。

神算子说，我走可以，你不能刁难这些瞎哥瞎弟啊！

张麻子说，走吧，把这些瞎子放了吧。

算命先生齐声喊，大哥一路走好！

神算子阴沉着脸说，老朽还没死呢，啥是走好？你们好走！

神算子上了张麻子的官船走了，算命先生各自散了。后来我们知道，张麻子抓神算子是秦凤生泄密，说神算子如何神，日本人让他算算雁翎队和八路军藏在哪里。我听了这话不由得哆嗦了一下，一直提心吊胆。神算子如果灵验了，雁翎队可就遭殃了。

营救神算子的任务交给了水上飞和大抬杆。他们潜入了新水城。他们哪里知道，狡猾的鬼子早已埋伏好，他们准备下手的时候，鬼子和伪军也已准备对水上飞、大抬杆进行抓捕。就在这时，神算子看见了水上飞，他抢了敌人手里的枪，向城楼上的水上飞报警，水上飞和大抬杆逃过此劫。

神算子被日寇的刺刀包围，他纵身一跃，从城楼上跳下来，当场毙命。我听水上飞说了这一幕，震惊无比，敬佩他是一个有正义感的民间英雄。

神算子死后，王银斋让众算命先生又聚集王家寨，祭奠神算子，谋划治理瘟疫的方案。我们给神算子买了一口上好的棺材，跟他闺女梅婷合葬一处。祭奠神算子的集会上，算命先生们还力主在镇龙寺庙对面建一座白塔。

王银斋、姚廷阶、胡应辉等人规划了一下，算了算投资，造塔成本太高，不如把方贵仁大夫请过来。如果不请来，瘟疫仍在蔓延，活着的人仍是遭殃。水上飞又一次去了曲阳老虎山，将方贵仁请过来了。

方贵仁在白洋淀待了三个月，瘟疫渐渐消失了。

王学恒和邢玉芳在邢台南宫县八路军东进纵队。对于他们来说，唯一要做的事就是勇猛杀敌。他们打了几场仗，杀了几个鬼子，就在小本子上画几个圈。他认为圈画多了就会走运，走运后的他就不会战死，有朝一日还能回到故乡白洋淀，跪在爹娘的坟头禀报。

1942年5月，日本华北司令冈村宁次带领五万鬼子兵"围剿"而来。我们从鱼丸店得到情报，冈村宁次坐着飞机指挥，还有很多汽车和骑兵。日寇宣布实行"强化治安"运动，分割封锁抗日村镇。

这天夜里，大张庄附近，八路军的一个连来了白洋淀。这个连是路过，王学武想让祁连长与雁翎队联合打一个公路伏击战。雁翎队是水上英雄，对公路伏击还是十分怵头的。我们都知道，在公路打伏击，雁翎队明显不占优势。不知王学武当时怎么想的，急于给王毅夫报仇吗，还是他另有锦囊妙计？他的主意已定，谁也改变不了。

我、大抬杆和水上飞也参加了战斗。王学武在动员时说，誓死不当亡国奴，共产党人是杀不完的。同志们，有没有骨头，是不是英雄，就看今天一战了！是耻辱，是光荣就看这一回了！我听着王学武的话，热血沸腾。水上飞和大抬杆被安排在第一线，我被安排在后勤，准备饭菜和运送伤员。

我没有看见战斗场面，听说大抬杆腿上中了子弹，又被打倒，水上飞拉了他一把他才滚了下来，腿上流着血。战士们跑一阵爬一阵，滚了浑身的泥土，最后才撤退。

在这场战斗中，王学武的指挥才能发挥到了极致，用上了自造的拉火雷、吊雷，还有用锅盖住的踏火雷。战役成果显著，我方打死打伤鬼子四十六人，歼灭张麻子的伪军四十人。

最为让人吃惊的是，战役胜利了，王学武不给大伙喘息的时间，马上布置第二场伏击，这是一着险棋，兵家大忌。敌人可能预想不到，但是，如果出现闪失，雁翎队会伤亡惨重，甚至全军覆没。八路军三连祁连长和雁翎队陈一荣队长都反对，认为这太冒险了。王学武与他们争吵了一番，然后耐心分析，祁连长和陈队长没有被说服，但是，他们面前没有退路，是坑是井都得跳了。为了降低风险，王学武还叫来了县大队和锄奸团的战士参战。仅仅相隔两个小时，第二场伏击战在黄昏打响。先是诱敌深入，将敌人引到了我们王家寨和大张庄之间的航道，最后动用大抬杆猎枪袭击日寇的汽船。战斗的结果是我方歼敌百余人，缴获了大量弹药，还击毙日军队长中夏太郎，日酋龟本受了重伤逃往保定。

连环伏击胜利了，却留下了致命的隐患。王学武名声大振，日寇花重金悬赏王学武。我们都没有想到，齐县长竟然发现了王学武的行踪。其实，是邢大鹰发现了王学武。邢大鹰如今在日军中比秦凤生得宠，大有取代张麻子和秦凤生的势头。

秋天到来的时候，传来了极坏的消息，王学武被日寇抓住了。我震惊了，心提到了嗓子眼。

这次王学武还能像上次那样逢凶化吉吗？

我们听说鬼子和伪军给王学武上刑，动用了老虎凳，用铁丝穿透王学武的两个手腕，然后又拧在一起，鲜血哗哗地淌。鬼子凑过去问，你的什么人？王学武知道党内出了叛徒，自己身份已经暴露，便凛然一笑，艰难地抬起流血的右腿，拿脚在地上写了三个血字：王学武。

日伪军猛吸一口凉气，被他的胆魄吓呆了。

齐县长不相信他们抓住了王学武，他过去一看，果然是王学武。齐县长想说服王学武，如果你交出雁翎队，或是改编过来，日军就会继续让你当县长，我就让位给贤弟。

王学武冷冷地说，齐县长，你是伪县长、汉奸，我是共产党的县长，为新水老百姓谋幸福的县长。瞎了你的狗眼，你看我王学武是当汉奸的人吗？

齐县长脑门冒出冷汗来了，连说，你别把话说得那么难听，日军掌控了中国，我们替日军治理好国家，有何不好？

王学武啐了他一口。

话不投机半句多。齐县长不劝了，但是他马上想到了石燕红，日本人没来保定的时候，他因为王学武带领百姓砸盐店，才知道石燕红跟王学武是一对恋人。齐县长煞费苦心从西安请来了石燕红。

石燕红来到了新水城，我心头一热，看到了营救王学武的希望。但因为救人心切，石燕红没有想到这次回来会中了齐县长的圈套。她以为齐县长还是过去那个听话的齐县长，其实，齐县长已经投靠了日本人，不再拿她父亲当回事了。齐县长替日寇卖命，他要通过石燕红说服王学武，彻底将雁翎队清除。石燕红也有自己的打算。她在保定与王学武分开的时候，王学武就说他投奔延安，如果她打算跟着共产党，就去延安找他。王学武还将一把短柄青铜宝剑送给她，作为纪念。石燕红从西安过来答应帮齐县长说服王学武只是一个幌子，她找到王学武才是真。

国民党高层腐败，石燕红看在眼里。蒋介石的不抵抗，更让她失望，这时候石燕红彻底明白王学武为什么投奔延安了。如果救出王学武,她就不再说服王学武投靠国民党,而是要随王学武去延安。石燕红小时候母亲病逝,因此缺少母爱,父亲石振又娶了二房,她受尽了后母的冷落。后来她爱上王学武,生命的光芒才显现了。现在,她只想跟着他去延安,那个地方令她神往。

  童年缺爱的孩子,一辈子都在寻找爱。石燕红太天真太浪漫了。

第十六章

接替王毅夫的新水县委书记梁绍衡到任，召急县大队和雁翎队开会，一个营救王学武的计划形成了。

我、大抬杆和水上飞报名参加营救王学武的行动。我们的营救行动困难重重，由于王学武带兵打死了日军中队长中夏太郎，还用大抬杆击伤了驻守新水的大队长日酋龟本，所以，被日伪控制的新水城防守极为严密。雁翎队营救王学武的行动失败了。

隔了两天，一个消息传到白洋淀。王学武和石燕红在新水城的莲花池茶楼行刺了齐县长，齐县长当场身亡，王学武和石燕红再次被捕。

石燕红没有哭，神情冷峻，能跟王学武死在一起，无怨无悔。我想如果将她换成我，我也会这样做的。她既然敢过来看王学武，就不怕死，怕死就不会递给他青铜宝剑。她是救王学武来的，但不仅没有救出，还把自己也搭进去了。我心中的偶像就没救了吗？比如让他们逃跑，或是让石燕红他父亲带兵劫狱。

夜里我做噩梦了，梦见了王学武刺杀齐县长的过程。日寇严密把守了莲花池茶楼，齐县长带着石燕红轻轻走上了二楼，王学武看到了石燕红，目光充满深情和爱意。王学武与石燕红在保定莲池书院分手时，有一个浪漫约定。那把短剑，是王学武送给石燕红的爱情信物，如果她还能等他，赶走了日寇，他就回来找她结婚。

石燕红提着精致的小皮箱，走进莲花池茶楼，她说，齐县长，我的日用品，还用检查吗？齐县长哈腰一笑，石小姐，请进。石燕红提着皮箱进去了。齐县长提前与石燕红交代好了，让石燕红单独谈一会儿，恋人相见有情话要说。齐县长轻轻退出，王学武热烈拥抱了石燕红。石燕红流泪了，她捶打着他的肩头说，你去延安为什么不带上我？你心中还有没有我？王学武坚定地说，我说过，赶走了日寇就去西安接你回家，我把你娶到王家寨。石燕红眼睛红了，你怎么又回来了？你怎么又被捕啦？王学武先讲了父亲和母亲的壮举，然后说，这次是组织派我来的，打了几场漂亮仗，痛快！可是，你中了齐县长圈套了，他诱你回来劝我，你怎么不想想？他是汉奸，我是能够劝降的人吗？石燕红一把搂紧了他，哽咽说，我就是想见你，带来这把宝剑，就是告诉你，如果有不测，我就拿剑割喉自杀！王学武眼睛含泪，你啊，还是那个石燕红，你不该来啊。石燕红眼睛红了说，我为了见你，我来是为了见你啊！王学武抚摸了她的头发说，西安事变，你爹辅佐张学良将军的义举，让我心中钦佩！中国人就要团结起来一致抗日！石燕红感动地说，父亲的部队已经开赴陕西米脂抗日前线。

王学武听见外面的响动，弯腰从皮箱里拿过那一把短剑藏在腰间。王学武小声说，留给我的时间不多了，你马上离开吧！石燕红倔强地说，我不走，我要跟你并肩战斗！王学武充满深情地望着她，长叹一声。窗外的阳光在王学武的悲凉无望中褪尽。王学武搂着石燕红的腰深情凝视。门帘一挑，齐县长进来了，石小姐，你们谈得怎么样？刹那间，一场"荆轲刺秦"上演了。王学武铁着脸，面露凶光，他那股勇猛的杀气又顶上来了。王学武大声说，我要送你这狗汉奸上路了！说着，那把短而锋利的青铜宝剑刺进齐县长的胸膛，齐县长一句话都没说，直挺挺地倒在血泊中。其实，王学武向齐县长胸膛出剑的一刹那，他想到了石燕红。可是，愤怒的火焰烧到头顶的时候，他顾不了那么多了。楼下的张麻子和日本兵呼啦啦冲了上来,将王学武和石燕红押送到日本宪兵部。

　　齐县长、张麻子是威胁雁翎队的最大隐患。消息一出,日寇震惊,雁翎队放大抬杆庆贺,新水县人民拍手称快,有个人偷偷放了鞭炮。高兴之余,我们也替王学武和石燕红的命运担忧。王学武刺杀了汉奸齐县长,石燕红从皮箱里传递青铜宝剑,成为同案犯。隐患在这里早已埋下了,只等一声枪响尘埃落定。我们在王家寨听说日本人要把王学武和石燕红一起枪决。王学武和石燕红决定举行一场刑场上的婚礼。刑场上,王学武目光注视着石燕红,没有喊什么高亢的口号,只是喊了一句,学武、燕红夫妻对拜,喜入洞房。枪声响了。他们手拉着手,倒在了血泊中。

　　据说,日本鬼子在他们死后得到日酋龟本的命令取其首级。伪军扛来了铡刀,切了王学武和石燕红的脑袋,王学武无首的身躯扭曲、痉挛着,刑场上扬起一阵弥天的红雾。

　　一阵晕眩使我的眼睛进了眼泪。这样的现场,我没有看到,但我沉浸在悲痛之中。王学武和石燕红的人头被悬挂在新水城楼。两个黑黑的人头,在我的心里凝成了一团暗影,每每想到他们的灵魂升腾,我的身体就频频颤抖。王学武的魂一定藏在宝剑中,发出惊人刺眼的光芒。这让我想起辛弃疾的诗句:"醉里挑灯看剑,梦回吹角连营。"

　　雁翎队组织了一场夜袭新水城的行动,水上飞带九个战士抢回了王学武和石燕红的人头。人头萎缩了,黑灰黑灰,几乎看不出模样来了。只记得石燕红头发、眉毛又黑又亮,可她活着的时候,我一直没有机会见到。我不知道她是不是与我梦中的模样一致。现在,人死了,回家了。可是,那把刺杀齐县长的青铜宝剑呢?还有王学武和石燕红的下半身尸体呢?我、大抬杆和水上飞继续寻找,可没有找到。我们又间接找到了张麻子,还找到了齐同辉,都没有下落,日寇可能是把他们随便扔在哪个烂葬岗上了。

王家寨迎接英雄回家,同时也迎来了一个日出。

天亮的时候,王家寨大街小巷铺满了白色的荷花花瓣。头顶的云彩和淀边的芦苇,都在阳光下闪闪发光。薄雾笼罩在村庄上空,鸟儿停止了喧闹,老梨树肃穆地矗立在那里,气压低得让我们喘不上气来。王学武和石燕红的人头被装入棺材,从码头上船回到王家寨的时候,王家寨人举办了一个最隆重的葬礼。王银斋说,老朽愿意给学武守灵!我、大抬杆、水上飞都给王学武守灵。人们为英雄披麻戴孝。

因为王学武的牺牲,上级派王学恒夫妇回家了。

冬日的王家寨到处竖着光秃秃的树杈,宿鸟栖息,一动不动,灰色的羽毛在寒峭的风中抖动。何东林出面协调,王学恒和邢玉芳从邢台南宫东进纵队回来了,组织知道王学武牺牲了,让他们回来送王学武最后一程,并对他们有新的安排。我和大抬杆用自家冰床把父亲母亲接回了王家寨。登上码头,眼前的景象让他们意外,房子竟又盖了起来。

王学恒愣着,大抬杆,这是咱家的房子?我说,是啊,王家寨乡亲们自发给建起来的。

王学恒热泪纵横。

我看出王学恒和邢玉芳都无比惊讶。盖这房子下了大功夫,大抬杆告诉父亲,这是王银斋发动党员、群众捐资盖起来的,四间砖瓦房,外加三间厢房,眨眼间在原址上矗立起来。祠堂没有被烧毁,做了简单的修缮。家里的外墙是斗、卧相间的,两斗两卧,这样看外面是砖房,里面却是坯房。顶子的梁、檩、椽用了榆木,结实美观。房顶上墁了小方砖,砖缝里撒了谷子,拿谷草根挤实砖缝,房顶多年不漏雨。碱基与墙体之间,用芦苇和柴草隔潮保温。锅碗瓢盆已经置备好,就差在炕上铺好苇席睡觉了。

第二天,祭奠仪式由王银斋主持。王银斋极为平静,温厚慈祥。他捋一捋白色的胡须说，学武毕竟是白洋淀泡大的种，有勇有谋，人生自古谁无死，留取丹心照汗青啊！他这么一说，人们对英雄的认识得到升华。我极为心痛，王银斋的讲话一个字也听不进耳朵，只是泪流不止。我负责给火炉添烧纸，烧纸的烟火常常呛着我的眼睛，我不由得泪水涟涟。

泪眼蒙眬中，我看见王银斋缓缓铺展开一张纸，有两个黑红的大字。王银斋说，这是学武死前留下的血书：信仰。我交给王家后人珍藏吧。人们的目光落在大抬杆身上，大抬杆扑上去，颤抖着双手接了血书。他转手交给我保存好，我担心丢了，急忙回家藏在我的红柜里。

王耀宗和夏雪莉早已壮烈牺牲了，王学武和石燕红的死又给王家增添了一道悲壮而绮丽的光芒。人们崇尚燕赵侠风，很少悲哀地哭泣，眼神里更多是敬仰和悲壮。

王学武的葬礼上，王学恒感动地说，王家寨有"破锅漏房气死老娘"的说法，我娘走了，房子烧了，乡亲们给我们搭起了新房，这叫我一家如何报答乡里乡亲是好啊？

大抬杆说，爹，放心，我们忘不了乡亲们的恩情。

葬礼结束后，上级考虑到王学武刚刚牺牲，让王学恒和邢玉芳留在白洋淀抗日。

一天，我和大抬杆在鱼丸店获得情报，赵北口岗楼敌人出动去新水城，内部空虚。陈一荣队长得到情报，就在鱼丸店开了个会。会议商定，第二天是赵北口大集，陈一荣队长带着队员化装成老百姓赶集进去。

白洋淀天寒地冻。大抬杆备好了酒，喝点儿暖暖身子。陈一荣说，这酒留着啊，明天我们端了敌人的赵北口岗楼，夺回一挺机枪，回来庆贺再喝。大抬杆笑呵呵地说，明天还有明天的酒，今天就喝吧。水上飞瞪了大抬杆一眼说，听队长的，拿下去，吃鱼丸子吧。大家开始吃鱼丸和米饭。饭后，水上飞抱来了从老百姓家借来的衣裳，大家为化装成老百姓进赵北口赶集做准备。

第二天，在赵北口，陈队长观察了敌人的岗楼，发起了冲锋。他一枪将岗楼上的机枪手毙命。听见枪声，老百姓大乱，副队长邓海光带人乘机开始冲锋。这时候，侧面敌人的枪响了，刹那间打得雁翎队措手不及，队员们瞬间被日伪军包围了。陈一荣和队员们卧倒还击，敌人火力凶猛，陈一荣、赵恩祥、车大富等人纷纷倒地。水上飞背起陈一荣就往外飞奔，田一鹤背着赵恩祥就跑，可是，背了出来，人已经断气了。这场战役，陈一荣、邓海光、赵恩祥和车大富四人壮烈牺牲。

陈一荣和赵恩祥的尸体被水上飞等人抢了回来，邓海光和车大富的尸体没有找到，可能被敌人劫走了。

水上飞哭着嚷，大抬杆，你这是啥情报？敌人压根儿就没有去新水城，而是埋伏着。

大抬杆愣了，哽咽着说，我害了陈队长啊。

我瞪着他，没有说话。我的眼神在说，不能怪你，哪有把屎盆子往自己头上扣的？

寒风瑟瑟，飘起了雪花。我和大抬杆从朱家买了两口棺材，厚葬牺牲战友。为了不惊扰王家寨岗楼的伪中队，葬礼在黑夜的冰上进行。我们给他们四人开了追悼会，将陈一荣和赵恩祥的尸体抬进棺材的时候，陈一荣的身上掉出一个东西，水上飞以为是手雷，细细一瞅，是大抬杆昨晚送的一瓶酒，酒瓶上满是凝固的血迹。

大抬杆弯腰捡起来，用牙咬开了瓶盖，将酒缓缓洒在陈一荣的身上，哽咽着说，陈队长，酒给您打开了，在那个世界，你喝点儿吧！说着大伙纷纷跪在冰面，一片哭泣声。

陈一荣和赵恩祥两人的棺材，就被埋在了王家寨的墓地。

王学武、陈一荣等人的先后牺牲，给雁翎队以沉重的打击，队员们士气低迷，头顶荷叶的射击训练也停了。为了扭转局面，新水县委派来了新队长郑旭刚。新官上任三把火，郑旭刚一来就先带领雁翎队队员夜袭了朱家大院，活捉了伪乡长朱蕴奇。不久，郑旭刚又带领队员除掉了王家寨据点的伪中队长韩恩荣，吓得秦凤生好久不敢登上王家寨的码头。

几天后，大抬杆和水上飞去找郑旭刚队长。大抬杆划船进入大张庄水域，忽然一排枪响，他们赶上了雁翎队在芦苇丛中伏击日本鬼子的汽船。雁翎队的任务就是截断敌人水上运输线。战斗刚刚打响，水上飞抢过大抬杆就朝敌人汽船方向开火。大抬杆一起开火，杀声震天，鬼子和伪军纷纷落水。其中有一条汽船着了火逃跑，水上飞让大抬杆划船去追。追的时候，水上飞左肩头受伤，鲜血流了出来，倒在大抬杆旁边。大抬杆急忙上去给他包扎，水上飞大声喊，别让鬼子跑喽，赶紧开火，别管我！大抬杆枪法准，用大抬杆还击，一枪喷出去打中了开船人，掀翻了敌人的汽船。他又开一枪，打死了一个鬼子，鬼子的尸体趴在机关枪上，血一滴滴淌着。大抬杆掀开鬼子尸体，看见他狰狞的眼睛，眼皮突突跳了几下，大抬杆从这条船上抱回了一挺机关枪。

大抬杆夜里做噩梦，睡梦中肩膀抽搐，很快发起高烧。我给大抬杆煮了姜汤，他喝了两碗就发汗了。第二天水上飞过来看大抬杆。大抬杆说眼里总是他杀死的日本鬼子的痛苦表情，我为什么要杀人啊？水上飞说，你胆子太小啦，他们是侵略者，屠杀你爷爷、你二叔，屠杀我们中国同胞，我们杀鬼子还不应该吗？大抬杆皱眉头思考着，难道是自己真的胆小吗？细想还不是。砸盐店的时候，他怎么没有胆小啊？我跟水上飞分析，不是胆小，看见血过敏，这是一种心理障碍。我给大抬杆讲了道理，让他渐渐开窍。我要回一趟娘家，开几服中药让他吃一吃。大抬杆退烧了，依旧萎靡不振，嘴唇和眼皮耷拉着，那样子让我心痛。

我划船去了圈头。如果不打仗，白洋淀美得很。可现在，连一个人的影子都看不见。潜伏的危机说来就来了。我轻巧地划船，尽量将声音降到最弱。不久，我听见轻微的嗡嗡声，声音出自哪里却拿不准。突然，两个大汉爬上了我的船，船一颤悠，我的脑袋就被蒙上了麻袋。我眼睛一黑，被人扛到了汽船上。我闻到了汽油味道，听见鬼子叽叽咕咕地说话，我的心一沉。完了，落在鬼子手里了。

其实，我能想象大抬杆经受的打击。沉重的担忧和苦恼压垮了大抬杆，他晃晃悠悠想我，人几乎脱了相。水上飞去了我家，我母亲说我没有回家。大抬杆抱着脑袋哽咽了，铃铛啊铃铛你在哪儿啊？

郑旭刚听说后吃了一惊，用手背擦了半天眼睛，陷入了奇怪的沉思。

后来我听水上飞说，最近白洋淀几个村反应，几个女孩被日本人抓走，当了慰安妇，有大张庄的翠花、赵北口的冬梅、季庄子的石英子。水上飞说，铃铛会不会被一同抓走了呢？有人发现铃铛她们被鬼子抓上了船。这股敌人看来与白洋淀据点的不是一拨。

郑旭刚布置任务，让水上飞带狙击手韩童侦察一下，争取把这些女孩营救回来。听说营救我，大抬杆病好了些，积极性非常高。

郑旭刚担心大抬杆会冲动，便让他继续开鱼丸店，刺探情报。因为他经过日本人的考验，没有投毒，这是一个便利条件。大抬杆发愁了，说铃铛才是做鱼丸世家。郑旭刚问大抬杆，铃铛家还有什么人？他说有一个妹妹、一个弟弟和老娘。

听说我丢了，母亲病倒了。

第十七章

后来我听说，这天中午，大抬杆和水上飞划船来到圈头村。他们到了我的家，大抬杆沮丧地说，娘，没有铃铛一点儿音信。母亲恼怒地说，你们没有铃铛的音信，还过来干啥？母亲抽泣一阵，让二霞联系邢大鹰，看看那个狗东西知道下落不。二霞费尽周折在新水城找到了邢大鹰，邢大鹰说不知道。他显然很吃惊，气愤地骂了一句，答应帮助打听我的下落。雁翎队郑队长指示，王家寨码头的鱼丸店还得开，想请妹妹二霞出山，开鱼丸店，唱西河大鼓，好招揽顾客搜集情报。母亲死活不答应，大鹰的堕落让母亲极为失望，我的丢失让她震惊。她认为我和大抬杆出事就是鱼丸店惹的祸。

母亲喜欢大抬杆，瞅着大抬杆就更加思念我，不停地流眼泪。水上飞眯缝着眼睛，伤心地吧嗒着嘴。大抬杆给我母亲跪下了，娘啊，实说了吧，铃铛是被日本人抓走了！母亲一口气上不来，险些没了命。二霞说，村里有个姑娘也被抓走了。日寇抓女人干啥？母亲的情绪稍微稳定一些。大抬杆坚定地说，娘，我们得救她！鱼丸店挣钱是假，刺探日本人情报是真！娘，您知道我胆小，舞枪弄棒的不行，只能干这类事情啦！您要是不放心，就把您也接到王家寨，等雁翎队把铃铛救回来！

后来二霞告诉我，大抬杆好说歹说把母亲说服了。母亲不去王家寨，还在家里织席纺线给八路军做军鞋呢。二霞怯怯地跟了来。二霞见过王学恒和邢玉芳，王学恒和邢玉芳爱听二霞的西河大鼓。其实，我知道王学恒更喜欢二霞的文静。他们看见二霞就想起我。他说，国难当头，学问管什么用？连祖上的大钟都保不住，打日本还得靠这个！他一掀苇席，指了指炕洞里的大抬杆猎枪。二霞笑了笑，我不会打枪，只会做鱼丸子，我做一下给您尝尝。二霞在王家试了试手。王学恒连夸好吃，又说，只是比你姐做的还稍稍差点儿。一提到我，二霞眼圈就红了。王家寨的鱼丸店正式恢复营业，二霞手艺进步快，日伪军常来吃鱼丸，三小队和雁翎队也化装成老百姓来吃饭。王家寨是水路要道，鱼丸店里打探到了不少情报。二霞跟我长得像，村里人都当我已经回来了，弄得二霞哭笑不得。

  我后来听说二霞又去新水城找了一次邢大鹰。大鹰情绪低沉，可能碰上了什么事，但他没有说，只是让二霞给母亲带了一些东西。他说尽力打听我的下落。隔了几天，邢大鹰偷偷来到鱼丸店，跟二霞说出了我的下落。二霞给他吃了一顿鱼丸子。大抬杆得知我和翠花等人被运到了高阳，日军在高阳县城军营有一个慰安所，我们当了慰安妇。二霞脸都吓白了，她不敢说给母亲，自己偷偷抹眼泪。大抬杆叮嘱二霞说，你不能单独出去啊！

  大抬杆找到水上飞，商量营救我和翠花的方案。他们找到了郑旭刚，请求雁翎队出兵营救。郑旭刚迟疑了一下说，雁翎队接到上级任务，日寇对太行山晋察冀进行大"扫荡"，雁翎队要配合八路军反"扫荡"，白洋淀是华北内陆的黄金水道，最近几天日寇从大清河过白洋淀，有一大批军用物资被运到保定，我们要打沉或炸掉这批物资，当然截获这批物资最好！营救铃铛的事也很重要，你们带侦察员先摸情况。大抬杆急眼了，那我自己去救铃铛！水上飞瞪眼，你也是雁翎队队员，这么没有觉悟！大抬杆生气了，扭头就走了。水上飞埋怨，就知道媳妇，不知轻重，没有国哪有家啊？郑旭刚与水上飞商量，鱼丸店获取情报，功劳卓著，大抬杆的心情我们得理解。最后，郑旭刚派水上飞和狙击手田一鹤协助大抬杆去营救我。

大抬杆到家里告别王学恒，说去救我，老人都答应。二霞也要跟来，大抬杆让她待在鱼丸店刺探情报。大抬杆出门时，王学恒千叮咛万嘱咐，毕竟王家就大抬杆这么一根独苗。大抬杆、水上飞和田一鹤上路了，队里还发了一些盘缠，大抬杆很感动。一路上，水上飞逗大抬杆说，大抬杆，问你一个问题，铃铛被日本人祸害了，身体不干净了，你要是救回来，还对她跟原先一样好吗？大抬杆坚定地说，那是，铃铛对我好，我喜欢她，这不是她的错。田一鹤插嘴说，我看他妹妹二霞对你有意思呢！大抬杆狠狠捶了他一拳，去你的，狗嘴吐不出象牙来！我这辈子就认铃铛！水上飞夸奖说，是个好男人，铃铛这辈子嫁了你小子，值啦！

大抬杆和水上飞他们到了高阳县城，已经是黄昏。他们秘密靠近高阳慰安所。慰安所在高阳县城北边山坡上，第一排是日军休息娱乐场所，后边还有一个碉堡，进进出出戒备森严。大抬杆他们通过送菜农打听到情况，确认我和翠花都在里边。当初我和翠花都不服从，日本鬼子严刑折磨。那是夏天，热气闷人，到处蒸腾着大雨将至的暑热。我咬牙坚持，胸中充满悲愤。翠花挺不住上岗了，说逃跑一次抓回来更加严厉惩罚。我还在挺着，快挺不住的时候，感觉水上飞和大抬杆该救我来了。

大抬杆他们最先偷袭了一把，但失败了，田一鹤的神枪只击毙了两个日本鬼子。那晚上我听见了枪声，一阵晕眩使我的眼睛流出泪水。慰安所猛地炸了窝。大抬杆他们三人逃脱出来，但是，全城戒严搜捕三人。他们没有回白洋淀，一是没有救出我，二是不能把线索引到淀里，影响郑旭刚队长的袭击行动。他们研究了一个方案，还是困难重重。有人要解救慰安妇，日本鬼子警觉起来，加了重兵把守。我没有想到，最先妥协的是水上飞。水上飞对大抬杆说，回去吧，救不了她们，我们还得搭进去，我看啊，你忘了铃铛吧，跟二霞结婚得啦！大抬杆被激怒了，红着眼睛狠狠打了水上飞一拳，骂，水上飞，你他娘的说的是人话吗？水上飞被打蒙了。大抬杆蹲在地上喘息着，倔强地说，你们俩回去吧，我自己去，死也要死在高阳。水上飞笑了，行啊，大抬杆，都说你胆子小，我瞅你一点儿都不小，就看是对谁啦！为了自个儿媳妇胆子也大了，也贼啦！水上飞故意气大抬杆，拉着田一鹤的胳膊走了。

大抬杆用余光瞄着他们，看见他们走远了，头也不回，双腿颤了，急忙佝着腰追来了，大骂，水上飞，你小子真他娘没良心，你还真扔下我啊？水上飞转回身说，哼，让你小子嘴硬，我就知道，给你仨胆子你也不敢。水上飞想了想，让田一鹤回白洋淀，他留下与大抬杆想办法继续营救我们。田一鹤与郑旭刚队长汇报情况，说如果条件允许，请求雁翎队支援。

大抬杆和水上飞留在高阳寻找时机。

水上飞突然想到曲阳的舅舅方贵仁，他现在住在曲阳老虎山下，水上飞和大抬杆就到老虎山找他。方贵仁行医祖传，传儿不传女。方贵仁说八路军大部队撤到阜平城南庄了，只能找武装力量解救，他想到了老虎山的土匪许大彪。方贵仁治疗瘟疫有偏方，那年闹瘟疫，老虎山土匪得病了，许大彪请他到山上给医治，慢慢关系就走近了。

方贵仁带他们上了老虎岭。事后我知道他们求助的是蓝灯匪，我还被蓝灯匪劫过呢。没有蓝灯匪，哪能引来张麻子啊？

老虎山深藏于曲阳县城北部的太行群山中，因为有金矿，土匪和淘金人经常出没。

当年我父亲就研究过蓝灯匪。如今的蓝灯匪壮大了。他们在老虎山上有二百多人，枪支不够，一半的大刀，有几箱缴获的手榴弹和炸药包。黑漆漆的矿山，油灯非常重要，这里有名的是太行金山油灯。许大彪以金山油灯当武器,夜里作战挺管用。油灯往树上一挂,吸引敌人的火力,他们迂回包抄取胜。

许大彪的父亲许河山,曾经在保定镖局做过镖头,武艺超强。后来年纪大了,他挂镖归田。但也有人说他走丢了一趟镖,镖局开不下去,转手了镖局,回来用钱买了土地,当了曲阳城的土财主。他有两个儿子——许大彪、许二彪。许二彪在家管理田产。许大彪膀大腰圆,从小跟父亲学武,武艺高强,特别是"戳脚"功夫,更是无人能比。许大彪脾气倔强耿直,喜怒无常,疏财善交,有时打家劫舍,有时扶危济困。此人有个毛病就是好色。

方贵仁告诉大抬杆和水上飞,许大彪爱看戏,在老虎山上搭了个戏楼,让日本鬼子放火烧毁了,许大彪因此憎恨日本人。至于这次能不能搭手相救,就看他此时此刻的实力和心情了。水上飞和大抬杆商量上老虎山试一试。

许大彪心情不好,压寨夫人李雪梅一病呜呼,刚刚发丧。

后来听大抬杆说,许大彪当时犹豫不定,他虽然恨日本人,但不是抗日队伍,不愿与日本人直接对抗消耗自己。但是,他听方贵仁说,日本人正在任丘和高阳搞"新国民运动"的试点。一听老百姓那个惨,他火气就蹿了上来,大骂了一通。

大抬杆含泪说了我和翠花被抓当慰安妇的事。水上飞说,我们雁翎队,这几天打击日寇运输补给线,所以求助许老兄!方贵仁劝说,大当家的,就帮帮他们吧!他们路过高阳,日寇华北方面军情报主任山崎和恒尾带领军队开始行动。山崎去了任丘,恒尾到了高阳,还包围了高阳县的李果庄,逼迫老百姓跪在大街上,背"反共誓约",背不过就拿刺刀逼迫扒房檐,谁掉下来就杀谁。齐亭章他们四个人体力不支从房檐掉下来,恒尾狂叫,我们到中国来是干什么的?就是来杀人的!说完抽出洋刀往水桶里一泡,狂喊着把四个人的脑袋砍了下来,血流一地。恒尾还把滴血的刺刀凑到鼻子底下闻了闻，凶恶地冷笑。

许大彪气得狂吼，这狗日的日本鬼子！老子誓死不当亡国奴！

得到许大彪的表态，他们最后商定，许大彪带兵解救我们。事成之后，大抬杆他们把我和翠花领走，缴获了武器弹药归他。因为怕引火烧身，此举要打雁翎队的旗号干。大抬杆和水上飞说，只要救了人，啥条件都答应。

许大彪给弟兄们开了个会，双方达成共识，做了一面雁翎队队旗，叮嘱说是白洋淀雁翎队的人。因为敌我实力悬殊，所以只能偷袭，而且救人第一，不能恋战。

黑夜来临，他们潜伏到高阳县城，有人化装成老百姓，把武器装在运菜的车里进了城。夜里九点，他们埋伏在日寇慰安所所在的山坡下方树林里。许大彪安排人摸进去抓人，好审讯出我们的具体位置。一般情况下打仗，他们是埋伏好了，许大彪低声下令，等偷袭哨所的吹来口哨，匪徒就点灯，灯一亮挂在树上，吸引敌人火力，许大彪带领匪徒后面包抄。

一个值班的伪军被抓来了，说翠花她们在前排慰安所服务，铃铛在后排碉堡受刑。伪军还跟他们说了受刑的细节，说铃铛不服从逃跑了一回，鬼子先是把她衣裳扒光，她大骂鬼子，有鬼子要割她乳房，有个鬼子说日后还要慰安服务，就改成割她后脊梁的肉，一片片割她的皮，割完再贴上，完了再割，鲜血流了一地，疼得她常常昏迷过去。许大彪恨恨地骂，小日本太狠毒啦！大抬杆听了浑身颤抖，恨不得马上找日寇拼命。不知是救人心切，还是胆小毛病又犯了，那边狗一咬，油灯还没点着，大抬杆手里的枪砰一声走火了。这下乱了。许大彪瞪圆了眼，破口大骂，你小子坏了我的大事！响了两声枪，子弹从大抬杠耳边擦过，大抬杆吓得抱了脑袋。那边伪军问，哪部分的？许大彪说，新水白洋淀雁翎队的，我们只要你们交出铃铛，大家就相安无事。那边没有回话，枪声就响起来，水上飞和许大彪的人赶紧开枪还击。枪声大作，火光冲天。第一个回合，许大彪的人伤亡惨重，死了十二个人，伤了十七个，但是，他们终于冲到了院里。后边的碉堡有机枪扫射，救人遇到巨大阻力。许大彪揪着大抬杆的耳朵，把炸药包塞到他怀里说，你小子惹的祸，我伤了多少兄弟，炸碉堡的事就得你干！大抬杆呆愣了片刻，迟疑了一下，这，让我去？许大彪狠狠踹了大抬杆一脚，驴日的，给你脸了，快上啊，不然我们不管你媳妇啦！水上飞冲过来说，大当家的，我来！大抬杆眼里喷着火，身体渐渐稳定，抱着炸药包冲了上去。水上飞紧追其后。大抬杆抱着炸药包跌在地上，水上飞以为他中了枪。大抬杆一骨碌爬起来，抱着炸药包继续冲，一副不要命的样子。

大抬杆果然冲上去了，轰的一声巨响，炸开了碉堡一个大豁口。水上飞抬手想往上扔手榴弹，大抬杆一把攥住他的胳膊，别，那会伤了铃铛啊！水上飞一想，收手了。负隅抵抗的几个鬼子兵拿枪在顶上打响了。许大彪让他的人冲锋，众土匪冲了上去。还有几个鬼子兵在第二层射击，冲锋再次受阻。

水上飞递给大抬杆一颗手榴弹。大抬杆力气猛，将手榴弹扔到敌人机枪喷火苗的地方，轰地炸响了。他亲手杀死了一个日本鬼子，一屁股坐在了地上。

忽然，这节骨眼上，日本鬼子一个个毙命。大抬杆和水上飞愣了，许大彪也惊呆了，神枪啊，弹无虚发！水上飞弯腰悄声说，这枪法像是田一鹤的，没错儿！过了一会儿，他们扭头，果然看见田一鹤矫健的身影了，他真是神枪手。田一鹤同他们会合，一同冲进去，终于找到了遍体鳞伤的我。大抬杆背起了我就往外冲，水上飞协助，田一鹤跟着掩护。

许大彪说，敌人在东城的援军快到了，撤，我们赶紧清点武器，能带的都给我带上，伤员和尸体都背着，撤啊！

众土匪响应着，疾速撤出高阳县城。他们撤的时候，走的是山路，由于路途远，水上飞喘息着说，铃铛身上有伤，连夜回白洋淀不可能了，曲阳路近，先去那儿治病吧。

翻过了大派山，大抬杆他们与许大彪分手。大抬杆磕头拜谢，让我也拜了谢。水上飞说，你们用得着我们雁翎队的话，我们继续合作抗日。许大彪说，后会有期！扭头走了。

大抬杆和水上飞将我抬到了曲阳老虎山下，那里有方贵仁的药店。我一阵昏迷一阵苏醒，彻底苏醒的时候快天亮了。我轻轻喊出大抬杆的名字。大抬杆没有回答，他面如死灰。他看见我的伤，精神上受到严重刺激。

方贵仁看见我遍体鳞伤，用草药给我疗伤，药水洒在伤口上，疼得我呻吟不止，满头冒汗。大抬杆紧紧攥着我的手。水上飞说，铃铛，今天是大抬杆抱着炸药包炸的碉堡，为了你，胆小的人也变贼胆啦！我感激地看着大抬杆，落泪了。我面色苍白，无力地问，翠花她们救出来了吗？水上飞说救出来了。大抬杆一愣，她们人呢？水上飞说，对呀，我们光想着铃铛，忘记她们去哪儿啦。大抬杆说，准是被土匪们弄到山上去了。我心中悲伤，着急地说，那快救翠花她们啊，除了翠花，我们白洋淀有四个妹妹呢！大抬杆站立起来说，大彪起了花心吧？翠花她们别出了虎窝，又入狼口啊！走，我们找他要人！我愣了愣说，大抬杆，你变了个人啊？水上飞说，铃铛，大抬杆勇敢啦！我拉着大抬杆的手说，养好伤，我也去前线打日本鬼子！大抬杆说，我的娘啊，可不能让你出头露面了，这罪遭的。水上飞教育大抬杆，敢于炸碉堡，你不是胆大了吗？郑旭刚队长说了，我们渔家儿女，就是要团结一心，男女参战，把小日本打出中国去！大抬杆笑说，好，媳妇，我如今不胆小了，敢杀鱼了，敢杀鬼子啦，我们夫妻齐上阵，打胜仗，戴红花！我嘿嘿笑了，这还像个老爷们儿，回去开鱼丸店，再也不用让别人替你杀鱼啦！

说着话，外边有响动，方贵仁老伴报告，日本鬼子和伪军来搜查。方贵仁把我们引进地道躲了起来。

老虎山黑洞洞的山洞里，空旷而荒凉。我和大抬杆睡在了一摊蒲草上。山洞潮湿，将我的身体浸得咸湿湿的。大抬杆彻夜将我抱在怀里，没轻没重地亲我，我的伤口疼出了汗。我说，别抓我胸脯。大抬杆的手躲开了我的胸脯，移到了我瘦到极点的手腕上，一阵心酸。田一鹤跟水上飞说话，水上飞在抠脚没听见，他几天劳累，脚气又犯了，两脚奇痒无比。大抬杆闻到脚气味道了，捂着鼻子喊，水上飞，别抠脚了。水上飞这才回头跟田一鹤说话。田一鹤说了说白洋淀的情况。田一鹤说他回到白洋淀，还真赶上了这一仗，打得非常痛快，那边缴获了大量物资，弹药当夜被运走了，粮食被藏在了王家寨的姚家大院。

大抬杆说，姚家大院可靠吗？

水上飞也愣了，他奶奶的，姚家姑爷秦凤生是伪军队长啊！那不是自投罗网吗？大抬杆气得咬牙，这是谁的馊主意啊？姚廷阶一手遮天，王家和姚家的仇怨结了那么多，水上飞家和姚家也已不是往日那般。

田一鹤解释说，万不得已，武器弹药已经装满了船，运粮食时间来不及了，这是郑旭刚队长的意见，他说最危险的地方，也是最安全的地方，他亲自跟姚廷阶谈的。姚廷阶不敢跟姑爷秦凤生说，说了对他有啥好处？我们雁翎队把姚家大院一把火就点啦！

大抬杆听着，点点头，有道理。

田一鹤说，郑旭刚队长警告姚廷阶，如果暴露，不管他逃到北京还是天津，我们雁翎队都不会饶过他的！老东西答应了！

水上飞竖起了大拇指说，郑旭刚队长有大智慧。

田一鹤说，队长惦记你们这儿，藏完了粮食，打扫了战场，让我赶紧支援你们。

休息了两天，我的身体恢复了一些。水上飞说，该回白洋淀了。大抬杆说，是啊，我都想家了。我望着天边火红的晚霞和焦黑如炭的黑云交织在一起滚滚流动，心头一热，终于要回家了。我忽然想到翠花她们，对他俩说，我们要找许大彪要翠花。水上飞微笑说，铃铛有情有义。我说，翠花是个善良的姑娘。我回想日本人强迫我们慰安时，我们不从，日本人就严刑拷打，还是翠花站出来主动去接待，我才被缓了几天。翠花是大张庄的，听说我是王家寨的，偷偷给我送吃的。大抬杆感动，翠花是好姑娘啊！大抬杆试探着问，那日寇把你怎么样了吗？我望着他欲言又止。大抬杆急出了汗，问，后边咋样啦？我说，他们打昏了我，我也……大抬杆双腿一软，跌在地上，破口大骂了一句。我说，大抬杆，你别心窄了，我能活着出来，你就知足吧。如果你疑心，我回去就把妹妹二霞给你当媳妇。我算明白了个理，国难当头，没有国，哪有家啊？水上飞和田一鹤说，铃铛好样的，这才是我们白洋淀的女中豪杰呢！大抬杆蹲在地上，抱着脑袋呜呜地哭了。

水上飞扭眉瞪眼道，别哭了，留几滴猫尿吧！你看你媳妇多厉害，比你更像个爷们儿！

我说，我们去救翠花那帮姐妹。

水上飞和大抬杆说，铃铛，你在方大夫这儿继续治伤，我们上山把翠花她们救出来！

我不答应，非要跟着一起去。我强撑着站立起来，凑近水上飞说，大哥，救出翠花给你当媳妇行不？

水上飞愣了愣。我又说，听我的，她心眼好，日本人祸害她的事，不怪她，你就眼里揉点儿沙子吧！

水上飞苦笑了一声，别说了，救人当紧。

我们一起准备上山了。方贵仁说许大彪不好对付，说变脸就变脸，他也跟着一起去，当中好做个调停。

到了老虎山顶才知道，许大彪选了模样俊俏的宫月月，睡了两天两夜了。水上飞说明了来意。许大彪以为我们回白洋淀了，哪知躲在山下方贵仁家算计着找他要人。他十分气愤地说，你们有完没完啊？大抬杆你不就是救媳妇来的吗？铃铛给你救出来了，还不回家过日子，还没完啦？你小子乱开枪，造成我几十个弟兄死伤，看方大夫面子，我没找你算账就不错啦！

大抬杆被噎住了，他的喘息声比牛的喘息声还厉害。水上飞说，许大彪，大男人说话算话啊，不是说好的吗，缴获枪支弹药归你，人我们都带走吗？

许大彪仰脸长笑，人，铃铛不是给你们啦？你是饱汉子不知恶汉子饥啊，除了铃铛，其余的娘儿们，日本鬼子可以干，我的弟兄就不能解渴了吗？

大抬杆怒骂，你小子这是啥屁话？

我的胸脯起伏着，勾勒出我此时的情绪。我大声喊，许大彪，你还是中国人吗？这都是我们的姐妹，我要带她们回家！

许大彪怒了，众土匪举起了枪。许大彪却又细细端详起我。我出来时照过镜子，脸上没伤了，模样又好看了。许大彪嘿嘿笑说，铃铛，这小娘儿们长得不赖啊，要不大抬杆铁了心救你啊。

大抬杆吼，你小子嘴巴干净点儿，赶紧放人！

许大彪眨了眨眼睛，出了个主意。他让匪徒抬来两扇厚厚的门板，门板上竖立着尖尖的铁钉子。许大彪说，你们要是有人敢滚过来，我立马就放人！

大抬杆往门板铁钉上一看，眼神虚了，双腿颤抖。我估计他又害怕了，人如果滚过去，不死即废。土匪就是土匪，够歹毒的。水上飞冲上前几步，揭开上衣，我是共产党员，我来上！

许大彪冷冷地望着，吼道，都说共产党员是铁打的，骨头最硬，我今天要看看，你们流不流血，怕不怕死？

水上飞凑近门板，摸了摸上面的铁钉。许大彪哈哈笑道，你水上飞不信我这门板吗？来，让那个小偷过来试试，给他们开开眼！

许大彪的手下架着一个矮个儿小伙过来了，这是他们准备惩罚的小偷。大抬杆说，放过这个兄弟吧！

许大彪说，他是小偷，必须受到惩罚。

我讥讽说，你们土匪打家劫舍，不也是小偷吗？

许大彪说，我们不光偷，还抢呢。这偷和抢那么容易啊，这东西都是弟兄们拿命换来的。他妈的，这小子偷我们抢来的东西，可恨不可恨？

小偷跪下了，彪哥，饶了我吧！我再也不敢了，兄弟跟你干了！

许大彪严厉地说，滚过去，看看你的胆子，入伙够不够格！

两个大汉架起了小偷。小偷一咬牙，从门板上滚过去了，发出一声惨叫，上身鲜血淋漓。

许大彪笑道，这个废了，抬下去！

水上飞眼睛冒火，大声说，许大彪，你别吓唬人，老子不怕，我要是滚过去，你小子放不放人？

许大彪说，放人，当然放人。我许大彪言而无信，还咋在老虎山当家啊？方大夫可以作证！

方贵仁双手颤抖了，大彪啊，凤久是我的亲外甥，看在我跟你爹的情面上，你可不能这么逼他啊，把人放了吧！

水上飞说，大舅，我不怕，说着就扑倒在地准备滚。大抬杆吓得直闭眼睛。

现场气氛紧张，田一鹤突然举起了枪。许大彪和匪徒有的举枪，有的拿着手榴弹。事情僵住了，已无回旋余地。

我站出来，大声说，许大彪，你不是喜欢女人吗？既然你夸我漂亮，我留下陪你，把翠花和姐妹们都放了！

许大彪哈哈笑道，我看行，你给我做压寨夫人！不过，你丈夫大抬杆答应吗？

我硬硬地说，我的命我做主，由不得他啦！

大抬杆大声喊道，铃铛，你可不能啊！

我勇敢地朝许大彪走去，走了几步，扭头对大抬杆说，当家的，跟水上飞和田一鹤回去吧，忘了我吧，你对我铃铛的恩情来世再报啦，回去跟二霞好好过日子吧！记着，别忘了孝敬我娘啊！

大抬杆蹲在地上哭了，铃铛，我不能没有你啊——

许大彪双手迎接着我，拥抱了我，笑说，还是白洋淀的水养人啊，是个大美人啊！整个曲阳县，没有你这么一位，要不鬼子把你藏在碉堡里呢！

许大彪微笑着，挥手让弟兄们纷纷放人。

我走到翠花跟前说，走吧，好妹妹，水上飞是好人，今天姐给你当个红娘，你回去就嫁给他吧！

水上飞耳朵灵，他都听见了，朝我作了个揖。

翠花点点头，伤心地哭了，铃铛姐，你保重啊！

大抬杆没有想到的是，翠花果然听我的，翠花脸上是一副感恩戴德的神情，第一个冲出匪徒包围圈扑进了水上飞的怀抱，这让他瞬间有了安慰。翠花跟了水上飞倒是挺合适。

大抬杆的表情是悲伤绝望的，丢了我，他可咋活？我强忍住泪水喊，大抬杆，回去打鬼子！大抬杆恋恋不舍地扭头看我，哭着喊，媳妇，我大抬杆打鬼子不怕死，可我问你一句话，就是我死了，你给不给我戴孝？我心中忽悠一颤，不知怎么回答。许大彪不耐烦了，掏出手枪指着大抬杆骂，你真他娘的磨叽，铃铛是我媳妇了，再不走我一枪崩了你！我大声骂道，许大彪，你敢！然后我对着大抬杆说，回去吧，忘了我吧，你除了打鬼子，还要跟二霞过日子，你牺牲了，她给你戴孝啊！

大抬杆惊讶地瞪大了眼睛。一切变化太快了，前些天还在王家做鱼丸的铃铛，突然成了别人的媳妇，他转不过这个弯来。大抬杆紧紧抱住水上飞哭了，大哥，我该咋办？我好难过啊！水上飞拍着大抬杆的后背，鼓励说，兄弟，男子汉，倒驴不倒架！挺住！水上飞转身和田一鹤安排疏散翠花她们的事情。水上飞跟方贵仁借了一些钱，作为那些女孩的盘缠。翠花、冬梅几个白洋淀的女孩跟着他们一起回去，其他几人千恩万谢地鞠了躬，一步三回头地走了。大抬杆、水上飞和田一鹤带着几个女孩回了白洋淀。

我留在了老虎山，感到掉进了陷阱。我后悔了，我想母亲，想二霞，想白洋淀啊！我感到自己天真而冲动，女人的天真是最大的陷阱，女人的冲动是魔鬼。我揉了揉发疼的太阳穴，脑子里一片空白。

后来大抬杆跟我说，他们一行到了白洋淀，水上飞让大抬杆和田一鹤把翠花、冬梅几个人送回家去。翠花不走，大抬杆看出翠花认准了水上飞。大抬杆朝田一鹤使眼色，说，我们别当灯泡了，让水上飞送翠花吧。翠花点点头。水上飞扭头一瞅，没人了，小船箭一样走远了。

第二天，郑旭刚队长告诉他们，侦察员得到消息，高阳的日寇慰安所被雁翎队端了，上级夸奖了雁翎队。同时，郑旭刚队长和支部书记赵谦还说了一个坏消息，敌人发誓要集中兵力"剿灭"雁翎队。

大抬杆说，来吧，朋友来了有美食，敌人来了有猎枪！让他有来无回！郑旭刚一愣，大抬杆胆子不小啦，战争真能锻炼人啊！水上飞说了他抱着炸药包只身一人炸日寇炮楼的事。

大抬杆叹息说，有啥用啊？铃铛还是没有回来啊！

郑旭刚说，翠花她们被救回来也不错啊！铃铛的事，我们尽快联系中共曲阳县委，让他们协助我们，给老虎山的许大彪施压。必要时候，我们雁翎队全体出动，营救铃铛。铃铛舍己为人，巾帼英雄，不容易，不简单啊！

大抬杆说了一些感激郑旭刚的话，又说，还不知道她现在咋样了啊，她娘哭成了泪人。

郑旭刚安慰大抬杆，你的心情我理解，照顾好铃铛的家人，我们找个机会营救铃铛！

大抬杆抹了抹眼泪说，她这冤家啊，太冲动了。

水上飞跟着伤感，甚至还有一些内疚，本来是帮助大抬杆救媳妇，结果他媳妇又掉匪窝里了，自己竟白捡了一个漂亮媳妇。大抬杆老实胆小，人家说灯就添油，人家喊庙就磕头。

水上飞最后跟郑旭刚汇报了日寇在高阳、任丘两县推进"新国民运动"的试点，老百姓被奴役屠杀的情况。郑旭刚说，这值得我们警惕，我要就这一问题向新水县委进行汇报。

第 十 八 章

大抬杆走了,把我的心也带走了。

我病了几天。我嘴上不说,心里却在打鼓。后悔自己留下来吗?但是,一切都晚了,几天前的事恍如隔世。我自有我的想法。自从当了慰安妇,我就抗争,一边抗争一边绝望,有时连自己都瞧不起自己,心里特别复杂。我心中有个结,不能再回白洋淀了,不能再与大抬杆生活了。我恨死了日本人,我当初留在老虎山,是为了营救那些姐妹,尽快让大抬杆和水上飞脱身回去跟雁翎队打鬼子,而且我还打算说服许大彪一起抗日。如果许大彪顽固不化,我也要当个女土匪,拉一支抗日的队伍回老家与雁翎队会合。

我不搭理许大彪,他被激怒了,我也扯着嗓子嚷嚷。我知道他希望看到我服服帖帖的样子,希望看到我胆怯、流泪,可是,我就是天生不服输的性格。我说我的偶像并不是大抬杆,而是大抬杆的二叔王学武。我把王学武砸盐店的故事有声有色地讲出来,许大彪竟笑了,说,我崇拜英雄,这叫英雄惜英雄!他说"英雄"两字的时候,耳朵上的肉也颤抖着,我扑哧笑了。笑声中,凝滞的空气渐渐松动了。

我开始对老虎山产生了兴趣。高耸入云的松骨峰很诱人,可在我眼里是留不住的景,就算一时迷住了人的眼,新奇的感觉过去也就什么都没有了。我夜里睡不着,起身望着窗外,漆黑一片。黑夜里大山很安静,没有白洋淀的夜声。我梦见圈头村了,哗哗的水声,蛙鸣虫叫,渔家孩子们的哭声,老鼠、刺猬在地上奔跑的声音……太行山上只有一个刺耳的声音——狼的嘶吼。狼的吼声不长,带着恐怖气息又留下余音。我被吓醒了。按理说,我是经过日本鬼子折磨过的女人,这种惊吓应该不算惊吓,可是,这种感觉与那时的恐怖不是一种。

山寨上的生意越来越惨淡,许大彪即便带弟兄们出去也一无所获。但许大彪一看到我的笑脸,阴沉的脸又变得和颜悦色了。

那一天傍晚,许大彪回来,带来一只白瓷碗。

许大彪没有给我珠宝项链,而是递给我一只白瓷碗向我求婚。我觉得他好笑,这个白瓷碗有啥特殊意义呢?许大彪说,这碗是从总督府抢来的,不知道值不值钱,但是,它洁白无瑕,代表着我对你的一片真心,嫁给我吧!

我接过这只碗仔细端详了一遍。这大碗沉甸甸的,既不像元代青花瓷那么古雅,也不像乾隆粉瓶那么堂皇奢华,但是,胎质色白纯洁,致密坚硬,胎土中少有杂质,碗呈乳白色,莹润光泽,质朴素净,口沿外缘有一道唇边凸起,线条圆润,还有卷形的大卷唇,碗底部刻着一个凸起的"盈"字。

许大彪又说,铃铛,嫁给我吧!

我冷冰冰地拒绝了。我的眼神让他感到百思不解。

许大彪身边站着黑五几个土匪,我的拒绝使许大彪好没面子。这些土匪的脸上凶狠而木讷,他们没有家园,没有明天,只有动荡漂泊的命运和聚散无常的凶险。可是,我已经别无选择了。我拒绝了今天能够拒绝明天吗?嫁给许大彪的事,我心里总是揣着一个疙瘩,想到大抬杆就想落泪,尽管嘴上硬着,心中却是愧疚。

许大彪捧起我泪迹斑斑的脸,吻了又吻。

我的脸颊热热的,浑身在颤抖着。

许大彪说，宝贝儿，还想大抬杆吗？他不就是会打鱼吗？我们山上没有鱼，我派弟兄们照样把你们白洋淀的鱼捞回来。

我生气了，不屑地说，啥捞啊，说得好听，抢吧！

许大彪尴尬地一笑，瞧你这话说的，我们蓝灯匪到了白洋淀，把灯笼一亮相，你们老乡都上赶着送鱼啊！

我恨恨地说，别蹬鼻子上脸的，你们干了啥，我还不知道吗？我家就被你们打劫过。

许大彪瞪圆了眼，大声地说，对不起，他们有眼不识泰山。告诉我是谁，我一枪崩了这兔崽子！

我抬了头严厉地说，大彪，我给你们立个规矩，以后不能去圈头村和王家寨抢劫啦，这俩村一个是我娘家，一个是我婆家。

许大彪说，你娘家圈头我认，王家寨嘛，就不是婆家了，眼下你的婆家是在曲阳灵山镇，记住啦？

天黑了，窗外忽然亮了几盏蓝灯笼。蓝灯匪掠夺我们家的情景历历在目。我想起那个恐怖的夜晚，父亲母亲受到的委屈、气愤、恶心。我说，我们干点儿行善积德的事吧！许大彪说，你还是嫌弃我的营生？我说，传到我娘家去，嫁了蓝灯匪，我娘听了就得跳了淀。许大彪搂住我的腰，恼怒了，大声说，改个狗屁，你瞅瞅这伙人，就是混江湖的料，除了打打杀杀，还能干啥？我也怒了，冷冷地说，我妇道人家没混过江湖，但我知道一个理，江湖不是打打杀杀，不是你夺我抢，而是人情世故！

许大彪哼了一声，悻悻地回自己的房间去了，临走时候他扭头说，对我这样的女人，就是要有耐心。

第二天，许大彪让手下牵一匹枣红马过来，他要教我骑马。我换了一身新衣裳，许大彪笑着说，夫人今天真好看，真是人靠衣裳马靠鞍，我都认不出来了。我微微一笑，今天姑奶奶心情好。许大彪兜里吊着铁链子,掏出来是一块怀表,他看了看表说,那就好,上马吧,中午赶到骆驼岭。他又看了看我。我在他眼里算是美若天仙的。这匹枣红马让我非常喜欢,许大彪将我扶上马背去,我一提马缰,枣红马竟然冲到许大彪前面去了。我勒住缰绳回头望去,一支马队迅速奔跑,溅起一股烟尘。我感觉骑马比坐船过瘾、刺激。

许大彪骑马的时候突然改了主意,说要回灵山镇看看他父亲,禀报一下婚事。我心中热了一下,他回去禀报婚事,说明他真的在意我。他让黑五、二槐两个手下骑马陪我。不料,我们半路上遇到了羊群,羊密密麻麻,黑五他们稍不留神,我的枣红马就不听使唤拐了山道。我和马糊里糊涂地离开了队伍,闯到深山老林里了。这是我第一次离开山寨,离开了许大彪的视线,我没有惊慌,却有一种疏朗的快意。空气清新,阳光从杨树叶里洒在我身上,一股泉水反射着阳光,水银一般流淌。

过了崎岖的山路,越往山顶走越冷,枣红马不走了。我翻身下马,姿势轻盈而矫健。山上积雪不化,遇见冰雹,砸不死也会冻死。可尽管冷,还是有山泉流淌下来。我抓一把树叶扔进涡潭,潭水旋转起来,像开出的花一样好看。深蓝色的水波上,弥漫着浓重的潮气。我抬头看见一只山鸡,彩色的山鸡从一棵树飞到另一棵树上。两只乌鸦呱呱叫着,我抬头却看不见乌鸦在什么地方叫。这是哪儿啊?我有点儿害怕了。除了山鸡、乌鸦和其他鸟儿,老虎山猎物不多,狼却不少。我听到了狼惨烈的叫声。

我竟然遇到狼群了。狼毫无遮盖的脑袋在灌木丛中若隐若现。我的心提到了嗓子眼。

我在荒沟里瞪着眼睛,呆呆地望天。我想到了羊群,狼可能是奔羊群来的,没有追上羊群,却碰上了我。

我惊吓地飞身上马,枣红马也感到了危险,驮着我就跑。没有想到,马跑不过狼,狼扑过来咬伤了马的后腿。

我与瘸马共同奔跑时，一只狼扑过来了。马栽倒了，我也摔在老树根下滚了几滚。狼不再攻击枣红马，冲着我扑上来。

我眼前一黑，听见砰的一声枪响，狼应声倒地，脑袋流出一摊血。

这一枪是许大彪打的。原来他半途返回来了，他想带我一同回灵山镇，又担心家人不接受就自己去了。他飞马跑到一半，山体滑坡堵了路，就折回来了。他见到黑五，一听说我和马走丢了，对黑五大发雷霆，然后他和黑五到处找我。好在他没有走远，他赶来得及时，看见狼正攻击我，一枪打死了狼。后来黑五告诉我，许大彪有打猎的习惯，他不打山鸡，不打兔子，不打鸟，就喜欢打狼，打豹子。他爱吃狼肉。我觉得他之所以占山为匪，是因为他天生霸气，拥有一身的力气没处使。许大彪打猎的时候不知疲倦，又有灵敏的嗅觉，他经常碰到的是山里的兔子，如果山寨粮食紧张，他偶尔也打一些兔子。只要是遇到狼，他就格外兴奋。许大彪踹了一脚死狼，说，奶奶的，这是公狼，连它都瞅着我夫人好看啊！

灌木丛里还有一只母狼，母狼把短尾巴卷在身子底下，仰脸瞅见了这恐怖的一幕，落泪了。

其实，许大彪打死公狼的时候，就发现树林里那两只闪着蓝色光的眼睛，他说那是母狼的眼睛。

母狼嚎叫了一声，回头望了许大彪一眼，一步三回头地走了。

许大彪还要举枪瞄准母狼，我突然制止了他。

许大彪瞪圆了眼睛，怒了，为啥不让我打死它？

我说，你没有看见吗？母狼怀了狼崽儿。

许大彪沉默了一阵，说，你知道狼咋吃肉吗？狼看见动物，先哈出一口气，动物就被熏得不动弹了，狼是毒口，咬过的动物都不动。

我吸了一口凉气说，狼没有冲我哈气啊，它要是哈气，我也就不动了。

许大彪嘿嘿笑着，要不是我枪法准，你早就没命了。

那个夜晚，山中又传来母狼的嚎叫声。我的腿受伤了，有些痛，可我不再喊痛，已经麻木了。从那以后，我与许大彪又多了一个话题——狼。我连续几天头晕，许大彪让人抓来一条山蛇。他把蛇头剁了，塞在我嘴里就让我吸血。我吓得直哆嗦，将蛇打翻在地，蛇没了头，还摇着尾巴动弹。许大彪想办法让我喝了蛇血，我的头晕竟立马好了。

隔了两天，母狼带着狼群包围了山寨。狼凄惨而凶恶地吼叫，震得山梁颤抖。

许大彪拽着我出来了，我们站在山岗上看着密密麻麻的狼群。那是垂直的峭壁，狼是冲不上来的。许大彪喊道，黑五，把从白洋淀抢来的大抬杆抬来，我轰个狗日的，枪砂飞出去，打不死，也打它一屁股伤。

黑五他们把大抬杆抬出来了。我阻止说，大抬杆留着打鬼子吧，狼又上不来。再说了，狼也是通人性的，不然仇疙瘩就永远解不开了。

许大彪恶狠狠地说，仇疙瘩不解就不解，跟这帮畜生有啥好解的？我要让狗日的明白，伤害我夫人，它们就得付出代价！

轰的一声，大抬杆的火舌喷出去了。

狼很团结，善于群体作战。可是，狼没有想到大抬杆响了，射出来铺天盖地的铁砂。狼群四处逃散，还有一只小狼崽中枪，母狼嘴叼着小狼逃了。

许大彪仰天长笑，一物降一物，以后狼再来，就大抬杆伺候！

过了些天，狼一只也没有来。在那里，人和狼是天敌，没有调和的余地。冬天是打狼的最好季节，许大彪说冬天就剿灭狼群。

没几天，许大彪带着匪徒出工，狼偷偷地来了。母狼带头来的，似乎要给公狼报仇。这次母狼变得聪明了，看见黑黑的枪口就绕道走，并立即采取措施，十分警觉地防备。狼没有群体包围，而是由母狼带着两只狼，围攻山下买菜的厨师胡永。狼有仇必报，它不管人的境遇怎样不幸，也从来没有退让的意思。我明白，狼是冲我和许大彪来的，可厨师胡永替我们挡了一劫，他被狼撕扯得血肉模糊，身体被狼吃了一半。

许大彪回来一看，震惊了。

第 十 九 章

转眼过了年。一天,我和一个妹妹去山里转。我又发现了狼,不是母狼,而是狼崽。狼崽嗷嗷吼着,挣扎着想站起来,双腿却没立住,栽倒了。这狼崽受伤了,被大抬杆枪砂打中了右前腿,血迹斑斑。我蹲在小狼跟前,掏出绣花手绢,拿清水为它洗伤口,慢慢替它包扎好伤口。

我转身离开的时候看见了母狼。狼的叫声散布在树林里,远处有磷火似的眼光闪动着,还有咻咻的喘息声,伴随咯吱咯吱嚼骨头的声音。母狼一定是捕到羊了。我定定细看,它就是那只失去丈夫的母狼。如果母狼追击我们,我们就跑不了了。

母狼看见我照顾小狼崽了,扭头看了我一眼,目光里充满感激。它没有再嗥叫,像吃草的羔羊一样,也没有攻击我们。我们走远了,母狼还立在那里望着我。

从此,狼群再也没有攻击老虎山。

许大彪惊愕了,从此再也没有用枪伏击狼群。

许大彪对我可谓用心良苦。他为了给我惊喜,偷偷去找灵山镇的木匠定制了一张百鱼床。床抬上来的时候,许大彪率领一群人到寨门迎接。匪徒们将百鱼床抬到了老虎山。床是一色红木,精雕细刻,所用鱼种几乎都是我们白洋淀的、鲤鱼、鲫鱼、鲮鱼、棒花鱼、麦穗鱼、鲇鱼、草鱼、长须铜鱼、泥鳅、黄鳝等,许许多多的鱼儿姿态万千。床头还雕刻了五个圆圆的鱼丸子，取五星高照之意。百鱼床不仅好看，还蕴含神奇的祥瑞之气。人躺在床上就像坐在船上，还有船板上的各种鱼相陪伴。

许大彪微笑着说，夫人，你躺在床上就到了你们圈头老家了。

我满意地点点头，是啊，我们老家有百鱼宴，我们山上有百鱼床。

许大彪哈哈大笑说，是啊，那么多的鱼都给我们祝福啊！

我悄悄抹着眼泪，笑嘻嘻地一声不响。许大彪的百鱼床真的把我感动了，我亲自下厨给他做了一顿鱼丸子。做鱼丸是我的拿手活，像是揉面团似的，一块鱼肉在手心一捏，圆鼓鼓的鱼丸滚来滚去，最后整整齐齐摆放在案板上。鱼丸煮熟了，我吃得额头冒汗，问许大彪好吃吗，许大彪并不爱吃，直接说，好吃，可我不爱吃。

这一阵狼群不来了，许大彪又带着我回了一趟曲阳灵山镇。

曲阳灵山镇是许大彪的老家。许大彪的父亲、母亲和弟弟都在那里。他家老宅挺阔气，院子很大，长着三棵银杏树，还有一个菜园子，菜地密匝匝地插着竹竿，是用来种菜的。他老父亲当年在保定开镖局，挣了钱回乡购置土地，成为曲阳灵山镇名副其实的大地主。他家院里没有庙堂，却摆放着城隍石像。许大彪说家附近有一座城隍庙，就把城隍石像搬到他家来了。

我朝着城隍石像拜了拜。

老父亲许河山和弟弟许二彪在家摆酒席迎候。本来是一个喜庆的日子，结果二混子的一句话，把好事弄砸了。

二混子是老虎山上的土匪，还是许大彪前妻的弟弟，就是前小舅子。二混子知道许大彪尽管娶了他姐，但是身边女人无数，姐姐得病就是被他气的。二混子从心底恨他，但是，他闹不明白的是，许大彪自从有了我，怎么就收了花心呢？二混子提前下山布置，他与许大彪的弟弟许二彪喝酒，喝到兴头上，嘴上没有把门的，就把我在高阳慰安所当慰安妇的事秃噜出来了。许二彪听了就黑了脸，骂道，我大哥真是疯啦！许二彪立刻就跟父亲说了，许河山当场就炸了。许大彪带着我一进家门，许河山就给了我冷脸，又悄悄把许大彪叫到里屋，核实事情真假。许大彪明人不说暗话，说，是啊，我从高阳县城的慰安所给救出来的！铃铛在里边被吊打，一直不屈服啊！她有情有义，是好女人！她家是白洋淀祖传鱼丸世家，我让她给你做鱼丸子啊！许河山怒了，你小子疯了？我们是啥家庭，你娶了慰安妇，让我这老脸往哪儿搁？许大彪说，英雄不问出处，以后您就明白了，再说又不是红楼妓女。许河山大骂，啥英雄？慰安妇和妓女都一个样，婊子，就是婊子！许大彪跺脚说，她是受害者，您真是老啦！许河山叹息说，大彪，你爹我老了，正要跟你商量，让你下山继承家业。许大彪说，我不离开老虎山，我也不要家业，让二彪继承得了。吃饭的时候，许河山掀了桌子，满座的饭菜洒了一地。他骂道，大彪，你这个逆子，你要是不听我话，就是眼里没有我这个爹！你带着这烂货滚，我跟你断绝父子关系！

我听见里面吵架，进来劝架，被许河山怼了回来，你不是我许家人，这个家没有你说话的份儿！

许二彪也凶神恶煞地对着我吼，慰安妇，臭婊子，别缠着我哥，没有资格进我们家门，赶紧滚，滚到你们白洋淀去！

许大彪给了许二彪一巴掌，这是你嫂子，有这么说话的吗？这里没你说话的份儿！

我被这一幕惊呆了，转身跑出了房间。

我骑上马，朝着老虎山飞驰而去。山还是老虎山，路还是那样弯曲的山路，但是，我的身体不热乎了，像被老虎山的流水冲洗了一番似的，身心一阵冰凉，顿时觉得自己的天地变小了，双腿也沉重了。我自己也有些吃惊，为什么会这样？在许大彪家里碰壁不是好事吗？

许大彪不顾一切地跑了出来，大声喊着我的名字，我头也没回。许大彪在门口揪住许二彪的脖领问，你说，爹是咋知道铃铛当过慰安妇的？许二彪说是二混子说的。

许大彪飞身上马追来了，不一会儿他就追上了我。我们在山寨大门的拴马桩将马拴好，默默地上了老虎山。许大彪诅天咒地，发誓与家庭断绝来往，永不妥协。他还愤怒地让人把二混子捆起来，拿鞭子狠狠抽打他，他被打得鬼一样叫着，声音凄厉无比，紧一会儿慢一会儿直到半夜。

我听着那恐怖的声音，独自待在房间，趴在床头呜呜地哭了。后来，二混子不叫了，我也不哭了。我擦干了泪，抬头望着月亮，我想大抬杆和母亲了。他们的面容又浮现出来。

我草草收拾了包裹，执意要离开老虎山。许大彪急了，夫人，你这是去哪儿？我扯着嗓子嚷道，你们家不要我，我回白洋淀！许大彪阻拦说，姑奶奶，我们家不要你，我许大彪要你啊！你也看见我的态度了，老子就是喜欢你！我委屈地说，回去我也不活了。许大彪说，你不活了，我许大彪也不活。唉，都他妈的怪二混子嘴欠，我让他们吊打他呢！夫人，别生气了！

我愣了愣，还是微微笑了。

我今天生气归生气，但感觉出了许大彪的真心。家里虽说有阻力，但是，对许大彪来说就是一次考验。其实，人心都是肉长的，日久生情，我竟有点儿喜欢许大彪了。

我与许大彪磨合的日子里，明显地憔悴了。我亲自下厨给他们做饭，拼命地干活，有空还习武，为了排解心中的屈辱和痛苦，为了使这痛苦变得麻木。我的慰安妇经历是最大的忌讳，其实摆出来也不过那样，我慢慢地想开了，和许大彪说起来轻松了。人啊，就是到哪座庙烧哪炷香了，说起那些事就像说别人事似的，不动心不动气。

那个夜晚，月牙儿挑在空中。室内越来越暗，挂在墙上的军刀失去了光泽。在一片黑暗中，许大彪无意间抚摸着我肚皮上的伤疤，问我咋弄的。我说日本鬼子用烙铁烫的。许大彪说，小鬼子给你上刑，你都没软？我大声说，不就一个死吗，死了也不当亡国奴。许大彪观察着我，他在评估我的性格还是考验我的限度？我无话说了，眼神里是愤怒。战争对于女人，是多么容易的伤害！

许大彪的眼睛闪出凶光，他恨恨地说，狗日的，小鬼子，抗日，我想把他们撕烂了喂狗！对了，我冒昧问一句，那个打你强奸你的鬼子叫什么？

我痛苦地摇着头，只知道脖子上有疤痕的鬼子强奸了我。

许大彪若有所思地点了点头，眼神凶巴巴的。

我疑惑地问，你真要打鬼子？

许大彪斩钉截铁地说，打鬼子，替你报仇，替你讨还血债！

我顿时来了精神，我与许大彪有了共同的目标，可以齐心协力去办。我答应跟许大彪结婚，但是，我提了一个条件，让他教我打枪。他痛快地答应了。

许大彪每天教我打枪，黑五几个人却消失了几天。许大彪好像有什么事瞒着我。那天中午吃过饭，黑五回来了，低声说，彪哥，办妥啦，他叫渡边一郎。许大彪放下喝酒的大碗，往桌上一摔说，好啊，苍天有眼，善恶终有报啊！说完，他又将剩下的酒喝光了。

我愣着，不懂他们说的是什么。黑五走后，许大彪告诉我，强奸我的那个鬼子被抓来了。黑五他们在高阳日寇的据点蹲了五天，才把那个家伙抓来了。抓人小分队与伪军枪战，差点儿赔了夫人又折兵。好在黑五遵循着许大彪的部署，在关键环节反败为胜。我听着心惊肉跳，许大彪为了我和日本人打了一仗，他爱我，真的爱我。

鬼子渡边一郎被捆绑在树上，耷拉着脑袋。

许大彪递给我一杆长枪，说，你亲自复仇吧，愿他使你勇敢！

我哆哆嗦嗦举起枪，想到鬼子对我施暴的情景，眼睛红了，可是，我不敢开枪，我从没有杀过人。

我又把枪放下了，脸色苍白，呼吸急促，身体摇晃着险些晕倒。

许大彪眼睛灵活地转了转。他的确有智慧。他让黑五将我搀扶到石头屋里坐一坐，养养神。

山谷里起风了，风在山坡上打着呼哨。

我眯眼坐了半个钟头，心想许大彪怎样处置那个可恨的日本鬼子。我劝自己，别操心了，他得到报应，不仅仅是为自己，还是为那些被残害的姐妹报仇。我的心渐渐平复了，等我重新被人搀扶着来到靶场的时候，还是那棵树，树干上戳着一个稻草人，歪戴着草帽。

许大彪冷冷一笑，说杀鬼子是我们男人的事，你不是让我教你打枪吗？

我望了望许大彪，颤抖地接过了长枪。我端着长枪瞄准了稻草人，我的手不再颤抖，扣动扳机，砰的一声，子弹喷出去了。

稻草人的草帽飞了起来，稻草人扑通一声倒下了，流出一摊血。

山坡上刮起了一股旋风，鸟和树叶飞旋起来。

我看见有血从稻草人胸膛里喷出来，吃惊地想，稻草人怎么有血？我不顾一切地扑过去，发现我打死的是真人。稻草只是挂在表面上的。我几乎要崩溃，眼里的愤怒转为哀伤，我即刻就晕倒了。许大彪掐我的人中，高声呼喊着我的名字。我醒来的时候，身体躺在许大彪温暖的怀里，我依然惊恐万分，语调失常地喊，大彪，我杀人了，我杀人啦！

许大彪将我扶起来，让黑五掀开稻草，我看见一个穿日本军装的鬼子，脖子上有一道疤痕。

许大彪说，他就是强奸你的鬼子！高阳慰安所副所长渡边一郎。

我嗖地弹跳起来，仇恨的火又涌上脑袋。我拿出许大彪腰里的手枪，朝着渡边一郎的死尸连连开枪，尸体的胸膛炸开无数的血泡。

220

我大哭起来，终于等到这一天。

这一切太不真实，像是浮动在梦里的景象。

我第一次杀了人。杀人的当天就举办婚礼，这对我来说不可思议。其实，我明白这是许大彪送给我的最大礼物。山寨上的结婚仪式轰轰烈烈。许大彪分外欣喜，端着赠给我的那只白瓷大碗，坚定地说，我今天正式娶铃铛为妻，老子一辈子对她好，生是她的人，死是她的鬼！说完，一碗酒一饮而尽。他喝了三碗酒，醉烂如泥。白瓷大碗倒在桌子上。许大彪被人架入洞房的百鱼床上。我的脑袋碰了一下白瓷大碗，我爬起来，拿着大碗仔细看着，碗底雕刻的"盈"字让我分外喜欢。这个"盈"字吉利，尽管历经坎坷，我得到了一个真心爱我的人。

这个夜晚，我与许大彪终于睡在了一起。我和许大彪的脸忽明忽暗，我的心也跟着恍惚，侵蚀着大山的真实感，而代之以幻觉，我心想，这个男人是谁？又为何睡在了一起？

婚后第二天，我要给许大彪做一顿鱼丸子。

凡是鼻子灵的人都知道，我做的鱼丸好吃，鱼丸浓郁的香气会飞，从铁锅的汤汤水水里钻出来，随风飘散到空中，充斥每个角落。许大彪提着枪进来了，夫人，你做的鱼丸香啊！我得意地说，是吧！许大彪凑近我耳边说，但是，比不上胸脯那两点儿肉香啊！

我听了笑着捶许大彪，你个土匪，真坏！

许大彪嘿嘿地笑，男人不坏，女人不爱嘛！我发现你真的爱上我了。

我自信地说，话说反了，是你爱上我了。

许大彪用手捡了个滚烫的鱼丸，放在嘴里嚼着，鼓着两腮，把嘴里的肉末和唾沫喷到我脸上来说，铃铛，我的夫人，我见的女人多了，为啥你就这么撩我心啊？我摇头说，我不知道，你咋想的，你自己知道。许大彪大声说，这就是他妈的缘分，这就是爱情！我们已经结婚，下面的日子就靠你给我生几个孩子。没儿没女的，那叫露水夫妻，我们要做真夫妻。我想起许大彪在山寨上对我的好，感动得落泪，我一个结过婚的女人，能够把这个坏蛋征服纯属不易。许大彪继续说，我问你话呢，你铃铛是不是真心跟我过日子，就看你能不能为我生几个孩子！

他说话是为自己的目的试探我，却触到了我心底的痛处。我认真地说，你知道，我铃铛跟大抬杆开鱼丸店，过平平常常的日子，我们感情很好，可是，日本鬼子抓了我们。只要你打鬼子，不再抢穷人的东西，我就愿意跟你过，给你生一群孩子！我说完，眼里含了泪水。分担痛苦比分享欢乐更难忘。许大彪一把搂紧了我，我浑身仍在颤抖。我脸上掠过一阵红晕，轻轻地说，想结婚必须忍受女人的唠叨，你能忍受吗？

许大彪说，忍，为了你，我许大彪啥都能忍！

我扑哧一声笑了。

许大彪仰脸笑了，将我抱到了床上。我躺在百鱼床上，感觉回到了白洋淀，大淀的夜像水一样清，似乎有了浮力，将沉睡的人身体托起，使人像小船一样荡漾。大片浓稠如绿色的芦苇在风中悄然起伏。许大彪搂着我躺在百鱼床上，好像重新体验了爱情。许大彪这种疯狂，匪徒们都习惯了。要孩子那阵，我不让许大彪喝酒，只要他喝高了，我就不让他挨我身子。许大彪却满不在乎地说，你刚几天脑顶不顶高粱花子啦？臭讲究上了，酒后怀上，孩子酒量大，身子骨硬！我骂他，这是啥理论啊？许大彪哈哈笑道，龙生龙，凤生凤，我们的孩子会打洞！我恼怒地说，我可不愿生一个小土匪！许大彪脸色阴沉地说，如果老子是贼，儿子必定是贼，有什么办法呢？

老虎山上好长时间里没有新闻了，让我觉得日子过得没有意思。没多久，我每天早晨起来都呕吐，我还以为害了肠胃病，实际上是我怀上了第一个孩子。得到方贵仁大夫的确认后，许大彪高兴得疯了一样，紧紧抱起了我，然后派黑五到灵山镇父亲那里报喜。许河山算是承认我了，还派许二彪送来了两担礼物。我如释重负了，但是就担心生一个怪胎。我把衣服做肥了一些，但仍感觉到胸部和腹部按压不住地凸露出来，有时能感觉到小生命的跳动。我的思想很矛盾，整天整夜地焦心慌乱。如果没有大抬杆那段婚姻，这对于一个女人是多么新鲜、多么幸福的感觉。我竭力控制着自己的情绪，心情不好的时候，就用手轻抚我隆起的肚子。

鸡下头蛋都带血啊。我能够怀孕，生下第一个孩子，其实跟那只母狼有关。母狼对它孩子的爱，无与伦比。我说给许大彪一听，他说以后再也不打狼了。我对许大彪说女人生孩子有多难受，许大彪却大咧咧地说，娘个蛋的，有那么难吗？女人生孩子就像母鸡下蛋！我瞪了瞪他说，牛得你，你也下一个试试。我经过十月怀胎，孩子降生了。生孩子时难产，大出血，差点儿要了我的命。许大彪叫来了方贵仁，最终我们母子平安。

许大彪的蓝灯匪会做地雷，他们的地雷炸鬼子也炸好人。他给孩子起名叫许地雷。我不答应，说，你要把孩子当地雷炸了啊？最后折中，取名许雷雷。我第一眼看见雷雷，他有圆圆的鼻头、厚厚的嘴唇、短短的脖子，耳朵旁长着一个小肉赘，模样很像许大彪。许大彪就爱摸雷雷的肉赘，笑着说，跟我一样，还有一个拴马桩。开始的时候，雷雷饿得哭了，我也不愿喂奶。雷雷吃我第一口奶的时候，乳房是疼痛的，但痛感消失得很快，接着就出现一丝畅快。一畦萝卜一畦菜，自己生的自己爱，慢慢地，我也爱上雷雷了。许大彪做父亲了，每天都兴奋着，常常抱着孩子乱亲。雷雷喜欢鸟，他望着翘着绿色尾羽蹦来蹦去的鸟，晃着小手笑。

我感觉老虎山蓝灯匪的危机到了。

有一天，老虎山上来人了。

我在厨房里烧姜汤，听说国民党派来了特派员徐贵龙。下午四点左右，徐贵龙和十几个国民党兵上来。许大彪到山门隆重迎接，国民党兵向他敬了一个整齐的军礼。许大彪微笑着摆手，有些得意，像是抓到了救命稻草，脸上放着红光。他说老子这些年算是没白忙活，国民党都知道我们蓝灯匪。我感觉许大彪似乎还很得意，晚上招待了徐贵龙。

我生气了，没有参加晚宴。

许大彪把招待徐贵龙的晚宴搞得很隆重。院里点了篝火，人们围着篝火吃烤肉，还从北山金矿请来了一些姑娘，姑娘们插了满头野花唱歌跳舞，看上去喜气洋洋。

门楼的瓦槽里卧了一只黑猫。黑猫窜下来，把雷雷吓哭了，我抱着雷雷在穿堂里走动，饭堂里飘出了酒和肉的香味。他们喝了很久，好像有说不完的话。夜深了，我搂着雷雷先睡了，又被马蹄声惊醒。拉开窗帘，看见黑五带着一个姑娘上了山。许大彪醉醺醺地回来，说徐特派员要一个姑娘。

我想了想说，国民党抗日不假，但是，最终靠不住。

许大彪没吭声，闷闷不乐的脸上透出一层淡淡的阴影。

徐贵龙是一个敏锐的人，推测我不同意国民党的改编，非要见我，这也足见我在山寨上的地位已经稳固。他看见我，察言观色，立刻知道我是主张抗日的。说到抗日，徐贵龙把国民党打的几场战役说了说。他说得眉飞色舞，表现出极好的口才。他说到国民党的抗日英雄，我显露敬佩的神情，眼泪流了出来，也不去擦它，静静地挂在腮边。

我静静地听着，不说话，让徐贵龙发慌了。徐贵龙说，许夫人，你说话啊，你一定是爱国的女中豪杰，佩服，佩服！

我微微点点头，故意装深沉地说，谢谢徐特派员夸奖，不敢当，小女就是一个相夫教子的普通女子哩。

徐贵龙开始夸奖我的美貌，把我夸成了花，但我发现他的目光是鄙夷的。这样的目光，对我来说是一种伤害。我依旧不吭声，被男人甜言蜜语灌晕的女人是可怜的，而灌不晕的女人是可怕的。孩子哭了，我起身离去了。

徐贵龙眼睛很毒，看出我眼神里的不信任，继续转攻许大彪。他跟许大彪画饼说，蓝灯匪可以就地改编，国军会押运一些军火上来，有步枪、机枪、手榴弹和子弹。他又说，自从国民党退出保定，这一带现在没有大动作。他们按照蒋介石的指示，等日本人与共产党绞杀一阵，国军过来收复失地，许大彪的这个团就可以下山接管地方治安。

许大彪喝了酒，酒后容易表态，答应了徐贵龙。可是，天亮的时候，他觉得这是一个陷阱。哪个地方不牢靠呢？

第二天早上，许大彪对徐贵龙说，此事重大，容我再考虑考虑。

徐贵龙说，不着急的，好好想。

许大彪暗暗指了指我的房间，意思是夫人的意见十分重要。

徐贵龙从他的皮箱里掏出一份礼品，女人的旗袍。许大彪端着旗袍过来的时候，我倔强地说，退回去，我不要！

许大彪愣了愣，笑着说，夫人，人家一点儿心意，穿上试一试。

我一拧身，大声说，我不试。

许大彪一愣，问，夫人，我知道你佩服雁翎队，你的鱼丸店替他们搜集情报，请问你是共产党吗？

我直率地说，我不是，我没有资格入党。

许大彪愣了愣问，你既然不是共产党，为啥痛恨国民党呢？

我的眼睛慢慢红了，动情地说，我爹是共产党员，你没有我的经历。九一八事变之后，你知道国民党反动派都干了什么吗？国民党屠杀共产党人，镇压保定学生，欺压农民。我经历了砸盐店，看见了王学武带领革命队伍砸盐店的农民暴动，共产党救百姓，国民党害百姓。

许大彪在我耳边悄声说，国民党一直拉我入党。

我沉静地说，徐贵龙说要拉你入国民党的？

许大彪说，拉我跟弟兄加入他们的军队，给我一个连长。

我沉了脸，坚定地说，你要是敢，我就带雷雷离开你！

许大彪咬牙说，我真的做了呢？

我说，你会后悔的。

许大彪痛苦地摇头说，哪能呢，我许大彪只听夫人的。他说话的时候，有很多心事，脸都扭曲了。

一连几天，许大彪都唉声叹气，有时他左耳的肉赘会颤抖，他恼怒了，我不知道他会把恼怒发泄到谁的身上。

有时坏事会变成好事。我虽然不知道许大彪与徐贵龙密谋什么，但我觉得事情发展开始越出通常轨道了。我始终不明白，一开始他们之间谈话气氛温和，后来怎么发生了激烈的争吵的。我对许大彪说，我就说嘛，你以为徐贵龙来干什么好事，请神容易送神难！许大彪不吭声，搔了搔脑袋。

过了几天，许大彪突然拥抱了我，轻轻地说，我把徐贵龙杀了。我闻了闻他的身上，没有血腥味，摸了摸手，还是那样温暖，不像是刚刚杀过人的样子。于是，我轻轻地问，你真把徐贵龙给杀死了？许大彪没有正面回答，用力抱了我一下，用力很大，搂得我龇了龇牙。他不用解释，我就相信他真把徐贵龙杀了。

我有些吃惊，喃喃地问，大彪，你可以放人走，为啥要杀人呢？

许大彪轻轻地说，他偷听我们说话，摸清你和雁翎队的关系了。他回去了，我们就真的完蛋啦！

我吸了一口冷气，如果不杀他，我真的很危险。我暗暗欣喜，也佩服许大彪的魄力，但是，我内心感到杀人的恐惧，替许大彪捏一把汗。国民党的特派员死了，他们能饶了许大彪吗？国民党兵强马壮，上山剿匪是必然的。许大彪似乎毫不在乎，他说我惊惧的表情使我更美丽了。蓝灯匪被剿灭了，我可以回白洋淀雁翎队，可是，许大彪的队伍太可惜了，他们完全可以打鬼子啊。

灯光也像昏了头似的，迷糊晕眩。

那天方贵仁上山送药，恰巧山下来人送来鱼和肉，我想给方贵仁做一顿鱼丸子。方贵仁要看我怎样做鱼丸，就佝偻着腰跟进厨房。可是，鱼臭了，山上真放不了鲜鱼，恶臭在厨房里四处弥漫。我用绸巾捂住了鼻子，听见方贵仁作呕的声音，呃呃呃，然后缩起了脖子。我憋着气说，快来人，弄出去！黑五慢慢走到臭鱼跟前，麻溜地把鱼拎出去了。我无奈地给方贵仁做了肉丸子。黑五走后，我们边吃边把老虎山上的危机说了。我让方贵仁把情况传递给水上飞和大抬杆，让雁翎队派人来，把许大彪的队伍收编得了。方贵仁明白了，来得快走得也快，消息很快带到雁翎队去了。

许大彪提了一包大烟土回来，我只知道蓝灯匪抢劫粮食、牲畜、布匹和银圆，没想到还劫持到了大烟土。我不让许大彪吸大烟，许大彪说他不吸，只是给伤员止痛用。我放下心，给灯中添油。灯碗深，一罐油都倒了进去，灯芯的光焰忽然大了许多，映照着我们的脸。许大彪清点完大烟土，装进一个木头柜子里，抬头望着我说，夫人，你今天怎么了？有话说吗？我对许大彪说，大彪，我们回白洋淀吧。我们跟雁翎队打鬼子！许大彪火了，愤愤地骂，你他娘的是猪啊？再说这个我剁了你！我噘起了嘴巴，赌气说，我就是猪，我猪狗不如，你快剁了我吧！许大彪嘿嘿笑了，夫人，不要害怕，我只是跟你开个玩笑。我们蓝灯匪抢遍了白洋淀，老百姓还不剁了我？我平静地说，哪儿能呢？我们白洋淀人宽容、慈悲。许大彪哈哈笑了。我没再搭话，油灯一旁的三根香已经燃到梗子上了。

第 二 十 章

这年冬天腊月，北风凛冽。

鸡叫头遍，我早晨一睁眼，就听见山下炮响，一阵紧似一阵。我问许大彪，下一步到底咋办？许大彪对我说，今天是你期盼的日子。我惊讶地说，我期盼啥？许大彪说，今天水上飞、大抬杆奉命来我们老虎山。我明知故问，干啥来啦？许大彪说，谈判，雁翎队要收编我们。夫人，你想见他们吗？他说着话，细细观察我的表情。我的心怦然一响，没有吭声，担心这家伙多心，我淡淡地说，你们谈吧，见不见听你的！许大彪满意地点点头。其实，我的心急得不行，双手在暗暗地抖，我对他们的到来既期待又恐慌。

山寨的大门吱扭一声开了，大抬杆和水上飞走进来了，他们戴着皮帽子，嘴里喷着哈气。我终于看见大抬杆高大的身影了，他的背更加驼了，一哈腰进了院子。他们是雁翎队派来与许大彪谈判的。显然，方贵仁把口信带给了水上飞。黑五禀报了，许大彪让他们在议事厅等候。议事厅燃烧着炭火，冻不着他们。水上飞在等待许大彪时，脚被冻僵了，脱了袜子搓了一阵脚，大抬杆熏得直捂鼻子。许大彪进来了，黑了脸说，赶紧穿上袜子，好熏人啊。水上飞麻溜地穿好袜子。我早就偷偷溜了出来，躲在窗前偷听，我腰疼，实在是弯不下去了。

茶水用炭火煮开了，咕嘟嘟冒着水泡。黑五给他们沏茶端茶。大抬杆说，这是铃铛她娘给她带来的鱼干，铃铛她人呢？许大彪倔倔地说，放下吧，铃铛不想见你们，我们直接谈正事吧！水上飞喝了一口茶，本来是说蓝灯匪收编到雁翎队的事，大抬杆一插嘴，话题转到我身上去了。大抬杆说，许大彪，天下黄花闺女有的是，你又不缺美女，铃铛是我媳妇，你就把她当个屁放了，成人之美得了。许大彪恼怒了，一拍桌子，你他娘的还说这个，有意思吗？铃铛都给我生儿子啦！大抬杆知道我已经与许大彪结婚，还生了孩子，他往地上一蹲，伤心无比地望着脚面发呆。水上飞也沉默了半天。水上飞可能感冒了，口齿不清，声音沙哑着说，铃铛真的变心了？她真心想留在老虎山跟你过日子了？大抬杆尴尬而痛苦，但他还是不死心，大声说，不会的，铃铛不是那样的人。我要当面问她，她一定是有难言的苦衷。水上飞皱着眉问许大彪，难道是你许大彪威胁她啦？许大彪说，老子明人不说暗话，铃铛和我感情好着哩！你们说人话，就留你们，再说铃铛，赶紧给我滚蛋！大抬杆突然拉住水上飞的手，说，赶紧说正事吧！水上飞说，许大彪，曲阳县委反馈的消息，说你们蓝灯匪变化不小，山上的蓝灯笼换上了红灯笼，出来作恶少了，听说你们还杀了国民党的一个特派员，还说，你当着铃铛的面发誓，以后打日本鬼子。许大彪愣了愣，眨眨眼睛说，你们咋这么门儿清啊？是不是铃铛与你们里应外合啊？大抬杆沮丧地说，铃铛是你的人，她对你死心塌地啦，我们的消息来自党组织。许大彪疑惑地说，你说的党组织，指的雁翎队吗？水上飞说，那是，我们队长说了，你带蓝灯匪过去，我们联手抗日，给你一个副队长，从前的恩怨一笔勾销！许大彪竟然破口大骂，滚吧，老子当土匪也不会参加你们雁翎队！老子要出山就当八路军！他还骂了不少难听的话。

  许大彪下了逐客令，大抬杆和水上飞就走出来了。大抬杆一步三回头，他在寻找我的影子。他支吾说，许大彪，按理说，我们也是亲戚了，大老远来了，你也得让我们看看铃铛和大侄子啊！

许大彪把手中的笔夹在耳朵上,说,看啥看,走吧走吧,看到眼里你就出不来啦!你跟二霞结婚没有啊?大抬杆说没有。

许大彪哈哈一笑说,等啥呢?赶紧结婚啊,也生个大儿子。我们就是连襟啦!

大抬杆瓮声瓮气地说,呸,谁跟你土匪当连襟啊!

许大彪一下子火了,说,给你脸了,你倒神气起来了,别他妈不识相啊!

水上飞扭头说,许大彪,你小子心眼忒他妈小。冰天雪地的,我们大老远地来了,还给铃铛带来了鱼干,你愣是不让我们见一面。

大抬杆说,我还饿着肚子呢,让铃铛给我们做一顿饭吃啊。

许大彪掏出银圆说,给你们盘缠,自己下山到客栈吃去。

大抬杆摇头说,老子不要你的臭钱,我可知道你这种人,强盗,整个山寨就是个贼窝,尽是贼。

许大彪双眼冒出怒火,嗖地拔出手枪,顶在大抬杆脑袋上,骂道,你这大抬杆,老子一枪崩了你!

大抬杆镇静地说,你有种开枪啊,我都这样了,有啥好怕你的?我丢了铃铛,我有什么活路?死有啥怕的?可是你呢,你就等着吧,会有报应的时候!

许大彪眼睛红了,他最爱冲动。我的心马上提到了嗓子眼。

水上飞上前两步,抬手拉开了许大彪,说,算了,算了,你许大彪得了媳妇得了儿子,你是最大的赢家,让人家发两句牢骚咋啦?

许大彪双手软了,收回了手枪。

大抬杆胆子小,却不怕许大彪威吓。令我惊诧的是,大抬杆一抡胳膊,竟然将许大彪的枪打掉在地。

黑五和匪徒冲了上来,抓住大抬杆的衣领。许大彪冷静下来,朝黑五摆了摆手,黑五就松开了。

水上飞拉了大抬杆一把，二人悻悻地走了。

这一切，我隔着窗户都看见了，我不无怜悯地望着可怜的大抬杆。那一刹那间，我真想冲出去解救他。大抬杆他们消失了，风一吹，门关上了，我的目光也拐弯了。只是记得大抬杆他俩穿着皮靴子，走起路来咯吱咯吱地响。许大彪够狠的，不让我与他们见面，这让我耿耿于怀。

送走了大抬杆和水上飞，许大彪回到房间，用轻蔑随便的语调说，夫人，你隔着玻璃窗看见大抬杆了吧，你当年爱上的是啥人啊？瞧他那副丑模样，长脖刀螂似的。

我怒了，大声说，不，你不能这样侮辱他。他是王家人，王家老少个个是英雄。我跟你说过王学武吧？

许大彪恼火地吼，王学武，王学武，我耳朵都听出茧子来啦！

我瞪了许大彪一眼，你看看你这狗脾气，跟死人吃啥醋啊？许大彪垂下脑袋无语了。他无论怎样愤慨，也抵挡不住我那明亮的眼睛。

雷雷在床上吓哭了。

许大彪多疑，但他确认我跟他们没有联络，又笑了，笑声里，凝滞的空气有了一点儿松动。

许大彪不吭声了，两条腿荡来荡去。

我们的话题离开了大抬杆。其实，眼下跟许大彪生这种气，显然是不明智的。想明白了，我的态度就温和了，许大彪也开心起来。

许大彪非要去看望我母亲和二霞。一个黑夜，我和许大彪带着黑五偷偷回到圈头村。

我们摸到家门，敲门不开。许大彪有点儿身手，自己先蹿上高墙，又把我拽上去。他从墙头上往下一跳，又把裤裆绷扯了。我拉开枣木门闩，黑五抱着东西进了院子。与我想象得差不多，家里情景凄凉。小油灯快没有油了，发出惨淡的光亮。灶屋由于常年烟熏火燎，四壁黑黑的，像趴着一片黑鱼鹰。母亲老了，眼窝深陷，头发花白，精神萎靡。

我给母亲跪下叩了三个头，喉咙一热喊了声，娘，铃铛和丈夫许大彪看您来了。母亲一动不动。许大彪让黑五将山珍和羊肉放下，黑五悄悄出去了。母亲瞅见许大彪，气得险些背过气去，绝望地哽咽说，我的命咋这么苦啊？这俩孩子，一个当汉奸，一个嫁给土匪。家门不幸啊，你们的事，别跟我说啦，到坟地跟你爹说去。我固执地说，娘，我就要跟您说说我的苦，我没有错啊！

母亲终于开口了，没有错，为啥不敢白天进村？

我说，曲阳到新水路途不近，我们夜里进来，让您有个思想准备，明天我和大彪还想拜一拜祠堂！

母亲冷冷地说，拜祠堂，没门儿！

我急眼了，娘，我知道您从小就看不上我，爹没了，我就您一个长辈了，您听我把话说完好吗？

母亲声嘶力竭地吼一句，滚，你爹宠你，跟你爹说去！

许大彪吓了一跳，轻声说，娘，您生气，我们理解，铃铛真的很想您，您听她说完，我们再滚，好吗？

母亲继续吼，别喊我娘，我有当汉奸的儿子，可是没有当土匪的姑爷！

话赶话顶到这份儿上，一点儿回旋的余地都没有。好在二霞连夜回来了，她的到来打破了僵局。我们不再跪着，纷纷坐了起来。可是，二霞也像打量怪物一样打量我们。

二霞脸上硬硬的，有一层青色。她告诉我，大抬杆从曲阳老虎山回来，与她一起经营鱼丸店，继续给雁翎队收集情报。郑旭刚队长劝大抬杆认清现实，既然铃铛已经与许大彪成亲，还有了孩子，他与她就不用再假扮夫妻，组织批准他们可以成亲了。大抬杆沉默了很久，还是摇头拒绝。唉，别看大抬杆没啥文化，胆小怕事，可对我却非常专一！水上飞劝了半天，还是没有说通。大抬杆过不去我这道坎儿，不是我妹妹二霞不好，而是他心里放不下我。他与二霞假扮夫妻，吃住一起，却从来没有动二霞一个指头。二霞偷偷抹眼泪，他知道姐夫心中还有姐姐。我心里默默叹息，大抬杆跟许大彪的死结一辈子解不开了。二霞说，他是一根筋，心里丢不下你，你还是回来吧！你不回来，我以后不认你这姐了。

二霞临走留下一句绝情的话，姐，你觉得自己所受的委屈，值得吗？你好好想一想，自己到底为啥活着？

我和许大彪夜里去了父亲的墓地。这是我们邢家的祖坟。风像死了一样，停止了喘息。我跪在父亲的坟前哭泣着说，爹，我想你了。我嫁给许大彪，最初是为了救十几个姐妹，包括水上飞的媳妇翠花。爹，我知道，我在家里是最不听话的孩子，你和娘心中偏爱大鹰和二霞。我从小就受气，越是受气我越是叛逆。小时候，我没有得到爱，我要倾尽一生寻找爱。我跟大抬杆是真爱，如今跟许大彪也是真爱，其中的原因是我水性杨花吗？没有啊，我难道没有爱的权利吗？爹，我真是无辜的啊！一开始许大彪家里不认我，现在咱邢家也不认我，我真的要成孤魂野鬼了。爹，我身上流淌着您的血，我内心没有堕落。我一没偷二没抢，在我的劝说下，连许大彪的蓝灯匪也不抢劫了，我一直劝说许大彪拉起队伍抗日，我错了吗？我错在哪里了？他们为什么对我这么冷漠？爹啊，我被日寇抓了，是大鹰出卖了我，日本人拿烙铁烫我，我不怕疼，但是，我的精神崩溃了。大鹰为了讨好日寇升官，竟然把我出卖送到高阳慰安所，邢大鹰还是我们邢家人吗？他身上也流淌着您的血啊！我想不通啊，我几次想死了算了，如果您答应了，我就死在您的墓地前，天天伺候您吧。

许大彪也陪我跪着，听着我哭诉，他浑身颤抖着。

我掏出了一沓烧纸，点燃了，连连磕头说，爹，许大彪抢劫过我们圈头村，那是过去，他现在变成好人了，我就是他从日寇手里救出来的。人就不能有错吗？爹，您放心，我们会做出给邢家人长脸的事的。爹，我有了丈夫有了孩子，既然家里都不认我，以后我不会再来圈头了。让不孝女儿铃铛给您烧最后一次纸钱吧，天冷，您在那边买点儿寒衣。爹，永别了，如果您想我，就托个梦给我。

许大彪捂着脑袋，呜呜地哭了。

我和许大彪在坟地沉默无言，对坐了一夜。

天亮的时候，我冻得瑟瑟发抖，许大彪把我搂在怀里，连连说，夫人，对不起，让你吃苦了。

我想通了，生命就是不断地受伤，不断地复原。我还不到死的时候，白洋淀是华北平原的最洼地，我要回曲阳老虎山，那是太行山，是我生命的高地。我望着许大彪平静地说，我们回去吧，雷雷该吃奶了。许大彪一愣说，我让黑五联系祠堂呢，明天拜了祠堂就走。我心中一疼，倔倔地说，我们走吧，不进祠堂了，进去也是辱没先人。许大彪叹了口气，说，夫人，我许大彪可以回家继承我爹的财产，舒舒服服当我的地主，你来当地主婆。对于你抗日的劝说，我一直拿不定主意。不过，这次我从白洋淀回来，看见娘，看见二霞，我许大彪明媒正娶得到了你，你还是得不到名分。我感觉你挺在乎家人的。娘不认你，邢家家族不让你进祠堂，觉得你跟一个土匪，那是光着屁股打转儿，转着圈儿丢人。夫人，对不起，是我连累了你。我明白了一个道理，夫贵妻荣，我必须替夫人挽回脸面。

我愣了愣，你咋替我挽回脸面？许大彪将牙齿咬得吱吱响，说，抗日，打鬼子，把我们丢了的脸面补回来！为你报仇！为日寇残害的老百姓报仇！我投去赞许的目光，紧紧抱住了许大彪，眼泪哗哗地流。许大彪擦着我眼里的泪水说，夫人，我杀了国民党特派员，就是告诉你，不给自己留退路。我堵死了那条路。老子拉着弟兄们抗日，也得找个好靠山！我从他怀里挣脱出来，果断地说，靠山？靠山山倒，靠人人散，我虽然不是中共党员,但我爹是党员。我跟着爹接触过无数的共产党人,共产党八路军就是你真正的靠山!许大彪扭歪着脸,大声说,夫人,你终于承认你是雁翎队的人了。你说对了,我算看透了,国民党抗日是挂羊头卖狗肉,我正跟共产党部队接头,具体的条件还在谈,他们的人很快就上山了。我分外高兴,扑进他的怀里问,你怎么想通的?给我解释解释。

许大彪说,我的人生是不需要解释的!

我把头靠在他肩上,闭上了眼睛。我不敢看他的脸,怕碰上多疑的眼睛。

第 二 十 一 章

　　这次回到白洋淀，我无比悲伤沮丧。许大彪也受到了刺激，他爱我，一定会在乎我的感受，进而思考众弟兄的未来。后来我才知道，水上飞和大抬杆无功而返，十分沮丧，沉着脸像奔丧。第二天，水上飞跟郑旭刚队长汇报，郑旭刚通过新水县委与曲阳县委取得了联系，曲阳县委马上派许河山家看家护院的赵猛上了老虎山。赵猛是潜伏在许家的情报员，也是许河山的亲戚，跟许河山在保定镖局干过。赵猛认为，许大彪反感大抬杆，但是他不蔑视雁翎队，不如顺坡下驴，直接让许大彪编入晋察冀边区八路军的部队，只要他抗日，在哪里都是打鬼子。赵猛上山之前，与萧克部队的刘团长见了面，谈妥后，赵猛连夜上山。他是许河山的管家，许大彪没有防备。赵猛带人吵吵嚷嚷进来时，许大彪皱了皱眉头，站起来迎了出去。没有雁翎队插手，许大彪心情放松一些，会谈的时间不短，但是气氛轻松，夹杂着释然化疑的笑声。谈完后，许大彪来见我，他整了整自己的头发，用皮衣袖子遮住的手捂住嘴咳嗽了一声。

　　我担心地问，怎么样？谈妥了吗？

　　许大彪说，全谈妥了，我们一不做二不休，日寇逼上来了，先打一场伏击战，让八路军看看我许大彪的蓝灯匪也不是吃素的！

　　我精神了许多，眼睛有了光。

第二天上午，我见到了赵猛，赵猛不仅带来了日伪袭击老虎山的情报，还带来了我弟弟邢大鹰的情报。刑大鹰的情报来得蹊跷，是一个新水城的伪军送来的，说是邢大鹰的朋友，送这个情报就是为了保护山上的姐姐邢铃铛。这人说完，就风一样地消失了。

赵猛见到我有话要说，但是欲言又止。

我惊奇地盯着赵猛的眼睛说，有话就说，有屁就放！

赵猛不断地揉鼻子，叹息了一声说，铃铛，还是跟你说了吧，你弟弟邢大鹰出事了。我的脸白得像骨头，心悬了起来，转而是一阵疼。原来邢大鹰也遭了难，日寇一个军官强奸了他的媳妇白鹅，白鹅上吊自尽了，白鹅肚里还有他的孩子啊。白鹅的死让邢大鹰猛醒，他开始救赎自己，常常帮助我们这边干事。这一消息让我感到欣慰。邢大鹰应该带着伪军起义战死沙场。后来，邢大鹰被日军抛弃，伪军边缘化，他是通过张麻子打听到我的消息。我还听说，邢大鹰杀了强奸白鹅的日本鬼子，还顺便宰了张麻子。

张麻子终于有了报应！大鹰身上有一股燕赵侠风，可惜醒悟得太晚太晚了。

邢大鹰回到王家寨镇龙寺，带上寄养在那里的焦花花出家了。这个结局让我欣慰，他作恶多端，应该去寺庙赎罪。我问赵猛，他去了哪一家寺庙呢？赵猛摇摇头，这个没有问。许大彪拍着脑袋说，他就是我小舅子啊，上山来一起打鬼子多好，出哪门的家啊？我没有说话，神色变得冷肃。

夜里我从梦中哭醒过来，眼泪顺着眼角的皱纹淌了下来。我不明白自己是为谁而哭。

早晨醒来，我有生以来第一次这么疲乏，只想躺着不动，永远面对着恐怖的梦。可是，我们正准备迎战日伪军。赵猛已在山上安顿下来，他是一个机灵快活的人，给人天然的信赖和诚恳。他潜伏在许大彪老父亲家里当管家，跟许大彪太熟悉了，相互逗闷子，亲热极了。他不知道凭什么博得了我们的信任，无拘无束地聊这聊那，我经常听见许大彪爽朗的笑声。

我们从赵猛嘴里得知，高阳的日寇与曲阳的日寇联系，调查到高阳慰安所被雁翎队袭击不是真相，雁翎队只有大抬杆、水上飞等三个战士，许大彪的蓝灯匪才是主力，这以灯笼误引日寇火力为证。日本人知道我当了压寨夫人。高阳和曲阳的日伪军做梦都想"扫荡"老虎山，活捉许大彪。赵猛得到情报，敌人要有动作，就报告了曲阳县委，将计就计，通知在曲阳打游击的八路军萧克部队。此时萧克部队正在曲阳山上伏击日伪军，他们也已得到上级指示，在日伪军上山袭击许大彪时，找好有利地形打埋伏，一举两得，既消灭了敌人，又考验了许大彪投身八路军的决心。

日寇和伪军夜里偷袭，许大彪和八路军联手打埋伏。冬天在山上打仗极为困难，不仅没有掩体，还要忍受寒冷和下雪的困扰。许大彪打仗是有办法的，他出了一个主意，半山坡有一块沙土地带，可以在敌人到来前，在那里挖好战壕。

听说要打鬼子了，我浑身的血就热乎乎的。我不能在山寨静等，我也要参加战斗。许大彪不让我拿枪参战，但是，参加挖战壕的工作，他还是默许了。这起码也是个姿态，我这位压寨夫人都上前线了，这既鼓舞大伙的士气，又给许大彪带来讨价还价的筹码。

赵猛带领的八路军给足了许大彪面子，老虎山伏击战完全由他指挥，连八路军的一个连也听他召唤。大家挖战壕的同时，还掏了一个山洞。原有山洞体积太小，得进行规模改造。一进山洞，我惊讶了，老虎山的山洞里，钟乳石、石笋、石幔、石花依傍着巨大的石柱，千奇百怪，让我目不暇接。许大彪好大喜功，山洞挖得大，战壕挖得深，我走在战壕里只能看见一线蓝色天空。许大彪走进战壕试了试，已经没了他的头,他终于点点头说,可以啦!赵猛也笔管条直地立正,抬手过来比画一下,微微一笑。我们不知许大彪和赵猛的葫芦里卖的什么药。黑五龇着牙说,彪哥,这不是扯淡吗?战壕这么深,只能抬头望天,咋打鬼子啊?他说出了所有人的疑惑。

所有的目光都集中在许大彪脸上。

许大彪瞪了瞪黑五说,问题问得好,只是以后不能再叫我彪哥,叫许连长,记住啦?

黑五立正说,明白,许连长。

许大彪说,我说了你们也弄不明白,看实战演练吧!

许大彪与赵猛对望了一眼,挥了挥手,一群八路军战士冲了进来,每人一手提枪一手提一个小板凳。板凳摆放在战壕里,战士们蹬上板凳,正好把枪平放在土坡上向外瞄准,人只能露出半个脑袋。我听许大彪说,他让人伐了几棵大树,严格说是枯树,大彪对树木有感情,从来不破坏树木。他找来做百鱼床的木匠昼夜加工板凳,密密麻麻的一片。我还是不解,站在板凳上打仗,这不是脱了裤子放屁——多此一举吗?我担心许大彪逞能,悄悄对赵猛说,你是指导员,许大彪还是土匪的底子,你不能宠惯他。

第二天傍晚,邢大鹰的情报很准,日寇和伪军已经黑压压地聚到了山下。汽车只能开到山腰,敌人纷纷跳下汽车。许大彪指挥土匪和八路军都进入山洞。在山洞里,我们吃烤土豆。我吃着土豆,糊得满嘴都是。天渐渐黑了,黄色的信号弹像美丽的火花一样腾空而起,我们的战壕淹没在炮火中。炮火轰击炸开了缺口,赵猛说敌人还是常规打法,炮火开道,然后向阵地冲锋。炮火猛烈,雨点儿似的落在阵地,说明伏击战打响了。第一轮炮火过去,日本山田小队长挥舞战刀喊了一声,日伪军端着枪冲锋开始了。随后人声四起,杀声震耳,硝烟弥漫了整个天空,鬼子冲向阵地。许大彪挥了挥手说,进入阵地!我们每人带着板凳弯腰进入战壕。

许大彪一个不留神，我也端着枪冲出去了。

敌人越来越近，我们开始向鬼子和伪军射击。我像个战士，将枪口对准敌人狠狠地打了出去，敌人中弹倒下了。

日寇打仗顽强，很快就接近了战壕。许大彪轻轻地喊，传我指令，带上板凳撤进山洞待命。我们带着板凳弯腰撤出战壕。伪军在前，日军在后，前后相继冲了上来，纷纷进入阵地，准备迎接我们的反扑。可是，他们没有等来反扑，却发现自己掉进了深坑里。敌人顿时乱了阵脚，呜里哇啦地乱叫。

敌人以为占领了我们的战壕，马上就欢呼胜利了，却又从惊喜中醒悟过来，战壕这么深，探着脖子却不知道往哪里打枪。他们挨了轰炸，还见不到对手，甚至没有一具对手的尸体。鬼子和伪军只能对着天上的飞鸟射击，鸟落地一片，残酷的战场变成了滑稽的猪场。

黑五朝战壕扔了两颗手榴弹，爆炸声传出很远。

鼓号声轰然作响，许大彪带人冲出去了，拿枪对着战壕里的敌人喊，缴枪不杀！战壕里的鬼子和伪军吓得浑身哆嗦，纷纷把枪扔出来，乖乖举起双手。我也端着枪冲出山洞，发现日本鬼子个子矮，举手时平视只见双手不见脑袋。我扑哧一声笑了。

许大彪担心我出事，让我提前回山寨了。我走的时候看了一眼空旷的山谷，枪声零零落落消失在远方。我亲历了第一场战斗，听说之后的敌人是分批进攻的，又来了个大戏重演。敌人死伤不多，基本都被活捉了，寒风里蹲着黑压压的俘虏。我方牺牲二人，受伤八人，没有耗费多少弹药，大战告捷。日伪军对自己的惨败，始终是丈二和尚摸不着头脑，他们不明白这是一个怎样的陷阱。赵猛和许大彪商量，不要张扬出去，说不定以后还用得着这绝招。后来我听说，八路军的萧克司令表扬了许大彪。萧克的部队没有直接收编蓝灯匪，而是让许大彪到阜平城南庄投奔聂荣臻司令。这是我和许大彪都满意的结局。我们知道，1937年冬天，聂荣臻司令就率晋察冀军区从五台山转移至阜平县，建立了晋察冀边区政府。阜平一个有九万人口的小县，就有两万人参军抗击日寇。赵猛上山通知，日寇在老虎山吃了败仗，近期不敢上山"扫荡"。上级让大家在老虎山过冬修整，伤员养伤，等明年立春以后再战。

一切都顺理成章，秉承天意。

早春了，太行山还是冰冷的。春雪滋润绵密，落下来就被山风吹走了。风吹动着大树，树根树梢已经发了绿芽。整体搬迁开始了，只有许大彪换上了八路军军官服装，大批服装还没有运来，战士们还没有换装。许大彪穿上军装，脸上红光闪闪，精神抖擞，说话走路的姿势都变了。所有的艰难和不顺都换来他的另一种荣耀和满足。他们把平时抢来的东西放在马车上，比如衣物、粮食、皮货和金银首饰等，另有一些暂时带不走的东西放在山上，以备随时来取。为了防止野兽上来偷袭，许大彪让黑五钉上木板封存起来。

上级命令，赵猛身份已经公开，不能再在灵山镇潜伏，他也要随部队走了，他被任命为许大彪连队的指导员。赵猛看出许大彪的用意，他留着老虎山的老窝，如果在八路军那儿待不下去，还回来占山当王。赵猛摇头说，这不行，所有东西都带上，房子也要烧掉。许大彪心疼地说，这太可惜了吧，赵猛说，我们是革命队伍了，一切听共产党指挥，开弓没有回头箭，不能给自己留后路！许大彪迟疑了一下，这是弟兄们一砖一瓦建起来的，一把火烧了，实在可惜啊！赵猛说，我们共产党人要有这种魄力，打碎一个旧世界，建立一个新世界！许大彪不相信赵猛会说出这样的话，看他简直判若两人。赵猛又说，前进，除了胜利我们无路可走！许大彪心疼这山寨的房舍，梗着脖子不服，左耳朵上的肉赘颤抖，我知道这是许大彪生闷气的标志。这时候谁要惹他，他啥事都干得出来。我不耐烦地说，你就别磨叽了，一切听赵猛的吧！许大彪倔强地说，不拆，我谁的也不听！我铁了心说，你不拆，我亲自放一把火点啦！

许大彪不说话了，耳朵上的肉赘不抖了。

赵猛高兴地说，嫂子，你真行啊！

我嘿嘿笑道，我知道他吃啥饭，拉啥屎。话糙理不糙啊！

许大彪同意后，赵猛赶紧把战士们召集到议事厅，大家开始议事。我却坐在那里睡着了，夜里喂孩子实在太累了。我迷迷糊糊中听到，赵猛做了简短有力的讲话，主要是宣布八路军的纪律。

我们把山寨所有东西带出来，集体出发了。

下山的路不好走，走到半山腰回头看，山寨被熊熊大火覆盖了。

许大彪扭头望了一眼，胸中涌起了惜别的忧伤。他俯身马背，泪流满面，哽咽不止，好半天没有说出一句话来。

我坐在有棚子的马车上，怀里抱着雷雷。雷雷睡了，脑袋靠在我身上。许大彪送给我的白瓷大碗就在身边包裹里，还有他给我的枣红马由黑五替我骑着。许大彪一哭，吓醒了雷雷，雷雷也很配合他父亲，哇地哭了。

许大彪飞身下马，站在弯弯的山道上，望着熊熊大火，思绪乱麻一样纷扰。我懂他的心，从今往后再也见不到老虎山蓝灯匪的山寨了，他精神的一根支柱被抽掉，他感到一种说不出来的痛苦和留恋。过了一阵，许大彪抹了抹眼睛，朝着山寨磕了几个响头。

战士们跌跌撞撞地下了车，纷纷拜伏到地上了。

许大彪和赵猛带领部队开拔，前往阜平城南庄。曲阳、易县、唐县大多是祖祖辈辈留下的山道，上大坡，下大岭，蹚河槽，队伍行走缓慢，战士们的衣服被树枝和石头刮烂了。

进了唐县的大山，我听见一阵马蹄声，前面探路的人报告，前边有鬼子哨所，只能改道而行。许大彪举着望远镜看了看，老虎山还有一个出口，那不是悬崖峭壁，而是一条溪流冲出的沟壑，沿着沟壑就能够突围出去。那里鬼子进不来，但是要多走五十里的山路。路上颠颠簸簸，我呕吐不止，雷雷却一直睡着。我贪婪地呼吸着树林里的各种气味，越往谷底走，杨树越来越密，风越来越小，只有低垂的柳树被吹弯了腰。但是，树林里传出忧郁的风声，把远处零零星星的射击声淹没了。天慢慢黑了下来，下起了雨，水路泥泞，我们踩着泥泞侥幸突围着。

走了三天三夜，我昏昏沉沉地睡着，春风拂面的时候，我缓缓清醒，终于走到了阜平城南庄。许大彪大声说，弟兄们，城南庄到了！众人一片欢呼。边区首长组织了一场隆重的欢迎仪式，噼里啪啦放了一阵鞭炮，战士们列队欢迎。

但看清了大家的装扮，边区的首长愣了，这是什么队伍啊？除了许大彪和政委，战士们几乎都是破衣烂衫，甚至衣不遮体，袖子和后背快撕成条了，有的人脸上也是伤痕累累。

一位个头不高的首长紧紧握住许大彪的手说，许大彪同志，你们受苦了！

许大彪颤抖着嘴唇说，我们不辛苦。

首长说，聂荣臻司令在开会，他让我转达，边区政府和人民欢迎你们啊！

许大彪强忍着热泪，郑重地敬礼，谢谢首长，谢谢首长！

首长让八路军带着我们洗澡、换衣裳。我和雷雷沾了许大彪的光，被安排在胭脂河畔的一座农家小院。小院青藤覆盖，清雅的轮廓清晰可辨。

我的欣喜之情难以言说，就像革命人到了延安一样。不远处，我看见了淙淙流淌的胭脂河，渴了，我掏出白瓷大碗跳下车，盛一碗清凌凌的河水，咕咚咕咚喝个够，这水真甜啊！许大彪当了连长，我当了八路军战士，被编入晋察冀边区四十二团三营七连，入编的时间是 1944 年 3

月8日下午三点整。

几天以后,聂荣臻司令会见了许大彪、赵猛和我。那样激动人心的场面让我热泪盈眶。见面会很快结束了。有一位领导送我们出来,他扭头问我,你就是铃铛同志吧,听说你是雁翎队队员,许大彪同志从老虎山投奔八路军,你立下汗马功劳。我受宠若惊地频频点头说,我是铃铛,学名邢桂芹,首长过奖了,我恨日本人,我和爱人都想打鬼子!首长欣慰地笑了。

许大彪疼爱孩子,他说战争让女人和孩子走开,反对我参加八路军,只是想让我当一名随军家属。我懂他那点儿心思,他是怕雷雷受了委屈。我说我就是要参加八路军。许大彪甜言蜜语劝说,夫人,你想打鬼子,我懂,那也得雷雷大一点儿啊。我就知道他惦念雷雷。其实,孩子的事我有安排,雷雷可以暂时在阜平的老百姓家寄养。许大彪无语了,最后说,让我再考虑考虑。我笑了,这家伙说话口气都变了。他参加了八路军,简直变了一个人。他上了业余识字班,精神焕发,像那头枣红马一样膘肥体壮。可是,日寇的大"扫荡"又开始了。这一个偶然选择,揭开我和许大彪奇异的人生序幕。

许大彪所属的萧克部队留守太行山迎击日寇。出于作战需要,大部队需要转移,我带着孩子留在城南庄。听说鬼子即将"扫荡"城南庄,我们有被鬼子"扫荡"合围的危险,那样灾难将是毁灭性的,所以组织交给我一个特殊任务——带着八路军的孩子们到白洋淀隐蔽一阵。晋察冀边区的介绍信写着,我们派八路军战士邢桂芹具体接洽。

八路军战略转移太行山涉县,有一百二十个孩子无法带走,其中五十六个在哺乳期。对于孩子们的安置问题,晋察冀边区也联系了中共新水县委。新水县在白洋淀所占水面大一些,县委认为在白洋淀比较安全,有鱼虾吃,鬼子"扫荡"的时候便于躲藏。还有一个有利因素是,我是白洋淀圈头村人,熟悉情况,所以负责组织带队过去,养护好这些孩子，等大部队返回太行山再接走。孩子是我们的未来，他们长大了继续革命。我爽快地答应了。

我即将带着雷雷和其他孩子们去白洋淀了。我们离开太行山的时候，许大彪和勤务员从神仙山到胭脂河来送我们。许大彪亲着雷雷热乎乎的小脸，眼泪止不住流了下来，小子，爹去太行山打仗去了，多打几个小鬼子，你跟着你娘回姥姥家，爹很快就会回来接你啊！许大彪还亲了亲我，然后飞身上马去了神仙山。事后我听说，许大彪担心我回白洋淀与大抬杆死灰复燃，跟首长提了两个条件——让黑五跟着我回去，让大抬杆和我妹妹二霞结婚。我明白许大彪的心思，答应了他的条件。黑五过来也好，遗憾之中也有一种解脱的宽松。

一个黄昏，下了一阵雨，我带着雷雷回到了白洋淀。日思夜想的白洋淀啊，我又闻到了荷花的幽香。白洋淀才是我的家，留着我的爱，也留着我的根，留着我深深的、难以向人诉说的痛苦。我们回圈头村已经不成了，母亲已经随着二霞到了王家寨。可尽管是王家寨，母亲也不让我进家门，她不承认我跟许大彪的婚事。但看见雷雷，母亲还是抱了抱。我跟母亲和二霞说了邢大鹰的事，母亲半天没有说话，嘴唇可怜地哆嗦着，痉挛着吞下了眼泪。母亲擦着眼睛说，这个冤家，这个冤家啊！母亲默默收拾东西，我问母亲要干啥，母亲说我不在这里待了，要赶紧回圈头。我和二霞都愣住了，怎么挽留都留不住。我估计是大鹰的事刺激了母亲，她执意回家。我知道邢大鹰与佛家结缘，是母亲带他常常去村里的药王庙的结果。母亲一定是想从那里寻找邢大鹰的去向。

一个黄昏，我让大抬杆和二霞划船送母亲回了圈头村。

我知道组织安排二霞跟大抬杆结婚了，我只能乞求跟她凑合几宿，然后再找别的住处。大抬杆死活不让我离开王家。黑暗中我看不清大抬杆的脸，只感觉他瘦了，瘦得像根树。他对我说，铃铛，不管你是谁的媳妇，不管你生了谁的孩子，这儿永远是你的家！他说完就抱着被子到他父亲母亲那屋去了。我呆呆地站着，心中热热的。我夜里想跟二霞说说话。雷雷睡着了，二霞趴在枕头上，泪痕纵横的脸掩在手里，她的脸紧贴着揉皱的枕巾，我看不见她泪汪汪的脸颊，却发现她是哭着睡着的。

二霞不管不顾地睡了，我却难过得睡不着。

我脑子里归纳了一下大抬杆和二霞的婚姻现状，一根筋的大抬杆心中还有我，不愿跟二霞同床，这原因可能太小，小到我有一丝感动和得意，但是，瞬间就变成我无法容忍的了。我一向苍白的脸，因激愤而涨红了，大抬杆啊，你个混蛋，你是男人，怎能对二霞不负责任呢？

第二天黄昏，我来到老梨树下，几个渔民从老梨树下走过，跟我打着招呼。我在老梨树下站着，我双手扶着老梨树，双唇颤动，想诉说点儿什么。老梨树似乎听懂了，干巴多皱的树干发出淅沥的雨声。苔藓和藤蔓攀附在梨树周身，吸食着老树的营养，我感觉这棵老树能够听懂我的话。世界上的事物，就是这样平衡着，一种生物只有攀附在另一种生物身上才能生存。

大抬杆与二霞结婚后一直没有同床的事让我担心。一个多云的上午，我把大抬杆约到老梨树下。今年雨水大，老梨树树干生霉了，还冒出了白蘑菇。我手摸着白蘑菇，一条狗颠颠跑过来，蜷缩在我的脚旁。

大抬杆扛着一个竹编的罩靶子，沿着烟雾蒙蒙的水边而来，慢吞吞走到老梨树跟前，把水涝涝的罩靶子一摔。罩靶子是专门捕捉鲤鱼和鲫鱼的工具，上圈口粗，下圈口细，我们圈头人叫它花大罩。我讷讷地问，花大罩坏了？

大抬杆抬了额头说，漏了，修补一下，你有事吗？

我沉了脸说，趁水上飞不在，我跟你说点儿正事。

大抬杆嘻嘻一笑说，我俩形影不离，还有背着他的事儿？

我十分严厉地说，严肃点儿，别嬉皮笑脸的，我问你，你跟二霞都结婚这么长时间了，为啥不跟二霞同床生孩子？

大抬杆表情严肃起来，迟疑了一下说，你是听二霞说的？

我大声说，别管谁说，有没有这事吧？

大抬杆咧着嘴巴说，有啊，我想跟你过日子。你记住，尽管你是许大彪那狗日的媳妇了，我还爱你，只要我活着就爱你，我没有办法不爱你！我震惊了，应该说是恼怒了，你爱我，说明你不爱二霞，那你为啥还跟她结婚啊？大抬杆倔倔地说，我跟二霞结婚是雁翎队队长安排的，说你要回来了，我必须跟二霞结婚。我为了见到你，就跟二霞结婚了。我深深地一叹，心中一阵绞痛，你这冤家啊，难道让二霞守活寡吗？大抬杆说，强扭的瓜不甜，怎么强求呢？我更加生气了，骂道，你这傻子啊！天下哪有你这样的男人？我说过多少遍了，忘记我，开始你的生活。大抬杆咕哝说，我也想忘记你，可我也不知道为啥就迈不了这一步。我窝囊啊！我凝视着他，眼睛微微发热说，当你忘不掉一个女人的时候，你就多想想，你到底图她什么吧。回到我身上吧，你图我长得好看吗？其实，我长相挺普通的。二霞难道不比我好吗？你图我关心和陪伴吗？日本鬼子害得我们生离死别，我都嫁了许大彪，也没法给你陪伴和关心。你图我性格好吗？好像我的性格脾气，都没有那么好。那你图我的爱吗？我的爱啊，看不见，摸不着。你既然在我身上得不到你大抬杆想要的，那你还抓着我不放，干吗呢？

大抬杆那一刻周身一颤，愣住了。他跟雁翎队打仗，被火药熏黑的皮肤闪闪发亮，细如淀水。

我知道这话触到他心中痛的地方了，我拿他怎么办啊？感觉他活得不真实，沉醉在梦中，梦把空间缩短了，梦把时间凝固了，凝固在以前的岁月里。

大抬杆说，你说断就断吗？你瞅瞅这棵老梨树，树根盘根错节，交织成一个疙瘩，扎得多深，说断就断得了吗？我盼我盼，终于把你盼来了，你却劈头盖脸地跟我说这些，你还是那个有情有义的铃铛吗？

我的口气十分严厉，大声吼道，你这是活在梦里，这样的话，苦的是你自己。你再不醒悟，我就找队长说，让你跟二霞离婚。天地大着呢，你就别当笼子里的鸟儿了，你不会自己飞啊？

大抬杆固执的本性再次显露出来，他竟然用脑袋撞老树，嘭嘭地响。我听到头颅破裂的声音从深处传来，哭诉着，我就愿等你，你不回来我也等，我就愿意苦着自己！你管得着吗？

我忧伤无比，欲哭无泪，断断续续地说，你呀，永远也长不大，傻得让人心疼，我知道你吃啥饭，拉啥屎！算了算了，我不说了。说着说着，我的眼泪就吧嗒吧嗒掉在手背上。

大抬杆靠着老树，脚踢着土坷垃，呆呆地望天。

我说，你这样，人家许大彪在前线打仗，能够放心吗？

大抬杆嚷嚷道，你是替许大彪说话吗？你老是替他说话。我不爱听你哼哼唧唧的劝告，你说的是真心话吗？请你闭嘴吧，我不需要安慰，我越听越讨厌，甚至恨你，还想骂你，你个臭女人！说着，蹲在地上呜呜地哭了。

我有些慌了，甚至是恐惧。大抬杆身上的湿气很重，风吹来一股腥味，那是罩靶子带来的味道。大抬杆继续说，铃铛啊，人世间谁离了谁，都能活着。可是，你想过没有，当一个男人放下面子，一次次地找你，救你，不是因为我天生犯贱，也不是讨好你，而是放不下我们的感情。人海茫茫，遇见你，我们经历了多少磨难，真的不容易。

我本来是劝他的，可听了他的心里话，我却是伤心得厉害了。我们毕竟夫妻一场，想想当年大抬杆对我的好处，我恨不得杀了自己。父亲生前说过一句话，人想人，就像这白洋淀的水，抽刀断水水更流。是啊，我难道不想大抬杆吗？每天梦里都有他，天上有明月，年年照相思。可是，老天爷啊，我们之间痴情的心早已破碎了！

二霞喊我和大抬杆吃饭，我们起身离开了老梨树。

不幸的婚姻可能是个怪圈，朝着哪个方向走，都没有出路。我说服不了大抬杆，只能故意疏远他一点儿，免得让黑五看见，传到许大彪那里生出事端。

我瞪了大抬杆一眼，别哭了，哪像个爷们儿啊！

大抬杆沮丧地说，我压根儿就不是胆大的人，咋坚强？如果不是鬼子来了，我就只能这样混下去了。

我的目光特别凛然，说，你是雁翎队队员，就得坚强！

大抬杆惭愧地垂下头，用手捂住脸，哽咽说，不管你离开我的理由多么充足，总之，你伤了我的心！

这冤家的话，深深刺痛了我的心。我晃了晃，险些栽倒。我可怜大抬杆啊，其实，我爱他的感觉中掺杂着怜悯。我擦了擦眼泪。我又想起了许大彪，一半是痛苦，一半是思念。

我和雷雷到来，大抬杆一家却乱了阵脚。一开始，大抬杆一直瞒着王学恒夫妇，后来，大抬杆跟二霞结了婚，老人就什么都明白了。但是，他们不知我与许大彪生了孩子。王学恒静静地说，你还傻等个啥？跟二霞赶紧生个娃娃传宗接代，给老王家续上香火。大抬杆犟嘴说，我不生孩子，我是雁翎队队员，不赶走小鬼子，我就不要孩子。王学恒气得举着扫帚打他，正好被水上飞给拉开了。王学恒不明白大抬杆心里的真实想法。

大抬杆看见我的时候眉开眼笑，可一看见吃奶的雷雷，就又把脸沉下来。雷雷的五官太像许大彪了。他那凶恶的眼神告诉我，他咋瞅雷雷都不顺眼，恨不得掐死他。我在没人的时候，开导大抬杆说，咱白洋淀打鱼人有句土话，风和时扬帆，风暴时抛锚，你接受了许大彪，就得接受这个孩子。大抬杆后来一想，孩子是没罪的，毕竟是我身上掉的肉，

249 | 白洋淀上前传

渐渐地，他看见雷雷还能抱一抱，亲一亲。他对雷雷的感情变化，我都看在眼里。人的出生，有时真是一件偶然的事，如果不是日寇来了，这大儿子本来是他的种儿。大抬杆心中憋屈，就找水上飞唠一唠。水上飞毕竟是老队员，觉悟高，开导大抬杆心中的痛苦时说，铃铛比你觉悟高，要知道，国难当头，这些八路军的孩子，都是我们自己的孩子！铃铛的孩子，管你叫舅舅。许大彪也一样，过去是土匪，如今是八路军连长，他在前线冲锋陷阵打鬼子，他的儿子就是我们的亲儿子！大抬杆沉默了一阵，咧着嘴巴说，你小子站着说话不腰疼，你们家翠花给你抱一个杂种回来，你是啥感受？水上飞狠狠地捶了他一拳头。大抬杆咧了咧嘴，把话收了回来，苦笑说，不过，你说得在理，我尽快在心里迈出这个坎儿！说着话，雷雷哇哇地哭了，大抬杆赶紧抱起来，给他胖乎乎的小手递一支荷花。雷雷乖顺地摆弄着莲花，有节奏地晃着脑袋。

整片的荷花开了，灿烂而壮观。

眼下当务之急，是安顿好八路军的孩子。其中最大的难题是寻找乳娘，一百二十个孩子里有五十六个需要哺乳的小孩，我们需要就地找乳娘喂奶。我与郑旭刚队长商量好一个方案，就派水上飞、大抬杆划船到各村找哺乳期的妇女。五十六个吃奶的孩子，算上我的雷雷一共五十七人，分配到各村各户容易暴露，集中起来喂养在水淀接送又是难题。

一个下雨的夜晚，八路军的孩子被从太行山送到白洋淀。雁翎队召集各村村支书安排食宿。大抬杆和水上飞协助我到各村继续找乳娘。为了找乳娘，大抬杆和水上飞划船，拉着我转遍了各村。到了大张庄，我看了看翠花，然后挨家挨户找。最后，我们找到了三十多个合格的乳娘，基本能够满足五十七个孩子的哺乳需求。

大抬杆和二霞的鱼丸店，除了收集情报，还得给乳娘做鱼丸，乳娘吃了我家祖传的鱼丸子下奶更快。他们让我吃鱼丸催奶，我却没有食欲，只想好好睡一觉，我太疲倦了。

没几天，二霞得到情报，不知日寇从哪儿得到消息，正在白洋淀搜寻这些八路军的孩子。

雁翎队派水上飞、大抬杆等人用渔船暂时把孩子们送到芦苇茂密的北滩淀。我一边指挥，一边抱着雷雷躲进了芦苇茂密的北滩。那一天阴天，芦苇荡里潮湿阴冷。孩子们感觉出神秘和新奇，有的孩子噘起了嘴，表示失望又无奈。水上飞叮嘱大家，敌人的巡逻艇到来了，不能有任何响动和声音。我让大抬杆给每个乳娘发一块糖，哺乳期孩子要是哭，就给糖吃。糖是从日寇包运船上截获的。过了一个钟头，日伪军的汽船哗哗地驶来了，连续好几艘。这个时候，有的孩子用糖安稳住了，可是，雷雷哭了，哇的一声，我的脸刹那间变得惨白。我给雷雷嘴里塞糖都不管用，我吓出了冷汗，要是让敌人听见，这些孩子就全完了。我被迫选择了极端手段，把奶头塞到雷雷嘴里，死死摁住他的脑袋，紧紧搂着他。他踢蹬了几下小腿，就一动不动了。敌人的汽船被雁翎队引开的时候，悲剧发生了，我怀里的雷雷断气了。我悲伤地嘶喊一声，雷雷！雷雷身体已经僵硬了，没有声音。我哽咽了。乳娘和孩子们都哭了。

日寇的汽船走远了，甩下一缕缕黑烟。

苇荡外面什么动静都没有了，大抬杆和水上飞划船钻进来。大抬杆急忙给雷雷做人工呼吸，可是已经晚了，雷雷没了呼吸，身体冰冷冰冷的。大抬杆的脚跺着船板，朝着我疯吼，铃铛，你他妈疯啦，咋使这么大劲啊？他还是个小孩子。他说完，咚的一声坐在船板。他对雷雷的悲惨遭遇也很悲伤，颤抖着双手从我怀里接过僵硬的雷雷。我瘫软在船上，脑袋里一片空白。孩子们被转移了，我孤独地回到王家寨，让大抬杆到朱家给雷雷买了一口小棺材，装上去草草埋了。我颤抖着嘴唇，哽咽说，我咋跟许大彪交代啊？

大抬杆说，咋交代？实话实说呗。

我喃喃地说，我知道雷雷在大彪心中的分量，这不好说出口啊！

大抬杆说，他胆敢为难你，我替你收拾他。

我心中有了一些欣慰，心想，大抬杆是个胆小怕事的人，事情轮到我这儿他胆子就壮了。

大抬杆硬气地说，咋说你也是英雄母亲。

我默默地呆坐着，心如刀绞，没有说话。过了一阵，我提出一个人待着，大抬杆和水上飞躲了。我把自己关在屋里整整一天，不吃不喝，牙齿把嘴唇咬破了。我知道这事不新鲜。1941年，驻新水城的日寇调集汽船到王家寨一带"扫荡"，一次在王家寨烧毁房屋八百多间，老百姓纷纷躲进芦苇荡藏身。为了免于殃及他人，出生不久的婴儿啼哭，母亲只好用手或是衣物将婴儿的嘴堵住，因此窒息而亡的婴儿多达二十个。我安慰着自己，铃铛啊铃铛，雷雷的命是命，别人的孩子难道不是命吗？哪个孩子不是娘的心头肉啊？我无话可说了。

我的太阳穴像擂鼓一样咚咚响了。我生来就是顶风噎浪的命，我好像坐着一艘破船，船体窟窿接着窟窿，我一边堵窟窿一边自救，这边窟窿还没堵上，那边已经哗哗漏水了。

第二十二章

大抬杆心疼我，几次扒着窗户望我，当我扭头望他，他就在窗前嗖地躲开了。

我常常到门口的老梨树下坐一坐。我喜欢这棵千年梨树，它是忠诚无畏的，树伞留一片绿荫，为底下的生灵默默承担，不管风雨雷电还是辣日白昼。我双唇颤动，想诉说点儿什么，老梨树似乎听懂了，我抱着梨树啜泣着。

我都是别人的媳妇了，大抬杆对我依旧那么好。水上飞让翠花从大张庄坐船过来看望我安慰我。翠花是抱着儿子来的，这个娃特别老实。看见他们，我这才出了屋子。

大抬杆和二霞进来时，我的眼睛肿得像核桃，人都走了形。大抬杆对我说，铃铛，认命吧，孩子是无罪的，可是，毕竟是你和许大彪的孩子，咋说也是孽缘。你说孽缘能有好报吗？我和二霞商量啊，你别回部队了，回去咋都不好说。我瞪了瞪大抬杆说，闭嘴，他是孩子的亲爹，不说咋成？水上飞插嘴说，这样吧，我和大抬杆去阜平找许大彪，他是孩子的爹，应该告诉他。不管他怎么混蛋，我们都不怕他。他都当八路军的连长了，敢把我们怎么样？我想了想说，他在神仙山上打仗呢，不知死活，等仗打完了，如果他活着，我亲自找他谢罪。水上飞赌气说，你有啥罪？我强忍着眼泪，还是哭出了声音。听说敌人又来找这群孩子啦，我们要保护好他们。要是再出岔头，我更没法活了。水上飞说，郑旭刚队长说，孩子们太集中，这样成群躲藏不是办法，还是把孩子们分下去，分到各家各户。

我吸了一口凉气，担忧地问，这样可靠吗？

水上飞说，没有问题。

我自己的孩子没了，分来了杨牧仁、褚景国两个孩子由我哺乳。翠花也分到一个娃娃，她也当了乳娘。两个孩子在我怀里拱着，贪婪地吸着我的乳汁，带给我的安慰渐渐抚平着我心中的创伤。

秋天，黄黄的芦苇叶子落地了，荷花也纷纷落了，但是，一蓬一蓬的牵牛花爬满了院墙。晚上的月亮出奇地耀眼，这天夜里我接到部队通知，让我火速赶回阜平的部队，报到地点是神仙山，许大彪负伤了。我哺乳的两个孩子暂时由翠花哺乳，我叮嘱翠花如果奶水不够，可以熬鱼汤代替。

本来我要自己去神仙山，可大抬杆和水上飞担心许大彪因为儿子对我动怒，所以他们送我回部队。我们上了岸，有汽车接我们。过了一昼夜，我们已经离前线不远了。司机驾驶室里传来下车的命令，我们急急忙忙从汽车上跳下来。这是缴获的汽车，头一回坐汽车，我尤其爱闻汽油味道。神仙山保卫战刚刚结束，前线的硝烟味道盖住了汽车的味道。许大彪在神仙山保卫战中，带领全连歼灭日伪军四十三人，缴获众多武器，包括一架飞机。

日寇听说沙河两岸大丰收，到这里"扫荡"，要争夺粮食，还在法华村修建了临时机场。日寇中一个叫茅律的将官坐镇机场指挥。许大彪主动请缨，他说我们连是刚刚入队的，给我们一个露脸的机会，宰了这头毛驴！许大彪把茅律叫成了毛驴，李团长和萧克司令被逗笑了。萧克司令说，茅律可不像毛驴好打啊，你要做好充足准备。许大彪敬礼，首长放心，是骡子是马拉出来遛遛，我们保证完成任务！许大彪带队攻打机场，敢打敢拼，赢得了胜利。跟他一起参军的弟兄牺牲了十二个，其中一个弟兄二虎，用自己的身体堵了敌人的枪眼，壮烈牺牲，被记特等功。许大彪的眼睛受伤了，做了手术，马上要康复了。幸运的是，白求恩国际和平医院的医生给他做的手术。许大彪听说我回来了，异常激动。雷雷的事我决定瞒着他，要先让他的眼睛伤愈拆线。大抬杆、水上飞陪我到了神仙山的金龙洞。洞内大洞套小洞，几乎洞洞相通，洞壁结为石灰岩，形状怪诞。洞里非常大，能够容下一个团半个营的，因此成了八路军的野战医院。

　　白求恩国际和平医院的柯医生对我说，你是许连长的家属吧？我担心地望着柯医生说，我是，你说吧，我能够承受得住。柯医生说，我给你说说，他的腿伤好了，眼睛挺严重，为了保命，把他的右眼摘除了，他自己还不知道。为什么叫你来，就是需要家属慢慢疏导安慰。我吃了一惊，点点头，缓缓走到许大彪跟前，看见他的纱布一点点被揭开。许大彪黝黑精瘦，右眼睛盖着纱布。他治病期间心情郁闷，看见了我一把将我抱住，抱得我骨头咯咯响。许大彪说，媳妇，我差点儿壮烈牺牲了，终于见到你啦！你知道我多想你和雷雷吗？我的眼睛湿润了，喉咙发紧，紧紧抱着大彪喃喃地说，你是英雄，听说你立了大功，我为你骄傲！许大彪嘿嘿一笑说，好汉不提当年勇，这次总算一洗前耻啦，蓝灯匪的弟兄个个是好样的。媳妇，我的雷雷呢？他好吗？我哆嗦了一下，欲言又止。许大彪感觉不妙，追问，我儿子咋样？我颤抖着嘴唇说，他，他死了。许大彪的心被刺痛了，嗖地蹦起来，从床头拽出手枪，顶在我脑袋上吼，你说啥？雷雷死啦？咋死的？是不是大抬杆害死的？大抬杆冲过来，从腰里掏出一把手枪顶住许大彪的后腰吼，兔崽子，你敢动她，要看我的王八盖子答应不答应！许大彪气得险些背过气去，扭头瞅见是大抬杆，火气更大了，是你小子，是不是你把雷雷给害死了？许大彪瞎了一只眼睛，身手却还是那么快，他把枪口转过来对准了大抬杆的脑袋。一时间四目圆睁，僵持住了。血猛地涌上了水上飞的脑袋，他也举着枪朝着许大彪走过来了，但他尽量用平和的语气说，许连长，把枪放下，都是自家人。我们是中共党员，也是雁翎队队员，我可以作证，没有人害雷雷，要恨你就恨日本鬼子吧！许大彪缓缓把枪放下，抱着脑袋呜呜地哭了。过了一阵，许大彪抬了头，听我含泪说了整个过程。许大彪软软地瘫在地上，整个身子都要陷下去。他的泪水纵横涌流，你为什么堵死我的儿子？为什么啊？他的身体倒在了地上。我赶紧把他搀扶到病床上。水上飞说，雷雷是铃铛身上掉下的肉，他的死，非常令人痛心，铃铛特别伤心，大家都很悲痛。雷雷也是小英雄，他的死，换来了那么多八路军后代的命。许大彪流了一脸的泪，喃喃地说，雷雷还没见过爷爷奶奶呢，就走了。我爹还眼巴眼望地等着呢！我偷偷抹眼泪，抬手轻轻给他擦泪。许大彪捶着胸脯，唉，怪我大意啊，应该把雷雷送到曲阳啊！

　　我心如刀绞，不敢抬头看许大彪。

　　许大彪强撑着站起来，又咚一声倒下了。

　　大抬杆将许大彪扶了起来，凑近了许大彪脸说，许大彪，孩子那么小，正吃奶，能离开娘吗？铃铛也是执行任务，纯属意外啊！大彪，铃铛过去是我媳妇，既然她跟了你，就是你媳妇了。你小子带队投奔八路，打日本鬼子，我佩服你，敬重你。许大彪扭着头，不吭声。水上飞继续劝说，你还年轻，你们还可以再要孩子，有一点，我警告你，你不能怪铃铛，她是为了八路军那么多的孩子活命，要不，都被鬼子端了。我又是一阵头晕。大抬杆说，虎毒还不食子呢，雷雷也是她身上掉下的肉，难道她不痛苦吗？我娶了二霞，将来我们还是亲戚，叫连襟。你记住啊，我走了，你不能欺负她，我们要是知道了，饶不了你！

　　许大彪抬头瞅了大抬杆一眼，轻蔑地哼了一声。

　　大抬杆和水上飞气哼哼地走了。

天晴了，太阳透过灰白色云片照耀着烟雾朦胧的神仙山，鸟们围着树梢飞旋。

我主动留下来细心照料许大彪。许大彪冷静下来了，大张着嘴，拼命地吸气。我把儿子身上的红兜肚递给了许大彪，许大彪端详了好久，好好收藏起来。我用毛线给他编织了一个眼罩，让他戴上照照镜子。许大彪挥了挥手拒绝戴眼罩。许大彪几天里都为失去儿子伤心，在镜子里照了照自己的眼睛，右眼睛没了，他浑身狂躁起来，将我推倒在地，椅子也带倒了。许大彪把眼罩撕个粉碎，吼道，老子当土匪都没戴过眼罩，你还想逼我当土匪啊？我扑上去，狠狠抽了他一嘴巴，看你这样子，还像个男人吗？你要是不听话，我不管你啦！活在这个世界上，还有人爱着你，你想死吗？我把他打愣了，他身体趔趄着退了几步。我走过去劝说，大彪，你要冷静啊！许大彪站立起来吼，我没法冷静！瞎了一只眼睛啊！他一手将桌子掀翻了。许大彪吼，老子在老虎山当土匪时，打打杀杀的，都没瞎了眼啊！我也急眼了，大声吼道，瞎一只眼睛咋啦？瞎一只眼照样打日寇，照样干革命！媳妇照样跟着你！许大彪浑身汗水淋漓，嘴里喊着雷雷。柯医生走过来，将我们拉开了。柯大夫说了当时许大彪被抬来血肉模糊的样子，人昏迷着，如果不摘除眼睛，大脑就会被感染，继而威胁生命。我望着洞口的淙淙流泉说，柯大夫，谢谢你救了他的命。他就那脾气，慢慢就适应啦！柯大夫感慨地说，丢了一只眼睛，又失去了儿子，对许连长这是双重打击，一般人难以承受啊！我半天不吭声，后背凉津津的。

许大彪皱着眉头沉默寡言，但他的身体在渐渐恢复。他的眼底不疼了，我经常扶着他出山洞，到外面山坡晒太阳。半个月过去了，他的眼睛彻底好了。他很快适应了环境。战争残酷，随时都有牺牲，他由最初的愤怒、狂躁和悲伤，转化为一种常规心态。聂荣臻司令知道了我和孩子的事，给予了慰问。我高兴归高兴，心中又不免泛上一股苦涩的滋味。我给许大彪做饭的时候，时不时泪眼蒙眬地瞥一眼他的脸，悲伤退去，自有另一种深奥。我们夫妇在城南庄出席了表彰会，白洋淀乳娘的事迹登上了邓拓主编的《晋察冀日报》。出于保密，我在雁翎队的事迹没有报道。

　　冬天来了，太行山异常寒冷。按照聂荣臻司令的指示，八路军要发动对日寇的冬季攻势。许大彪的连队去了阜平上平阳村，攻打盘踞在那里的日寇荒井部队。许大彪要走了，我也不能在太行山久留，我要回到白洋淀照顾那些八路军的孩子。大抬杆捎话来，有的孩子得病了，缺医少药，需要我亲自去天津买药。我与许大彪分开的时候，重新给他编织了眼罩，许大彪自觉地戴上了，郑重地给我敬了个军礼。我们在太行山有个约定，他说杀完了鬼子，再要一个孩子，还取名叫雷雷。我点着头陷入一种激动不安的状态中，含泪站在城南庄胭脂河畔，目送着许大彪的部队雄赳赳地开拔了。

　　一切都是命，半点儿不由人。我没有想到，以后的日子再也没能跟许大彪过上安稳生活。我劝自己，这兵荒马乱的岁月，彼此心里想着就挺好。我从天津买了药材乘船回到白洋淀，大抬杆正因私藏手枪的事被雁翎队"关禁闭"。这把手枪的事，我一直没来得及过问，水上飞一说我就明白了。两个月前，大抬杆跟随雁翎队在烧车淀攻打敌人汽船，缴获了日寇一把手枪。他喜欢那把枪，就私藏下来了，里边仅有两颗子弹，一直没有用过，那是他自己的秘密，连好哥们儿水上飞都不知道。那天他俩护送我到阜平神仙山，看着许大彪拿枪顶着我的头，大抬杆忍不住掏出手枪来，枪口顶在许大彪的脑袋上。我和水上飞都吃了一惊，惊的是他哪里来的手枪。

　　水上飞还给我讲了大抬杆有趣的故事。

　　那天在神仙山，他彻底暴露了缴获的手枪，水上飞在回去路上让他交出手枪，说这是雁翎队的纪律。大抬杆嬉皮笑脸地说，这是假的，木头枪。水上飞不相信自己的眼睛,就与他厮打起来,从他兜里翻出了手枪,骂道,你口口声声说自己胆小,我看你是贼胆子,说,哪次战役收缴的战利品?大抬杆就是不说。水上飞说,你知道你为啥入党不批吗?大抬杆说,为啥?水上飞指点着他的脑袋,过去因为你胆太小,如今因为你胆忒大!大抬杆没了主意,后悔不该隐藏手枪。水上飞嘿嘿一笑说,我发现了你的特点,一遇到铃铛的事,胆子比谁都大,一碰上鬼子,胆子比谁都小。这叫啥啊?这叫重色轻友,不,重色轻鬼!大抬杆给了他一拳说,你说也是啊,我就怕铃铛受委屈。水上飞瞪了一眼,你小子缺心眼吧!人家铃铛跟许大彪是两口子,你跟着掺和啥啊?回去赶紧跟二霞生了娃,将来二霞也能多带两个八路军的孩子!大抬杆抱着脑袋,不吭声,呜呜哭了。他一哭,水上飞跟着难受,抱住了大抬杆,兄弟,不说了,不说了!哥哥知道你心里苦啊!大抬杆喃喃地说,哥,你说铃铛还能回来吗?水上飞安慰说,能回来,她不回来,这些八路军的孩子咋办?大抬杆就不哭了。水上飞感叹,我这傻兄弟,一根筋啊!水上飞和大抬杆到了白洋淀,水上飞就把手枪交给了郑旭刚队长。郑旭刚队长接过手枪看了看,没有表态。

第 二 十 三 章

　　白洋淀东侧的任丘发生了惨案。日寇把任丘的老百姓聚在一起拷打，目的是引八路军和雁翎队出来。惨案当天造成三十多人死亡，一百多人重伤。之后，任丘汉奸徐汉生又给日军出主意，对关押的老百姓断水断粮七天七夜，致使五十多人被活活饿死。

　　大抬杆和水上飞、田一鹤划船护送郑旭刚到新水大北六村开会。郑旭刚说，我们决不能让任丘的悲剧在新水上演！"任丘惨案"的主要推手是任丘的伪军队长、汉奸徐汉生。上级指示，必须除掉徐汉生，杀鸡给猴看，让新水县的汉奸秦凤生等人胆寒，避免把运动引向新水县。再说，锄奸也是雁翎队的任务之一。水上飞说，如果连秦凤生一起除，我只能回避了，他是我表弟。郑旭刚队长笑了，秦凤生有两面性，留着还有用处。这次只除徐汉生！

　　任务自然落在水上飞锄奸小队身上。水上飞想，徐汉生行踪的情报，还是得依靠大抬杆的鱼丸店。据说，徐汉生经常带人在白洋淀任丘沿岸的大口子码头活动，他害怕雁翎队，轻易不敢到王家寨这边来活动。大抬杆的鱼丸店离任丘大口子码头太远，不如让二霞做好鱼丸，大抬杆和二霞到大口子码头去卖。

　　我担心二霞没有经验，就让二霞看孩子，我报名参加锄奸。

　　大抬杆听说我去，来了劲头。这次锄奸要求速度快，所以任务重，水上飞还是想带上田一鹤。郑旭刚队长说，让张青跟你们去，张青年轻，枪法也不错，田一鹤这几天有别的任务。水上飞答应了。为了不暴露目标，我在大口子码头摆摊卖鱼丸子。

我卖鱼丸子时认识了一个伪军，是个排长，归徐汉生调遣。水上飞、大抬杆和张青抓了这个伪军，张青会"戳脚"功夫，抬腿给伪军一踹，伪军就跪地了，他们带他到船上审问。通过这个伪军，我们终于摸到了徐汉生的行动轨迹。他除了在伪军大队做事，外边还有一个相好的女人叫姚大桃，这女人就在任丘县城东边的骆驼胡同住。那天夜里，我们得到情报，徐汉生去骆驼胡同过夜。

我们四人化装去了任丘县城。不知情报不准，还是徐汉生临时改变主意，没有见到他的踪影。

我们还赶上了日本人全城大搜捕。我吓得恐慌了，问大家，是不是暴露啦？水上飞说，沉住气！我们躲进了一家中药铺。

躲过了搜查之后，第二天晚上，我们四个人终于翻墙进了骆驼胡同，将徐汉生从姚大桃被窝里抓了出来。徐汉生浑身筛糠，惊讶地问，请问，你们是哪路英雄？

水上飞说，雁翎队！

徐汉生吓得哆嗦。张青抬手就要用刀捅，徐汉生就地求饶说，爷爷，英雄，放了我，我再也不跟日本鬼子干了！水上飞说，你罪大恶极，只能受到严惩！他让大抬杆把徐汉生拖到"任丘惨案"的死人坑，大抬杆一脚踹得他跪地，让他忏悔，可这小子嘴硬，一句不吭。水上飞和张青把他吊在树上，抹了松子油，点了天灯。

锄奸任务干净利落完成，本来应该记功，可是，雁翎队取消了对我们的表彰。因为锄奸枪杀汉奸是合理的，但点天灯就违规了。水上飞、大抬杆和张青回到白洋淀就挨了批评。

任丘的徐汉生被除，新水的秦凤生害怕了。紧接着，高阳的共产党指挥的游击队把高阳的伪军队长马力松除掉了。日寇的"新国民运动"宣告失败。

但日寇对雁翎队的报复没有终止。冬天，白洋淀百里冰封，日寇觉得白洋淀芦苇打光了，雁翎队无处藏身，正是一网打尽的好时机。但是，日寇判断错了，雁翎队自制冰橇，在冰上行走如飞，而日寇的汽车无法行使冰面，马匹也打滑摔跤，寸步难行。秦凤生提出来行动困难，被山崎队长狠狠抽了一个嘴巴，岗村宁次指示，限今年冬天必须"剿灭"雁翎队！

郑旭刚队长知道，这次没有准备好，仓促迎战，里边一定有隐情。匆忙迎战是兵家大忌。夏天他们训练一手托着枪，双脚踩水，演练头顶荷叶芦苇管潜水，冬天就要演练冰床射击、钻芦苇草垛隐蔽，但冬天是雁翎队的短板，敌人常常是点火烧干芦苇。郑旭刚队长动员的时候说，眼下没有办法，日寇不听我们雁翎队的，只能仓促迎战。那么，到底是在村里设伏还是冰上设埋伏阻击敌人，大家纷纷争论起来。

水上飞所在的队接到任务，冰上设埋伏。

水上飞急得团团转，如热锅蚂蚁。这是一场大仗。可又赶上送棉衣的战士都被日寇抓了，百多件棉衣落到了日寇手中。我、水上飞和大抬杆回到王家寨挨家挨户借棉衣，借了四十三件。大抬杆的老父亲王学恒，拿出了自己的老皮袄。这一场硬仗将在王家寨打响，我让王学恒和邢玉芳到圈头村我母亲那边躲避一下。王学恒撤离王家寨时，给我们献了一计。王学恒说，听你们这么一说，感觉你们这次反"扫荡"，凶多吉少，老朽吃咸盐也比你们多吃了一些年，给你们献上点儿计谋，敌人的运输工具是什么？

水上飞说，马、摩托车、小型汽车。

王学恒说，马在冰上跑会打滑啊！

大抬杆解释说，日寇很狡猾，马在冰上跑打滑，就将四只马蹄子裹上老麻布，这样就不打滑了。

王学恒嘿嘿一笑，眨着眼睛说，敌人袭击之前，把淀里冰块砸碎，派人攒点儿碎冰，偷偷撒在冰面上。老麻布也不管用了！摩托车也该翻斗啦！

我暗暗佩服王学恒的智慧。

大抬杆着急了，还有别的招数吗？

王学恒想了想说，儿子，老爹给你讲过杨六郎烧车淀火烧韩昌，这故事还记得不？

大抬杆点点头，记得，记得。

王学恒微微笑着说，你给水上飞和铃铛讲一讲，你们自然咂摸出门道儿来啦！

我听说当年杨六郎与辽军统帅韩昌在白洋淀激战，宋兵力不足，杨六郎从宋兵砍芦苇做燃料得到启发，再战时佯败，这种假象将辽军引入早已备好的干芦苇阵中，宋兵点燃放起大火，将辽军烧得焦头烂额，车辆也成了火排，辽军死伤惨重。人们为了纪念杨六郎的战功，把白洋淀东侧的这个大淀起名烧车淀。

水上飞一听就明白了。回去与郑旭刚队长商量，一个作战方案出来了。大家砸冰沫的砸冰沫，割芦苇的割芦苇，干芦苇不够，有人便说王家寨地主姚廷阶刚刚收割完芦苇。姚家尽管在天津有商号，买卖大，但姚廷阶非常重视芦苇收入，无论天寒地冻，雨雪风霜，姚家都会雇用长工收割芦苇，姚廷阶把芦苇称为"软黄金"。可靠消息传来，他家雇了长工，基本收割完了。但有一个疑虑，动姚家的芦苇，万一惊动了姚廷阶姑爷秦凤生怎么办？郑旭刚队长分析，姚廷阶有两面性，上次姚家大院藏粮食，就没有走漏一点儿风声。雁翎队不抢芦苇，借他家芦苇，可以打借条。水上飞带人去了，姚廷阶说打借条也不答应。事情还真僵住了！原因是芦苇已经卖给天津北塘的商人了，马上就来冰床拉走。

水上飞有些急躁，对郑旭刚队长说，狗地主狡猾，时间紧迫，我们干脆抢苇子吧！

郑旭刚队长想了想，摇头说，不能硬来，与老姚撕破脸皮，对我们不利！他把姑娘嫁给秦凤生图个啥？还不是为了保护姚家的利益？我们不能前功尽弃！

大抬杆说，这老东西，敬酒不吃吃罚酒，我带上枪，到姚廷阶家去，不给苇子，就敲掉他狗头！

郑旭刚队长笑了，大抬杆，鼠胆变成贼胆啦！使不得。我们学习了毛主席的《论持久战》，毛主席说，战争的伟力最深厚的根源，存在于民众之中。我们有共产党的坚强领导，身边有千千万万的白洋淀人民，这是我们战胜日寇的底气！现在还有两天的时间，先到各村收苇子，注意啊，打借条，抗战胜利了，我们还给老百姓。

我看孩子不是强项，喂了奶，就跟着水上飞他们到各村收苇子。两天时间，收了几垛干燥的芦苇。

情报来了，四天后的夜晚，日寇集结兵力"围剿"雁翎队，重点是到大张庄和王家寨一代偷袭雁翎队。

天贼冷，北风呼呼吹着。我穿好棉衣，裹得严严实实。日伪军气势汹汹地来了，当官的骑马、骑摩托或坐小型汽车，兵力不少。他们在雄县、任丘和新水三地集合，一千多日寇，加上三地伪军，得有三千二百人。总指挥官是刚从保定调来的山田队长。山田很狡猾，也非常心细，他让大部队暂时在城里待命，夜里首次出动小股部队，试探雁翎队是不是有埋伏，是不是主力。

天黑之后，雁翎队的人在冰上撒好了冰粉。撒冰粉的时候，我摔了一跤，胳膊一直疼。敌人的马蹄踏着冰面呱嗒呱嗒地响，但是响声没有平常清脆，我判断是裹了麻布。但即便有麻布，高头大马走上撒了冰沫的冰面，也是嗖嗖打滑，噼里啪啦栽倒在地。敌人下了马，伸手一摸冰面,知道上当了。摩托车和汽车也打滑掉了头,鬼子干脆熄火,让伪军推着走,走过冰沫继续开。两个雁翎队员打着灯笼,闪了一下,向东滑去。敌人哇啦哇啦就追去了。

大抬杆穿着皮衣,拿着武器,埋伏在芦苇堆里,等待信号弹升空点火。与他一起埋伏的有三名队员——孙大勇、张青和我。敌人钻进包围圈,撤退的时候,孙大勇和张青负责点火,让敌人陷入火阵。如果冰被烧化,摩托和汽车就会掉进冰窟。可是,一直没有点火的命令。侦察员赵永旺传来话,敌人是一小股。郑旭刚对水上飞说,敌人很狡猾,不能往点火处引,那是对付日寇主力的。小股敌人往东引,在暗中开火歼灭了再说。大抬杆和孙大勇没有点火,又不敢离开,冻得直打哆嗦。

听见密集的枪声,大抬杆想起来点火,但没有命令就没敢点。枪声渐渐稀落了,直至没有了枪声。

消息传来,日寇大股兵力可能在后半夜包围雁翎队。大抬杆和趴在冰面上的孙大勇、张青不敢动,但可以轻轻说话。大抬杆说,冷吧,听我娘说,防冻伤得不停地搓脸搓手。

张青把枪紧紧裹在棉衣里,用身体焐着枪说,队长说了,枪在人在,枪亡人亡!没有枪咋打鬼子?我赞赏地说,张青说得对,枪冻住了,鬼子来了拉不开栓就完蛋啦!沉静了一阵,大抬杆警告说,张青、大勇,你们说话啊,谁也不能睡觉啊,睡着了,就醒不了啦!大勇和张青赶紧答应。夜里飘起了薄薄的雪花。张青说,你们俩到芦苇堆里暖和一会儿,我盯着信号弹。我对大抬杆说,我去。张青阻拦了我,坚定地说,我入党了,我是党员,应该我来。大抬杆迟疑了一下,我也想入党,为啥不批啊?张青说,我知道一个秘密,不能说啊,就是在大张庄成立雁翎班的时候,你说拉屎偷偷溜了,就凭这不批准。大抬杆不服气地说,那是过去,我胆小,如今我不怕了,是不是,铃铛?我点头说,你继续写申请吧。雪越下越厚。大抬杆抬了抬头,赌气说,你是党员,那你看着点儿吧，我和铃铛躲一会儿。我看张青穿得薄，脱下自己的皮大衣给张青，张青不要，颤抖着说，你是女人，我是男子汉。大抬杆将自己的一件棉衣扔给了张青。

张青羡慕地说，大抬杆，你小子都结二回婚了，尝过两个女人的滋味了，我还没有媳妇呢，我娘编苇席攒钱，要给我娶媳妇。如果我死了，你跟我娘说，娶媳妇的钱就捐给雁翎队。让她别怪我，别伤心，我是抗日报国死的。大抬杆说，给我闭嘴，老子娶媳妇是组织安排的，你生气了找郑队长说去，不能走神啊！张青嘿嘿一笑，噌地坐起来，把棉衣还给了大抬杆，你穿吧，我没事。大抬杆说，过会儿我们来换你，后半夜更冷。瞅瞅你兜里的火柴，没丢吧？张青摸了摸兜，在呢！

我和大抬杆躲在密密的芦苇里睡着了。天亮的时候，日寇还是没有来，看来情报出了问题。我们找到张青，张青一动不动，大抬杆将王学恒的老皮衣给张青穿上，焐着，还是没有缓过来。他冻死了，尸体挺在冰上僵硬着，双手紧紧搂着枪几乎拿不下来。水上飞带二霞送来了热乎乎的鱼丸子。大抬杆见到水上飞就急眼了，紧紧抓住水上飞的衣领，你这小队长咋当的？鬼子不来也不说一声，张青都冻死啦！他一边吼着，就哇哇哭了。我的嘴冻住了，张不开。水上飞惊讶地扑过去，抱住了张青哽咽道，好兄弟，醒醒啊！

张青脸色雪白，死死闭着眼睛。

水上飞缓缓抬手，向死去的张青敬礼。大抬杆没有敬礼，他蹲下身，给张青掰开嘴，我用筷子夹了一个冒着热气的鱼丸，送进张青嘴里。孙大勇哽咽地说，他都死了，吃不进去了。张青张着嘴，鱼丸在嘴里含着，冒着腾腾热气。大抬杆眼睛流泪了，慢慢地说，张青老弟，走好。你在那个世界，也是暖和的，我们永远不会忘记你的。张青嘴里的鱼丸滚下来了，大抬杆刚要弯腰捡，我擦擦手，把鱼丸捡起来掰碎了，一点儿一点儿塞进他嘴里，掉着眼泪说，张青，在那个世界，你会遇上一个好姑娘的！

我们给张青找好了土坡。掩埋他的尸体的时候，水上飞还是拿不下枪，他跟枪冻成一体了。我伤感地说，张青太爱他这支枪了，夜里一直拿身体焐着，就让他带走吧！水上飞严厉地说，有纪律，不能丢枪，否则我们都得挨处分！我和二霞用热鱼丸汤热他的胳膊和手，才把枪一点点活动着挪了出来。因为用力过猛，张青的一只耳朵掉了下来。

掩埋张青的第二天，薄雪已经化了，孙科传来情报，敌人主力要大规模"清剿"雁翎队。是隐蔽还是进攻，大家有两种意见。郑旭刚队长比陈一荣队长更冷静，他铺开地图，吸烟沉思，最后还是决定按计划启动烧车淀行动。水上飞安排大抬杆、我、孙大勇、孙科几人到堆满干芦苇的冰面上，为避免再次发生张青的悲剧，我们先在干芦苇垛里埋伏，有消息再匍匐进入三个点火处。

水上飞走到我身边说，铃铛，你回家吧，这是一场硬仗啊。

我说，我铃铛已经不是女人了，我就是男人，就是打硬仗！

大抬杆讥讽我说，人家行，八路军晋察冀总部来的。

我瞪了大抬杆一眼，你少说风凉话，我以后就是你领导，从家庭说，你是我妹夫，从雁翎队说，我是——

水上飞说，你是党员啦。

我谦逊地一笑，摇头说，还不是，我写入党申请了。这一仗下来，我就让郑队长报给总部。

大抬杆嘿嘿地笑了，说不定啊，将来你比许大彪还有出息。

郑旭刚的指挥能力超常发挥。我们先给了敌人一个错误情报。雁翎队主力在王家寨集结，提前在王家寨村庄周围打了一圈冰窟，形成冰河。敌人汽车到来，就被截在了冰河外边。水上飞的人在王家寨码头一侧设埋伏，冰床从那儿出发并开火，再向北边逃跑。这样，就给敌人一个错觉，以为雁翎队的主力从王家寨村里逃跑了，逃跑的方向是烧车淀。当年杨六郎的烧车淀，是白洋淀众多淀泊中最大的一个，离王家寨有二十里。今天设计的"烧车淀"，在王家寨码头北侧。水上飞划着冰床带领队员继续埋伏，我和大抬杆在烧车淀设伏点火，水上飞的人负责引日伪军进入烧车淀的芦苇阵。

天一擦黑，日伪军的汽车驶到王家寨村口码头，看见打开的冰河在黑夜里闪着青光，伪装成渔民的雁翎队员打冰洞围冬网。敌人驶进埋伏圈，突然王家寨码头响起激烈的枪声，那是水上飞的大抬杆猎枪开火了，敌人的机枪也嗒嗒地响了，喷出猛烈的火舌。打了一阵，我们看见天空的信号弹了，炸开了像一朵荷花。那一定是水上飞让狙击手田一鹤向我们发送了信号。几十个冰床和爬犁，形成包围圈，水上飞的人在铁爬犁上继续开火，朝着烧车淀的方向边打边撤。

敌人认定这就是雁翎队的主力。日本小队长山田喊，雁翎队主力的干活，追！敌人一边追，一边猛烈射击。

水上飞顺利地把敌人引入了烧车淀的芦苇阵。

风刮得紧，呼呼响着。我、大抬杆、孙大勇和孙科马上匍匐进入引火点，引火点有一片厚厚的蒲草和干芦苇。日寇的车队进入了芦苇阵，点火的时刻到了，大抬杆默默地说，张青兄弟，给你报仇的时候到了！说着划着火柴。我也同时点燃了干燥的芦苇。

轰的一声，我眼前的芦苇燃烧起来。

因为是北风，芦苇的火苗向南倾斜。敌人知道上当，紧急掉头，已经来不及了，我们这头的芦苇也点燃了，孙大勇和孙科南侧、东侧的淀火也熊熊燃烧起来。摩托车着火，汽车着火，敌人身上着火，敌人纷纷倒在冰上乱滚。但敌人的战斗力不能低估，他们像蜘蛛一样爬着，却还能顽强射击。他们的马显然比人慌乱，见到大火便乱窜乱叫，火大的地方冰被慢慢烧化，冰层嘎的一裂，有几辆汽车轰隆掉了进去。山田队长挥舞着战刀，指挥一些汽车从大火中冲了出去。

我们在暗处向被大火包围的日伪军射击。敌人被大火吓住了，显然毫无思想准备。他们有一些伤员，屁股还被大抬杆的铁砂击中，鬼哭狼嚎，爬都爬不起来。冲锋号响起，雁翎队开始冲锋了。仅剩的敌人跪在冰面，乖乖举手投降了。

这次冬季的"烧车淀"战斗，歼敌并俘虏二百二十人，捣毁汽车六辆、摩托车二十四辆，缴获枪支和弹药整整五车。

郑旭刚队长给水上飞、大抬杆记了功。水上飞说，郑队长，这次战役有铃铛的功劳，她两次潜伏"烧车淀"。郑队长说，我会报告的。我沉重地说，应该向张青烈士致敬！大家都沉默了，张青死得太悲壮了。水上飞说应该给王学恒老人记功，杨六郎的烧车淀，这故事都是他讲的。

大抬杆嘿嘿一笑，说，我爹又不是雁翎队的，还是奖励我吧。从小他就给我讲杨六郎的故事，雄县有杨六郎大战祁家桥，还有容城扳倒井亮马台的故事。

水上飞说，当年叫烧车淀，我们这里叫什么淀啊？

郑旭刚队长说，我看啊，这里是日伪军的阎王淀！

我拍着巴掌笑了，好，阎王淀！

日伪军无论夏天，还是冬天，都在白洋淀吃了败仗，在任丘和高阳也受到八路军的阻击。山崎和恒尾汇报给日军华北派遣军总司令岗村宁次，岗村宁次暴跳如雷。

来年春天，日寇和伪军又来袭扰白洋淀，"扫荡"频繁。日寇的汽船马力大、速度快，经常出其不意地袭击雁翎队。敌人进攻猛烈，我只好想办法联络太行山把孩子们接走了。郑旭刚队长说要布置一场战斗，思路出自大抬杆猎枪。大抬杆猎枪身长三米，后半截装满火药，前半截装铁砂，点燃尾部的药捻，火药爆炸把铁砂推出去，一散一片，五十米以内杀伤极大。

就这样，我们又一次让敌人尝到了雁翎队的厉害。这次战斗中，死的鬼子不算，受伤的鬼子被抬回去也不好医治，敌人连连吃亏。他们从民间收缴了一些大抬杆，准备安装在汽船上，反击雁翎队。侦察员孙科带来情报，日伪军将收缴的二十三杆大抬杆猎枪放在了姚家大院，今天在王家寨码头集中装上汽船，回去马上安装。郑旭刚队长召集各分队队长开会，商议怎样截获敌人手中的大抬杆。

我后来一直遗憾没有参加这次战斗。原定方案是在王家寨码头设伏，大抬杆和二霞的鱼丸店是最佳射击位置。后来一想，那样的话，鱼丸店这情报站就毁了，我和孩子们会暴露，二霞也会暴露，所以，水上飞建议调整伏击点。郑旭刚队长马上修改了方案，把伏击地点改在李庄子村东，大清河流经这里，河宽水深，没有水草，是敌人汽船的必经之路。这里的芦苇又高又粗，便于雁翎队队员隐蔽。战士们将大抬杆装上更多的火药，铁砂也是大号的。怎么提高发射速度，大抬杆提了一个好建议，直接用火药将两个大抬杆引火处连接起来，速度快，杀伤面积大。水上飞嘿嘿笑了。

准备进入伏击的时候，孙科化装成老百姓去二霞的鱼丸店探取情报。伪军在那儿吃鱼丸，泄露了情况。敌人运输大抬杆的汽船只有两艘，势单力薄危险大，所以正在等待从天津过来的八艘运输艇。它们将在王家寨码头集合，这样可以组成一个十艇的庞大运输编队。这一阵，保定通往北平的铁路被八路军和游击队切断了，保定的日寇孤立无援，军火、粮食全部依靠大清河这条水上运输线。这条线是天津到保定的水路，必须经过白洋淀。

郑旭刚队长把这些情况报告给新水三区区委。区委给雁翎队下达命令，全歼护送保运船的敌人。

郑旭刚赶紧调整方案，敌人船多人多，武器装备好，雁翎队必须加大伏击人数。水上飞提议伏击地点选定王家寨东头的横埝苇塘，那里的芦苇是移栽的，苇密，水浅，便于隐蔽和出击。他们装扮成打鱼的，划着小船，驾着鹰排，三三两两，从不同方向散点设伏，六个小队布置在六块苇塘，大抬杆猎枪被放置在三个地方瞄准敌船。河心拉上两条八号钢丝，河两岸安装大木桩，把钢丝绑紧。敌人汽艇开到那儿就被钢丝挂住，动弹不了。侦察员把杂草割了，伪装漂浮在水面。

敌人的八艘运输艇已经从赵北口出发，到王家寨与那两艘运大抬杆的汽船集合。中午时分，雁翎队员饿着肚子设伏，看见敌船轰隆隆开过来了。大抬杆和水上飞都看清了，敌人八只船是大对槽，就是把两个船接在一起，船行稳，运量大。大抬杆和水上飞趴在排子船上。大抬杆说，我那手枪呢？水上飞说，交给郑旭刚队长了，你小子好好表现啊，将功赎罪！大抬杆倔倔地说，你给我唱支歌，我就听你的。在雁翎队，水上飞不仅当小队长，还最爱唱歌。水上飞轻轻哼唱着，鱼儿，游开吧，我们的船要去作战了；雁儿啊，飞走吧，我们的枪要去杀敌啦！

大抬杆嘻嘻笑着说，好听！翠花听过没？

水上飞说，她爱听，经常让我唱歌。

大抬杆望着天空说，原来啊，我们铃铛也爱唱渔歌，自从跟了许大彪，变了个人，不唱歌了。

水上飞说，你小子快别提铃铛了。我教二霞唱歌，以后让二霞给你唱啊！

大抬杆说，别提二霞了。

水上飞说，咋啦？我明白了，你是吃着锅里看着碗里，姐俩照单全收。你想当皇帝啊？

大抬杆说，我对天发誓，我真没有挨过二霞的身子。铃铛跟二霞求证过，你说是不是铃铛心里还有我啊？

远处有汽船的声音，水上飞做了个手势。

埋伏点一片寂静。水上飞轻轻说，我们大抬杆的优势是敌人靠近了打，让他们的船都进入包围圈！

大抬杆和队员们频频点头。

敌人的汽船渐渐驶入王家寨横埝水塘，前面的船越开越吃力，原因是汽艇是靠水下的螺旋桨推进，开路的汽船螺旋桨被我方放的水草缠住了。打头的日本军官，站在甲板上拿望远镜东张西望，哇啦哇啦喊了几句，让伪军跳下去择水草。他们不知道水里还有两根钢丝。一个瘦猴似的伪军从水里探头喊，太君，水里还有钢丝呢！快快绕行吧！一听这个，后边槽子船的敌人呼啦啦上了船板，要看个究竟。敌人正要调头，郑旭刚队长点点头，水上飞果断地开了第一枪，打死了打头指挥的日本军官。

枪声就是命令，埋伏在苇塘里的雁翎队员，大抬杆和步枪一同开火。我们还装了八个桶，里边有火药、破锅、烂铁、石头、瓦片和细土面。敌人的机枪也开火了，可是，滚滚浓烟，他们看不见对手藏在哪里，白白浪费子弹。

陆陆续续，雁翎队的六个伏击点，大抬杆火力全开。日伪军纷纷落水。半个小时过去，枪声渐渐熄灭。敌人的船上大火熊熊燃烧。我方放出去的铁砂击中了日寇的屁股，被打坏了屁股的鬼子一边号叫一边捂着屁股喊，雁翎队的扫帚炮啊，大大的厉害！伪军捂着日本鬼子的屁股进行包扎，还没有包扎好，又一排铁砂飞来，伪军屁股也被铁砂击中，顿时抱头鼠窜。

冲锋号响了。排子船箭似的冲去，水上飞和大抬杆带着队员纷纷上了敌船。大抬杆伸手往日本军官的身上乱摸。水上飞说，你小子老毛病又犯了，摸手枪呢吧！战利品一律交公啊！大抬杆点点头说，我不会再昧啦！他真抓到一支手枪，擦了擦枪上的血说，哥，我交了这支，把我那支还给我吧！我忒他娘的喜欢手枪。水上飞背在肩上一支长枪说，不行，交公。想拿手枪，等打完仗再说吧。大抬杆抓着后脑勺，一脸的不情愿。

船舱里有人惊喜地大喊，大抬杆！

大抬杆叫了一声，啥事，我在船头呢！

水上飞笑了，没有叫你，然后就下了船舱，大抬杆也跟随下去了。船舱里整整齐齐摆放着几排大抬杆枪。

大抬杆蹲在地上，望着抬杆枪，嘿嘿笑了，这要到鬼子手里，枪口就对着我们啦！

水上飞感叹说，我们损失就大了。

大抬杆眨眨眼睛说，还有一个问题，我们雁翎队，响当当，美名扬，这枪到敌人手里，插上雁翎子，以后说起来就乱套了，我们是雁翎队，还是他们是雁翎队啊？

水上飞说，大抬杆看问题全面啦。

可谁也没有料到出了意外情况。敌船被炸坏了，开不动。大抬杆傻呵呵地扛了大抬杆枪，刚刚走了两步，隔着木板的另一船舱舱口支出一挺机关枪。侦察员孙科眼快，喊了一声。水上飞就在舱口，他扭头迅速，啪的一个箭步冲上去，左手抓起枪管往上一抬，嗒嗒嗒，子弹射向空中。孙科抬手一枪将鬼子打中，鬼子没死，嗒嗒嗒，又一梭子弹蹿上天。水上飞朝鬼子又补了一枪，鬼子吐血毙命。

沉寂了一阵的战场，突然响起了枪声，郑旭刚队长急忙喊话，发生了什么情况？水上飞说，一个隐蔽的鬼子突然开枪，孙科送他上西天啦！大抬杆吓白了脸，说，多悬啊，真是的，要不是孙科，我就中枪了。水上飞说，还有我呢，我把枪口举上去的。大抬杆说，我们俩就别说了，我救你，你救我！

郑旭刚队长让大家再小心一些，重新检查战场。

战斗结束了，雁翎队有一人牺牲，两人负伤。敌人死伤百余人。雁翎队清点战利品——缴获二十三条大抬杆枪、八十多条步枪、三挺机枪、二百袋粮食、五十箱手榴弹和子弹、四箱鸭蛋。

雁翎队回到大张庄休整。我喂完了两个孩子就去大张庄找他们。水上飞和大抬杆对我报喜说，这次战役，成果特别大。水上飞说，党中央知道了雁翎队，毛主席都称赞我们了——荷叶军。大抬杆笑了。水上飞对大抬杆说，你小子要严格要求自己，毛主席都夸我们了，往后可不能给雁翎队"荷叶军"抹黑啊。大抬杆本来还不服，但一听毛主席啥话都不说了。大抬杆是因为我才暴露的手枪，我觉得内疚，还跟水上飞吵了一架。我说，你们哥儿俩是过命的交情，你回来就出卖了大抬杆，还咋做哥们儿？没有我献身许大彪，你能有翠花吗？

水上飞苦笑了，铃铛，你骂我打我都行，只要你出了气。但哥们儿情谊不能代替原则，我是党员，还是小队长，我知情不报，就是包庇，违反组织纪律。

我沉吟片刻，不说话了。

吃饭的时候，我和大抬杆让水上飞唱歌，水上飞望着月亮唱了唱。夜晚，水上飞和大抬杆划船归队了，第二天，他们又参加了一次战斗，俘虏了日军小队长初十加三郎和秦凤生。水上飞跳进船舱里，亲自抓了秦凤生，低声说，这就是你当汉奸的下场！秦凤生举着双手投降了。秦凤生倒了，姚廷阶的后台就没了。

我从翠花那儿接回了杨牧仁和储景田，这两个孩子都由翠花喂奶，翠花有自己的儿子了，原来又带着一个，喂四个孩子吃奶供不上。雷雷没了，我的奶水也少了，双腿关节也有些隐隐作痛。大抬杆不急不慌地对我说，你等着啊，我去打鱼做鱼汤。他很快打来了鲫鱼，做好鱼汤来让我补奶。

空闲时间，我呆坐在淀边，望着老虎山的方向，眼里噙满泪水。我含泪去了雷雷的墓地，静静地坐着，对着他说说话，雷雷，娘对不住你。我见到你爹爹了，他也原谅娘了，你在那边能够原谅娘吗？

我淌着眼泪说，雷雷，你爹如今是八路军连长，是抗日英雄。他说了，打完了鬼子，就到白洋淀看你！

雷雷坟头的小树长高了，在风中轻轻摇曳。

日本投降之前，雁翎队派人掩护我们把孩子们送回了太行山城南庄。杨牧仁和储景田两个孩子离开我的时候，我的眼泪流得哗哗的，难舍难离。他们就像我自己的孩子一样，在我身边拱来拱去，我就觉着雷雷依旧活着。杨牧仁的父亲是八路军的连长，母亲原是一个信佛的农家妇女，后来也参了军。她抱过自己的孩子，连连说，好人，好人啊！

一个阳光照耀的午后，我光荣加入中国共产党了，宣誓地点就在太行山龙泉关的黑涯沟村。入党后，因为许大彪也不在太行山了，所以雁翎队邀请我回去开展工作。面对雁翎队的邀请，部队首长征求我的意见，我欣然答应了，我到故乡白洋淀巩固根据地，与日寇做最后的斗争。

1945年8月8日，苏联对日本宣战，随即出兵东北，对日本关东军发起全面进攻。八路军冀热辽部队奉命快速进入东北，同东北抗日联军、苏军一起作战。雁翎队队员一部分留在家乡，一部分被编入冀热辽部队。许大彪的连队也即将开赴东北抗战。

许大彪出发前，我连夜给他又缝制了一个毛线眼罩。

1945年8月15日，日本宣布投降，全国一片欢腾。大抬杆从朱家棺材铺抬出了乾德大钟，在王家寨的千年梨树上挂了起来。

乾德大钟见证了这一历史时刻。

大抬杆搀扶着王学恒走出家门。王学恒举着杠子亲手敲钟，当当的钟声响了，我们庆祝抗日的胜利。钟声响过，大抬杆抬出大抬杆猎枪，装满火药，没有装铁砂，火苗子冲着天空喷出。

日本投降以后，水上飞所在连队去了东北，被编入解放军四野，参加了辽沈战役。

我和大抬杆等雁翎队队员留在白洋淀建设家乡。

第二十四章

在东北战场上，水上飞与许大彪相逢了。

解放战争时期，许大彪的连队被编入了解放军四野，四野刚刚打完辽沈战役，战功卓著，可是伤亡很大。许大彪的连队伤亡过半。1948年11月初，许大彪跟随四野入关，他们已经成为重炮兵机械化部队了，在唐山迁西县喜峰口集结整编时，水上飞竟然编入了许大彪的连队，两人相见分外亲切。一路打来，许大彪还是连长，还戴着我织的眼罩，他从水上飞嘴里询问雷雷被堵死一事，许大彪一直怀疑是大抬杆做了手脚。水上飞告诉他，大抬杆是个好人，他对雷雷像亲儿子一样照顾。许大彪说，我以前想一枪崩了大抬杆，看来我误会他了！许大彪说，听说平津战役开始了，打完这仗，你带我到白洋淀王家寨看看，给我的雷雷上上坟，也好把铃铛接回我的老家曲阳。水上飞说，许连长，我说一句不该说的话，日本鬼子打走了，铃铛你就放手吧！许大彪一愣，水上飞，你是啥意思？让我把铃铛让给大抬杆？他不是跟铃铛妹妹二霞成家了吗？

水上飞摇头说，大抬杆和二霞结婚也是组织安排的，大抬杆一根筋，就认铃铛。二霞只是跟他开鱼丸店，现在还单身呢！

许大彪冷冷地说，活该，是他自找的。铃铛是我许大彪的女人，不能让！全国解放了，我还要接铃铛进城里过日子呢。大抬杆是不是还在打铃铛的主意？

水上飞想了想说，我看啊，雷雷也没了，铃铛原先就是大抬杆的媳妇，你就高抬贵手，成全他两人吧！

许大彪阴沉了脸，铃铛是我媳妇！他想复婚那是做梦！

水上飞不敢多说了。

王家寨成立了农会，我是主席，带着农会会员搞土改。打日本人时，烽烟遍地，歌声飞扬。如今日寇投降了，白洋淀的歌声嘹亮。为了宣传土改政策，我组织了王家寨土改宣传队。

这一天，王家寨老百姓在码头老梨树下唱歌，老大爷、老大娘、妇女、小孩，差不多人人会唱。唱得最好的还是朱家姑娘朱文颖，她常常唱护棺歌，练出了一副好嗓子。我刚刚从县里开会回来，坐村里的船到了王家寨码头。远远地，我看见二霞站在老梨树下，唱了一首西河大鼓《实行统一累进税》。二霞的歌喉越来越亮堂，她轻轻走到人群中间唱道：太阳出来呀，慢慢高；除去野草啊，好长苗；多少年的苛捐杂税压得人民抬不了头，伸不了腰；好心肠的共产党呀，有了好主张；北方局颁布了施政纲领二十条，实行统一累进税啊，改善了人民生活真正好。

老百姓纷纷鼓掌。

我看见人群里的王学恒，没有看到邢玉芳。

翠花蒙着花头巾从人群里钻了出来，儿子胡平围着她跑来跑去。我抱了抱胡平，孩子挣脱着跑了。我笑着说，模样多像你啊！翠花伤感地说，你们家雷雷要是活着，也满地跑了。我叹息道，是啊，雷雷没有这命啊！翠花说，水上飞来信了，说他们部队入关了，还跟你家许大彪在一个连队。他还说会打大炮啦！我说，大彪这冤家，打仗是一把好手，就是那狗脾气，那次听说雷雷没了，差点儿拿枪毙了我！翠花说，水上飞回来跟我说了，是大抬杆救了你。

这时候，有人在人群里喊，二霞啊，你还没唱完呢！我们还听呢！

二霞扭回了头，脸冲着大家，继续唱：统一累进税，大家要实行，巩固新生活，大家都安宁。它是合理税收，废除杂税苛捐，人民的生活改善，努力支援前线。

大家笑着鼓掌。

王学恒走到我跟前要说点儿啥。我热热地喊了一声，您来啦！王学恒恨地主姚廷阶，说，铃铛，你赶紧派人抓姚廷阶回来，把他家剥削老百姓的财产夺回来！

我坚定地说，姚廷阶挺狡猾，他过去靠秦凤生，在王家寨一手遮天，霸道无比。如今他跑了，听说在天津，也有说在北平的，他家老大在北平。我让大抬杆和田一鹤去天津侦察去了。

王学恒说，抓回来，我们村的土改都落后了。我还要清算，姚廷阶和秦凤生勾结日寇，害死了我爹，咱们王家祖传的乾德大钟，给抢走了，差点儿运到日本去。我笑着说，您把这些资料写好，我抓回姚廷阶，您上台斗他，把他家霸占的苇塘分到老百姓手中。

我让大抬杆和田一鹤跑了一趟天津，虽然城里全是国民党守军，但这俩人还是将姚廷阶抓了回来。

人生会碰上许多坎，有人能过去，有人过不去。1948年11月23日，许大彪遇到一劫。后来水上飞告诉我，这事情出在曲阳灵山镇许家。土改开始后，村支书赵大锁带领农民分了许家的地，许河山和许二彪不服，许二彪带上长工拴子去找赵大锁，说，你们这样对我家，太不仗义了吧！赵大锁说，你们榨老百姓的油，不是好东西！说完一挥手，把许二彪抓了。许大彪当土匪时作恶，赵大锁把对许大彪的怨气撒在了许二彪身上。许二彪和赵大锁理论时又起了冲突，被大锁不慎打死了。许河山悲痛万分，让长工拴子赶紧去天津找回许大彪。许大彪刚刚提升了副团长，部队围困天津城外，待命开战。许大彪一听就气炸了肺。怎么会是这样？二彪死了！

许大彪气愤了，一副赴汤蹈火的样子。他带了水上飞和两个警卫员，火速回到灵山镇。

许大彪带水上飞来，不是让他出头打架，他是想让他找他舅舅方贵仁给老父亲看病。

许大彪请假时说老父亲许河山病危，其实，他不是给许二彪报仇来的，是想吓唬吓唬赵大锁，以后对许家客气点儿。许大彪右眼戴着眼罩到了家里，看着老父亲气脉极弱，他让水上飞赶紧到老虎山下去接方贵仁。许大彪把赵大锁叫到家里，骂得声音都嘶哑了。他说，你还把老子当土匪啊？老子是四野二十七团的副团长了，老子打日本鬼子，丢了一只眼，在东北打老蒋，立了功，你居然打死了我弟弟！赵大锁是烈性子，不服，梗着脖子顶撞许大彪说，你家二彪反对土改，还威胁农会！他那脾气你不是不知道吧？许大彪气恼了，血往头上涌，气得说不出话。赵大锁说，你是解放军了，难道你反对土改吗？许大彪说，谁反对土改？我爹该交地交地啊，你是泄私愤！两个人说着说着就骂开了。赵大锁又提起许大彪当土匪的事，许大彪就怕提"土匪"两字，一气之下嗖地掏出手枪，想吓唬吓唬他。他把手枪顶在赵大锁脑袋上说，土匪？谁他娘的是土匪？再说老子是土匪就枪毙了你！赵大锁眼都不眨，开枪啊，开枪啊！你是真团长假团长？就你这样的还混进革命队伍！团长哪有独眼的？许大彪一把抓下眼罩，左眼怒目圆睁，狗日的！老子给你脸啦？赵大锁嚷着，你就是个土匪！有种的就开枪啊！

许大彪眼睛红了，脑子里闪了一闪，手一抖，砰一声，真的开枪了。

水上飞和方贵仁赶到时，赵大锁已经断气了。后来水上飞跟我说，回天津时，汽车行驶到保定城，许大彪突然让汽车开向新水白洋淀，他想起了我，他要看我最后一眼。水上飞也想回去看看翠花。我也好久没

279 | 白洋淀上前传

有见到许大彪了。

　　他们到了王家寨,已经是傍晚,我正在带领人们分姚廷阶家的苇田。王家寨老百姓得了自己的船,老百姓得到属于自己的芦苇荡,笑逐颜开。我和二霞在家里陪母亲说话,许大彪满脸杀气地闯进来,我和二霞吃了一惊。我带许大彪来到对面房间,轻轻地问,大彪,你这是?我从他眼神里,感觉到发生了大事。我焦急地说,到底发生了什么?水上飞和大抬杆跟进来了,瞒也瞒不住了。许大彪说,水上飞在这儿呢,他就是不在,我也不会瞒着你,我杀人了。我吃惊地问,杀了敌人?许大彪迟疑了一下,痛苦地说,不是敌人,是自己同志!曲阳灵山镇村支书赵大锁。这人狗眼看人低啊!他说了说事情经过。

　　我长叹一声,埋怨说,你啊,从土匪干到团长,也算身经百战了,你在神仙山保卫战中丢了一只眼睛,到头来还是那么莽撞,在冲动下铸成了悲剧。以后你到底想咋办啊?你这次投奔我,是想我们把你藏起来吗?许大彪摆手说,不,我不连累亲人。就是想你了,过来看看你!

　　我挥了一下手,让大抬杆和水上飞出去了。我给许大彪做了一碗鱼丸,用他送给我的雕有"盈"的白瓷大碗。我把鱼丸端进来,平静地说,在老虎山,你吃过我亲手做的鱼丸,但是,没有吃过我们白洋淀的鱼做的鱼丸,这是我们祖传手艺的正宗味道。许大彪颤抖着双手,接过鱼丸,举过了头,仔细端详大碗,底下雕着一个"盈"字。他眼圈红了,唉,这个"盈"字好啊,留给你吧,好好收着,你是人生赢家!我完了,地地道道人生的输家啊!说着,他放下鱼丸,抱着脑袋呜呜地哭了。我摆上酒盅,给许大彪满上,哭出来吧,我等着你啊,哭完了喝!这是给你的壮行酒!许大彪忽然不哭了,用巴掌抹了一把眼泪,端起酒杯。我陪着许大彪一盅一盅喝酒。我会划拳,我们很久没有划拳喝酒了。吃完,喝完,许大彪红了脸,端详着这只大碗,愣了一下,媳妇,这是我在老虎山娶你的时候,送给你的礼物,你还留着呢?我轻声说,当然留着，带雷雷他们那些孩子回来，就带回家来了。我就喜欢这大白瓷碗，我吃饭都用它！许大彪豪爽劲上来了，仰脸笑道，这是当年我抢的保定总督府总管家的东西，我不懂文物，也不知道值不值钱，就是瞅着它是纯白的，就应该给你！在我眼里，你永远都是白瓷碗一样纯洁！我的眼睛红了，抓着许大彪的手哽咽了，知道，知道你的心，你给我的信物，我永远留着。那时候你娶我，你爹、你弟弟骂我当慰安妇，嫌弃我脏，唯独你真心对我好！共产党、八路军，把你培养成团长，多不容易啊！你没有死在战场上，却毁在冲动上，万般都是命，半点儿不由人！可惜，可惜啊！许大彪一把搂住我的腰说，我许大彪一路上悔青了肠子，有啥办法啊？我过去当土匪的时候，拿女人当门面，没少换压寨夫人。可是，她们谁也比不了你，只有你铃铛来了，让我许大彪动了真情，有你当媳妇，我汽车轧锣锅儿，死也值啦！我说，我也知足了。许大彪看了看手表说，夫人，不早了，我们休息一个晚上，这几天平津战役开始了，我先杀敌，然后等候政府处理吧。不管我是战死了，还是被枪毙了，你可得好好活着。我含泪点点头，我们王家寨有个老朱家，会做棺材。我让大抬杆他们把你装进棺材，埋在我们白洋淀王家寨，让你儿子雷雷天天陪着你！许大彪凄楚地一笑说，好，我媳妇铃铛说的话，吐口唾沫砸个坑，我信！

　　许大彪给我作揖一拜，坐下来沮丧地说，夫人，我估计活不成了，你就跟大抬杆好好过日子吧！都说他胆小，可他为救你，自己扛着炸药包冲啊！他这人真心对你，值得托付！现在回想起来，我对不住大抬杆啊！我听了一愣，从他嘴里说出这种话来不容易。我哽咽了，你这冤家啊——你还说了句真话。大抬杆真的爱我，他从没有动过二霞，更没有挨我一个指头。男人做到这份儿上，还能让人说啥呢？我知道大抬杆和水上飞这俩小子蹲在窗户底下听声，我大声说，大抬杆，水上飞，你俩给我站好岗啊！免得农会来人找我坏了我们的好事儿！水上飞应了，大抬杆也吭了一声。许大彪感叹说，夫人，大抬杆胆小，心眼好！就凭这一点，是个真男人！

我像以前一样给许大彪端来洗脚水，照顾他躺下。许大彪一把将我揽进怀里，拉灭了灯。声音静了，我果断地说，只要你许大彪还有一口气，就跟着共产党干革命，我永远是你的媳妇，永远等着你！

天亮的时候，我送许大彪和水上飞到码头，他们上汽车回天津城外部队。大抬杆摇着船离开王家寨码头。这一刻，我心头涌上了一股酸楚的滋味，很长时间没有体会这种滋味了。我站在千年老梨树下，久久凝望着，凝望着……

冬天了，北风劲吹，白洋淀水面结着厚厚的冰。

那天下了一场大雪，我和大抬杆接到命令，平津战役即将打响，要在白洋淀破冰，把大清河砸开一条河流，给解放军漕运军粮。情况紧急，因为北平没有解放，粮食走旱路，路过北平南侧，敌人层层设卡不说，还经常飞机轰炸，粮食很难被运到天津，就算走冰上爬犁，运输能力也非常有限。

我参加了会议，会议由新来的新水县副县长赵春华主持，县委书记讲话。会议上说，整个白洋淀水区一百零六个村庄，要征集两千六百名民工展开破冰，打出冰河，走船运粮食。王家寨负责打开村口通往大清河的一百多里冰面。我开完会回到王家寨，出头操持。我们村出工三百二十人，大抬杆和二霞都参加了王家寨"破冰团"。

白洋淀刮起了浩荡的北风。

破冰队伍排开去，黑压压一片，人头攒动，声音脆响，场面壮观。拥挤在冰面上的人们的脊梁挡住了我的视线，我只能听到噼里啪啦破冰的响声以及人们疯狂的喊叫声。从村里跑出来的狗，围着人群跳个不停。联络员拿着本子和尺子不停地跑动。实在太冷了，我就摘下手套，使劲搓手搓脸。我让大抬杆把这办法告诉破冰团的民工。

我挥舞着铁镐，嘭嘭地刨冰，冰碴四溅。人都冻得不行了，说话也张不开嘴，可黑幽幽的冰窟窿里竟然还有过冬的野鸭在嬉游。大抬杆说，铃铛，赶紧搓搓脸。我就搓搓双手和脸。大抬杆说，漕运船运粮食，这可是给许大彪吃啊！我叹息了一声说，这死鬼，回天津四天了，也不给个信，不知道咋样了。大抬杆皱了皱眉一边刨冰一边说，是呢，是不是给抓起来了？我瞪了他一眼，闭上你的臭嘴！如果抓了，或是枪毙了，水上飞会给我们来信的。大抬杆咧了咧嘴巴说，围困天津的大炮就快响了，水上飞哪儿有空写信啊？你说这人啊，水上飞跟许大彪在一个团。我叹息说，大彪是个讲义气的人，那天他让水上飞跟着回曲阳，就是信任他，可是，没想到出了这档事。大抬杆说，水上飞那天跟我说了，多亏许大彪让他去老虎山叫他舅舅方贵仁，水上飞那脾气，他在场的话，再帮着大彪开两枪，人也搭进去了。我生气地说，你咋不往好里想，水上飞拦住许大彪，也许没有这灾啦！大抬杆嘴里喷着哈气，说，你瞅你瞅，一日夫妻百日恩，你还是向着许大彪啊！我直了直腰，叹息着问，大抬杆啊，我问你一句话，给我说真话！大抬杆吐了一口痰，说啊！我迟疑了一下问，你到底是想让许大彪死啊，还是愿意他活啊？大抬杆瞪了我一眼，臭娘儿们，没有这么问话的。我踢了一下他的腿，你说，不然我不理你啦！大抬杆凑近我的耳朵，悄悄说，我愿意他死，死了，我们就可以复婚了。我又踹了他一脚，是你小子心里话！哪儿都胆小，就他娘的在我这儿胆大！大抬杆嘿嘿地笑，继续刨冰不吭声了。

天色暗了下来，在空旷的冰面上，到处都是人的说话声和咔咔的破冰声。哗啦一声，冰面翻水了。水面两侧有人惊呼，是敌人的飞机来轰炸了。我大喊卧倒。轰轰几声巨响，炸弹击碎了明净的冰块，冰屑四溅，击打在我的脸上火辣辣地疼。炸弹在离我四米远的地方爆炸，我这次下意识地扑在大抬杆身上，大抬杆的脸贴近了冰冷的水面。

我没有受伤却趴在冰面起不来了。

大抬杆嘿嘿笑着，伸手要拉我，我死活不接受，吃力地喊，我没事，我自己能起来！我吃力地蹬腿，大抬杆故意使了坏，踢过来一个冰块，我脚踩着冰块又摔了个屁股蹲儿，大抬杆幸灾乐祸地笑。人们喊，大抬杆，你还看热闹！把铃铛主任扶起来啊！大抬杆梗着脖子喊，人家不让扶。我说自己起来，就是自己起来。我运了口气，扭着腿站了起来。有人往水里扔冰块，溅到了大抬杆身上、脸上。大抬杆热情高涨。我瞪了瞪大抬杆说，我是你领导，保护你就是保护乡亲。有个老汉说，我也想让铃铛保护啊！大抬杆转身说，废话，等敌机再来轰炸，我来保护你。老汉拽着冰锹勾着腰继续砸冰去了。大抬杆凑近了我的耳朵说，你瞅瞅二霞干得多欢，让她歇会儿吧！我瞪了他一眼，啊，你好心疼二霞啊！我在这儿冻成这样，你咋不关心一下？大抬杆说，别吃醋啊，你是领导，军中不能没有主帅啊！我想了想说，让二霞回去做点儿鱼丸吧，早上送过来，大伙喝点儿热汤！你和二霞去办。大抬杆和二霞脚跟脚踩着冰走了。

　　我想出了夜间"两班倒"方法砸冰。一伙人到芦苇垛里休息，一伙人继续干活，轮换着，效率高。天黑了，一盏盏马灯按顺序排开，闪闪跳跳。这灯是大抬杆一家一户借来的。这让我想起了当年雁翎队在烧火淀火烧日伪军的场面。

　　后半夜，大抬杆和二霞端着鱼丸锅来了。天不亮，冰面暗暗的，冰层下面发出呼隆呼隆如裂帛似的暗响。二霞踩到一块浮冰，跌落水里，顿时冰火两重天，鱼丸锅的热汤洒到她的胳膊上，她被烫得惊叫，人跌落冰水里，又是一声惊叫。大抬杆眼瞅着丸子锅滑进一张一合的冰封，吃了一惊，赶紧放下手中的丸子锅，就地一滚滚过冰层裂缝，扑通一声，跳进了冰水里。他在二霞下沉的时刻，一把拽住二霞的胳膊说，二霞，抓住我的手！

　　二霞拼命地抓着大抬杆冷冰冰的手。

我听见大抬杆的喊叫，带民工冲了过来。由于砸开了冰层，碎冰块颤颤悠悠，人上去站不稳，前面几个人噼里啪啦栽倒了。我急红了眼，让人们趴在冰面上，手拉手，一点儿一点儿蹭着拽出了二霞和大抬杆。

二霞和大抬杆出了水面，身上即刻就结了冰。有个民工掏出怀里的一瓶白酒，让大抬杆喝了几口。

二霞扑进我怀里哭了，姐，可吓死我了！

我拍着二霞的头说，别怕，你们是好样的！我又转脸对大抬杆说，把丸子锅留下，你俩赶紧回村换衣裳。

大抬杆喝了烈酒，心里暖了一点儿，颤抖着说，让他们送二霞回吧，我能坚持啊！

我很感动，脱下自己身上的皮大衣，甩给了大抬杆。

我派张素菊把二霞送回村里，剩下的人继续拼命抡着铁镐刨冰，浑身冒着热气。上午十点左右，大冰河全线打通。两天两夜啊，我们破冰一百零八里。我直腰歇息的时候静静地望着，大抬杆和村里的民工等待解放军的漕运船到来。

一阵风声，船过来了，一片掌声响起。船头上站着满脸英气的解放军，解放军向破冰团的乡亲们敬了一个庄严的军礼。一个高个子军官喊，王家寨的乡亲们辛苦了，向你们致敬！参加平津战役的全体官兵感谢你们！

我大声喊，解放军同志，你们辛苦了，祝你们打胜仗啊！

高个子军官说，打了胜仗，解放全中国！

我听着他的口音有些熟悉，大声喊，同志，你是哪儿的人啊？

军官喊，我是保定曲阳人，副排长高贵和。

我望着高贵和，眼睛含着泪花，听着口音太像许大彪了。大抬杆佝偻着腰凑过来说，铃铛，许大彪的老乡，说话多像啊！你问问大彪的事啊！

我呆愣着，刚要张嘴，这艘船就开过去了。

285 | 白洋淀上前传

太阳渐渐升高了，冷风吹得紧。我喘气的当口，听见王家寨码头传来一阵神秘、舒缓、喜庆的钟声，是老梨树传来的乾德大钟的声音。上级传话过来，担心船距太远，活水瞬间会再度结冰，临时冻住，影响后面漕运船航行，所以由我坐镇指挥，冻了薄冰的地方，让大抬杆他们用长长的铁钩捅破，弄碎薄冰，后面的船就不会卡住了。我心疼地瞅着大抬杆，那么冷，他依然挺着干活，棉裤和腿都冻成疙瘩了。

新水支援前线的粮食、衣服都通过漕运被送到了天津。最后一条运粮船过去，我们不再砸冰窟，水面很快又硬邦邦地冻实了。

1948年11月29日，平津战役打响了。

约两个月后，我们听见天津方向传来隆隆炮声。消息传来，平津战役胜利了，但有一股败退的国民党兵路过王家寨去保定。来到白洋淀的兵不满一个连，上级让我带民兵伏击。这冰天雪地的，他们怎么过来呢？我还来不及想清楚，一些溃败的国民党兵就来了，他们见到东西就拿，见到姑娘就糟蹋。我和大抬杆奉命阻击敌人。村里乱哄哄响了一夜，我们埋伏在芦苇垛里朝着黑影打了几枪，我的枪法很准，枪一响就有黑影倒地。几天后，溃兵不再出现在王家寨了。

后来我听水上飞说，平津战役的第一轮炮击，打得又准又狠，是许大彪指挥的。炮兵轰炸过后，许大彪带领部队冲锋在前，英勇杀敌，在战斗中立了功。战役即将结束的时候，许大彪听说曲阳县委领导就许大彪杀害赵大锁一事找到四野领导。四野领导马上召集紧急会议研究，案情恶劣，枪毙许大彪！许大彪听说了，神色黯然。他没有声张。他继续指挥全团打仗，打炮的时候，他嫌不够劲，亲自动手打炮，隆隆的炮火震聋了耳朵。他亲手将红旗插上城楼的时候，激动地颤抖，眼里的泪却横竖流不下来。其实，他只是受了一点儿轻伤。他双腿跪地，缓缓抬起右手，冲着弟兄们嘶喊一声，兄弟们，老子先走一步了啊，下辈子我们还在一起打仗啊！砰的一声枪响，他自杀了。

第 二 十 五 章

平津战役结束后，水上飞捎话来，他通过朋友打听到掩埋许大彪尸体的地方在天津杨柳青柳灵滩19号。我踏实了一些，谢天谢地，终于打探到了他的下落。我望着大抬杆、二霞，淌着眼泪喃喃地说，许大彪不赖蛋，是一条好汉！应该拉回来厚葬了他。大抬杆低着头不好说话。二霞问，姐，棺材拉回来送到曲阳灵山镇吗？我迟疑了一下，摇头说，我正琢磨呢，许大彪灵柩回乡，算是魂归故里，可是他过去当过土匪，后来杀了赵大锁，怕老百姓给他掘了坟啊！大抬杆说，应该跟雷雷合葬。我抬手竖起大拇指说，大抬杆，你有胸怀，讲情义。我咬了咬牙说，那就去朱家买一口上等棺材，接许大彪回来。大抬杆点点头，乖乖准备去了。哪承想二霞跟邢玉芳泄密了。邢玉芳跟我吼，铃铛啊，你如今是村里的干部，但是让许大彪进祖坟，我不答应！许大彪是啥人啊，王家坟地风水都破啦！大抬杆急了喊，娘，你说啥呢？我愣了愣，我只是说许大彪跟雷雷合葬，谁说进王家祖坟啦？邢玉芳冷冷地说，铃铛，你别弄错了，如今你是我家大抬杆的前妻，他跟二霞是夫妻，我们王家的亲戚。许大彪应该埋在你们圈头村。我的脑袋轰地一响，如今我在王家没名没分。大抬杆强硬地说，娘，啥前妻后妻的，铃铛永远是我的媳妇！邢玉芳也软了音说，只有先跟大抬杆复婚，才能决定王家的事。我望了大抬杆一眼，这个家伙没有让我寒心，我铃铛碰上这么痴情的男人也算福气。我轻轻地说,娘,二霞跟大抬杆的婚姻,是组织安排的,他俩只是名义夫妻。如今这不明摆着嘛,你知道我和大抬杆的感情,许大彪走了,我自然就跟大抬杆复婚了。眼下土改任务重,许大彪灵柩不回来,我们先操办一个复婚仪式显然不现实,再说了,我这心里也过意不去。说着,我嘤嘤地哭了。王学恒说,别争执了,天气转暖了,尸体不等人啊,拉回来葬了吧。他扭头望着我又说,活人不把死人怪,许大彪都死了,他的功过,自有历史评说吧。他跟雷雷埋在一起,以后铃铛祭奠也方便啊!邢玉芳气得喘息起来,却不吭声了。

我们出发的时候,太阳升起来了。老梨树的白霜已经融化,树干湿漉漉的。我、大抬杆和二霞买了一口上好的朱家棺材,乘船从大清河水道来到天津,见到了穿着军装的水上飞。水上飞带我们到了杨柳青墓地,我们七手八脚将许大彪的尸体挖出来,没有棺材,他的尸体被草席裹着。尽管过了年,但天津依旧寒冷,尸体没有腐烂。我亲自把他的脸、手、脖子擦洗干净,给他穿上黑色缎面寿衣,再装进朱家的棺材。从杨柳青出发的时候,水上飞说许大彪给我留下一封信,遗憾的是他在战斗中衣服被烧烂了,信也烧没了。

我们的船头摆放着油灯、供品和打狗棍。大抬杆说,家里备好了报庙、停尸、送路、起灵、发殡的东西,还请了王家寨音乐会,为许大彪超度亡灵。我摆摆手说,都免了吧,坟头烧点儿纸就行了。

双槽船驶入王家寨码头,太阳快要落淀了。

我们事先雇用的抬棺人纷纷登船。我看见老梨树下聚集着许多人,黑压压的。我们卸船抬棺,棺材刚刚从船上抬到码头,老梨树下看热闹的人突然呼呼围过来了。人横着一字排开,我仔细一瞅,王大栓带着一群人站在那里,每人的腰上都扎了一条白布带子。王学恒和邢玉芳也站在人群里。我心中感觉不妙,这是啥意思啊?

王学恒凑到王大栓跟前,好奇地问,大栓,你们……你们这是干啥？王大栓父亲王学有蛮横地说，我们要阻止土匪进村。当年，蓝灯匪祸害我们，没有他们，哪有张麻子带队过来坑害百姓的事啊？王学恒咧着嘴巴说，老皇历了，这都是哪年的事了？王大栓带着的人凶凶的，乱叫乱骂，不能叫土匪进咱王家寨！棺材被突然拦住，气氛紧张。人不动，影子便静在地上。我缓缓抬了头，没有作声，脸上布满乌云，眼睛血红。大抬杆吓得变了脸色，支支吾吾。

王学恒瞪着眼睛说，眼下我们的任务是啥？搞土改，消灭蒋家王朝，迎接即将解放的新中国啊！怎么搞起了内讧？有个黑脸汉子说，我是大张庄的，当年蓝灯匪不仅抢了我家的粮，还打死了我爹。我们只求一件事，在许大彪下葬前，再接受我们的最后一次审判！接着他踢了一下棺材，又大吼了一声，许大彪，你个狗东西听见了吗？

这大大出乎我们的预料。大抬杆额头冒汗了，赶忙劝说，各位同乡，你们稍等，你们听我说说具体情况……王大栓抬手拦住了大抬杆。村里的渔民四笊篱冲过来，对着王大栓大吼，啥蓝灯匪绿灯匪的？人家是解放军团长，辽沈战役、平津战役的英雄。人死为大，你还是不是人？王大栓警告说，四笊篱，你他妈注意你的阶级立场！四笊篱厉声回应他说，大栓，你张狂啥呀？不给自己留后路是吧！王家寨的大船由铃铛掌舵，驴槽里多出个马脸来，有你啥事啊？王大栓站在一旁大骂起来，四笊篱，胳膊肘往外扭！四笊篱阴阳怪气地说，王大栓，我知道你家跟姚家有亲戚，土改分了姚家的苇田，你就跟铃铛过不去，请你不要感情用事！

我的脑袋轰然一响，怎么王大栓跟姚廷阶家有亲戚？这个情况我一点儿不知道。这是阶级斗争新动向。砸冰运粮，王大栓表现得很积极，这回哪根筋搭错了挑了这个头儿？闹完了他能得啥好处？王大栓看了四笊篱一眼，他眼神里的东西让人害怕。他头也不回地朝棺材走去。他父亲看花眼了，紧追了几步。

王大栓走到我面前，铃铛，不管你是土匪夫人，还是村干部，我们今天不是冲你，我们革命群众就是要审判许大彪！不准许他玷污了我们英雄王家寨！他进来了，王学武这样的英雄在天之灵有何感想啊？你想过没有？

　　看不出来，真是鹪人出豹子，他竟然把王学武搬了出来。我终于忍不住了，突然回头冲大抬杆大喊，把棺材撬开！我把许大彪从棺材里扶起来，让大栓他们好好审判！水大漫不过桥，许大彪啥没见过啊！众人立刻惊了。现场一下子静下来。大抬杆从船上找了一把斧头，晃荡着走过来了。欺人太甚，我咬着牙根儿，缓缓地说，你们不是想见许大彪吗，我现在就让他从棺材里出来，你们当面跟他说！不过，跟他说完了，我铃铛还有话说！在场的人愣了，面面相觑。我大声吼道，大抬杆，别磨叽了，撬棺材！大抬杆哭丧着脸说，铃铛，这万万不能啊！许大彪的亡灵会怪罪我们的。

　　我的头涌上一股血，酝酿成熟的愤怒终于爆发了。我麻溜地转身，劈手夺过大抬杆手中的斧子，嘭的一声，砍在榆木棺材上。一时间，嘭嘭的声音响着，木屑飞溅，众人都不知所措了。二霞也吓住了，额头的冷汗一下子冒了出来。朱家掌柜颠着碎步跑过来，连忙拉住我的胳膊，铃铛，这可是上等好榆木啊，你……还……真撬棺材啊？我紧紧攥着斧头，大声吼着，放开我！撬！谁也别拦我，今天不撬也得撬！胡应辉六神无主地说，大栓娃，杀人不过头点地，人都死了，你……你也别这样啊，别让在天之灵……不得安生……王学恒脸色骤黑，目光迷离。王大栓辩解说，我们是挽救土匪的丑恶灵魂，好让他在阴间里安生超度。

　　我大声说，你这样说，是跟他过不去还是存心跟我过不去？

　　王大栓蔫蔫的，不说话了。

　　我晃了晃亮闪闪的斧头，声音越来越怪异，你们都给我打听打听，可着咱白洋淀，从古至今有你们这么干的吗？前无古人，后无来者！在我和大抬杆没有复婚之前,我还是许大彪的媳妇,我要跟王家长辈,各位叔叔大爷、兄弟姐妹说明白,你们要想最后审判许大彪,好,我成全你们!我现在就把棺材撬开,你们当着他的面狠狠审判,如果他点了头,说明他服了,我啥话不说。要是没点头,别怪我铃铛饶不了你们,我手中的斧头也不答应!有种的来啊,谁退缩了谁是龟儿子!

王家寨人们面面相觑,连连倒退着。

我大声吼着,一抡斧子,咔嚓一声,砍在棺材上,木片横飞。王大栓等人攥紧了拳头,一步步逼近棺材。

王学恒脸色变了,站出来主持公道,乡亲们,这事是我让铃铛办的,要怪就怪我王学恒吧。英雄不问出处,许大彪是当过土匪,犯了错误,但是,他加入了八路军,他打鬼子、打国民党毫不含糊。杀人不过头点地,他对自己犯过的错误已经自我惩罚了,我们大家就成全他一把,让他入土为安,这是咱王家寨的胸怀和气魄。

胡应辉戳着拐杖说,学恒说得对,我家当年也遭蓝灯匪的抢劫,可是,我们王家寨人宽宏大量。我儿子水上飞说过,许大彪是他们团长了,在神仙山打鬼子,不含糊,瞎了一只眼。王大栓轻蔑地说,这叫报应!胡应辉说,你让我把话说完,辽沈战役、塔山阻击战,他们连死了一半多。他荣升了团长,是立下赫赫战功的啊!

翠花也站出来了,声音响亮地说,我爹说得对,我和铃铛都是许大彪从日本鬼子的魔窟里救出来的。铃铛为了我们姐妹,才被迫嫁给许大彪的。大伙想想,全王家寨要说最恨许大彪的应该是大抬杆,那是夺妻之恨啊!可是,人家大抬杆咋表现的?自己掏钱买棺材去接许大彪,侠肝义胆,大胸怀啊!你们还有脸在这儿拦截棺材?

大抬杆说,翠花啊,我们是王家寨人,做这点儿事应该的,千万个罪,都怪日本鬼子啊。不说辽沈战役和平津战役,就单凭许大彪打鬼子,他就是一条好汉,咋说也是英雄。好男人要胸中有大义,你们跟铃铛比一比，还他娘的像个男人吗？他又放低了声音，今天大伙有怨气，我也理解。有怨气的让个路，有良心的过来送他一程！

众人立刻都喊起来，咱送许团长最后一程吧！

翠花先哭了。有了领头的，人们就号啕大哭起来，有的王家人也跟着哭起来，顿时一片哭声。

王大栓无奈地一挥手，人们沮丧地撤了。

我松了一口气，那只抓着棺材的手一抖，斧头落地。我晃了晃身子，一头晕倒在地。大抬杆赶紧抱住我，拿手掐我的人中，我呼出一口长气。

棺材被抬到了北沟苇塘高地。我喊了几声，雷雷，你跟你爹团圆了，然后就把许大彪下葬了。

人们都默默地散了，我让大抬杆先走，自己陪伴许大彪爷俩多待一会儿。人都走了，我趴在坟头大哭了一场。这感情太复杂了，憋了很久的思念和委屈决堤而泄，得到从没有过的释放。最后我喊了一阵许大彪和雷雷的名字，嗓子都喊哑了，还说了啥，都记不得了。我的喊声渐渐消失了。

我大睡了一夜，第二天醒来，眼皮突突跳了几下。我独自去了村里的镇龙寺。我用泪眼看着观音像，然后虔诚地叩头。我永远失去的男人回到了身边，我就想，死是透明的吗？我死后还能看见自己吗？

第二天夜里，我整夜未眠。后半夜我起床去了墓地，我愿意听淀边动植物的声音，丝丝缕缕的颤声宛若天籁之音。我的眼前还是许大彪的身影，对爱情的回忆乃是爱情的延续。我感觉身体如释重负，那是梦吗？灿烂的流星雨过后，云朵上好像游来了一朵黄色荷花，我用满含泪水的眼睛凝望夜空，满天星斗又涌进我的眼里。

这两天在家里既憋屈又难受。从家里出来，我呆呆地坐在老梨树下，空洞的目光散落在老梨树下。转过墙角就是我的家，几步路就能到，但我呆坐在街上要舒服一些。唉，他们还是不了解许大彪这个人啊……

下雨了，这时候我希望雨点儿是雪花。雪花来了，那是许大彪来看我。

有一天，二霞跟我说，邢大鹰被政府枪毙了。

我听了心头一震，半天没有说话，说不上高兴还是悲伤。时光过去了，世事已经变得虚渺，因果已无牵涉。可是，邢大鹰看了政府的布告还是决定自首。据说邢大鹰后来出家去了北京潭柘寺，那天离开的时候，他抱养的女孩死死抱着他的腿，哀求他别走。邢大鹰决定要走，她是拦不住的。邢大鹰狠狠甩开她回头的时候，她满眼含着泪花跌在地上喊，爹，爹啊！邢大鹰揩了一把脸，大步流星地走了。据说他在保定的行刑地点是竞秀区的一亩泉。这里是府河的发源地。这个因罪恶而救赎的生命就这样完结了。

天黑的时候，我去镇龙寺给他烧了一点儿纸。

我和大抬杆就要复婚了。越是漂浮的爱情波澜越多，为了彻底忘掉许大彪，我和大抬杆去许大彪墓地烧纸祭拜。我拿出了白瓷大碗，满上白酒。我跪在坟地含泪说，大彪啊，我们把你拉回来了。你们曲阳老家不合你，我就自作主张把你拉到王家寨来了。你不是想儿子吗？把你跟雷雷埋在王家寨王家祖坟边上，爷俩也好有个照应。按你交代的，大抬杆对我好，我们马上就复婚啦！你在那边别怪罪我们。你和雷雷那边有啥事，就托梦给我吧！说着，我把碗里的酒洒在坟头。

大抬杆也跪着说，大彪老弟，安息吧！我们每年清明、过年，都过来给你们烧纸啊！

我与大抬杆复婚的喜讯传遍王家寨家家户户。

邢玉芳把我和大抬杆叫到跟前，说，王家寨风俗，死去丈夫的女人，要守寡三年才能结婚。我吃了一惊，王家寨还有这风俗啊，按风俗来。大抬杆迫不及待，娘，我们俩是复婚。王学恒和邢玉芳商量，那得到王家寨的镇龙寺祭拜。王学恒问，二霞怎么办？二霞与大抬杆假扮夫妻开的鱼丸店，村里人知道，可是外来人不清楚，以为他们是一家人了。女人极为敏感，我看出二霞对大抬杆也有了情感，但是，二霞从来都是让着我。

土改工作紧锣密鼓，同时还要组建王家寨基层党支部。我被选为村党支部书记，成立识字班，宣传新婚姻法。我的婚姻就提上日程了。我除了要为自己的婚姻考虑，也要把二霞嫁出去，不然大抬杆不好表态。我让翠花从大张庄介绍了一个叫张贵银的渔民给二霞。张贵银家是纯渔民，土改分到了四亩苇塘，有了四舱船，家境挺好。可是张贵银与二霞相亲，贵银对二霞颇为满意，二霞却没有答应。这让我犯难了，我母亲在圈头村催得急，如果不把二霞安置妥当，母亲就阻止我跟大抬杆复婚，而且她还绝食。我望着母亲苍白的泪脸心急如焚，放下手里工作四处张罗。

无巧不成书。这一天，新水县副县长赵春华到王家寨检查落实土地政策情况，纠正对地主斗争不深不透的问题，巩固土改成果。我带着赵春华到码头鱼丸店吃饭，他不仅夸奖二霞西河大鼓唱得好听，还看上了二霞的人。当官的看上唱大鼓的，让我想起了祖上红姑。

起初，我是竭力反对的。赵春华是二婚，他的二婚跟我们二霞的二婚大不一样。大抬杆压根儿就没挨过二霞的身子，所以没有一儿半女。赵春华就不一样了，他老家有媳妇有孩子。

这事让我极度为难，一边是领导，一边是我妹妹。赵春华是雄县米家务镇望马台人，家里有媳妇和两个孩子。抗战时，他参加过著名的雄县板家窝战斗。1939年2月，日寇三百人和伪军五百人向板家窝村进发。赵春华带领的侦察小队提前得到情报，随即报告驻扎板家窝的八路军支队。赵春华把情报报告给支队队长余秋里，余秋里率军隐蔽伏击，日伪军到村中桥头，八路军用桥头做掩体，猛烈射击，打乱了敌人的部署，双方打到天黑，日伪军溃不成军撤了。赵春华与八路军一起坚守阵地，击毙日寇七十八人，击毙伪军一百多人，缴获机枪六挺、迫击炮一门。赵春华得到记功奖励，后来被提升到中共雄县县委当领导。1947年8月，他对制造雄县"侯留惨案"的国民党敌人进行清算，锄奸三人，被评为"锄奸英雄"。

赵春华看上了二霞，二霞听说了他是"锄奸英雄"，内心充满崇拜，也看上了他。这让我十分为难。赵春华看出我的情绪，解释说，我与媳妇说好了，马上就离婚了！我愣了愣，都两个孩子了，婚说离就离啊？大抬杆插嘴说，赵县长，嫂子没有给你戴绿帽子吧？赵春华摇头，没有。大抬杆说，这更不能离啦，将来把嫂子和孩子接到新水城里。赵春华沉了脸，你们还教训我来啦？我那是包办婚姻，感情破裂，你们懂吗？

我脑子转弯儿快，瞪了大抬杆一眼，附和说，是啊，赵县长是大领导，家里的小事应该安排好。

大家都沉默了，各自心中都有说不出来的苦恼，想起来特别伤感。

赵春华只好换了话题。

赵春华个头不高，但五官精神，口才极好。他说什么二霞都爱听。抗日的时候，赵春华也搞过土改。他说，雄县望马台村那边有日伪军给地主撑腰，咋改啊？这次土改好啊，我们雄县一个国民党军队的傻柱，在辽沈战役前线收到了父母写给他的信，说共产党好，解放军好啊，家里分到土地了，日子越过越好。傻柱一想，坏了，打仗如果打胜了，这不是助纣为虐吗？他当天背着枪带着一班的兵起义，加入了解放军。

二霞微笑着说，这傻柱真的不傻！

大抬杆也听着感兴趣，凑了过来。赵春华继续兴致勃勃地说，大抬杆啊,你在雁翎队是打过仗的人,打仗可不能光看人数,没有士气和意志,再多的兵,也是吃一锅拉一炕,打不了胜仗啊!

大抬杆和二霞点头笑了。

赵春华回了县城。大抬杆和我却争吵起来。大抬杆看出了我的私心是赶紧把二霞打发走,他吼道,有你这样的吗?这是对二霞不负责任!她可是你的亲妹妹啊!

我愤怒了,瞪着眼睛说,大抬杆,你说啥话呢?你是说我害二霞吗?你小子是不是想娶了二霞啊?尽管大彪死了,我铃铛也不阻拦你,我走!

大抬杆说,你还吃醋了,想到哪儿去啦?我这不是替二霞考虑吗?

我说,你这榆木脑袋不开窍,如今解放了,好多干部进城,很多人有妻室,那带有旧社会色彩,如今到城里再成家,男方提出来,政府一般都批准。赵县长不会欺骗我们的,二霞嫁了他,到城里吃香喝辣。

大抬杆说,嫁鸡随鸡,嫁狗随狗,女人这样,男人也应该这样。当年,你铃铛都嫁给许大彪了,我大抬杆照样等你,你跟许大彪屋里睡觉,我和水上飞在屋外站岗,我都听见你们的声响了,我没有跟你吵架吧?一是一,二是二,那时候你就是他媳妇。可是,赵县长这样做,我就瞧不起他!

我板了脸,大声说,大抬杆,犯犟了不是?我再问你小子一句,你想不想跟我复婚?

大抬杆拍着胸脯说,我生是你的人,死是你的鬼,当然想啊!

我一把搂紧了大抬杆,哽咽说,大抬杆,你知道我这人死鸭子嘴巴硬,这些年,你知道我好受吗?我对不起你,对不起你。你一个那么胆小的人,冒死到高阳救我,我出来了却投奔了许大彪。

大抬杆眼睛红了,几乎嘶吼起来,唉,我怕就怕这个,闹半天你心中还是有个结啊!今天把话都说开了吧,我大抬杆从来没有怪罪过你,嫌弃过你。你当年投奔许大彪，不是为了营救那些可怜的姐妹吗？不管你在曲阳、阜平，还是在白洋淀，不管你是死是活，你都是我媳妇！我大抬杆的媳妇！

我看着他，表情严峻地说，你个傻子，还算是明白人。我们都是为爱而受苦的人，如果不是我念你对我好，我才不嫁！你赶紧干活去，文化低，就是没有水平，别跟着掺和领导的家事啦！赵县长和二霞的事我来处理！

我带着二霞进城了。

第二十六章

后来我后悔了,这是我这辈子干的一件糊涂事。这不是揣着明白装糊涂吗?没有办法,好人也是有私心的。

这一天,邢二霞哭着来到王家寨。我见到她,她说赵春华的媳妇翠莲带着十二岁的儿子和八岁的闺女到新水县城闹事来了,每天上午十点准时堵在办公室撒泼。我听了心里立刻感到紧张了,二话没说拽着二霞就去了县城。

赵县长的办公室门前围着好多人。赵春华的媳妇翠莲长得挺黑,胖胖的,没文化,但是性情刚烈,口齿伶俐,骂得满嘴翻白沫。赵春华躲在办公室,死活不开门。我喊道,赵县长啊,我是铃铛,开门吧!赵春华听到我的声音,缓缓将门打开了。他一露头,翠莲就扑上去狠狠抽了他一个嘴巴。赵春华被打愣了,捂着脸连连说,你这泼妇,滚!翠莲一把鼻涕一把泪地控诉赵春华,你现在是父母包办、感情不和了,当初,你家穷得连彩礼都拿不出来,我自带嫁妆到了你们赵家,你不就是个穷光棍儿吗?你咋不说包办啦?你当锄奸队长,躺在屋里睡觉,让我在房顶放哨,你咋不说感情不和啦?我给你们赵家生了俩孩子,抚养长大,我身体病了,还要整天照顾你老爹老娘,你咋不说父母包办啦?赵春华垂着脑袋,显得非常尴尬。我过来了,脸色铁青。二霞以为女人惜女人,我会替翠莲说话,没想到,我一把抓住翠莲的衣领喊,你是谁啊?

咋这么说话啊？你这是血口喷人，无理取闹！赵春华看见了我，仿佛看见了救星。

翠莲轻蔑地瞥了我一眼，你是谁？是赵春华的相好吗？说着，伸手就抓我的脸。

我跟许大彪学过点儿武术，跟大抬杆练过戳脚，我一跺脚，伸手抓住翠莲的胳膊，她就疼得冒汗了。我说，你问我是谁？实话告诉你吧，我是赵县长的大姨子邢铃铛，我妹妹二霞，才是他的媳妇呢！你再无理取闹，给你抓起来！

翠莲把腰一横，说，你敢！你到底是谁？

我嘿嘿一笑说，我是王家寨的铃铛，你家是革命家庭，我家更是老革命啊。我当过雁翎队队员，当过日本鬼子的慰安妇，当过土匪许大彪的媳妇，当过八路军，当过乳娘，八路军的一百多个孩子，都是我在白洋淀带大的。如今我还是王家寨村干部。我男人是雁翎队威震四方的大抬杆！你想怎么着吧？

翠莲一听，惊讶得合不拢嘴巴。

赵春华十二岁的儿子赵树森，哇的一声猛叫，一头朝我撞过来。我本来想躲，又怕孩子脑袋撞到墙，就将赵树森一把揽在怀里。由于惯性大，我跌坐在地。

赵春华急眼了，吼，翠莲，你到底要干什么？在家里不是说好了吗？非要闹出人命不可吗？

我没有生气，抚摸着孩子的头说，孩子，有话慢慢说，没有撞坏脑袋吧？你小子为了你娘，有种！我喜欢你这样的男子汉。翠莲不哭了，身子软了，一把将儿子拽起来。二霞也把我搀扶起来。我甩开二霞，自己站立起来，让大伙散了，算替赵春华解了围。我跟翠莲进了一个房间，聊起了软话。赵春华和二霞盯着房间，担心俩女人再掐起来，后来听着声音越来越平和，最后，翠莲拉着我的手走出房间，有说有笑，还让儿子赵树森认了我当干娘。

赵春华永远也不明白,我怎么会劝动泼妇翠莲呢?

其实,我看出了翠莲的性格,刀子嘴豆腐心。女人都一样,她比别人多的就是宽容。她从心里宽容了赵春华,我就容易与她沟通,所以我把翠莲安置得非常满意,让二霞与赵春华顺利结了婚。赵春华从此也对我刮目相看。二霞显然沉浸在幸福中,她问我,姐,你用的啥招儿,制服了他媳妇?我神秘地说,先吓唬,再哄呗!二霞摇头,说不明白。我怅然一叹,眼圈红了,都是女人,翠莲也不容易啊,她的心思都在孩子身上,以后你和老赵对那俩孩子好点儿啊!明白吗?二霞真诚地点头说,明白了!姐,你真行,我有着落了,肯定好好跟老赵过日子。这些年啊,姐夫真的不容易,你跟姐夫赶紧复婚吧!她说着眼圈就红了。

我故意板着脸说,我们的事你别操心,跟老赵再生个一儿半女的,好好过日子吧,我和你姐夫就放心了!

二霞慢慢转过身,低头抹泪走了。

姚家大院前面的老戏台,就是土改的批斗会场。大抬杆和田一鹤从天津将老地主姚廷阶抓回了王家寨,同时被抓来的还有他的三姨太。三姨太是天津人,地道的天津口音。如果我当年嫁给姚廷阶,这个陪同他挨批斗的三姨太就是我了。姚廷阶身体佝偻,相貌丑陋,留着山羊胡子,有些酸腐气,却写一笔好字。姚廷阶见到赵春华的面就一鞠躬,递上一幅他写的书法"天道酬勤",殷勤地说,请赵县长笑纳!我大喝一声,姚廷阶,收起你的破字!姚廷阶抬头看了看我,认出我来,低头无语了。新中国就要成立了,人民当家做主,作恶多端的姚廷阶财富加身、满屋黄金有何用啊?

赵春华说,对于怎么处理姚家,要合理合法,既要把他家的苇塘、土地、农具分到穷苦百姓手中,还要不违反规定,具体的你们自己拿主意,一定要处理好,人民满意了,党和政府就满意!

我想来想去决定开完批斗会听听群众反映再说。眼下，尽管辽沈、平津、淮海三大战役取得了胜利，但地主和土匪在全国各地仍然猖獗。姚廷阶有三儿子，一个在北平，两个在天津，如果他们偷偷回到王家寨进行报复，那也会酿出悲剧啊！

我让姚廷阶打开姚家大院。大院门前，两个高大的汉白玉石狮子张着大口露出獠牙。姚廷阶哆哆嗦嗦掏出一串钥匙，将姚家大院打开了。大院已经好久没有人了，但是依然显示着姚家的阔绰。其实，姚家的苇塘，我带人早已分好，只等姚廷阶本人回来签字。姚廷阶望着账单，死死闭着眼睛嚷，我不签，穷鬼，这些苇塘都是我爹开药铺挣钱买下来的，你们这么干，跟蓝灯匪有啥两样，是伤天害理啊！

三姨太一口妩媚的天津腔，她对着我说，这是嘛事，你们王家寨人太不仗义了，听俺家老爷说，姚家没有少给王家寨办好事。人就这么没有良心吗？

我冲三姨太撇了撇嘴，没再搭腔。

大抬杆纠正说，那几项是真的，我们对日寇布置阎王淀战役的时候，我和水上飞到姚家借过芦苇，你老东西死活不借啊！你还勾结日伪军抢乾德大钟，姚廷阶，你敢耍赖吗？

姚廷阶低着头，翻了翻眼皮，没有话说。

有人喊，姚廷阶，你不就是仰着你姑爷汉奸秦凤生吗？他被枪毙了！你也想死吗？

姚廷阶当然知道，却装糊涂说，秦凤生的媳妇当天就跑回天津了。

我愤怒地吼，还有，当年我给你们姚家大院做鱼丸，你企图霸占我，如果不是大抬杆，我早就毁在你手里了！

姚廷阶哆嗦着，喃喃地说，铃铛？如今你是？

我抬手指着姚廷阶的鼻子嚷道，我是党员，还是王家寨村干部，替那些被你剥削的穷苦人斗争你的！把大地主姚廷阶捆起来，先游街，然后大会批斗！

姚廷阶沮丧地跺脚叹息，做鱼丸的都掌权了，变天了，变天了！铃铛，你别忘了，你们邢家还欠着我家苇田呢！

我大声说，姚廷阶，你做梦去吧，如今是共产党的天下，人民当家做主啦！大抬杆和田一鹤上来就用绳子将姚廷阶捆绑起来，让三姨太守着，然后清点他们家的胆瓶、桌椅、板凳、船只和农具，再一件一件分了。

姚廷阶的问题难在回收苇田上了。开过批斗会了，姚廷阶死猪不怕开水烫，还是坚决不签字。胡应辉自己报名要说服姚廷阶，可不管他如何说，却没能说动姚廷阶，自己颜面大失，狼狈而去。不过胡应辉的一些话提醒了我，他对姚廷阶说蒋介石落荒而逃，已经到了台湾，你还指望什么呢？大抬杆急得跳脚，说，听说大张庄的地主孙守礼就被装麻袋扔淀里喂鱼了，我们把他的手印一摁，就扔阎王淀喂鱼得了。

我严肃地说，不行啊，眼下上级纠偏呢，一切按党的土改政策办！然后转身就走了。

我走了以后，大抬杆和田一鹤说，先装麻袋，吓唬吓唬他。

我离开了，大抬杆和田一鹤将个头矮小的姚廷阶装进了麻袋，两人抬着到了码头。大抬杆喊，姚廷阶，你签字不签字？再不老实，我们可扔你啦！姚廷阶在麻袋里，嘴巴还挺硬，穷鬼，我儿子不会饶过你们的！大抬杆秃噜手了，麻袋就掉水里了。田一鹤惊得白了脸，坏了！大抬杆说，我们下去捞啊！他说着，噼里啪啦脱了裤子，穿着裤衩就跳下去摸麻袋。

田一鹤也跳进了淀里，摸来摸去却没摸着，姚廷阶失踪了。他从水里探头喊，姚廷阶，姚廷阶！

奇迹竟然发生了。姚廷阶竟然钻出麻袋，呼啦呼啦游过来。他气喘吁吁，我的天啊，你们来真的啊！救命，救命啊！说着瘫软下来，人像个蒿茄子。

大抬杆瞅见姚廷阶了，骂道，这老东西，命真大！

我在暗处躲了一阵，闪身出来，示意大抬杆赶紧把姚廷阶捞上来。大抬杆和田一鹤游了过去，将姚廷阶拽上了岸，姚廷阶躺在码头哗哗吐了一摊水。这时候，三姨太娇滴滴地围了上来，哭着喊，老爷，老爷受委屈了。老爷自己游了上来，说明我们命不该绝啊！

姚廷阶这次真吓坏了，哆嗦着青紫的嘴唇说，签字，签字，如果我签字，政府允许我回天津吗？！

三姨太说，我家老爷心血管病犯了，只能到天津惠仁医院西医治疗。

我严厉地说，你交了苇田，去哪儿随你，天津解放了，到处都是我们的人，反正你也跑不了！

姚廷阶翻了翻眼皮，哆哆嗦嗦地签了字。

我马上向赵春华报告，姚廷阶签字了，然后就与他商量如何分配苇塘和土地，纠正过去分配不公侵犯中农利益的问题。王家寨姚家的浮财丰厚无比，账单连成几个本子，远近都轰动了。

赵春华赞扬说，铃铛同志，你干得好！

姚廷阶和三姨太回到天津，躲在一处平房里度日。北平来了消息，姚占轩和姚廷阶的大儿子姚超凡都病死了，姚廷阶的大姨太哮喘，没几天也跟着去世，二姨太带着孩子走了。姚占轩的去世，姚廷阶没有太大的悲伤，毕竟年龄大了，可是大儿子姚超凡的早逝给姚廷阶的心灵造成极大创伤。姚超凡非常有才气，不仅懂药店经营，还像姚廷阶一样写一手好字。二儿子姚天生留在哈尔滨不回来了，身边只有三儿子姚守仁两口子。姚廷阶写一手好毛笔字，一遍一遍抄大儿子的书法，老泪纵横，其情可哀，可怜。大抬杆记得，姚廷阶死后，姚家老三姚守仁两口子从天津回到王家寨，说姚廷阶突发脑出血死的，死时左手握着莲藕，右手握着毛笔，嘴边还有莲子，他正用毛笔写着，家乡美，家有莲藕可以吃，死也不做饿死鬼……

我不知姚守仁说的是真是假。大抬杆和王家寨人安置了姚守仁，没有再斗争他，毕竟他是在天津长大，没有在王家寨做过恶事。姚守仁也不知道王家寨的风云变幻，他和媳妇过上了简朴的劳动生活，暗暗期待着有一天能够变天。

我与大抬杆终于复婚了！

王家寨复婚也有讲头，王学恒提出办个复婚的仪式，隆重一些。我没有答应，战争胜利了，我成了王家寨的村支书，我们应该有新的生活方式。我提出与大抬杆共同在院里栽上一棵柿子树，象征事事如意。

栽好树，看着它挺拔的样子，我却有些伤感了。人生的事情就是这样，再大的热闹也就一瞬间。细细一想，人生的悲哀是真实的，欢喜却短暂又不真实，想着过头的指望，指望越高，失望越重。血浓于水，繁华落尽，只剩亲情。大抬杆问我为什么不哭，我异常平静地说，还有啥可哭的？路是自己走的，多少人都死去了，我们能够活着就算幸福了。

秋天说来就来了，白洋淀的芦苇黄了。1949年10月1日，新中国成立了。我们大声呼喊，新中国成立了！

这个美好的日子，老梨树上的乾德大钟被敲响了。我仰脸望着天空，传说中的荷花云朵飘来了，慢慢地，它们牵起手来，凝聚成大片云朵，再慢慢汇聚成一条龙的形状。

我的脸上有掩饰不住的喜色。我又让大抬杆到老梨树下敲钟庆贺。大抬杆有些惊讶，王家寨的大钟刚响过了，怎么又要敲呢？翠花提醒大抬杆，你没看见你家铃铛害口啊，八成是有喜了！

大抬杆跑到老梨树下，又用力敲响了乾德大钟。

几个月后的一天，我一阵肚疼过后，又一阵剧痛袭来。邢玉芳进来了，问我哪儿不好受。我支了支身子还是坐不起来，疼得呻吟起来。从许大彪那事开始，我和邢玉芳的关系不再融洽了，疙疙瘩瘩的。邢玉芳冷着脸说，有那么严重吗？娇里娇气。说完就出去了。大抬杆似乎感觉到什么，他走进屋里看了看我，怕是要生了。我满头大汗，这一次疼得厉害，我用脑袋死死顶住墙壁，叫了一声，大抬杆去喊来水上飞的媳妇翠花，翠花守护着我。邢玉芳感觉真的要生了，焦急地过来了。她摸了摸我的头，滚烫滚烫，她从桶里捞出一片湿漉漉的荷叶，捂在我的额头上，我很快睡着了。一个小时过去，我在疼痛中醒来，喊叫了两声，就在王家阴暗的土房里，我要生第二胎了。第一胎雷雷走了，我要好好把孩子生下来，给王家续上香火。可是，赶上胎位不正，孩子难产，疼得我哭喊半天，多亏胡应辉送来了半根人参，给我补足一口气。大抬杆又给我采了一束荷花，我抱着荷花感觉肚子剧痛，身体一歪，孩子出生了，是个男孩，取名王永泰。

两年后，我生了二儿子王永山。

这一年，我仍然是王家寨的村支书。水上飞仍然在朝鲜打仗，他写信说目前在上甘岭苦战。他哪里知道，家里却出大事了。

事情的起因还是许大彪。平津战役那年的故事我讲过了，今天我还得叨扯叨扯。平津战役那一年，许大彪在曲阳灵山镇杀了赵大锁，后来有人说许大彪隐瞒了真相，当时水上飞也开了枪。曲阳县委找到新水县委，县委开了会，县公安局派人找到王家寨。我在村委会接待了他们。

我听了心中咯噔一震，脸就白了。

大抬杆拍着胸脯说，杀人的事是许大彪一时冲动，是他自己干的，许大彪亲口对我说的，咋还牵扯上水上飞啦？水上飞在辽沈战役中立了功！现在还在朝鲜战场上打仗呢。

我望着天，咬着牙齿说，功过是不能相抵的，功必赏，过必罚！

大抬杆担忧地说，唉，怎么会是这种情况？水上飞要是在朝鲜战场立了功，回来还是要追究那罪过吧？

翠花噘着嘴说，水上飞跟我说过多少遍，他没有掺和许大彪的家事。许大彪朝着赵大锁开枪的时候，他不在现场，方贵仁舅舅跟他在一起呢。我瞪了翠花一眼，唉，当时许大彪也是这么说的，可既然他没有参与，那为啥曲阳县还对他不依不饶的？得找证据。翠花给我和大抬杆跪下了，声泪俱下，你们是凤久最亲的人，他还在朝鲜打仗呢，你们得救救他啊！她哭得鼻涕一把泪一把。

我说，翠花，你别哭了，是福不是祸，是祸也躲不过，我们的党奖罚分明，功是功，过是过。但如果他真的开枪了，就应该受到惩罚！

翠花歪着脑袋说，如果孩他爹真的参与了，平津战役之后，曲阳县委去天津找到部队，为啥只追究了许大彪，没有提水上飞？这其中肯定有诈！

大抬杆抓着脑袋，也怀疑里边有问题。

这时，胡平跳了跳，哇地哭了。难道孩子听懂我们的话了？翠花只好带孩子先走了，我望着翠花的背影，到了门口她还狠狠打了胡平的屁股。我双手蒙着脸，无声地哭了，水上飞啊水上飞，真是个苦命的人啊！

大抬杆仍旧坐在那里一动不动。

我哭完了就得想办法。大抬杆和水上飞情同手足，谁不管我也得管啊！第二天，我让大抬杆到曲阳灵山镇跑一趟。大抬杆到了老虎山下，可方贵仁大夫已经去世了，许大彪的老父亲也死了，证据都断了。

第二十七章

白洋淀的荷花盛开的时候,抗美援朝结束了。1953年秋天,芦苇黄了梢,水上飞随着部队凯旋。

我、大抬杆和翠花去保定车站迎接水上飞。列车缓缓停下,回国的志愿军战士陆续下车,人人都穿着军装,戴着大红花。接站的人们举着英雄,将他们的身体抛得高高的,一片欢呼声。我提醒大抬杆,水上飞腿上有伤,多加小心。我发现了一个秘密,只有水上飞胸前没有红花,但走近了又看见他胸前戴着奖章,就没有多想。水上飞和大抬杆紧紧拥抱成一团,那激动的样子让我想起了雁翎队打鬼子的情景,我和翠花都不停地抹眼泪。

我亲手给水上飞做了一顿鱼丸子,一起热闹一番。水上飞像闻着鱼腥的馋猫似的,围着我的灶台转。翠花说他还是那么顽皮。水上飞吃鱼丸的时候,先是细细看,仿佛鱼丸是奇珍异宝似的双眼灼灼放光,然后放进嘴里,慢慢品着嚼着,长叹道,真香啊,多好的下酒菜啊!大抬杆啊,我们哥儿俩多喝几杯,你总算是回来了。水上飞说,自从跨过鸭绿江,就没想着还能活着回来,还能吃到铃铛的鱼丸子!

大抬杆说,水上飞,你不记得雁翎队打鬼子啦?水上飞说,当然记得,那是历历在目啊!不过,那些仗都比不上上甘岭战役,打得那叫艰苦,能够活下来的都是命大的,炮弹像刮风,子弹像下雨。

我摆了摆手说，咱不说了，活着回家就好。大抬杆知道自己是明知故问，还是问了他战场的情况。

水上飞粗门大嗓地说，抗美援朝，一场战斗下来，战士变排长是常事啊，那个惨烈程度真是没法说透。我们雁翎队过去打小日本，三大战役打老蒋，那都是常规战。到了朝鲜战场可不一样了，从没见过美军的武器和战法，一场合围攻击战役没打完，战友们一个个倒下，我的耳朵炸聋了，还没见到美军影子呢，美军来自天空、海上、地面，各式炮火打得谁跟谁也无法联络，无法执行战役战术安排。美军用飞机轮番轰炸，硫黄弹、火焰喷射器向我们的巷道进攻，我们是缺水缺粮啊，空着肚子打仗，你说这是打的啥仗啊？大抬杆听着，摆摆手说，水上飞，你小子活着回来不容易，咱不说打仗的事了。水上飞脸上笑着，不无得意地继续说，我杀死好几个美国佬，这就够啦！我想起火车站那一幕，插话说，水上飞，你为啥没有戴红花啊？水上飞沉了脸，叹息着说，如果我戴上红花，就在城里当工人了，不会回咱王家寨了。

大抬杆一愣，为啥呢？

水上飞微微弯过身子，干瘦细长的手指掐着烟，眼睛里充满悔恨。他红着眼睛说，1952 年的秋天，我们的连队换防上甘岭，我们守在巷道里，美国佬开始轮番轰炸了。我们扼守主峰阵地，眨眼的工夫就炸了四百多颗炸弹。天黑了，轰炸结束，我们拿着铁锹抢修工事。工事刚刚修好，我们就开始轰炸他们。那一阵，我们的装备也好转了，火箭炮、大炮轰轰轰地砸向敌人。轰炸结束，我们的突击排先冲出巷道，这时，美国佬和韩国军队冲了上来，死战开始了。我把手雷、手榴弹向敌人扔去，从巷道口到山顶，我连续投了几颗手榴弹把敌人的重机枪炸哑了。六十米的距离，敌人的尸体、钢盔、炸断的枪支一片狼藉。唉，这个场面对我们打过仗的人来说不稀奇……咱不说打仗了，说说我犯的错误吧。我们挖了一个新巷道，新巷道没有弹药和吃的。一天夜里，张大贵连长交给我们排一个任务,去山下接应朝鲜方面送来的苹果。接头后,我们扛着苹果往巷道方向走,赶上敌人轰炸。我发现挨着敌人铁丝网的地方有一条路,我们弯了腰走,敌人还是发现了,猛烈地轰炸着。我脚下轰地一响,啥都看不见了,醒来发现自己被炸到敌人那边了,一筐苹果也炸散了。那一瞬间我以为自己就要死了。天亮了,我发现自己在韩军军营边上。我动弹一下右腿就疼,低头一看,腿上扎了弹片。我拔出弹片,右腿就呼呼地流血。我动了动,顺手抓了几个苹果放进兜里,又放进嘴里吃了一个!我抬头看了看巷道口,只能往铁丝网的北面爬。我爬着爬着,到了铁丝网跟前猛一抬头,看见一个美国鬼子。不知道他是美国人还是雇佣军,总之就是高鼻子、黄头发的家伙。他的腿也在流血,他正往韩军这边爬。我们两人几乎同时抬头,目光相碰,我用仇恨的目光盯着他。我们两人足足瞪了对方十分钟。惊心动魄的十分钟。哗啦一声,我听见他拽枪了。我身手比他快,先把枪对准了他的脑袋,他额头冒汗了,眼里闪着绝望的光。我使劲扣了一下扳机,咔的一声,娘啊,竟然是空的,没有子弹了。美国鬼子恐惧的神情马上转为侥幸,他狗日的枪口瞄准了我的脑袋,脸上还带着一丝嘲笑,他要扣动扳机了——

我的心悬到了喉咙口。

翠花惊讶地说,后来咋样啊?

水上飞继续说,这狗东西也扣动了扳机,我听见咔的一声,老天爷保佑啊,也是空响,他也没子弹了。这叫命悬一线啊。他马上不笑了,脸色冷起来。我们只能拿仇恨的目光对峙了。我盯着他,他看着我,我们两个人一动不动。也不知道过了多久,我悄悄抓起一块石头,他微微一笑,忽然冲我挤了一下眼睛。那一瞬间,我心中一热,竟然也冲他一笑,结果两人分头爬回了各自阵地。

我提到喉咙口的心,又慢慢回落到胸膛。

水上飞说，我拖着伤腿终于爬回来了，膝盖和胳膊肘子都流了血，右腿的伤口更别说了。一直爬到半夜，我总算看见了黑洞洞的巷道口。我用枪拄着站立起来，眼前一黑，还是跌倒了。四川兵小孙把我背进了巷道。回去我就把经历的事说了，还说美国佬笑了一下，我也笑了一下。我恨自己啊，面对凶恶的侵略者为啥笑一下啊？如今我也想不明白，笑他的鬼样子，还是笑他的枪也没有子弹？我说完，连长和战友们在巷道里批评我啊，连长骂我为啥不跟美国佬拼命，就是咬也应该咬死他啊！我眼睁睁放走了敌人，还笑了一下。最后我挨了处分，所以没有戴红花的资格……

大抬杆拍着胸脯说，水上飞，你这人咋变得磨叽了？你腿上有伤，又朝敌人开枪了，放下这包袱，对得起良心了。

水上飞忽然抬了头，似乎明白了什么。

我说，抗美援朝给中国人民争了脸，我们腰杆硬了，你在我们心中就是大英雄。

水上飞尽量笑着，并不知道两颗泪珠早已从他的脸颊上滑落下来。翠花哇地哭了，她一下扑进他的怀里，用脑袋蹭他的胸口，久久地抱着他不放开。水上飞喃喃地说，鸟都恋旧窝呢，何况人啊？我想你们啊！

我劝说，别想那不愉快的事了，回家就好，回家就好。

我们不再提这个不愉快的话题了，让他俩喝酒。水上飞喝了酒就把不愉快抛到了脑后，恢复了本性。他本来就是这般没心没肺的样子。酒后，大抬杆和水上飞去了王家寨的东河滩。

我远远地望着大抬杆和水上飞。水上飞毕竟心里有事，他两只手抓着大抬杆的肩膀，狠狠地摔了一跤，在泥里滚了几滚爬起来。大抬杆啐了他一口唾沫，两人互相瞪了一眼。一会儿，两人又互相搀扶着默默地离开了东河滩，谁也不说话。

许大彪在土改时枪击赵大锁事件连累了水上飞，经过多方求证，判定水上飞完全是被冤枉的，但是，没有很好的证人，加上一个抗美援朝挨处分问题，水上飞身上背了两个污点。

1953年冬天，我生了闺女王永丽。

1954年开始，农业合作化到了第二阶段。生活像戏剧一样，总是一场接着一场，角色也跟着轮换。几年前，农业合作化第一阶段互助组时，我就是村支书了。现在，水上飞表现积极，大抬杆也是支部委员。赵春华在第二阶段给我们开了动员会。他说，两家地主的苇田该分的都分了，下一步啊，就是从互助组到合作社发展，组织群众发展生产，自力更生，艰苦奋斗，这是我们共产党人的优良传统啊。

我听了很激动。赵春华问我，有什么困难吗？

我认真地说，就是缺口粮。种田的村里都没口粮，我们纯水村，更是缺口粮啊！

赵春华说，我来协调解决一点儿，刚才说了，要自力更生。

我回到王家寨当即传达会议精神，带领群众成立合作社，组织更大规模的生产劳动。千年的苦，万年的愁，都可以忘记了，我身上那股劲头又涌了上来。大抬杆和水上飞两个好搭档，带着互助组干了一件漂亮事，很快成立了初级社，更提高了苇席和鱼的产量。

可好日子没几年，家里的灾难说来就来了。

邢玉芳瘫痪之前，跟我吵了一架。她说，我们王家知道你是合作化领头人，可是，这家也不能不管啊！连大抬杆也追随你当积极分子。我说，这是国家的大事，我能不管吗？邢玉芳严厉地说，你是妇道人家，应该知道守妇道！我感到十分委屈，将一兜子鱼往地上一摔，眼泪不争气地淌了下来。邢玉芳突然眼睛一黑，晕了。她瘫痪之前还是有先兆的，她在淀边洗衣服，右腿一软掉进了水沟里，左脸擦伤了一块。我把她抱回了家里，她擦伤的脸还在往外渗血，我用碘酒给她擦伤的脸消毒，她说可能发昏了，产生了错觉，脚就迈空了。当时我们没有往别处想，她的脸好了以后，就下地做活，可是，没有几天她就觉得双腿软软的站立不起来了。

大夫说这是瘫痪。我请大夫给邢玉芳开药，扎针灸。邢玉芳瘫在炕上，长长地叹着气，久久不能平静。她沮丧地说，我死了得了，免得拖累你们。

柿子像灯笼似的挂在枝头，鸟的翅膀掠过高高的屋脊。我在院里的柿子树下跟大抬杆说，我想辞职，回归家庭，好生伺候婆婆。大抬杆愣住了，惊讶地说，你不干村支书了，我们在王家寨就没面子了，你这是糊涂虫！我瞪了他一眼说，娘都这样了，还要什么面子啊？大抬杆眨了眨眼睛说，辞职不是你的真实想法，你肯定是有自己的想法。因为许大彪入葬的事，我娘跟你作对，所以你记恨她，才想到每天折磨她。我气得浑身颤抖，眼睛冒出火来。

王学恒狠狠一巴掌打在大抬杆的脸上。

大抬杆被打蒙了。

王学恒说，你个傻东西，你误解了铃铛。

我的眼泪唰地流下来了。

我的行为让邢玉芳落泪了，王学恒亲笔写了一幅字：事亲孝，母女情，于兄弟友谊恭，待人接物忠且恕；孝悌为本，爱国爱家，崇文尚武，蓄势待发。

我不当村支书后，大家选了大抬杆当村支书。开始的时候，大抬杆还不太适应，有啥事还问我，慢慢地，大抬杆就渐渐熟悉了。快天亮的时候，我又一次醒来，梦到了一些愉快的事情。我感觉自己像乘坐了一艘集体的大船迅速驶过，几点灯光渐渐暗了，毫无痕迹地消失在远方。

抗日的时候，我跟邢玉芳的婆婆夏雪莉走得近，邢玉芳有些吃醋，但那只是情绪上的，我俩真正的矛盾来自我嫁给许大彪。她不理解我，认为我不该为了救姐妹而放弃跟大抬杆的婚姻。当我生了许大彪的儿子归来，她总是沉着脸，抱都没抱一下雷雷。当我把许大彪跟雷雷合葬在王家寨的时候，矛盾到了白热化。葬礼的那一次争吵，对于我是一种锥心之痛。

但我还是尽心照顾婆婆。我给她喂水、喂饭、端屎、倒尿，她走到床沿坐下来，我蜷曲着双腿给她揉捏。她冷冷地说，我不用你按摩，还是让学恒来吧。王学恒说，你说得轻巧，我这高血压犯了，能给你按摩？你碰上铃铛这样的孝敬媳妇，已经烧高香了。过去你是怎么对待铃铛的？人家伺候你，你还不知足吗？邢玉芳叹息了一声，垂下了头。我用敬仰的眼光望着王学恒说，爹，我们王家是德孝之家，祖上能够做到，我们晚辈更应该做到。娘没有错，当初我跟许大彪的事，我确实是一时冲动，给大抬杆和家庭带来了伤害，都是我的错啊！王学恒说，你是有胸怀的女人，那样做也是为了救姐妹，为了动员许大彪抗日。我们之间很少谈这个话题，突然说开了，我禁不住轻轻哽咽起来。

邢玉芳如梦初醒，脸色变红，激动地喘着气，眼睛含了泪。我望着邢玉芳说，娘，你就听我的。邢玉芳点了点头说，唉，拖累你了。我大咧咧地说，人吃五谷杂粮，谁还没有个病？谁还没有个为难着窄的？王永泰心疼我，他想不上学，想伺候奶奶，让我拦住了，说啥也不能耽误孩子的学业。

邢玉芳有点儿不知所措，但想到自己祖上有瘫痪的遗传，就不再抱怨了。我除了喂吃喂喝，每天还帮着她翻身、做一些肢体活动，我们俩几乎是形影不离。

有时候，我陷入了摸不着深浅的沉思中。

1958年8月，大炼钢铁运动开始了。风热热地涌来，我们王家寨也支起了锅炉，天天烧芦苇冒黑烟。大抬杆带着人搜罗钢铁，有人说乾德大钟也该砸，大抬杆说，那可是皇帝赏赐给我们祖先状元的，那是文化记忆，不能砸！王大栓跟着起哄，你们家的钟不砸，我们家的锅也不砸！事情就僵住了。村里几个干部也围攻大抬杆。他回家跟我商量，要不把乾德大钟砸了炼钢吧？我死活没答应。大抬杆怯怯地说，我不带头，人家要撤我的职。我气得双唇颤抖。

民兵们走到老梨树下伸手就摘大钟，我冲过去双手叉腰骂，兔崽子们，你们的良心呢？这钟的价值你们不知道吗？你们要砸就先砸死我！民兵们推开我还要摘，我抡着樟木棍子打他们，边打边大声嚷道，这是乾德大钟，文化的象征，你们砸了它，就会变成野蛮的人，你们兔崽子知道吗？民兵干瞪眼，纷纷被吓退了。姚富生远远地看热闹，说我跟大抬杆唱双簧呢。其实，大抬杆真的不知道。我偷偷跟水上飞商量。水上飞说，你还记得日本人收缴武器，以收缴烂铜废铁为名要收这大钟？我想起来了，当初瞒着日伪军，把大钟藏在朱家棺材铺里了。这次我又想用这个办法。我就跟水上飞找了几个人，夜里偷偷将大钟藏到了朱家棺材铺。

天亮的时候，老梨树上的大钟没了，大抬杆跟老百姓都瞪圆了疑虑惊恐的眼睛。我高兴的时候爱摇铜铃，伤心的时候总是眨眼睛。大抬杆跟我争吵的时候，我眨眼的动作使大抬杆心里没底了，他低着头不敢说话。我说，乾德大钟我送给圈头娘家亲戚了，你就别追了。如果再追，我就将我手里的铜铃铛献出来，咋样？大抬杆叹息了一声，你个铃铛能炼几个铜，留着你自己玩吧。

大炼钢铁过去后，我让水上飞带着大抬杆从朱家棺材铺里抬出了大钟挂在老梨树上。

可是没过多久，王学恒去世了。

第二十八章

1977年,"文革"结束后一年,大抬杆恢复了村支书的职务。水上飞和大抬杆吃饭,我埋怨大抬杆,前两年他停职期间,帮我照顾他母亲多好,可这家伙在家里根本待不住,常常跟着水上飞去淀里打鱼。王永泰担心他的身体。大抬杆说,永泰,你爹现在身体还行,跟着你水上飞大伯好好打鱼。现在你当大哥的得看着永山点儿,叮嘱永山别给家添乱啊。爹年龄大了,我们也没什么奢望,没有什么盼头,你们真有孝心,就早点儿娶媳妇生孩子。王永泰望着大抬杆点点头。

这么多年,我无微不至地照顾瘫痪的婆婆邢玉芳,我和家人期待着她能够重新站起来,其实,这是无望的期待。我们之间有时也爆发一点儿口角,就像喉咙有一根鱼刺,想拔掉这根刺。后来我想通了,这根刺是拔不掉的。我不去多想,继续忙里忙外,把饭碗端到她的嘴边,把鱼丸汤一勺一勺地喂给她。有的时候,我也被生活压得喘不过气来,好在王永泰、王永山还能帮帮我。偶尔腾出一点儿空闲,我就去方成田大夫那儿学针灸,他给了我一张人身穴位图,我每天对着图在自己身上练习针灸,练了一年就给邢玉芳扎上了针灸。有一天,我拔下一根根白色的银针,邢玉芳凄苦的面容让我吃惊,这么周到的伺候难道还不满意吗?我不知道怎样才能让她从绝望的情绪中缓过来。邢玉芳莫名其妙地哭了。她说梦见王学恒了,她躺在了丈夫的怀抱里。她抽泣着说王学恒叫她过去伺候他了。

有一天,我突然发现邢玉芳不在炕上。她怎么消失的?我破门而出,急疯了似的满院里找婆婆。我在后院的水塘边找到了她,她竟然爬着去寻死。我背上邢玉芳回到了屋里,说,我们对你不好吗?邢玉芳哽咽说,你待我太好了,我不想活了。她说得很绝望。我说你能绝望,说明你对生活还抱有一丝希望。

我多么希望邢玉芳的心情能够好起来!我想出了个办法,让她的精神得到舒缓,我喊来水上飞跟她说话。没有什么灵丹妙药能医治病人的创伤时,人的痛苦会在说笑中慢慢被消磨掉。邢玉芳的嘴角第一次露出一丝笑意,和我说,你是好媳妇,已经尽心了,过去是我对不住你。

我采摘了一些荷花插在玻璃瓶里,摆在了邢玉芳的床头,每三天换一次。她闻到了荷花的香气了,猛地转过脸,眼眶里旋转着两团热乎乎的泪水。

大抬杆给邢玉芳买了一个轮椅。王永泰将邢玉芳抱上了轮椅,我推着轮椅上的邢玉芳,来到老梨树下听西河大鼓。听了一阵大鼓,我们慢慢来到淀边看日落。日头已落,西天一片红云,如一抹饱蘸胭脂的洁白的纸张,慢慢洇出一点儿红,浓浓淡淡的红,如撒了荷花瓣的淀水在天地间醉意流淌着,流淌着……

我看见邢玉芳醉了一样笑了。

1977年立夏,瘫痪二十年的邢玉芳去世了。邢玉芳弥留之际,攥着我的手说,别人瘫了,遭老罪了,我瘫了二十年,但是,这是我一辈子最享福的日子啊!

我听了眼圈红了,久久没有说话。还说啥呢?大抬杆都听见了,我在乎邢玉芳的感受,更在乎他的感受。大抬杆提议将我评为王家寨精神文明典型、时代好媳妇,还把我伺候婆婆的事迹写成了文章发在报纸上。

秋天，媒人给王永泰说媒，说的是采蒲台支书邢喜贵的闺女邢荷花。这几年家里穷，王永泰人老实，一直娶不上媳妇。媒人给说，一半也是因为大抬杆在王家寨还有几分面子。

王永泰对这门亲事没意见，冬天就娶了邢荷花过门。这一年，王永泰二十七岁。

我把邢荷花送进洞房之后，趴在王永泰的耳边，悄悄叮嘱王永泰夜里行了房事之后万万不要喝凉水，喝了凉水就会炸了肺，不治身亡。王永泰红了眼圈说，娘，我记下了。天黑了，晚饭喝的红枣莲子粥，也是我给送进洞房里的。没有鲜鱼，没有给邢荷花做上一碗鱼丸子。

晚上，水上飞送来一对蜡烛，蜡烛点燃了，缓缓闪吐着火焰，把邢荷花照得楚楚动人。她端坐着不说一句话，眼皮垂着，浑圆的肩头也垂下来，可在王永泰眼里，她身体的哪个部位都在说话。她仰脸望他时，那条垂在腰际的黑辫子在炕沿上荡来荡去的，越看越不像是白洋淀出来的人。

邢荷花把一对绣着鸳鸯和梅花图案的陪嫁枕头摆好，然后继续盘腿坐着。夜里的蜡烛闪了一夜，窗外照进来淡淡的青光，那对蜡烛的光时明时暗。早上我问王永泰，荷花挺好吧？王永泰什么都没说，就像聋哑人一样。我悄声对王永泰说，我们就等着抱孙子了。王永泰用舌尖去舔自己干裂的嘴唇，笑了笑。

夜里九点钟，王永山回家了。我打了王永山的屁股，说不该穿他大哥的新衣裳。王永山说，国家恢复高考了，他想参加高考，去学校开会了。随后，我跟邢荷花交了底，说永泰没病，衣裳被弟弟王永山穿走开会去了，所以起不了床。邢荷花大咧咧地说，都一家人了，我明天回家找我爹弄一件好衣裳给永泰。我听了心中热乎乎的。一家人坐在一起吃饭，大抬杆将一个大米粒掉进了脚趾缝里，王永泰看见了，他慢慢弯了腰，用手掰开父亲的脚趾，找那颗米粒，找不着就在炕上摸来摸去，摸到后到底是将那粒变黑的米粒捡起来，放进嘴里嚼了。

第二天早上，王永山又把衣裳穿走了，王永泰还是起不来床。邢荷花回了一趟采蒲台。她回来的时候，带来了一身新衣裳，递给王永泰说，穿上吧。王永泰说，我那身衣裳也是我娘从圈头亲戚家借的。我脸上挂不住了，说借的衣裳不用还了。邢荷花说，你穿这身新的，那衣裳让娘还人家，有借有还再借不难啊！大抬杆说，还是还人家，将来你回圈头也有面子。

我不动声色，冷了脸捏了捏耳朵。

王永泰将邢荷花她父亲的衣裳穿上了，竟然很合身。大抬杆朝王永泰身上看了好一阵子，又默默地垂下了头。

邢荷花有些腼腆，脸色微微泛红了，我爹说，白洋淀补了水，就把我的嫁妆四舱船亲自送过来。

大抬杆嘿嘿笑了，谢谢亲家喜贵啊，来了我们喝几杯。

我瞪了大抬杆一眼说，人家邢喜贵当支书，你也当支书，家境差距咋那么大呢？

大抬杆想了半天说，大伙儿都在等着好政策，政策来了，我们就走创业一条路。

我看见房顶飞来一只朱鹮鸟。我想这鸟会跟邢荷花一样，给我们贫穷的日子带来吉祥。

我记得一个有趣的说法。王家寨曾经是朱鹮的故乡，有一年凤凰率百鸟在镇龙寺聚会，朱鹮得到了邀请却不来，它说自己不是一般鸟类，是稀有鸟类，不能跟众鸟为伍。后来麒麟过生日，召集百鸟相聚祝寿，朱鹮又没有到场，这次它说自己有翅膀能飞，所以是鸟而不是兽。凤凰和麒麟都恼了朱鹮，说朱鹮长得丑，不敢露面。朱鹮听到后极为恼火，也要在王家寨搞一个大型聚会。聚会的日子选在了白洋淀干淀灾那一年，人们跪在镇龙寺前求雨，没想到却是朱鹮给乡里带来很厚的一朵祥云,这朵云彩下了七天七夜的大雨,王家寨从此在白洋淀出名了,遂定名为朱鹮的故乡,这又让麒麟和凤凰极为妒忌。只是朱鹮在白洋淀并不多见,老辈人说朱鹮救了乡亲之后就飞走了,听说去了陕西的洋县,只有少数几只朱鹮在白洋淀飞翔繁衍。传说古老的朱鹮能像狐狸一样附体,把人弄得死去活来,而谁要是在落难时候有幸迎来朱鹮,谁家就有喜事。

大抬杆也看见了朱鹮,他脸色红紫,惊喜地喝道,咱家小喜事,连着咱村的喜事,好日子要来了。

王永泰抬头望了望房顶,又望了望邢荷花。邢荷花爱睡觉,她睡的姿势像睡莲,沉静而又滋润。

王永山回来了,又有一只朱鹮落在房顶。他要上房抓这两只朱鹮。他说写一首《朱鹮来了,春天来了》的诗。我制止了他抓朱鹮的鲁莽,让朱鹮在房顶歇息。后来,我听说这两只朱鹮到了朱家就不走了。

第二年,邢荷花怀孕了。生孩子那天,我在邢荷花身边守候,她疼得一抽一抽的,但她不哭,咬住嘴唇撑着。慢慢地,她感觉齿间有了一股滚烫的血腥味,只听哇的一声婴儿的啼哭,我亲自将大孙子王义成迎到了人间。

大抬杆抱着脑袋哽咽着说,王家有后了。

大淀蓄水之后,姚家人又陆陆续续地回来了。姚守仁带着两个儿子姚富生和姚哈喇都回了王家寨,大儿子姚富生还带来了一个俊媳妇。大抬杆很想在姚家人都回到镇上后,重新给王永泰和邢荷花操办一个像样的婚礼,给族人看看,也向姚家炫耀,王永泰讨了一个采蒲台的好媳妇邢荷花。我知道,在姚家人看来,王永泰虽说相看过很多女人,可女人都没有看中他,家境穷是一个问题,还有一个不便明说的原因是窝囊。可我不这样认为,王永泰胆小随了大抬杆,但是憨厚沉稳、吃苦耐劳。姚家孩子就不一样了。有一次姚富生不知是什么事情不顺心,他就跟姚守仁对骂起来，还把自己的一盆洗脚水泼在了父亲的身上，一下子，姚富生不孝敬的恶名就传了出去。如果不是卖了自家的手镯当彩礼，说不定姚富生到现在还光棍儿着呢！

王永泰和邢荷花并不理会姚家人。他们照常在苇田里推苇泥，湿湿的黑泥在日光下暴晒多天，依然水涝涝的。他们弯腰推泥，把肥沃的黑泥推到芦苇根上去。芦苇长得又粗又壮，王义成在那里玩着泥巴，小脸涂得黑黑的。干活儿多，王永泰成了王家寨最好的庄稼把式。他站成个骑马的姿势，将木板按低了压住，邢荷花双臂暗暗一使劲儿，木板尖深深地揳进泥土里。那一瞬间，真是说不出的痛快淋漓。

这些年，王永山和中学老师侯权关系很好。侯权父母是北京的文化人，侯权当年作为知青被下放到王家寨教书，是王永山的老师。侯权爱读书，爱写诗，王永山受他影响很大。侯权借给王永山许多书，从《鲁迅全集》《郭沫若文集》到《文史资料》《莫里哀喜剧全集》，王永山经常沉浸在书里写诗作文，不问世事。

一天，王永山说他爱上了一个姑娘，她叫王月月，诗歌研讨会上认识的。可是，王月月家住新水县城，提出结婚要彩礼，很重的彩礼。我和大抬杆商量来商量去，拿不出彩礼。没有多长时间，王永山就跟王月月分手了。

王家寨有个叫小洒锦的姑娘，死了老人，家里有房，因为喜欢文学而追求王永山，不要彩礼。王永泰和邢荷花见过小洒锦，都夸这姑娘虽然个头矮，但长得很漂亮。

我让水上飞打听了一下。小洒锦姓王，叫王永梅，外号叫小洒锦。小洒锦是一种荷花的名字。小洒锦身材矮小，眼睛黑亮，脸白嫩，像鸭子脚掌，一层薄皮盖着，露出的条条血管清晰可见。王永山把小洒锦领到家里来，我瞅着有些飘。大抬杆说让王永山再考虑考虑。

可是，小洒锦会使女人手腕，几个昼夜里朗诵诗歌，就和王永山钻了淀南的苇垛，一来二去小洒锦就怀上了。小洒锦是以孕诈婚，让我和大抬杆十分被动和气愤。可是，他们两人好得形影不离，眼看要出怀了，我无奈地叹息说，既然不要彩礼，就娶了过日子吧。可王永山和小洒锦刚结婚，王永山就发现，小洒锦肚里的孩子竟然不是他的，而是小洒锦和村里渔民咸鱼的。

这件事对于我们王家无异于晴天霹雳。那天黎明时分，王永山盯着女人看一阵儿，然后就铁青了脸，蹲在地上使劲抽自己的嘴巴，吓得小洒锦不住地眨眼。他一把揪住小洒锦的头发，就让她那么光着上身，被拖到了我们的屋里。他让小洒锦把跟咸鱼的事对我和大抬杆说一遍。

小洒锦白花花的身子趴在我们屋里的地上，虽说天刚蒙蒙亮，我还是看清了，大抬杆惊得险些背过气去。这是自己的儿媳妇呀！他马上背过脸去骂王永山，你个畜生！我胡乱拽了一件衣裳喊着，穿上，穿上！小洒锦呜呜地哭。王永山把事情说明白了，大抬杆又开始大骂起王永山来。他能对小洒锦说什么呢？王永泰和邢荷花过来了，拽着小洒锦出去了。

王永山又给我们说了一遍，说小洒锦肚里的孩子是小洒锦和咸鱼的。王永山说他有证明，自己的精子是死的。我和大抬杆惊住了，我们王家怎么会发生这种事？我们正说话，小洒锦手里抓了一把剪刀跑进来。她不是报复王永山的，她是冲着自己的脖子来一个自我了断的。剪刀戳过去的一刹那，我扑过去拦住了小洒锦，我的胳膊被划出血了。

大抬杆皱着眉头说，家门不幸，家门不幸啊！

自打知道小洒锦和咸鱼的事以后，王永山一直想离婚。咸鱼担心王永山硬把小洒锦和孩子塞给他，便托媒人把寨南村的大鹅娶回了家。

王永山毫无退路。大抬杆生气地骂王永山，自从你带小洒锦到家，我就觉得不对劲儿。你说不要彩礼，结婚就结婚吧，闹半天你被戴上了绿帽子！我一开始就瞅着小洒锦是水性杨花的人，压根不是我们王家人。离婚！永山，你要是再去找她，我非把你这兔崽子的腿打折不可！

王永山说，爹，你打我有啥用？

我慢慢抬了头问，永山，你自己咋想的？王永山身上有一种书呆子的单纯和臆想。王永山说，除非把她嫁给咸鱼，这就都归位了。大抬杆眼睛亮了，说这法子还行，铃铛，你说呢？我的脸像一张玄妙的谜书。我抬头看苍黄的天，仿佛看见了别人没有看见的东西。王永山急眼了，娘，你说话啊！我撇着嘴说，这得啥人啥对待。女人要是没了脸面，就啥也不怕了。小洒锦要是不离，急眼嚷嚷出去，她不怕丢人，我们王家丢不起这个人啊！还有，小洒锦怀着孕，咸鱼敢娶她吗？大抬杆问王永山，你跟小洒锦谈过没有啊？王永山说，她说你死了这条心吧，我不离婚！还一口咬定孩子就是我的。我说，这不就结了，认命吧。

大抬杆沮丧地说，唉，小洒锦她家没有老人了，但凡有人，我这村支书说话还是顶用的。你看你找的啥人！

我想了想说，老二，听娘一句话，咱家这么穷，人家没要彩礼跟你了，跟你的时候还是黄花闺女。再说，是你不行，只要小洒锦一心一意跟你过，别离婚，忍了吧！

王永山猛地塌了身架，抱着头不吭声了。

大抬杆同意我的说法，叮嘱王永山，家丑不可外扬，这事儿就过去了，没办法也得认啊！然后他叹了一口长气，用手端着下巴，沉默着。

王永山颤颤地站起来。他去了镇龙寺一旁的荷花岛，蹲在芦苇边抱着头，让泪水从手指缝里往外泄着。这天夜里，王永山没有回家，一个人在野地里坐着，紧紧地夹着双腿。从那以后，王永山好久不写诗，他去圈头村的狮子会学武去了。王永山学了武术，将咸鱼狠狠揍了一顿。

小洒锦的孩子生下来了，竟然是一对残疾双胞胎儿子，一个左腿瘸，一个右腿瘸，我们起名王春夏、王秋冬。两个孩子手掌特别大，所以外号叫大巴掌和二巴掌。消息传遍了王家寨，姚家人听到这个消息暗暗笑着。

王永山看了看两个儿子，铁青着脸色没有说话。他从此跟小洒锦分居了，一心读书复习，为高考做准备。他的脸色让我心里阵阵作痛。

1978年，改革开放开始了，农村开始联产承包责任制，王家寨和中国一样走进了一个崭新的时代。农户承包集体的基本生产资料主要是土地，土地从集体手中承包给每家每户。

1980年，王家寨开始分苇田和船。那天上午，王永泰先跟着大抬杆走了，我是后来追过去的。我们几乎同时发现自家承包过的苇田从根部慢慢膨胀，像苇穗一样蓬松地胀开了，人们盯着这些苇田、渔船。没有谁挨门吆喝，村会计王德志用村委会大喇叭一喊，村人便兴奋地拥到码头。一条条船在码头等候着新的主人。王永泰当了第二小组的组长，他张罗着抓阄儿。我觉得这阵势很像土改、合作化时那样热闹。三中全会以后"大包干"都陆续铺开了。大包干又叫包产到户，听说端村是水陆两栖，不仅分了苇田和船，还分了承包田。分苇田时，人人脸上洋溢着喜气。

与这气氛格格不入的是水上飞的样子，他像当年被分了田地的老地主姚廷阶。我悄悄走到水上飞跟前说，老东西，没有斗争你，咋还不高兴啦？水上飞狠狠地瞪了我一眼说，铃铛啊，我想到了土改啊！我凑近了水上飞说，土改的时候你分到了苇田，人在哪儿啊？水上飞眯了眼睛想了想说，翠花给我写信，那是打平津战役，后来苇田真到了手，人还在朝鲜跟美国佬打仗呢！那叫来劲啊，从姚家分得了苇田来劲啊！我瞪了瞪他说，今天咋不高兴了？政府好政策来了，让你再吃饱肚子不是好事吗？水上飞梗着脖子说，那不一样，这是从集体手里分，那是从地主手里分苇田，心劲不一样。

我听了一愣，他还真有自己的想法。

大抬杆和朱家人都凑过来跟水上飞打招呼，他的老脸才松活一些，朝着别人笑一笑。朱家人也来了，我心想，这做棺材的人家也要承包责任田了？我笑着问朱家人棺材还做不做了，朱家人说，殡葬改革了，棺材铺生意不好做了，以后让改骨灰盒。

大抬杆笑着跟水上飞说，咱们的家是邻居，苇田还得做邻居啊！水上飞朝大抬杆点了点头，然后就蹲在地里，吧嗒吧嗒地吸烟。

一群孩子在我身边钻来钻去，拍着小手唱歌谣。我几乎不认识这些孩子了，有村里出生的也有城里出生的，模样很洋气。如今他们随父母还乡了，却唱着不知什么人编派农民的孬词儿。水上飞歪着脑袋瞅他们，他感到被嘲弄了，甚至被激怒了，扭头恶口恶嘴地骂，糟改打鱼人哪，揍你们个兔崽子。孩子们被他的凶样吓跑了。

人们闹闹嚷嚷地抓了半天阄儿。王德志几次喊大抬杆过去抓，大抬杆却泥塑木雕似的不动，烟锅早已熄了，可烟袋杆仍在嘴里叼着。王永泰走过来，有些焦急地说，爹快去抓阄儿啊，不然好苇田就没啦！大抬杆呆呆地望天，还是没理他。王永泰着急地说，爹，你不去抓，我可要下手啦，抓不到好苇田你可别埋怨我啊！大抬杆扭头瞪着王永泰，你可别给我抓，剩下啥是啥！你爹是支书，要有点儿胸怀。王永泰盯着大抬杆，点了点头。

我赞成大抬杆的意见，别说他当着支书，就是普通百姓，王家人也不能跟乡亲们争利。水上飞抓到了一块好苇田，说谢谢大抬杆抬举。我心里一热，大抬杆的付出没有白费。

春天的北风也刮得紧。大抬杆的老脸被吹得挤成一团，他好像有心事。邢荷花在协助王德志工作，昂着头举着小牌，喊着村人的名字。大孙子王义成在邢荷花身边跑来跑去。邢荷花长成挑梁拿事儿的女能人了。她的脸蛋儿被风吹得红扑扑的，脖子上的红围巾被风一掀一掀，像只在苇荡里扑棱着的大鸟。她支使着人们干这干那，看来王永泰山只有被使指使的份儿了。王永泰老实，应该有个强势的女人撑腰。王永泰瞅着父亲的样子很难受，便说，咱家不靠苇田，我能打鱼，咱们卖鱼也能发家。大抬杆点点头，叹息着说，是啊，我好多年不打鱼了，往后也要跟你学打鱼了。他说着笑了，笑容是撑不起来的。

我默默地瞅着村人来来往往，都分到了苇田，剩下的该是我家的苇田了，七零八落，有好有坏。王永泰是打鱼高手，他有绝技，他的心思不全在苇田。他爱扳着手指头数叨那些鱼的名字，闭上眼睛就能想到那些鱼的形状和模样，侧了耳还能听到鲤鱼甩尾的啪啪声。

一袋烟的工夫过去，人群里有女人的哭泣声，我被这女人哭得浑身发紧。王永泰告诉我，说那是村里小木匠四槐的媳妇田兰在哭，她抓阄儿抓到一块烂苇地。我愣了愣问，是不是被城里人打瘸了的那个四槐？他不是给朱家做棺材吗？王永泰说，残疾了，连棺材都做不了，他们挺可怜的，娘，咱们帮帮她吧！大抬杆嗨了一声，走了过去说，把我家苇田换给你吧。田兰听了摇头，不能啊，你们家苇田好吗？大抬杆说，也不好，我找水上飞给你去换！田兰扑通一声跪下了，谢谢支书大恩大德！

两只黑鱼鹰扑棱着翅膀落在老梨树上。这是王永泰抓鱼时训练的两只鱼鹰，取名大黑、二黑。钟声一响，鱼鹰身上的羽毛就氅开来，又黑又长。王义成喜欢大黑和二黑，常常坐在老梨树下，抱起一只黑鱼鹰玩。我和王永泰喊他，他也不搭理我们。我想这孩子走邪了。王永泰抡起樟木棍子敲了几下大钟，钟声一响，震得王义成捂耳朵，我让他赶紧回家。我对着千年老梨树说，老梨树啊，让我们的孩子们平平安安，都有一个好成绩。王义成一双黑亮黑亮的眼睛忽闪着，似乎听懂了我的话。

我冲着王义成喊，成子，快点儿过来，过来……

我站在老梨树下，流泪了。

王义成扑到我的怀里，懂事地为我擦眼泪。

老梨树的每个枝杈，弯来拐去，或粗或细，都带着感情。我抚摸着斑驳的树干，说，老树啊，我守了你几十年了，风风雨雨的，没功劳，也有苦劳啊。今儿个你要显灵，让我们永山考个好成绩，有个好前程啊！

果然灵验了。王永山考上了河北滦县师范学校。王家迎来了一件喜事，我们敲响了乾德大钟庆贺。王永山离开王家寨的时候，我跟他好好谈了谈。尽管是中专，也算换了粮本，如果他毕业落户到城里，这家怎么安排？我用探究的眼神盯着王永山，王永山沉默了好久说，娘，您不是说让我认命吗？大抬杆说，此一时彼一时，你吃了皇粮了，就是国家的人了。

我想了想，叹息着说，宁拆十座庙，不破一桩婚，小洒锦已经跟咸鱼断了，大巴掌和二巴掌这俩孩子，我和你爹都挺喜欢，小洒锦心里欠着你的，将来对你会很好。你这种情况，即便离了再找一个，也是糟践人家姑娘啊。

大抬杆说，你娘说得对，忍忍吧。

王永山点了点头，脸上是渐渐屈就的安静，说，爹，娘，我想好了，我不离婚。我学习回来可能当老师，好好写诗，我争取要求回咱王家寨当老师，好好孝敬爹娘。

我心头热乎乎的，让我欣慰的是王永山把青年人的激情转移到事业上了。

王永泰和邢荷花也不让我操心。他俩除了有苇田，还成立了"泰民渔业公司"，要把白洋淀的渔业做大。他们冬天带人打冬围捕鱼，捕鱼量是生产队时候的好几倍。熏鱼厂被转包到姚富生手里了，姚富生雄心勃勃，还要扩大他在村里的产业。

这一年秋天,水上飞的儿子胡平得了儿子胡德,小名"德子"。胡德这孩子胖乎,特别能吃,断了奶吃饭像个无底洞。他吃相难看,一张嘴就逗得我们笑一阵。德子满月的时候,我出面给操办了酒宴庆祝一番。

姚富生跟水上飞的儿子胡平好。

有一天,我听水上飞说,姚富生带着胡平到北京海鲜市场卖熏鱼去了。他们偷偷摸摸,背着"投机倒把"的罪名。水上飞惦念胡平,整天骂姚富生把儿子带坏了。

第 二 十 九 章

有一阵子，王家寨街巷里出现了一个卖粮食的。

这小伙子叫伍宝库，容城北河照村农民，满族人，听说祖上在保定总督府当过差。我让王永丽端着鱼换粮食，伍宝库就留意上她了。王永丽并不特别俊俏，单薄、寡黄，踮了脚尖走路，如风中飘着一样。论容貌，她比不上小洒锦，论身材，比不上邢荷花。可是她眉眼水灵，一双意味深长的黑眼睛含着一般女孩子没有的风情。"文革"期间，这闺女跟胡平好了一年，后来因为胡平跟姚富生好，姚富生经常挑拨离间，两人吵吵闹闹就散了。这让我、大抬杆和水上飞十分气愤。但是，受到我和大抬杆严格的家教，她待人接物得体，还有那么一股宠辱不惊的劲头。

有一天中午，我看见王永丽在老梨树下跟伍宝库争吵，过去一问，原来是伍宝库没有收鱼，还多给了王永丽粮食，王永丽不答应，退还了粮食，两个人就争吵起来。为免再惹口舌，我就不让王永丽去换粮食了。可是，王永丽在苇席厂的食堂干活儿，她又替厂里食堂换粮食了。

有一天，伍宝库又来了王家寨。他来了还不走了，改卖王家寨的苇席和苇箔。伍宝库站在老梨树下，像往常一样朝苇席厂食堂张望，却不见王永丽，一打听，才知道她被调离了苇席厂。伍宝库心里马上就空了一块儿。这是怎么了？王永丽是自己啥人呢？这个姑娘都没跟他说过几句话。伍宝库不知道我是王永丽的娘，就跟我打听王永丽，我随口说她去熏鱼厂了。伍宝库马上说，那我改卖熏鱼。我怔了怔，不明白这小子是啥意思。伍宝库说，大娘，熏鱼厂在哪儿啊？我没有多想，就告诉了他。伍宝库朝着荷花岛的熏鱼厂跑去。唉，我知道男女之间的情愫就是这么于平淡之中默默生长的，不管承认不承认，它都已经在彼此心里了。

王永丽在熏鱼厂倒脏水，没看见伍宝库，将一桶脏水泼到伍宝库身上，王永丽赶紧道歉，抬头竟然认出了他。她认定碰上他将是一件倒霉的事。伍宝库不在乎身体，脏水湿了他打了摩丝的头发，他掏出镜子照了照，认真整理着。王永丽更是讨厌这人了。爱整理头发的男人不是什么好人。伍宝库整理好头发，却有一个新的发现，王永丽是穿着短裤干活，白皙的腿露在外面。王永丽的腿极为好看，笔直修长。王永丽的皮肤也跟脸上的肤色不一样。

后来王永丽跟我说，伍宝库只愿意看见王永丽的脸，却不愿意看见她在外面露出双腿。这种心理是非常奇异的，说明伍宝库爱上了我家王永丽，他处于一种更愿意接受感情而不愿意接受肉体的阶段。从这以后，他想看见她在熏鱼厂的身影，看她的一举一动，看她脸上的一笑一颦，他提货的时候都是王永丽过秤，他能望上一阵她就很开心。他说还爱看王永丽干活的样子，一条白白的鱼被清洗干净，然后放进作料，塞进烤箱他便能闻见一股香味儿漫卷而来。他害怕王永丽看见自己，在人们收工之前就偷偷跑了。

家里没有白面和玉米了，王永丽说，娘，我让伍宝库弄点儿粮食来。伍宝库离王永丽就越来越近了。王永丽身上的香气就随着熏鱼的气息漫卷过来。王永丽看见伍宝库就挺了挺胸脯，憋粗了嗓子喊，你怎么不卖粮食啦？伍宝库说，我给你们卖熏鱼，你熏的鱼真好吃。王永丽望着他的打了摩丝的头发，弯腰哧哧笑了几声说，你别太贪吃了，吃好东西也得有时有晌儿的！伍宝库说他不贪吃。王永丽的黑眼睛打量他的时候，他却转了身，害羞似的低着头。王永丽看看人都走光了，就低头轻声对他说，我家没有粮食了，你来取熏鱼的时候，带点儿白面和玉米来。伍宝库好像没听明白，王永丽又说了一遍，说完就扭着瘦弱的腰肢走了。

从这天开始，伍宝库隔三岔五就过来看王永丽。有时他就那么定定地望着，久久地望着，失魂落魄一般。他到了容城就想，想王永丽干什么？他也说不上来，就是一门心思地想见她。看见了这个并不十分漂亮的姑娘，伍宝库的眼睛就闪光，如燃着的旺火。

这天闷热，王永丽给伍宝库称熏鱼，我和大抬杆溜达到了熏鱼厂，看见门口围着纳凉的人们。姚富生也过来提熏鱼，他是卖到北京市场。我看姚富生好像挣钱了，讲话的嗓门儿很高，一副财大气粗、得意忘形的模样。我用了伍宝库的白面包了饺子，夸奖了伍宝库几句，伍宝库听见王永丽喊我娘，因为得到我的赏识而自豪。姚富生谈古论今，说了半天生意经，我不爱搭理他，但是，有人爱听他忽悠，他似乎有一股奇怪的力量把大伙儿的神志吸走，让人听得痴痴迷迷。

可是就在这天傍晚，熏鱼厂电线短路着火了，火焰是瞬间燃起来的，没多久，熏鱼厂里浓烟滚滚。我脸色苍白，惊慌地呼喊，不好了，失火了。伍宝库担熏鱼的担子刚刚走到门口，听见我的喊声，就返身回来了。大抬杆刚刚走到厂门口外边，对着姚富生骂，你小子还走，没听见喊救火吗？姚富生怯怯地回头看，装模作样地回来嚷嚷，救火，快救火。但是，他人呆呆地不动。我听见人们惶惶的喊声，看见呼呼猛蹿的火苗，心马上就提了起来。我大声喊，永丽啊！混乱中人头攒动，大抬杆赶紧组织人救火。伍宝库没有喊，一头扑进火海里去找王永丽。着火的时候，王永丽正跟几个妇女清洗最后一筐鱼。见着了火，她们就抄起家什扑救。火没烧着她的脸和头发，但是浓烟呛得她东倒西歪。有两个女人晕倒在地，王永丽也大脑缺氧，险些跌在那里。伍宝库抱起王永丽绵软的身子，火苗烧着了他的脸、头发和胳膊也顾不了，他憋着一口气把王永丽抱到工厂外边。大抬杆着实感动了。我扑过去，看见王永丽被伍宝库摇醒，后怕得出了一身冷汗。扑救了一会儿，火势得到控制。但是，这场大火烧死了两个人，伤了一个妇女。

王永丽抹了抹脸上的黑灰站立起来，跟没事人儿一样，但她心里知道，是伍宝库救了她。我抓住伍宝库的手说，谢谢你宝库。他的头发烧焦了，事后我听王永丽说，伍宝库家是满族人，特别珍爱自己的头发。伍宝库对王永丽说，我不在乎熏鱼，我只在乎你……王永丽的泪水冲出了眼眶。我把头发烧焦的伍宝库带到了家里。

这场姻缘命中注定，王永丽跟伍宝库谈起恋爱来，她还到容城北河照村伍家看了看。

我挺喜欢伍宝库，可是大抬杆绷着脸始终不吐口风。

家家户户富裕了，我们王家也富裕了。我和大抬杆商量给王永泰和邢荷花补办一个婚礼，这一直是我的一块心病。可我没有想到的是王永泰拒绝补办婚礼。

我不问他也知道他有自己的考虑。根据王家现有的经济条件，办几桌简单的酒席，喝一些便宜的散白酒，做个炖鱼、熘鱼片，根本不会体面到哪里去。而且他跟邢荷花已经有了儿子，还有弟弟王永山也没有办婚礼，他和邢荷花补办了，王永山和小洒锦补不补？永山自然要带着小洒锦过来送礼，村里的咸鱼也要过来吃席，我可不能保证王永山不对咸鱼动拳脚，这要是传出去，对王家将是奇耻大辱，那王家还怎么在王家寨立足？

夜里刮了一阵风，家家房顶都有损坏，我家草房的顶子也被风掀了起来。大抬杆到老梨树下，敲响了乾德大钟，招呼人们都爬上房，修复自家的房顶。

331 | 白洋淀上前传

王永泰早早从被窝里起来，上了房重新铺好干燥的芦苇。院子里也垫了河沙，洒了薄水，清扫得一干二净。院墙是王永泰婚后打的土墙，直直地立着。收拾好后，王永泰莫名其妙地将自己捯饬了一番，洗了脸，刮了胡子，换了一件干净的衣裳。邢荷花做好饭，也把自己打扮了一番，围着紫色的头巾。吃过饭，王永泰就拉着邢荷花，提着渔网上船了。我看着好奇，王永泰为啥拉着媳妇邢荷花神秘地走了？我偷着追了出去，在码头看见王永泰扶着邢荷花上了四舱船，这船是邢荷花的陪嫁，也几乎成了王永泰的家，他像爱媳妇一样喜爱这船。

为啥这么打扮？我心里一嘀咕。

过了几天，吃饭的时候，大抬杆和王永泰都不吭声。我看着碗里的鱼丸子，心里着实停跳了一下。王永泰诚心诚意地说，爹，我看见姚富生补办婚礼了，你和我娘是想把我们的婚礼办给姚家看，可我觉得真没这个必要。眼下就是把自家日子过好，我们都有大成了，没有补办婚礼的必要了吧？然后他把脸扭向邢荷花，你说呢，荷花？

邢荷花听见这话急忙一笑，是啊爹，不用花钱了。

王永泰掏出两张照片，那是专业摄影师给王永泰和邢荷花照的，他们在四舱船上补了一张结婚照。王永泰把照片递给我一张，递给大抬杆一张。我恍然大悟，那天他们打扮上船，就是补这张结婚照了。我看着照片很高兴，挺好看！大抬杆却放下了筷子，胸口像是被堵住似的，连看王永泰一眼的力气都没有了。我生气地瞪一眼大抬杆说，问你话呢，俩孩子多体谅我们啊！大抬杆抬头望了一眼邢荷花，哽咽着说，荷花，爹对不住你啊！邢荷花只是朝他一笑，这笑便印在了我的脑子里。

大抬杆摸着鼻子说，人这一辈子啥事儿最大？婚姻啊！你们拍一张照片那叫啥婚礼啊？我这当爹的对不住你们俩啊！你爹死了都留遗憾哩！说着，眼泪淌了一脸。

我欣慰地说，永泰和荷花俩孩子懂事啊，日子好起来了，这比那婚礼都强。我们积攒家业，等待大家都富起来吧！

王永泰扛起船桨下淀了。

那个冬天雪停之后，天空仍然很晦暗，白茫茫的白洋淀上冰床渐渐多了起来。我没法说清楚这个初冬对于王家未来的影响有多大。

包产到户之后，人们议论着哪块苇田好、哪条船坏，脑子里已经在想象着收获的景象了。短暂的幻想过后，大家干得十分带劲，只有我知道大抬杆明显有些委顿。人们不知道，有一个晚上，我竟然找不到大抬杆了。我和王永泰急坏了，后来在烧车淀水面上找到了他。我吃了一惊，他独自坐在一条船上哭泣，似乎王家寨发生的所有事情都在他的脸上显露出来。乡政府表彰会上，政府授予王家寨锦旗，大抬杆却没有去开会，锦旗是姚富生替他领回来的。

一个有月牙的晚上，水面很安静，一层雾薄薄地弥漫着。我闻到满鼻腔芳香的气味。王永泰和邢荷花划船抓夜鱼。在王家寨能够夜里找到鱼群的人没几个，王永泰算一个，人称"水鬼子"。生产队那阵，是不允许女人登船打鱼的。我做了一点儿吃的，送到了码头，远远地，我看见王永泰和邢荷花坐在船舱里靠着船舷歇息，仰脸看着雾里的月牙。他把马灯放在船头，照亮夜里一大块地方。王永泰背靠着邢荷花睡意蒙眬的时候，邢荷花的气息让他产生许多联想，诱他进入甜蜜的梦乡。荷花的身子像棉柴一样暖和，还有股子日头的气息。舱里的鱼调皮地拱着船板，青蛙呱呱叫着蹦到船板上来，憋出一股尿，有几条泥鳅溜着船底钻来蹦去。他想睡一觉之后打两只兔子回去给父亲下酒，月亮在夜空里移着，他睡得很沉。

如果不是等后夜里的鱼窝，如果不是夜半被尿憋醒，王永泰是不会碰上这个尴尬事情的。邢荷花还睡着，王永泰换了个船去芦苇荡撒尿。他钻进芦苇荡里刚解开裤子，就听见苇垛后面有响动，扭头看见两个人影在晃动。

原来是王永丽和伍宝库。伍宝库惊讶地说,大哥?王永泰看见了王永丽,赶紧穿好衣裳,没有撒尿就慌张地回来了。

天亮了,我到船上送饭,邢荷花大口地吃着,王永泰却不吃,问我王永丽在不在家。我说,这孩子昨天下午就出去了,还没有回来。王永泰叹息着说,娘,让永丽嫁给伍宝库吧。我愣了愣说,永泰,你今天咋说这个啊?王永泰支支吾吾地说,昨晚上我在芦苇荡看见她和伍宝库了,娘,你劝劝爹,让他们成亲吧!我心中涌出淡淡的酸楚,叹息说,我看那孩子挺好,还救过永丽的命,你爹嫌弃人家是满族,满族有啥不好啊?

邢荷花说,满族满足,多吉祥啊!

我和大抬杆商量,他还是想不通。水上飞又过来劝,大抬杆总算勉强答应了。后来我才知道,大抬杆心中有了一个小伙子,他叫胡玉湖,可是王永丽不愿意,哪有包办婚姻的?我们选了一个日子,给王永丽和伍宝库办了婚礼。

结婚两年了,王永丽和伍宝库还没有孩子。我这当母亲的心就悬起来,到底是谁的原因?王永丽怕大抬杆生气,说是她的原因。我逼着她去抓药,后来我才知道她撒谎了,问题在伍宝库身上。我让伍宝库吃药,伍宝库说他们容城北河照村有个杨振兴大夫开着中医药铺,他从那儿抓了药吃着了。

大抬杆招商引资不得力,赶走了日本商人,被乡政府停职了。

其实,大抬杆有点儿冤枉,来王家寨投资的日本商人山本是被我骂走的,因为我恨日本人,山本在中国的代理商人叫徐小庄,高个头儿,长条脸,一看就是汉奸相,很像当年被王学武用青铜宝剑刺死的齐县长。

我不是村干部,这一大板子狠狠打在大抬杆身上,他无比沮丧。后来听说，山本的资金投在了新水县的三台镇，那里的鞋业开始起步了。王家寨人眼瞅着三台镇富裕了，加上姚守仁和姚富生的煽动，对大抬杆发起了猛烈攻击。大抬杆在村委会做了深刻的检查，回家就埋怨我瞎捣乱。我没有跟他犟嘴，想可能是我错了。我又想起将二霞嫁给赵春华的事，心中愧疚无比。

那天傍晚，我亲手做了鱼丸，陪着大抬杆和水上飞喝了一场酒。我醉眼里的爷们儿比先前委顿了许多。我端着酒杯劝说，大抬杆啊，这次赶走日商，我是做错了。都改革开放了，我胸怀应该大度一点儿，响应政府号召，招商引资。大抬杆说，铃铛，你以为招商是吹糖人呢？那个日商是求来的。你个败家娘儿们啊，搅了咱村的好事啊，便宜了三台镇。水上飞说，不能怪铃铛，她是有民族气节的女人。当年日本人在白洋淀制造了多少惨案？杀了我们多少同胞？她和翠花还被强迫当过慰安妇，到今天日本人都不道歉，她一时想不通是可以理解的。大抬杆沉重地叹息，又喝了一杯。我醉眼蒙眬地望着大抬杆说，咱家有船，有三个好孩子，有孙子，有烈酒，有鱼吃，你有女人，还图啥呢？水上飞喝得涨红了脸说，是啊，你就知足吧。大抬杆心情抑郁，憨憨地喝酒，抓着我的胳膊。我生气地挣脱他，从柜里拎出一只碎蓝花布包，坐在灯下摆出要穿针引线的样子说，你们喝吧，我想操持一个招商会，让二霞和她的徒弟过来唱西河大鼓。水上飞笑着说，大抬杆啊，铃铛多疼你，要亲自给你招商。他转了脸问我，铃铛，你要是招来的还是日本商人呢？要还是不要？

我晃着手里的针，大声说，日本商人照样滚蛋！我铃铛知错必改，就这个改不了啊！他们投资也是为了挣咱的钱，慰安妇的罪，小日本到今天也不承认，拿钱收买我来了？韩国的，美国的，我都欢迎啊！

大抬杆瞪了我一眼说，你这脾气啊！

我放下手里的针线，撩开衣服，露出黑褐色的疤说，这是日本鬼子拿烙铁烫的！让我原谅他们，做梦去吧！

水上飞竖起了大拇指说，铃铛，有骨气！

大抬杆躺在单薄的被褥里，很久合不上眼。到了后半夜，他才绝望地睡去了，鼾声缓缓挤出来。

我很沉地叹息一声，抖开一面紫绸布，拿剪刀唰唰裁去豁边，零零碎碎的布条子呈各种形状纷纷飘落，沾在我腿上。我认认真真一线一线地缝着。

我学邢玉芳的样子在做一条紫色的旱船，等二霞唱西河大鼓的时候，我和大抬杆给她伴舞。满打满算离文化节的日子也不到半个月了，为了引来外资，我必须卖一把子力气。我就想舞一条紫色的旱船，红得发紫，紫色能避邪，还能招财进宝呢！实际上，高跷和旱船的颜色由每对夫妻自定，我不知怎的，就喜爱红和紫两种色调。当年王学恒和邢玉芳夫妇舞的那条绿旱船在二霞出嫁时被带走了，所以我就扎这条紫色旱船。我展了展身子，继续缝着。大炕上的大抬杆睡出了细汗，翻翻身子，冒出汗馊气。他轻轻地喊，水，铃铛啊，水……他晕晕乎乎地呻吟着。我瞟见他干裂的厚嘴唇上爆开一层白皮，就放下手里的绸布，站起身，端来一瓢凉开水，手捏住大抬杆耳朵拽醒他，没出息的，灌吧！大抬杆翻一下眼珠子，哼一声，咕咚咕咚喝下去，很沉地嘘了口气。

你咋还不睡？大抬杆瓮声瓮气地说。

我微笑着说，喝高了吧！我学娘的手艺也做了个旱船，给村子里招商引资。看你个熊样子。

大抬杆嘿嘿一笑，翻了个身，又沉沉睡去。

五月的王家寨是一个让人没法说清楚的季节。我掰着手指头算的那个日子说来就来了。刚下过一场雨，天蓝蓝的，风柔柔的，天气是无可挑剔的。水上飞笑呵呵地追过来说，大抬杆说了，这叫文化搭台，经济唱戏。我望着水上飞说，这人啊，不能管事，一管事心就清闲不下来。

水上飞拉着翠花喜洋洋地去了。

赶到荷花岛广场的时候，那里已是人山人海了。苇席颜色的海滩铺着欢喜无尽的光泽，老码头、老船、古树、房舍、河汊都是鲜亮的。鼓乐队、艄公队一排一排，花花绿绿、齐齐整整。旱船会的词儿也换成了"王家寨渔民艺术节"，各级官员、商人、记者来了很多，说明这不只是渔人的自娱自乐。张二贵乡长手执话筒说，王家寨渔民艺术节开始了。锣鼓吹吹打打，爆竹鲜鲜亮亮炸开，一拨拨旱船女踩着大秧歌的鼓点儿，荷花仙子下凡一般晃出来，忽悠悠一片白，忽悠悠一片红，忽悠悠一片绿，忽悠悠一片蓝，染了一村的火爆，摇得荷花岛都动起来了。

张二贵乡长说，下面请著名西河大鼓演员邢二霞演唱西河大鼓《挂红灯》，大家热烈欢迎！

人们鼓掌之后，马上就安静下来。二霞登场了，我伸着脖子望着她。二霞也显得老了，但脸还是红红的，充满了喜气。她很卖力地唱起西河大鼓，带蝴蝶斑的鼻尖渗出许多细小晶亮的汗珠儿。大抬杆是个聪明人，他知道二霞是赵春华派来的。赵春华虽然退休了，但是在县里还有人脉。雄县的马精英老板就是二霞带来的，二霞唱大鼓，大抬杆瞟了我一眼，招呼我舞旱船去，我便神神气气地过去了。大抬杆舞桨，没了拘束和遮盖，大模大样地与我配合默契。

旱船舞完，我和大抬杆走到张二贵乡长与马老板跟前，分别与他们握手寒暄。我跟马老板说，老板，王家寨出英雄，欢迎到这儿投资啊。马老板微笑着说，好，我是雄县人，投资建个塑料厂。我赶紧握住了马老板的手，雄县老板投资好，比日本人投资好啊！我转身瞪了大抬杆一眼说，招商成了。大抬杆说，那是二霞的功劳啊！我狠狠捶了大抬杆肩头一下骂道，你个没良心的东西，我不说话，二霞能管你的事吗？大抬杆嘿嘿地笑了。我找到二霞，亲热地拉着她的手，母亲患病去世以后，圈头村的邢家就剩下我们两个亲人了。

第 三 十 章

天空呈现出一片蔚蓝色，十分干净，四周的苇田和柳树也很鲜亮。投资的事基本谈妥了，送走了张二贵乡长和马老板，大抬杆心情很好。他双手叉腰在老梨树下默默站了一会儿，抓起樟木棍子使劲敲了几声乾德大钟。我和水上飞听见钟声对视了一下，没有人惊动他。

夜幕降临的时候，乾德大钟不知又被谁敲响了，使王家寨的日子变得奇特而神秘。

事情总是坎坎坷坷，塑料长还没开干就陷入了危机。塑料厂经过论证，又终止了，终止的原因有两个，一是生产避孕套，好说不好听，二是塑料污染严重。大抬杆引不到外资，依旧软塌塌的。大抬杆回到家和我争论，要说污染，赶走的日本商人的鞋业一样污染，当前就是要牺牲环境上马企业。

他愁眉苦脸，唉声叹气。

我忽然想起了圈头村的亲戚邢木匠，他和儿子邢天下有一个造船厂。我说出面跟邢木匠爷俩谈谈，能不能在王家寨也上马一个造船厂呢？第二天，我和水上飞划船去了圈头村。天将黑未黑，浩浩荡荡的白洋淀润着无边的黛蓝。邢木匠的造船厂里拢船号子悠悠不绝，缠得懒懒的红日头在苇梢上一滚一滚的。晚霞在水波里一阵阵弯曲、模糊，最后在清新悠长的歌声里恹恹跌落下去了。于是，天就黑定了。黑夜逼出一溜儿桅灯幽幽地睁了眼。邢木匠佝着老腰，颤颤巍巍提着一盏桅灯，在船厂泥岗子上站了很久了。船厂朝北的拐角处便是我家的祖坟。

起风了，风头子赶寸劲儿扑打得我两眼生疼，直流眼泪。

透过桅灯泅出一扇光团，我盯住远处的淀水。大淀苍灰，看不真切。

我们的船渐渐靠近了码头，回头再望芦苇之间劈开的水道，像脐带似的在眼前漂漂游游忽隐忽现，使我们感到大淀的原始和神秘。我浑浊的目光一截一截探远了，渐渐地就在影影绰绰里瞧见了船厂明晃晃的马灯和背后一座座老坟。父亲和母亲的坟顶渐渐塌陷，细看，恍惚就是抛了锚的船。邢木匠在迎接我们，他将桅灯举过头顶，划一道亮线，他喊，是铃铛大姑吗？我答应了一声，老哥哥啊，是我啊！水上飞将驴槽子模样的四舱船靠了岸。

邢木匠的脸色灰灰的。他把我们领进造船厂的老屋里，让我们坐下来。我们慢慢坐在一个木凳上，木凳潮潮的，桅灯歪在老人脚下。邢木匠年龄不小了，但是，论辈分比我晚一辈。他将烟斗伸进烟口袋里抠着，装满烟锅就叼嘴里发狠地猛吸一口。他紧锁眉头说，大姑，你过来是给祖上上坟的吗？

我摇头嘟囔着说，上坟是应该的，今天我找你有别的事。咱是家人就直说了，你姑夫大抬杆不是当王家寨的支书吗？半年前来了日本商人投资建鞋厂，我一听日本人就给轰走了。这样老百姓告状，就给你姑夫停职了。我联系了雄县一个老板，要投资建塑料厂生产避孕套，结果啊，老百姓嫌这名声不好，还有污染。我这不就想到你这儿了，看你姑的面子，让邢天下到我们村搞个船厂咋样啊？

邢木匠满肚子怨气说，帮忙是应该的，唉，你不知道啊，邢天下那吃人饭不屙人屎的混犊子，正跟我生气呢，不好好造船，非要搞啥拆船厂，有他小子哭的那天！我愣了愣问，拆船，拆船能挣钱吗？邢木匠说，拆的是旧轮船，船在天津港呢。

水上飞嘿嘿地笑了，海上走的轮船，那说明人家干大了。我说，要不起名邢天下呢，闹半天干大了。天下这会儿在哪儿？姑奶奶要跟他好好谈谈。邢木匠闭上眼，黑红的老脸沉默了一会儿，又睁开眼说，本来该是拧出花来的风光日子，咋就这么别扭呢？开放初期，人们盯着项目，挣钱都挣疯了，世道也变了，白洋淀也捉摸不透了。其实，一提起造船，邢木匠就激动，可是眼下没这个景了。他说，姑，我还是想造咱白洋淀的船，家家户户的船都老旧了，造好了船，照样有市场。邢木匠的意思是把圈头村的造船厂连锅端到王家寨去，让邢天下继续在天津塘沽拆他的船。

邢木匠让我们先住下，邢天下明天就回来了。

邢木匠最初是喜欢大儿子邢天下的，在他身上没少花心血，也承认邢天下的造船手艺远远超过他自己。而且，邢天下超过他的不仅仅是木匠活，还有经商脑袋。可不知为啥，这几年邢天下迷惑了本性，在媳妇进了乡政府食堂之后，自己也不安分了，跑天津塘沽，与那儿的老板联营，成立了拆船厂。眼看着造船厂没了帮手，还是邢木匠的二儿子邢老二心疼父亲，从保定城里回来，跟父亲继续经营造船厂。

我和水上飞在圈头住了一宿。第二天早上，蔚蓝的天空呼啦啦扯来一块墨云，将天空遮得严严实实，刀把老滩像是沉进三更天。

邢老二也在，看到邢木匠又在为大哥叹气，便说，爹，你老别这样！造船的活儿还是有的……

邢木匠缓缓抬了头，啥活儿？是造船吧！

邢老二嘿嘿笑着，没回嘴，一时竟发起憨来。

邢木匠似乎从儿子的傻样上寻到了自信的依据，急赤白脸地追问，快说，你个兔崽子，逗你爹来啦？

邢老二吭哧半天说，不是造船，是……咱村老曹家造一口棺材……

造棺材？不干，不体面！邢木匠想都没想就拒绝了。

爹，如今改革开放了，种地都可以多种经营了，咱还讲啥体面不体面，赚钱就行呗！邢老二说。

我望了水上飞一眼说，我们村朱家做一手好棺材，你过去跟朱家人谈谈吧。

咔嚓一个响雷，在人们的头顶炸开，沉闷的老滩就变得不安分了。邢木匠说，有雨。他出去看桅杆，在疙疙瘩瘩的黑泥滩上走了一阵儿，忽地想起什么事来，就收了脚，扭头喊邢老二。邢老二颠儿颠儿地紧跟上来，邢木匠一脸怨气，骂了一句，你哥那混犊子，又……唉！你姑奶奶有事跟你哥商量。邢木匠将那股怨气吞回肚里，涌到肠子里的咕咕声也能听到。邢老二追问，爹，我哥又咋啦？邢木匠叹一声，嘴角撇了又撇说，那杂种，专门跟俺作对，在天津塘沽要操持啥拆船厂，还配了个女秘书！弄得他媳妇跟他吵架。咱邢家的脸，都让他丢尽啦！邢老二顿时黑了脸，骂了一句，又说，爹，别生气，他要敢对不住我大嫂，看俺撕不烂他！他呼呼喘粗气。我和水上飞跟着他们走，对这个话题插不上嘴。邢木匠扭头朝船厂的泥塌子怅怅张望一阵儿，说，天不好，扶你姑奶奶回家吃饭吧！邢老二醒过神儿来，搀扶着我，跟着邢木匠走了。

满天的豆儿雨下野了，白洋淀起了密密麻麻的水泡。

邢木匠带我们回到了他家大瓦房，他不住正房，宁可让宽敞明亮的房间空着，自己还住那间残破的小耳房。他说，大姑啊，还是住俺那柴门草户舒服。

邢木匠换去沾着泥巴的衣服，弓腰撅腚地抱来干苇草，蹲在灶台旁煮小米粥。这时候，就依稀听见淀上起潮了，邢木匠从窗里探出头去，呆傻了似的朝远淀好一阵张望。

下午，邢天下带着女秘书刘江红回来了。

邢天下比邢老二机灵，见到我们无比客气。他掏出那一本《拆船工艺》，规规整整地放好。

没等我张嘴，邢木匠就把我们的来意说了。邢天下高兴地吼，好啊，这叫联合办厂，把邢家船打到王家寨去。

我说，天下从小就孝顺，我代表你姑爷爷好好感谢你啊！

邢天下说了说他在天津塘沽建拆船厂的事情，说这次建厂纯属偶然。英国的轮船"玛丽娜"号要报废了，他考察了市场，就贷款买了下来。合作方老板白剑雄几次催邢天下开工拆船，可是，邢天下看见资料了，这艘旧货轮还有四个月的适航期，他就在这四个月里琢磨开了。他要运一次货物，赚一回运费，说不定蹚蹚路子，将来开远洋运输，听说香港大船王董浩云和包玉刚就是这么发家的。船业技术员刘江红赶紧收集这两位船王的相关资料。也有人喊邢木匠是船王的，可是，邢天下已经看不上父亲的营生了，他要当白洋淀第一个闯海的船王。

在天津，邢天下望着高楼一样笨壮的"玛丽娜"号愣是被推得歪歪扭扭走了相，像驴打蹄一炕一炕的。他指挥众人吃力地爬上船去，自己的腰像针扎似的疼了一下。船体被大海的潮水浸泡，风暴潮退去了，海滩一片驳杂，满目凄惶，鸥鸟呱呱叫着又滴滴答答落满老滩。天光粉淡，涛声稀薄下来。黎明的海滩在邢天下眼里拉出一条飘飘忽忽的蓝带子，仅一闪，就带着远离母体的阵痛和眷恋不可逆转地消失了……

邢天下做出这个决定的时候，默默地回望家里的方向许多次。

邢天下答应把船厂搬到王家寨后，在家待了两天就走了。他说这次要用货轮运输水泥和钢材到广州珠海。

我忽然想到了属于邢家的红腰带。我家的红腰带丢了，邢木匠翻箱倒柜找红腰带。那是从先人老祖手里传下来的，摆开阵势造船的时候，他都系着。以前老祖常年束着那红布条子腰带，上面的红已褪尽，成了黑腻腻的布条子。

说到这儿，日子就久远了。有一年白洋淀大旱干淀，邢家族人要远走逃荒。黄昏的时候，老祖泥塑木雕般地呆坐着，周围跪着三支族人。我爷不知出了啥事，也随父母朝老祖跪着。他们都盼望老祖能在最后一刻，给他们指出一条生路。然而无论怎样磕头、跪拜和祈唱，老祖也不眨一下眼。老祖寡白的脸像一团揉皱的火纸，十分清晰地显出一条红涨透熟的血脉，血脉风干了似的绷紧。在夕阳落下的最后一刻，老祖缓缓伸出枯手从身边的纸盒子里拿出三个毡帽头和常年系在自己腰间的已断成三截的红腰带。老祖干裂的嘴角嚅动了一会儿，族人跪着，对天盟誓：从此以后，不管走到哪里，凡有这两样物件的，就是族人的血脉！族人发誓要一代一代传下去。老祖听了之后，一声长吼，就直挺挺地倒下去了。族人大哭，匍匐在地，轮流去吻老祖血脉的印痕。黎明到来的时候，三支族人奔三个方向去了。我的爷爷跟着父母，携着吉祥的毡帽头和红腰带，一步一步向南走了。在遮天蔽日的芦苇荡里，他们像野兽一样瞎撞，独轮车上仅有一把老锯、一把刨子和一把板斧，就这样到了圈头村，一支选择了造船，一支学会了做鱼丸。

族人的那一支不知道去了哪里。

我们的邢家鱼丸赫赫有名的时候，邢木匠这一支也摇身一变成了赫赫有名的邢大船师，手艺越来越精到。邢大船师的故事遍地走。父亲总是谆谆告诫，邢家船同人一样正。父亲戴毡帽造船的样子，邢木匠永远忘不了。老人常年束着的那红布条子腰带，是避邪的好物件。在民间习俗中，人们重视"红"的作用，于是就有了一个名目——"偷红"。还有那灰乌乌的毡帽头，风化了似的，抓一把就要散，可老人一直戴着它。他戴着毡帽头，帽檐儿里零零散散地插一溜儿自己卷的喇叭筒烟。烟是土黄色的，烧纸裹的。天热了，老人就将毡帽挂在白茬儿木板上，高高地晃荡着。即使老人去撒尿了，儿子和徒弟们见了毡帽也会说，爹在呢！师傅在呢！于是他们的活儿就格外精细。在许多个平平常常的黄昏，邢木匠回到村口总是要默立一阵子，像是歇脚，又像是表示点儿什么。老人腰里扎着红腰带就引来老老少少村人的敬意。邢大船师回来啦！村人叫着，端出蓝色花纹的粗瓷大碗忙不迭地向老人敬酒。

红腰带被找出来的时候，邢木匠发出哑哑的咳嗽声，激动得心里鼓鼓涌涌，老脸放出豪光来。他说，大姑啊，这断红腰带给你保存吧，避邪得福。我一阵感动，接过了红腰带，祖宗啊，保佑我们快富起来吧，我们要把咱造船厂搬到王家寨了。邢木匠眼睛红了。我和邢木匠说一起到祖坟，给我的父亲和母亲烧纸。邢木匠说，大姑是仗义女人，当年为了给你爹换一口好棺材，那是吃了多少苦啊！

来来往往的村人，见到我和邢木匠就问，邢木匠，又去造船哪？

不，大姑来了，去墓地上坟！邢木匠很虔诚地说。

上坟呢，铃铛大姑好。那人问候了一声，晃晃着走了，好像在嘲弄着我们日子的狼狈。有人喊，邢木匠，听说你家邢天下有情人啦？模样赛过荷花仙子。邢木匠雷公似的一脸怒容地骂，滚，婊子养的。再也没人搭理他了。他也闷下来，弯下腰，低下头，啥也不看啥也不说了。他闭住眼，喘息阵阵发紧，抬起衫袖擦擦眼睛，又怨起大儿子邢天下来，这大杂种一门心思想赚大钱，还敢乱带女人，不学一点儿好！

我们说着话就到了家族的墓地。我烧纸的时候跟父亲说了好多的话。

我带着红腰带回到了王家寨。引外资没有成功，我却从圈头村娘家搬来了造船厂。

大抬杆重新燃起了激情。隔了一个月，他见到了邢天下和刘江红，更有了信心了。邢天下的"玛丽娜"号货轮真是一艘"财船"，刘江红说，就在"玛丽娜"号在海上漂泊的日子里，广西建筑项目陡增，广东的水泥价格瞬间暴涨，邢天下大赚了一笔。这一次，是邢木匠让他过来说把木船厂转移到王家寨的事。大抬杆径直走到村里的老梨树下，狠狠地敲起那口乾德大钟。他敲得狠,像铆船钉似的,王家寨的街巷里立时充满了哐哐当当的钟响。大抬杆给村里定了个规矩,一般事情都由王德志喊喇叭,不是极特殊的事儿不能敲钟,钟声一响,村里就是有大事了。

果然,王家寨街巷里马上就骚动起来。

村民们一拨儿一拨儿往老梨树下拥来。王德志拉亮树旁电线杆的街灯,人们的脸就很清晰地进入他的视线了。我看见姚富生等人听见钟声慌慌地奔了来,水上飞和翠花听见钟声也来了。大抬杆将邢天下拉到一边悄悄咬了一阵耳朵,然后舞着胳膊张张罗罗地喊,天大的好事儿,真是好事多磨啊,我们终于迎来了圈头村的大老板邢天下,每家都得来人,不来的轮不上啊!有一袋烟的工夫,人们就渐渐齐了,连一些孩子也在人群里钻来钻去。邢天下不动声色地望着黑压压的人群,人脸一层层叠着,都在满脸疑惑地巴望着。邢天下激动地说,我叫邢天下,管铃铛叫姑奶奶,她老人家为咱王家寨引资,真是操碎了心。今儿个我是替我爹宣布,圈头造船厂搬到王家寨。邢天下话音没落,下边就嗡嗡起来,有人拍手鼓掌。邢天下走到最高处站定,久久地望着众人,半晌不说话。他越不说话,人群里就越静,静得怕人。邢天下的目光落在水上飞和我身上,又很快滑了过去,眼窝儿却是一热。面对村里的父老乡亲,邢天下想把心里话点点滴滴都说个透彻,然而,他却有点儿卡壳,迟疑了半晌,他才说,王家寨的父老乡亲们哪,我在天津有个拆船厂,为了王家寨的兴旺发达,我们的造船厂才搬过来。我宣布一个见面礼,船厂搬来先免费给各家渔船修理一遍。他说着朝人们深深地鞠了一躬。大抬杆感动了,眼眶子红了。邢天下继续说,有人说集体都分啦,哪儿来的集体企业?有人说村办企业劳民伤财,只肥了厂长和村干部。我保证,这种情况在别处有,在咱们王家寨没有!是爷们儿的都拍拍胸脯子的四两肉,看看咱的造船厂吧,厂是公的,路是通的,账面儿敞开着,造船厂愿接受你们的监督！邢天下补充说，厂子刚刚开张，底子薄，搞集体事业就是要井里放糖，甜头儿大家尝。

人群里掌声响成一片，欢声雷动。

我望着邢天下，心里格外高兴。

造船厂建起来的时候，邢天下拉着刘江红参加了建成仪式。

可是，邢木匠却让我和大抬杆把刘江红轰出王家寨。这我哪里能啊？那次赶走了日商，给我造成多大的被动啊！谁来投资都是我们的客人啊。大抬杆拉着邢木匠的手说，您想开点儿。邢木匠眼闭着，心上一剜一剜地难受。邢天下他们走出老远了，他才蓦地睁开眼，简直天旋地转。码头排着一条条渔船，有一艘大船安装的机器，声音浑浊厚重，如旱天雷在王家寨沉甸甸地滚动，铺天盖地滚至很远。我的耳膜被震疼了，但惊异地发现，造船的龙骨架起来了。邢木匠咒着，又为儿子捏把汗，耳朵里又嗡嗡地响了。他就是这天开始耳鸣的，同时感到底气一天不如一天了……

第 三 十 一 章

人老了，儿女的事总有操不完的心。

一天，王永泰拿着一摞东西进家，这摞东西当啷作响。他身后跟着朱老忠，朱老忠手里捧着一摞套盒。朱老忠对我说，听说您喜欢套盒，我给您专门定制的，做工精美考究，您喜欢不？我没有马上吭声，抚摸着这一摞黑色套盒，漆面闪闪发亮。我捧着套盒，一个个搬出来又一个个装进去。套盒简单，在我手中却变得复杂、神秘而模糊了。朱老忠问，您喜欢不？我笑着说，喜欢！说完埋头玩了起来，朱老忠挺着腰杆走了。

我每天玩着黑色套盒，就不爱摇铜铃了。我听说王永泰的渔业公司火了，县里表彰个体户还表扬了王永泰和姚富生。王家人出英雄，但是在历史上还没出过劳动致富的典型呢。王永泰戴上了大红花，气气派派地乘船回村，我这当母亲的脸上有光，心里很知足。想想邢荷花过门的时候，王永泰穷得连一身衣裳都没有，只好躺在炕上装病。如今赶上了党和政府的好政策，让我家不愁吃不愁穿，顿顿有鱼虾，还有一囤一囤的粮食，挺个一年半载也不会有断顿儿的时候。王永泰和邢荷花手脚不停地忙碌，很少在哪儿坐着、歇着，更没空跟谁叨叨东家长、西家短。

我听大抬杆说姚富生的熏鱼厂挣钱了，还并购了苇帘厂、鱼罐头厂，还要联合雄县建一个塑料厂。大抬杆一看我的脸，就明白我的意思了，得遏制一下姚家，他们的势头太猛了，几乎要吞没整个王家寨。

秋后割苇子是王家寨人最累的季节，收了家里的苇子，还是要去天津北塘割苇子，这是多年的惯例。王永泰想到天津北塘建一个苇帘厂，就把渔业公司的资金打过去了一些，占上了一个旧厂房。这消息传到了姚富生耳朵里，听说姚富生也去了一趟北塘。

王永泰和邢荷花割我家苇田的苇子，晚秋的日头还是很毒，像是想熬干这平静的淀水，熬干大清河的流水、庄稼的汁液和打鱼人的精血。灿烂的日子照花了眼睛，身体和记忆都被蒸烤着。王永泰一下子想不起自己是在啥地方，脖子动一下就疼，再动一下，侧过脸搂住女人的身子，腰又酸了。王永泰睁眼喝水，才知道是半夜睡在炕头上。他发现邢荷花睡得很香，邢荷花也累了，睡觉的姿势就很特别，两条白白的大腿都拧成了麻花。王永泰望着她露在薄被外面的白腿，一点儿心思都没有。他好多天都没挨她了，她也从不碰他，熬过这累人的秋天，日子就会轻闲起来。可一想到马上要去天津北塘割苇建厂，王永泰觉得自己不会再有轻闲日子了。

早上，王永泰憨笑着说，娘，我们要大干，你是啥意见啊？我说，你们别想着发大财，日子好了，别太累着。

去天津前一天晚上，邢荷花紧紧地抱着王永泰，将自己的胸脯贴在他的胸脯上，动情地说，我不能没有你哩，听娘的，还是别离开王家寨吧！王永泰笑着说，梦打心头想，刚割了苇田，我就是去北塘，也要带上你啊。邢荷花咯咯地笑了。

我知道邢荷花的话给王永泰带来桃红色的遐想。荷花说那天王永泰做梦了，他钻进邢荷花的暖被窝，感觉她身上的温热浸泡着他，她身上的气息又香又甜。邢荷花白天是个能人，可在王永泰怀里却猫儿似的，又绵软又服帖，像一团白白的棉花任他揉搓，任他挤压。一股股感激的热流沿着邢荷花的筋脉和血管回旋往复，化解了她的劳累。她那好看的鼻眼挤弄着，声音像夜莺轻唱。王永泰仿佛划船走在白洋淀上，邢荷花的脸渐渐化在水淀荷塘里了。他仍然牵着老牛走，越走越远，待回首最后看一眼小村时，小村竟被一块灰色的云团遮蔽，像一条驼黄色的老船。

天亮以后，捕鱼停止了，王永泰带着队伍去了天津北塘。邢荷花带着孩子说，我还要伺候婆婆，哪儿能管得了啊？

冬天到来了，王永泰从天津北塘割苇子回来了。

这场大雪是午后停的，王永泰踏着雪进了家门，邢荷花不在，我说邢喜贵喊邢荷花带着孩子回了趟娘家。大包干以后，邢荷花老父亲邢喜贵发家了。当年陪嫁时送船，这回又派人送来了一匹枣红马，让我们一家用马从码头运点儿东西。

邢荷花取枣红马回来，马给空旷的大淀带来了一点儿生气。而对邢荷花来说，那是一个特殊的时辰，她发现自己又怀孕了。

整整过了八年，上了环儿的邢荷花怎么会怀上呢？全家人又惊又喜又担心。我的脑袋嗡嗡响，这孩子留还是不留？大抬杆首先反对说，这个孩子不能生，做了吧。

王永泰点点头说，知道了爹。

我心疼地说，还是留下吧。

大抬杆吼道，不行，我说不行就不行！他的吼声像打雷似的，震得窗户直响。

邢荷花擦擦眼泪，难过地说，听爹的，别要了。

我立马哑了口，我知道大抬杆落实计划生育，他这身份没法违反。可是，不知有一股什么力量，我还是想把这个孩子留下来。

大抬杆搓了搓鼻子，好像鼻子在发痒，生下来吧，即便这样还是要罚点儿款。

我有些心焦。最难过的还是邢荷花。孩子是她身上掉下的肉，自然

349　｜　白洋淀上前传

舍不得让他离开。其实，这几年里王永泰就动过这个念头，邢荷花不愿意，我就没有再提。既然怀了老二，就有了两全其美的机会，我也多得一个孙子。

寒露已过，秋天里有了些寒意。这个秋天的午后，我家正厢老屋里传出婴儿响亮的啼哭。王永泰的第二个儿子诞生了，取名王决心。

王决心比水上飞的孙子胡德小八岁。

这两年，胡平一直在做生意。一开始赔了钱，媳妇小敏跟胡平离了婚。胡平依然不醒悟，照样经营他的钢厂。灾难就这样发生了。他们为了节省运输资本，违规在公路上运输高温铁水时发生车祸，人被铁水化成一股烟尘。

水上飞和翠花哪承受得了，翠花吐了一口血，被气死了。

翠花死的时候，我和水上飞都守在她的身边。翠花大睁着眼睛，一只手拉着我的手，一只手拉着水上飞的手，直到吐出最后一口气，才缓缓地撒开我的手。一遍一遍，我和水上飞边哭边说，后来干脆抱到一起痛哭。

不久，水上飞也得病了。孙子胡德谁管？一天晚上，我和大抬杆、王永泰商量，将胡德过继到咱王家吧。水上飞哽咽着说，我不能给你家再添累赘了。

我将胡德领了过来说，啥你家我家的，咱两家以后就是一家了。生活富裕了，不愁吃喝了，以后你就到我家吃饭吧。

胡德在我怀里睡着了，我胸前暖乎乎的。

水上飞抬手揩着眼睛，憨憨地笑了。

胡德过继到了王永泰家，改名王德。我知道水上飞最惦记王德。

我最惦记王义成和王决心。其实啊，隔辈人都喜爱，但也有个远近……

第 三 十 二 章

这一天上午，咸鱼送来了恐怖的消息。

大抬杆和几个乡亲因大水被困在鸳鸯岛上了。我跟着水上飞随便爬上一条船，直接去了鸳鸯岛。可是，水迅猛地涨高，一股逆流弄得船打旋，斜着漂到寨南村的北码头时，小船已经破碎了。寨南村的渡口没有小船，只有一艘六舱船。码头的小草屋里住着胡老大，大船是他的。胡老大正在匆忙地收拾东西，水上飞一把拽住他的胳膊说，兄弟，你贵姓？胡老大一愣，姓胡，胡老大。水上飞说，我是王家寨的水上飞，鸳鸯岛的苇田地里困着我们王家寨的六七个村民，危险啊，我想借你和你的船走一趟，把他们接回来。胡老大一听，揶揄地说，水上飞？我知道你的大名，不就是那个战场逃兵吗？水上飞立马就火了，揪住胡老大的衣领说，老子是英雄，谁他娘的是逃兵？我上前拉开了他们说，都水上房了，快别闹了，雨越来越大，淀水急，眼看着快出不了船了。水上飞黑了脸说，你想见死不救？胡老大瞪了瞪他说，不是见死不救，我不想把命搭进去呀！前几天我把船撑翻了，淹死了两头猪，你说晦气不晦气！水上飞急得团团转，你把船借给我们，我们自己划过去。胡老大轻蔑地说，就你们两个人？都得掉水里冲走喂王八。我是老把式了，都不敢动劲儿。水上飞拍着胸脯说，就算我们死了，也要把他们几个救回来！把船借给我们吧，钱好说！胡老大说，屁话，你们死了还能救人吗？船也回不来了。水上飞沉了脸说，那你说咋办？这样吧，我给你钱，眼下不方便，我先写个借条，回头给你送过来。我说我写吧。水上飞推了我一下，从桌上烟笸箩里撕了一张烟纸，掏出口袋里插的圆珠笔就写。

胡老大摇头又说，船坏了。

我对胡老大奇怪的表现大惑不解，插话说，胡老大，你还有良心没有啊？救人要紧啊！

水上飞随手抄起灶上的一把菜刀晃了晃，菜刀闪着寒光，水上飞喊，娘的！还是瞧不上我水上飞！老子是雁翎队的，我跟你说了，这是救我们村的老支书大抬杆，还有新支书胡玉湖啊！你到底想咋样？胡老大的脸顿时白了，你，你还想跟我玩命？水上飞恶狠狠地说，别把我逼急了，我水上飞可啥事都干得出来！我赶忙上去夺水上飞手里的菜刀，却夺不下。胡老大来劲儿了，我就不信，你不怕杀人偿命？水上飞冷冷一笑，我不杀你，我给你留点儿东西，有了这东西，你再不开船，我就要留下你的东西了。胡老大叫得声音发颤，你这老家伙就是个无赖！你不是水上飞吗，直接飞过去啊！水上飞望着雨幕，叹息了一声，像冬天里飕飕刮的西北风。在冷风中，水上飞将自己的左手掌铺在桌子上，铺在了胡老大的眼皮底下，眨眼间，刀落了，小指头被砍下半截。

我不禁打了个寒战，惊呼，水上飞，你干啥？胡老大也张大了嘴巴，说不出话。水上飞依旧笑笑，该你了！胡老大筛起糠来说，惹不起你，我开船，开船……

水上飞滴血的手一拍胡老大的肩膀，好兄弟，不愧是我们胡家人。

我从墙上撕下一块报纸，把那半截小指裹起来装在兜里。水上飞说，帮我收着，将来它可以为你作证的！我焦急地问，你疼不疼啊？水上飞朝断指的地方吹着气说，不疼，在上甘岭战场上这还叫伤吗？我心疼地看着他，顿时胸口像被烫了一下。水上飞竖起正在流血的那半截手指，放在嘴里含了含，又吹了吹，跟变戏法似的，血竟然止住了。大雨却愈加猛烈了。水上飞走出门外，喊了一声，铃铛，你留下吧，我上船救人！我说，船不是挺大吗？我也去吧，你一个人不放心啊！水上飞摇着头说，铃铛啊，不用，不能让你冒险，我能把他们救回来。

我还是上了船。撑船的胡老大使出吃奶的力气，船缓缓启动了。船被水流冲得打着横，又被浪头拍得吃不住劲儿，丢了模样，痉挛着随浪头行走。天空猛地打了个闪，青色的水帘子突然就变黑了，船底轰地响了，转眼间水帘子被炸碎，浪花喷泉似的溅起几尺高，哪怕在很远的地方也能看见。胡老大猛摇桨，船依旧歪斜着。水上飞抢过来亲自驾船，他像个怪物似的，纹丝不动地冲着浪头站着，鹰隼一般的眼睛如两个黑黑的枪口。他撑船走着，淀水滚滚，人累得都快虚脱了。船赶到时，我看见鸳鸯岛几乎没影了，只有晃动着的人脑袋。浸在水里的大抬杆、胡玉湖、王德志、邱文清和王茂等七人被救。他们好像被水泡出了湿瘟，一个个蔫头耷脑。我没有想到胡玉湖也在岛上，胡玉湖望着我说，婶，您还来了？我惊讶地问，你咋在这里啊？胡玉湖说，过来考察一下，想在这儿建设旅游村呢，谁知这么大的雨啊！大抬杆抓着我的胳膊，哽咽着说，你们再晚来半个小时我们就都没命了。

船回返的时候，大雨停了。水位依然挺在高位，水流越来越急。我水涝涝的身子向后挺着，使劲儿抓着船舷。胡老大替下了水上飞，他扭动着脑袋，眼窝里禁不住流出一片灼热的眼泪，蜇得眼睛生疼，眨眼就啥也看不见了。但他嘴里仍旧反反复复地咒骂着，婊子养的，我斗不过你吗？船到了王家寨码头，我听见风声和喧腾的人声。老梨树下站着家属和看热闹的百姓。我扯着嗓子对乡亲们喊，水上飞半截手指头，救活了七条命。

大抬杆一把抱住了水上飞，好哥哥啊！说你不是英雄谁信！

水上飞流着眼泪说，自古酒肉朋友多，有难何曾见一人？古往今来，大都如此。趋利避害，人性规律。我这辈子没交多少朋友，可是，你们两口子是我肝胆相照的朋友，汽车轧罗锅子，死也值了啊！

大抬杆说，我们俩啊，总是形影不离。如果一个人走了，那个也不好活啊！

水上飞心里受用，仗义地说，大抬杆啊，啥也不说了，咱两家的好家风就是燕赵侠风，给王家寨树立一个标杆。今天的事，换作是你，你也会救我的。

王德志连声喊，恩人，恩人啊！

胡玉湖眼圈红了说，叔啊，你就是我的再生父母啊！

我从兜里掏出水上飞的那半截小指给了大抬杆。大抬杆一惊，拿手掂了掂，放在鼻根下闻了闻说，玉湖支书啊，这比啥不金贵啊？村史馆好好珍藏啊！然后送给了胡玉湖。

恐怖的灾难总是伴随着我。大抬杆刚躲过这一劫，更大的灾难又来临了。

我听见院里王永泰在哭，得知儿媳邢荷花死了，我头顶的天塌了。大雨突来的时候，邢荷花和王决心在自家苇田里，苇田里修了一座棚子。她像当年我父亲一样，在水灾里不是被淹死的，而是被棚梁砸死的。她抱着王决心被困在棚子里，王永泰正准备救他们的时候，棚子的梁掉下来了，她抬手护王决心，房梁嘭一声砸中她的太阳穴，她就直挺挺地倒下了。她怀里的王决心也摔在地上，喝了几口水。王永泰扑上去已经晚了。

我抱着邢荷花的脖子，亲了亲她苍白的脸。

王决心好像刚刚醒过味来，他疯了似的扑到邢荷花身上，一声没哭，就背过气去。我们连摇带敲把他拍醒过来。他脸色苍白，两眼肿得像熟透的桃子。我这个哭啊，飞溅的泪化作倾盆大雨。

可后面还有更揪心的事等着我们。王义成淘气，顶着大雨到河里摸鱼，沉了底儿。但是，有人看见他又浮了上来，抱着一个船板流走了。大抬杆找人到水面上寻找王义成。

我好生劝慰王永泰，荷花多好的媳妇啊，人家条件好，自从到我家就是个苦啊，苦海里泡着走的啊……我恍惚听见一旁一阵抽泣声，抬头一看，只见王义成隔着窗子往里看。我扑了出去喊，义成？窗户前边空空荡荡。刚刚是我的幻觉。

我好长时间不知所措，阵阵袭来的哀痛，让我险些病倒。我后来才知道，这场水灾只比1977年那次略小一些。好在王义成还算是幸运的，他在大水中抱着船板漂到了雄县拒马河入淀口。恰巧雄县亚古城村的杨三笙骑车路过，看见芦苇荡里冒泡，以为是一条大鱼，弯腰捞上来吃了一惊，竟然是个男孩子。他捞起王义成的时候王义成还昏迷着，杨三笙猛地一拍王义成的屁股，孩子吐出一摊脏水，人活了。杨三笙将王义成带回了家。等王义成彻底醒了，杨三笙问，孩子，你是哪儿的人？你叫啥名字啊？王义成说，这是哪儿？我叫王义成，新水县王家寨人。杨三笙微微笑了，孩子，你的命大啊。你腿上有伤，养两天，我送你回家啊！说着，他伸出手掌抚摸着杨义成的脑袋。看出来，杨三笙喜欢他。

杨三笙和老婆贺红梅亲自送王义成回了王家寨。还巧，王义成赶上了邢荷花发丧。王义成号啕大哭着冲向邢荷花的棺材，咚咚地磕头。

大水退去，邢荷花的葬礼上，邢荷花娘家出钱从朱家买来一口黑亮的上等棺材，棺材前面摆着当年许大彪赠给我的那只大碗，碗底盘刻着"盈"字。伺候邢玉芳那么多年，我都没有拿出来。我真的喜欢大儿媳邢荷花，便把这只碗赠给了她。她走了，发送她的时候，王永泰让打幡的老大王义成磕头时把这只碗摔了。王义成举碗要摔的时候，我忽然变了卦说，大成子，把碗留下，摔瓦罐吧！在场的人都愣了。大抬杆望着我，他知道这只碗的历史。披麻戴孝的王义成摔了土瓦罐，这只碗还给我留下来继续收藏。葬礼之后，我握着王义成的手说，这只碗是奶奶当土匪的时候，大当家的赠给我的，说是宫廷珍品，我们传家宝贝，你爹娶你娘，我赠给你娘了，你是长孙，等你长大娶了媳妇，我就赠给你媳妇。王义成听话，赶紧点头。我抱着王义成哭成了泪人。夜晚来临，天空闪烁着稀疏的星星。有一颗亮晶晶的星星飞起来。这是我唯一看到的亮光。我想，这颗闪光的星星就是荷花来看我们了。

我对着星星说，荷花，我的好儿媳，放心吧，孩子们我都替你照顾好……说着说着，眼泪就涌出眼眶。

葬礼结束后，我们一家去答谢恩人杨三笙。我没有想到杨三笙提出了一个要求，他家只有一个女儿杨爱珍，没有儿子，所以希望将王义成过继过去。王永泰知恩图报，没有跟我们商量，就自作主张把大儿子过继给了杨三笙，并答应人家改姓杨，名叫杨义成。王德听说大哥被过继到杨家了，心里稍微平衡了。这也许是一种仁慈的安排。

邢荷花的葬礼上，没有见到水上飞的影子。我心中有些奇怪，却没有想到他痴呆了，无论吃药还是针灸都没有缓过来。大抬杆抱住了水上飞的肩膀，痛心裂肝地哭道，老哥，你说话啊？你咋不说话了啊？

水上飞痴呆以后，常常跟我坐在一起。两个老人日久天长地坐在一起，会越坐越老。他的表情永远定格了，扛着木棍沿着王家寨巡逻，见到谁都是嘿嘿地傻笑。

我常常惦念大孙子杨义成。杨义成性格硬，但是不嘎，而是沉稳，有主见，没人敢欺负他。几个孩子里，杨义成性格最随父亲王永泰，王永泰也最为疼他。王永泰最懂知恩图报，即使自己再舍不得，也要把孩子送出去。他知道这是割自己的肉，但没有杨三笙的相救，这孩子也活不成。杨义成到了雄县杨三笙家，没两年贺红梅就又怀孕了，不知是男是女。杨三笙喜欢杨义成，就叮嘱贺红梅说，俩羊是养仨羊也是养，多一个不算个啥。几个月后，杨家生下了一个男孩，男孩随义成的名字起的，叫杨义伟。

杨三笙家穷，绰号"吹死人"的。谁家办丧事他就去吹笙，除了一顿好饭，赚不了几个钱。杨三笙和贺红梅有时也去捡破烂。贺红梅对杨义成不好，偏心眼，好吃的给自己闺女杨爱珍和儿子杨义伟留着。但是，杨三笙和杨爱珍对杨义成十分疼爱。每逢寒暑假，杨义成跟着杨三笙学吹笙，还能挣一些钱回来。杨义成不仅笙吹得好，上学成绩也好，理想是考上名牌大学。杨三笙经常以他为骄傲。有时下着大雪，杨义成跟着杨三笙到外村去吹。站在冰天雪地里，杨义成鼓着腮吹成了"雪人"，回家后冻出了鼻涕，还遭到贺红梅的数落。

我和王永泰到雄县看了一趟杨义成。我看见杨义成跟着杨三笙吹笙，担心他荒废了学业，在杨三笙家大闹一场，要把孙子带回家。杨三笙担心杨义成离开杨家，急忙耐心解释，这是孩子愿意吹的。杨义成答应我和王永泰好好读书，说，奶奶，爹，我喜欢吹笙，学习耽误不了。我们仔细一打听，才知道杨义成在班上成绩总是拔头筹。王永泰赶紧给杨三笙道歉，只要孩子学习不耽搁，吹吹笙也好，艺多不压身嘛。杨义成心中惦记着哥几个，在这一堆孩子里，他几乎是孩子王。寒暑假他回到王家寨，还带上了弟弟杨义伟，王家寨这头有王决心、王德、大巴掌、二巴掌都追着他玩。

有一年夏天，杨义成到了王家寨。他带着几个孩子一头扎进了芦苇荡，玩起了苇管憋气。这是我和大抬杆在雁翎队使过的方法，每个孩子嘴里含着苇管蹲在水中，看谁憋的时间长。他们烤了野鸭，煮了鸟蛋。杨义成让我当裁判，谁要是赢了，谁就吃野鸭和鸟蛋，输了的就看着。比赛开始了，杨义成一个猛子蹲在水中憋，大家都出来了，他的脑袋才钻出水面，他胜利了。王决心说重新再来。开始憋气的时候，我看见王决心的小手伸出来堵住了杨义成的苇管，杨义成憋不住了，猛地蹿出水面，他这次输了。我嘿嘿地笑了，王决心这个嘎小子。王决心赢了，几个孩子开心地笑，杨义成眼睁睁看着他们吃没有辙。

孩子们都知道，我和大抬杆对王决心有点儿偏心。也许我就喜欢这小子的嘎劲，逢年过节，我给孩子们发糖果，总是偷偷多给王决心一块。我知道在这堆孩子里面，王德贪吃，还只顾自己吃。他比杨义成和王决心随和，八面玲珑。有时逮了野鸭，王德爱扭着短脖子说，这是我爱吃的烧野鸭。宰杀野鸭的时候，王德还用鸭血擦他的头发。野鸭烤熟了，飘散着诱人的清香。王决心知道这是王德抓到的野鸭，不敢明抢。他只突然喊一声，有人找你了。王德一扭头，王决心趁机掰了一只烤鸭腿跑了。王德骂，这个混蛋！王决心举着鸭腿回家，追着我说，奶奶你吃，你吃！我张着嘴吃了一口，真香。王决心告诉我，他跟王德抢的。我喃喃地说，还是我老疙瘩孝敬奶奶！我从鸭腿上撕了一块肉，塞进王决心嘴里，王决心嘿嘿地笑了，真香，王德这家伙还会烤鸭子。我们吃完了，坐在淀边仰起鼻子吸那沁人心脾的淀野气息。

端午节到了，我提议在端午节搞一个赛马会，鼓励王家的孩子好好读书。大抬杆极为赞成，并且要亲自主持。杨义成、王德、王决心、大巴掌、二巴掌都来了。只有一匹枣红马，其余的都是毛驴。这马还是邢荷花娘家送的，一直寄养在熏鱼厂。那些驴都是从各户借来的。

杨义成直接奔枣红马去了。大抬杆说，这枣红马应该由决心坐，你们都骑毛驴。

杨义成犟嘴说，他是老三，再说，我的学习成绩是最好的啊！

大抬杆根本听不进他的申辩，武断地说，你要有老大的样子，不要兜圈子，不要耍贫嘴了。

王决心被大抬杆扶上了枣红马。王决心骑上马背，小腿夹了夹，得意地嘎笑着。

杨义成蒙在那里，迟迟不愿意爬上毛驴。毛驴急躁地发出一声长吼。大抬杆声音提高了，义成，你咋还不动？我知道你吹笙吹得好，可好成绩是吹出来的吗？你看决心，又考了一百分。你的分数呢？

我说了一句公道话，杨三笙说大成子学习可好了，你带着成绩单吗？

杨义成愣了，爷爷的话深深刺痛了他的心，他委屈地骑上了一头灰色毛驴。

我扑哧一声笑了，然后骂大抬杆，你个噘嘴骡子，只配卖个驴钱！王永泰嘟囔说，这叫背着手扇扇子，装大尾巴鹰！驴能跑过马吗？大抬杆像个老顽童指挥着赛马。他一下令，马蹄嗒嗒地响着，刮起一阵旋风，驴们跑得松松垮垮。村里老百姓哈哈地笑着。末了自然是王决心中了状元。大抬杆亲自给王决心颁奖，还披了红绸布。王决心用他机灵的老鼠眼望了望了杨义成，杨义成满眼是怨恨。

人都散了，杨义成满脸沮丧，像是打了败仗。我朝杨义成喊了两句，义成，回家吃粽子。杨义成不理我，忽然疯了似的，一个人围着老梨树跑。鞋跑掉了，就光着脚丫跑，脚都跑出血来了。树叶无风也摇着，哗啦啦响个没完。我出来喊杨义成吃饭，杨义成头也不回。

泪花在我眼眶里滚着，这孩子太可怜了。

大抬杆伤了杨义成的自尊心，只是大抬杆自己没有察觉。杨义成生气了，没有吃饭就上船回雄县了。大抬杆一愣说，这兔崽子，咋跟我耍脾气啊？我说，你今天办错事了。赛马后，应该表扬杨义成，他是长孙，应该让他带头。你可倒好，决心还小，你让王决心带头，他心里能舒服吗？大抬杆说，他都过继给杨家了，王家搞活动自然以王家人为主啊！我生气地说，放屁，他姓啥都是咱王家的血脉！王永泰也不满意，随口附和了一声。大抬杆叹息了一声，像只鸭子撇着八字脚，威风凛凛地走了。

杨义成真的生气了，好久不过来，听说他在发奋读书呢。

冬天大雪，王家寨白茫茫一片，肃穆宁静。不用摇撼树枝，晶莹松脆的雪粉就一团团落下来。积雪更厚一些，能把病毒压住。我觉着这场大雪不怀好意，使村里的气氛阴森森的。杨义成来了，王决心在家里自己玩，杨义成和王德要去村委会看爷爷。

后来王德跟我说，路上杨义成欺负他，将雪塞进了王德的脖子里。王德扒拉着脖领的雪骂，大哥，你别胡闹，鬼东西，然后他弯腰抓了一把雪砸向杨义成。

大抬杆从支书的岗位退下来，愿意跟孩子们玩。但是，胡玉湖又让他看管分配村里的粮食，那都是政府返销粮。

村委会院里的树挂着雪。宿鸟栖息，一动不动。

杨义成隔着门缝看见了大抬杆偷偷送人一袋粮食。他显然吃了一惊。这人是谁，他们从来没有见过。杨义成的第一个反应，王家寨是水村，这是集体返销粮，粮食极其金贵，怎么能随便送人啊？王德说，爷爷鬼鬼祟祟，就更有问题。杨义成这才想起来了，这个男人是赵普，赵春华与二霞的儿子。

杨义成的声音洪亮起来，昏暗的瞳仁闪闪发光，不许动！大抬杆和赵普被吓得哆嗦。

杨义成举报了爷爷，他先是跟我说，然后找到了胡玉湖支书。这个举报并非是他幼稚无知或是野心狂妄，而来自他的脾气和认知。这个举报，让大抬杆里外难堪，陷入了无边的沮丧和愤怒里。在村里，他晚节不保，在家里，他背着我偷偷跟二霞来往。仅仅是一袋粮食吗？大抬杆跟二霞有啥秘密一直没有解开。这对我的打击是巨大的。他在我心中的位置大打折扣了。但一切往好处想吧。我想尽快消灭心中的魔鬼，但消灭魔鬼的难度是因为它住在人的心上。我的身体已盛不下太多的哀愁，必须放下世俗，留下纯洁的灵魂。

大抬杆当着众人狠狠踹了杨义成一脚。

王永泰也骂了杨义成，狗拿耗子多管闲事。我知道王永泰是做个姿态。

实际上，爷爷在杨义成心中的位置是很重的。爷爷的每一句话，他都记在心里。那一天，他还是来王家寨来看望爷爷了，顺手将一网兜水果和罐头放在炕沿儿上。他想劝劝爷爷想开些，粮食问题，是他误解爷爷了。大抬杆让赵普取粮食，是救济雄县灾民的。身在雄县的杨义成知道，这一年雄县大旱，粮食供应紧张，出了好多灾民。但是，这也属于走后门行为，没有违背道德却打破了常规。村民拥戴的大抬杆晚年有了瑕疵。

大抬杆拿着手里的大抬杆猎枪，心里就发毛了。好多天了，大抬杆像中了邪似的，天天擦这杆猎枪。明明暗暗的灯将大抬杆的面孔映红，他整个人就像悬着一盏马灯，双臂就像两杆大抬杆枪。我看他多皱的老脸像苇席包裹的地图，天然、灵透、真实，叫人看了心里发震。大抬杆身后是一堵被油烟熏黑的泥墙，很浓的泥腥味扑面而来。那味道真是久违了，杨义成在他呱呱坠地就嗅到了生命的原始气息。泥屋和地图都浓缩了大抬杆的历史，闪跳着并不遥远的记忆。而现在，杨义成眼前的老人简直不是人了，他就像坦坦荡荡的大淀，淀里有风，有船，有帆，有鱼。杨义成不动声色地看着爷爷，感到他身上强悍坚忍的气息了。他的意志，他的一切，都那么不可抗拒。

杨义成喉咙一热，很久才叫了声，爷爷，义成来看您了……

大抬杆没扭头，也没作声。

爷爷，您总擦枪干啥？

大抬杆耷拉着眼皮，照旧搓绳子。

爷爷，我误解您了，您就原谅我吧！

杨义成把我拉到身边，诉说他的苦恼。我生气地对大抬杆说，老头子，大成子跟你个老东西说话呢！大抬杆蜡黄而虚肿的眼皮撩开一道缝，眼里闪出一道冷光。他是疯了吗？杨义成乖乖露怯了，僵僵地站起身来。这孩子怕了，他觉得爷爷目光太阴，怕是啥都能干出来。他从小就跟爷爷掐架,他在芦草和水里滚大,跟王德和王决心在一起玩,从没怕过谁。王决心再嘎,到他这里也使不出去。如果眼前不是大抬杆爷爷,一切都好办了。他就要给憋疯了。他举报爷爷的事,王德在一旁添油加醋,其实是一个误解。大抬杆的眼皮又努力盖上了,但他的嘴角已斜斜地挂出一线口水来了。擦得锃亮的大抬杆枪以及几根雁翎,一点点从大抬杆颤抖的手掌里滑出来,凄凄切切的声音听来很忧伤。

大抬杆一句话也没说。

爷爷看都没看他一眼。

杨义成悻悻地扭身走了。

大抬杆不动声色地擦着那杆猎枪。没有几天,扑通一声,他栽倒到大抬杆猎枪枪托上去世了。

大抬杆是抑郁而死的,这是王家最大的悲伤。大抬杆死前拍着王决心的脑袋说,你这孩子是我最满意的。幼小的王决心觉得是杨义成气死了爷爷,一直对大哥耿耿于怀。杨义成给大抬杆守灵,他默默地流泪,永远为自己的这次冲动感到内疚和后悔。

一家人坐在灯影里不语,目光落在大淀上。

杨义成来王家寨的次数渐渐少了,我常常想杨义成这个孩子,后来也验证了我的预测,王家最有出息的孩子还是杨义成。

2005年冬天,王家寨出事了。

胡玉湖带领村干部到农民家收农业税,王德志被咸鱼打伤了。王永山看不过眼,写了文章议论此事,造成了干群矛盾紧张。我一听就炸了,找到永山让他撤回文章。王永山苦着脸搓手道,娘,这是一个调查报告。我不是替咸鱼说话,是替苦难的农民说话,您懂吗?我还是不懂他为啥站在咸鱼立场上跟胡玉湖作对,我坚定地说,你立场要坚定,永远站在党和人民一边。王永山说,我们是德孝之家,我会的。我知道王永山的思想受他的老师侯权的影响。2006年,中央政府郑重宣告全部免征农业税。我这才明白了王永山的用意。这对于我们农民来说,无疑是影响久远的大事。

我抬头望了望天空,看有没有升天的灵魂。

王永山也爱看星星,我打盹的时候把村里的一些事情忽略了。风在很高的夜空中滚动,那些人嚷嚷了一阵就像被风刮走了似的。唉,谁能在任何时候都不眨巴一下眼睛?眨眼的工夫,最皎洁的月亮陨落了,天幕上繁星闪烁,清晰可见。我跟王永山一起看云彩,看星星。王永山说,穿过湿润的云团,飘向瀑布般倾泻的阳光,天广地阔远远超出人们的想象。这对于我既是惩罚,又是恩赐。

我疑惑地说,永山,你别糊弄娘,娘没文化,咋看见灵魂啊?

王永山说,娘,你看那片黑云,就是姚富生的灵魂。我有可能解剖这个灵魂给你看一看。我愣了愣问,谁的灵魂?

王永山说,姚富生的灵魂。

我摇摇头狠狠瞪了他一眼,姚家人,看姚家人的灵魂干啥?如今你是老师,不好好教书,研究啥灵魂?

王永山总是反反复复说着这些话,娘,你可能不知道了,我当老师教书育人,但我是诗人,诗人就是要探索人的精神。王家寨从来不是风平浪静之地。我爹没了,姚富生回来了,姚家人又兴风作浪了。胡玉湖面临严峻挑战啊!

我大声说,永山好眼力。娘老了,怎么不如你敏感了?不能让姚家人得逞!

王永山说,我一个教书匠,单打独斗是斗不过姚富生的,如果我联合了胡玉湖,结果就会大不一样。

我说,还有你娘呢!

王永山说,娘,我们联手王家寨就有好戏看了,说着他拿出望远镜看着天空的星星。我错看王永山了，我以为，他一直活在艺术的世界里，除了给大抬杆买了一阵"股份制"的书，村里的事压根儿不关心，一心做一个闲云野鹤似的抒情诗人。我担心王永山读书读傻了，读邪了，一直不想让他在艺术世界上走得太远。可让我吃惊的是，王永山从滦县师范毕业回家，他开始研究星宿了。他说星宿挺有味道，闪光也是奇特无比，那一颗星星呈现着乳白色的强光，然后慢慢变虚，虚出了柔软的硬度和复杂的神秘。他不仅研究星宿，还关心王家寨村里的大事了，对姚富生的巧取豪夺义愤填膺，对老百姓的疾苦充满悲悯。

岁月悠悠逝去。生活像陀螺一样旋转着，转眼到了2007年，农业税免掉以后，国家号召城镇化改革。胡玉湖召开王家寨党员大会，我作为老党员也参加了，上级提出城镇化推动工业化。

我听说王家寨要盖别墅了，全村老百姓都要住上楼房了。我跟着兴奋了一阵。我听说姚富生和三台镇的鞋业大王申万胜除了别墅区的两个亿投资，还要出资两千万，在荷花岛的淀边建设荷花雕塑和音乐喷泉，将来搞大型实景晚会。我挺惊讶的，细想就明白了这是啥意思。我摸透了姚富生的脾性，他是想用荷花岛的别墅和音乐喷泉盖住千年老梨树和乾德大钟。

我疑惑地问，姚富生他哪儿来这么多的钱？

小洒锦悄悄跟我说，娘，跟您透露一个秘密，姚富生拿了我们村的土地，以土地做抵押到工商银行冯行长那儿贷款，贷的款建别墅，然后再卖别墅，这叫空手套白狼。现在用的基本是申万胜的钱。我惊讶了，你咋这么清楚？小洒锦说，鱼丸店里有个老板喝高了说的。我点点头说，你跟永山说说，我们得跟这狗东西做斗争。过去，我们就是凭借斗争取得了胜利，以后我们还要靠斗争防止姚家欺负百姓！小洒锦点点头，放心，娘。过了一阵，她好像想起什么，娘，还是您说吧，一来他重视，二来他很少回家住。我一愣，问她永山住哪儿。小洒锦讷讷地说,他住学校宿舍。说了不怕您笑话,自从大巴掌和二巴掌出生,我们就分居了,他没有再碰过我。我心中一沉说,回头我说他。夫妻就得有夫妻的样子,我这当娘的,就盼着儿孙们好啊!

我们说着话,王永山进来了。

王永山凑到我跟前慌张地说,娘,不好了,姚富生杀回来了。我开始却不以为然,淡淡地说,他杀回来了?亏你还是大诗人,用词不当。他还乡团胡汉三啊?老二,沉住气,翻不了天!小洒锦插话说,听说他拉来了申万胜共同投资。我看见图纸了,都是外国那样的小洋楼。将来我就住洋楼吗?王永山摇头说,不可能,老百姓住得起吗?他是搞房地产,低价买村民的地,再高价卖给企业家和暴发户,挤占普通百姓的土地。我这才恍然大悟,我就知道这小子是黄鼠狼给鸡拜年,不安好心。王永山警觉地说,既然这样,我们一定提醒胡玉湖支书,别上了他的当。

姚富生管王家寨搬迁盖楼这事,叫阔人阔事。永山告诉我,姚富生到王家寨小学捐了书包、校服、文具,还给村里七十岁老人过生日,送蛋糕、大米和白面。我在一片纷乱中陷入沉思,有一天终于琢磨透了,他是收买人心,骨子里还是在想王家寨的水和地啊。大抬杆没了,他看着胡玉湖老实憨厚,就重新回来兴风作浪。

黄昏,一道蛋黄般的晚霞缓缓流动。我和王永山走在黄昏里,去老梨树下转了转。王永山搀扶着我慢慢走上荷花岛正在开发的苇田。荷花和芦苇都被砍掉了,到处都是光秃秃的工地。我记得那是村民王大栓家承包的苇田。如今这是一片盖楼工地,有的主体建筑已经成形,旁边堆放钢筋和砖头的缝隙,钻出一棵一棵芦苇。再往远处走,有一片黑乎乎的大坑,散发着臭气,王永山说这将是别墅的地下车库。地下大坑丑陋的形象,截断了我对未来乡村变城市的美好幻想。搅拌水泥的工人喊,铃铛奶奶,忙啥去呀?我没好气地说,干啥去?兔崽子们,瞧你们糟蹋了苇田，我要告状去。工人们摇头说，我们是干活的，大抬杆支书没了，如今村里又是姚家的天下了。这话让我听着很不顺耳。望着这工地，我时时感觉到自己落伍了，被生活的巨浪所淹没。

我摇晃着走到淀边，天渐渐黑了。王永山搀扶我上了一座小木桥，淀水清亮一些，一波一波，像镜子那么晃眼。我们刚刚走到桥下，就看见王大栓的儿子王斌在偷偷拍照。王永山说，王斌，我正要找你呢，我要你爹王大栓抗议拆迁的材料写好没有啊？别看我年岁大，耳朵却灵，他们说的就是姚富生推了王大栓的苇田，至今还没有发补偿款。

王斌哑着嗓子说，我跟姚富生索要属于我家的补偿款，他死活不给，还骂我不识抬举。我爹都病了，住在我家里，我要回深圳打工，买房子，娶媳妇，他竟然嘲笑我！

王永山气愤地说，这哪儿是搞城镇化，无赖，简直是无赖！现在看来，我们低估姚富生了。他故意刁难王家人，这里的利益博弈太复杂了，我们的斗争刚刚开始。

我想了想说，姚富生这次是有准备而来，想整个控制王家寨，再夺胡玉湖的权。前几年股份制改革的那一次惨败，他不会善罢甘休的。王永山拿到了王斌他父亲王大栓苇田的材料，独自一人去找姚富生。我怕他俩掐起来，就偷偷追了过去。

在村委会办公室，王永山拍了拍姚富生的肩膀说，我有事跟你谈。姚富生愣了愣，谈啥事？我跟你一个老师有啥好谈的？王永山说，王大栓几户人家委托我了，我要知道全村苇田和房屋拆迁补偿款的账目，一笔一笔的账，收入、支出和去向。

姚富生顿时黑了脸，你没有这个权力！

王永山平静地说，我是王家寨人，有这个知情权。

姚富生站起来，狠狠一拍桌子，王永山，你不要欺人太甚！我已经变了，不是你爹大抬杆当支书的时候了，老子不怕你，你娘在我也不怕！

王永山严厉地说，你就是孙悟空七十二变，跟我也没关系。我知道你在唐山办钢厂气粗胆壮了。我也没让你怕我，我只想知道真相。

姚富生说，眼下这都是秘密，如今村里简政放权实行"四公开"，到时候，胡支书都会公开的。你去找他说吧！

王永山说，这不公平，连胡支书都不知道。为啥现在不能？

姚富生说，城镇化推动工业化，工业化压倒一切。

王永山严厉地吼，谁给你的权力，打着工业化的旗号胡作非为？

姚富生怒了，扯着嗓子吼着，王永山，你给我滚出去！

我终于说话了，姚富生，你说的这是啥话？

王永山依然神情淡定，一字一顿地说，两亿多，数目惊人，这不该是一笔死账，更不能糊涂。一定要公开，一定要清算！

姚富生喊起来，力英，力英！

姚富生的儿子姚力英晃悠着过来了，爹，有啥事？

姚富生望了望王永山，这王老师你认识吗？

姚力英虎着脸说，岂止认识他，我还认识他们家的大巴掌和二巴掌呢！

王永山有些恼怒，措辞更加严厉。

姚力英过去闷闷的，今天突然爆发，我非常吃惊。我担心再生冲突，推着王永山走出村委会。

到了门口，王永山还嚷着，我要告状！

胡玉湖正好过来了。

姚富生恼怒地咆哮起来，你要告状？你要破坏王家寨的城镇化？太无聊、太荒唐了。这两个亿的土地补偿款，没有一点儿违法、腐败。那些钱，都在老百姓的名下。娘个蛋的，原先我错看你王永山了，以为你就是个写诗的，没想到竟然也是个刺头，挑动农民的不满情绪，你闹也

367 | 白洋淀上前传

是白闹！市里和县里都支持我们！

王永山看着胡玉湖说，玉湖支书，他们建别墅，两万元一平方米，得挣多少亿啊？补偿款不给兑现。你说他们做得对吗？

胡玉湖脸涨红了，说，城镇化的道路，也是在探索。先迈一小步，看看效果。

王永山扭歪了脸说，你太让我失望了，你让我爷爷九泉之下怎么瞑目啊？如果为了老百姓好，我二话不说，可是我看透了他们商人背后的阴谋！

我想到了祖上的乾德大钟。我要敲钟警告愚昧的村民，警惕姚家的阴谋。我还没有走到老梨树跟前，姚富生和他的儿子姚力英就提前恭候在那儿了。

姚富生在钟下站着，纹丝不动，嘴巴紧闭。

我真的老了，连这畜生都踹不动了。我仰脸骂，狗改不了吃屎！你当初的教训还没记住吗？为啥用胡玉湖不用你？

姚富生还是没吭声，铁塔一样站着。

王德志匆匆赶来了。他突然说了一句难听的话，铃铛婶，城镇化是大事，以后我们就是城市了。你可要站稳立场，别该死不留念想。

我啐了他一口，小人一个！

姚力英凑了过来，抖了抖腰里的皮带，老太太，王家寨靠你老百姓能活呀？要不是看你是老革命了，这么凶我爹，我这腰带可要说话了。

我吃了一惊，张开了嘴巴，声音却混乱不堪。

姚富生板起脸，斜眼瞅着我说，儿子，爹老了，斗不过她了。

姚力英扑哧笑了，您老，比这老太太还老吗？

我不搭理姚力英这小兔崽子，但是我给他起了个外号，别看你"腰里硬"，也不如你爹的钱袋子硬！

人们哈哈笑了。姚力英的外号"腰里硬"就这么叫开了。这小子猖狂，其实，王决心不怕他，决心如果在家就揍他了。

王大栓喊，腰里硬，腰里硬，我们不怕你！

我给王大栓竖了个大拇指。这家伙是王家人，过去的脑袋被驴踢了，常常跟我们王家作对，"文革"时候这乾德大钟差点儿被他砸了，现在竟然明白了。

我走路时岔了气，一步一咬牙。我走到千年老梨树前，哐哐地敲了乾德大钟，我敲得不顾一切。可是，我真的敲不动了，樟木棍子突然滑落下来，当啷一声掉在地上。烈日将大铜钟晒热了，我的老脸被烤得通红，可没人知道我肚里有怨气。

到底还是我儿子王永山，他跟我配合默契。他弯腰捡起了樟木棍子继续敲钟，明眼人都能从钟声节奏里听出点儿分量，就急忙奔过来了。王德志问我，有啥心事？我赌气说，没啥心事，心烦，就是想敲钟！王德志是大抬杆做支书时的会计，如今被姚富生拉过去了。他的变脸让我恶心。王德志对我的脾气秉性了如指掌，听出了眉目，摇头说，不对，您骗得了别人，蒙不了我！你是对荷花岛建别墅不满啊！

钟声响彻云霄，人们纷纷探头，五脏六腑都被震撼了。王永山举着樟木棍子，疯狂地敲钟，额头都冒汗了，惊动了许多村人围观。我把姚富生和申万胜投资别墅、挤占土地、掠夺财富、破坏环境的事说了。

王大栓一听就炸了，问姚富生是否知道这事。

我挑一下眉毛，顺口说，这么大的事，他能不知道？糊弄鬼呢！

这时，胡玉湖朝我挤眼睛，示意我不可太冲动。我明白了此事不是一时半会儿能解决的，便让人们散了。

王永山告诉我，他和大巴掌去北京找侯权老师。

我呆呆地想，渔民住楼房不习惯，楼房建在淀边还有污染。可我和王永泰把船上的网具存放在厢房的窝棚里，才知道他不想去打鱼了。我突然发现，人心浮躁了。不知为啥，乡亲们对打鱼和芦苇感情淡了。大淀呀，芦苇荡啊，你对不住咱庄户人哩！每一个渔民都在心中困惑地嘀咕，王家寨的出路在哪儿？以后谁来打鱼？村民的出路在哪里？以后谁来种地？我越想越恐惧，又独自去村委会找胡玉湖去了。胡玉湖无奈地说，奶奶，资本的力量太强大，我顶了一阵，这次实在是顶不住了啊！保定市的领导都发话了，要竖立一个城镇化的典型！

我一愣，疑惑地说，姚富生跟市领导不熟啊。胡玉湖苦笑了一下说，开发商申万胜找了领导打招呼。我一听就明白了。

平地一声雷，王永山死了。

暴雨前的闷热在黄昏四处蠕动，轰隆隆的雷声从天黑响到天明。雨落下来之前，大巴掌阴着脸抱着王永山的骨灰盒回来了。我猛地晕倒在地，王永泰也吓白了脸，人们把我摇醒了，追问大巴掌到底出了啥事。大巴掌脸上长满胡楂儿，拿巴掌揩着眼窝，眼神呆滞。大巴掌说他跟着父亲到了北京，王永山要完成他的独狼行动，至于是啥，大巴掌一直不清楚。五天前，大巴掌在办公室整理稿件，接到一个恐怖的电话，是北京房山区交通部门交警打来的，先问大巴掌是王永山的啥人，大巴掌说是大儿子。交警说拿到了王永山的手机和身份证。原来王永山坐的面包车在北京房山店翻车了，汽车着了火，乘客的骨头架黑乎乎的，无法辨认了。这是从一个死者皮包里发现的。手机上第一个联系电话是儿子王春夏。大巴掌吓得尖叫，惊慌失措。

我和小洒锦悲痛万分。小洒锦听后晕倒，被送进了王家寨诊所。小洒锦醒来的时候，还不相信王永山真的会死。后来，我听小洒锦说，王永山死讯传来，姚富生情绪波动很大。

小洒锦闭着嘴巴，不说话，独自落眼泪。王永泰哇哇地哭了一阵，然后搀扶着我来到小洒锦和王永山的家里，含泪给王永山做了馒头、煎饼和熏鱼，插上一根一根的香火，供了起来。王永山的遗像也悬挂起来。遗像前香火烟雾缭绕，将王永山的眉眼笼罩得朦朦胧胧。乡亲们纷纷来到王永山和小洒锦的家祭拜，有人当场哭得鼻涕一把泪一把的。淀边的小院里，围着一层一层的乡亲们。他们送来的祭品摆了一圈又一圈。大巴掌、二巴掌跪着，泪流满面地喊，爹，你一路走好啊！然后他俩头缠白布守灵。

胡玉湖望着王永山的遗像，浑身颤抖，忍不住撕心裂肺地哭道，永山啊，都是我不好，听了姚富生的谗言啊，我要坚守住，咋会轮到你到北京告状啊？

我愣了愣，胡玉湖为啥这样说？难道他知道其中秘密？

咸鱼和媳妇大鹅也过来了，磕了头走了。

姚富生到了灵堂吊唁，他望着王永山的遗像嘟囔了几句。说的啥，我和小洒锦没听清。可是，他说着说着竟然掉泪了。

姚富生眼神里有一丝光快速一闪。

我听见小洒锦愤怒地嘟囔，永山动了谁的利益？是谁制造了永山的死？

王永丽和伍宝库也在路上，夜里十点才到了王家寨。王永丽一家哭完，磕了头，回到我的家里。天亮的时候，我听说小洒锦用剪刀把姚富生给扎了，扎了三剪刀。我听着浑身发冷，不知道咋搭腔。我心想这个小洒锦啊，竟然去替永山出头跟姚富生斗。我无奈地想，你就别去添乱了，你还有两孩子呢，永山走了，你又出事了，大巴掌和二巴掌咋办啊？

小洒锦血糊糊地回来了，我问她为啥刺姚富生。

小洒锦哽咽说，永山肯定是姚富生害的，为了永山，我跟他拼了。

我的眼睛红了，长长叹了口气。寒意渐渐渗到我的皮肤上，我起了一层鸡皮疙瘩。小洒锦平时不声不响地过日子，很少见她出头，很少见她笑。不是一家人，不进一家门，原来她也是一个有情有义的女人，王永山没有拆了这个家庭，有他的道理。我连连说，小洒锦啊，有你这片心，永山就值了。你不能有个闪失，要好好照顾家啊！

小洒锦挺着胸脯呆呆坐着，有一点儿女荆轲的味道。

小洒锦走到王永山遗像前说话，我不忍心听，就等着警察来抓小洒锦了。我忽然想起什么，抬头问王决心，你快问问你哥义成到哪里啦。王决心赶紧给杨义成打电话，打完电话激动地说，这一切竟然是误会，我大哥说二叔没有死！几天前二叔的皮包被盗了，没有身份证没法买票回来。我大哥开车去北京接他去了！

我瞬间喜极而泣，一屁股坐在了地上嚷道，我的天哪，这个冤家！

第 三 十 三 章

王永山回到王家寨等待着上边的消息。他到家之前，我们把遗像供品都撤了。大巴掌、二巴掌跪在父亲的跟前惊喜万分。遗憾的是，王永山到家没看见小洒锦。天黑了，蚊子和蛾子绕着灯泡飞旋。王永山默不作声，眼眉带忧，嘴角挂愁，东张西望。我的心揪得紧紧的，禁不住咕哝起来，永山啊，你是找你媳妇吧？小洒锦对你真是有情有义啊，她怀疑姚富生害了你，冲他就是三剪刀。娘见她哭得啊，真是对你好。王永山一愣，眼睛红了，娘，这个小洒锦人呢？我脸上的肌肉抽搐了几下说，伤人是犯法的，她被警察抓走了，拘留十五天。我问过她了，以为你死了，她去找姚富生算账，全都是为了你啊！她身上有你娘身上那股子劲头，娘喜欢。

王永山张嘴想说啥，又说不出来，流着两行热泪。

我说永山啊，小洒锦和你的事该过去了，夫妻还是要有夫妻的样子，你不能拿别人的错误惩罚自己。再说，原因在你，不是人家，她当初也是想给王家有个儿子传宗接代，巩固地位，都可以理解。这次小洒锦回来，别老分居，要过正常夫妻的日子啊！王永山一愣，她说我啥了吗？我摇头说，人家没说，是娘问的她。

王永山说，娘，我听您的。

王永泰轻轻走进来了。自从邢荷花死后，王永泰的渔业公司不开了，他变得沉默寡言，主要精力放在了照顾老人和孩子上。王永泰望着王永山说，你啊，太冒失了。不让娘担心，就是一种孝敬。

王永山望着王永泰说，哥，过去咱家有爹撑着，爹没了，你厚道，家里的担子我替你担。你兄弟的骨头是硬的。

王永山慢条斯理，不苟言笑地说，娘，我跟姚家人斗争，他们以为我是仇富，其实，真的不是，我就是见不得老百姓被欺负，路见不平出手相救。我救的不是几个人，而是整个王家寨啊！申万胜是被姚富生忽悠来的。姚富生是想榨干王家寨，如果姚富生得逞，王家寨的前途就毁啦！

我想了想说，娘赞成你。过去啊，娘误解你了，以为你就是个书呆子。你的这个举动，让娘高兴。你像你的二爷王学武！

王永山激动地说，娘，人们爱钱，但是要取之有道。姚富生他们光顾自己富了，他一家富不叫富，老百姓共同富裕才是正道。爹活着时候，挂在嘴边说，让一部分人先富起来，先富带动后富。谁能带动后富？姚富生不踹穷人一脚就算不错。

我微微地笑了，现在日子好多了，让胡玉湖这小子好好干，走共同富裕道路，也算圆了你爹的梦了。

过了十五天，小洒锦出来了。我让王永山划船到大码头迎接。王永山特意打扮了一番，穿着浅黄色的亚麻衫、深灰色的亚麻长裤，宽衣宽衫很精神。这身衣服是早些年小洒锦给他买的，他一次都没有穿过。小洒锦一看这衣服，就猛地扑过来了，哽咽着喊，他爹！王永山紧紧抱住了小洒锦说，委屈你了，回家吧。小洒锦晕在幸福里哭了，王永山听任她把这么多年积攒的泪水全部倾泻出来……

王永山勇敢的举报，引起了王家寨的极大震动。

老百姓还是拍手称快。因为他们看清了，姚富生和申万胜在王家寨借城镇化之名疯狂占地敛财。

侯权老师看了王永山的材料极为震惊，白洋淀的"淀中翡翠"怎么能乱开发房地产呢？他当即找了他在省里负责城镇化改革的学生，把情况反映之后，他的学生回复说，王家寨的工程应该停工，不是不可以城镇化，也不是不可以建别墅，但是，王家寨有其特殊性，不能过度开发，不要开发房地产，要留住一份乡愁。

上级限令王家寨荷花岛别墅工程立马停工。

王永山很是欣慰。听到这样的喜讯，我也顿时浑身轻松。王永泰心中高兴，默默做好了饭，我让永山请来水上飞喝上一杯。

那一天中午，我碰上姚富生正急着找申万胜要钱。姚富生没有跟我说话，低着头，嘟嘟囔囔地过去了。我没有看到现场，后来我听说，姚富生和申万胜猝不及防，全都惊呆了。他们忙乎着跑上跑下，但还是停工了。但是，拖欠的补偿款仍然给不了。村委会的别墅筹建处，姚富生跟申万胜起了内讧，姚富生跟申万胜索要前期投资，申万胜的脸色极为难看，他大声说，姚总，这样说话不仗义吧！我在三台镇做鞋业，搞得红红火火，是你硬把我拉来搞开发的。开始看着大家一团和气，谁知道王家寨的水这么深啊？早知道这样，我就不蹚这浑水。如今大家都放在火上烤着，你就别在一旁躲着当老好人啦。有福同享，有难同当嘛！姚富生沮丧地说，申总，你的鞋业有地产来得快吗？如今哪里拿地不起纷争？王家寨小河沟里翻不了船！胡玉湖说，我这样看啊，姚总回归故乡投资，申总到我们王家寨投资，是配合城镇化改革，想让王家寨老百姓过上好日子。初心不能否认。但是，现在从上级领导批示来看，我们最初的设想错了。为什么呢？因为这是"淀中翡翠"王家寨，这是白洋淀唯一的纯水村，是要留住乡愁的地方啊！姚富生撇嘴说，啥乡愁啊？这词就是王永山编排出来的。胡支书，村委会也是第三方，你要是打退堂鼓，损失由你掏啊！胡玉湖心惴惴的，没再吭声。申万胜眨着眼睛说，王家人真是厉害啊，我们对王永山就一点儿办法都没有啦？姚富生拍着胸脯说，那钱，我没装兜里一分，不怕查！申万胜憋红了脸说，那也得警告他一下了,不然我们永无宁日哩!奶奶的,这个看着不起眼的诗人,能量咋这么大呢?姚富生恨恨地说,我们凭啥生气?生哪门子的气?犯得着生他的气吗?我们得想办法收拾他了,不过,不是现在,君子报仇十年不晚。申万胜说,别提十年了,十年黄花菜都凉了,我赶紧吹灯拔蜡走人了。姚富生冷冷地笑了两声,胡玉湖感觉姚富生肚里长牙,笑里藏奸,能屈能伸。姚富生脸色非常难看,望着胡玉湖说,胡支书,我的光复计划全打乱了,我承认我输了,输给王永山就等于输给了铃铛。但我没有输给你胡玉湖,你和王永山背后跟我作对,一定是老东西铃铛指使的。愿赌服输,我姚富生血本无归也认了。胡玉湖哼了一声,姚总,你听我说两句,不要自己一倒霉,就怀疑王家人害你。你自己想想,最初我不是没有提醒你,你回乡投资,我们举双手欢迎。但是,你的目的还是不纯正,你是想夺回以前失去的尊严,想整体开发王家寨,控制王家寨。王永山是教师、诗人,开始他没有阻拦,后来他警告了我,这个方向不适合王家寨。还有,你想动王家祖坟,要挖我们尊敬的大抬杆支书的坟。你知道王家坟地都有谁吗?抗日英雄王学武啊!那不是几个简单死去的人,他们是英雄,惊动英雄的亡灵,还有比这更残酷的吗?你想过没有啊?

两天后的下午,一辆面包车开进了村,直接去了村委会。我听说县里派来了整治王家寨荷花岛别墅区的专案组。

姚富生回了唐山丰润的钢厂。钢厂亏损,他外出要债,喝酒中风瘫痪了。他欠债很多,王家寨自家的小楼也抵了账。他儿子"腰里硬"和女儿姚力红转由二叔姚哈喇抚养,住回了原来的老宅。我们王家寨人们都关心一个问题,瘫痪的姚富生还能东山再起吗?可是,我后来听说,两年不到,姚富生就死了。

侯权到了王家寨,参观了荷花岛。我、王永山和胡玉湖陪他转转,一起到了荷花岛。这里叫岛又不是岛,而与王家寨用木桥连上了。这里原先景色很美,后来被姚富生鼓捣得乱七八糟。侯权忽然有了灵感,说,这里的基础建筑别拆了,那样损失多大,不如将计就计,建一个书院。我们都赞同地笑了。

这便有了如今的大乐书院。

我老了,年轻人像一片茂盛的芦苇长高了。大淀芦草生息不绝,静看荷花盛开凋零。这一年春节,我们大家庭终于在王家寨老宅团聚了。有了大乐书院,杨牧仁就从正定临济寺过来了。杨牧仁到王家寨找到我认娘,我无比惊讶,后来想到了他就是我奶过的孩子。他来是想为白洋淀写一本书,还要照顾我的生活。我不明白,他采访我的时候,一手拿着录音笔,一手抚摸着套盒。这是做棺材的朱老忠给我做的中国套盒,我的右手总是摸着那精美的套盒。

朱家院里传出了钢琴的声音。

我听说朱老忠去上海做棺材,一个大户人家赠给他一架旧钢琴,他带回了王家寨。村里首次有了钢琴声,使这个春节更加迷人,悠扬清脆的琴音,中间有些杂乱,但这温润的琴音飘扬在大淀的上空,传遍白洋淀四周的水村,人们日复一日的操劳便得到放松和补偿。春节干燥而阴冷,地面上的雪都化了。王家寨又有了年味。按照王家寨过年的风俗,除夕这天早上开始,家家户户清扫街道,打扫院落,贴窗花,到处都是辞旧迎新的景象。我们一家人去祖坟上坟,摆了供品,焚烧纸钱,然后回来,说说笑笑等待晚上吃饺子喝酒。

二巴掌年轻气盛,当即要做鱼丸小试锋芒,显一显他那未衰退的技艺。我环顾四周看着儿孙团圆,心中喜盈盈的。杨义成和王决心正唱着歌,他们唱着西河大鼓《过大年》。王德对什么事情都喜欢添枝加叶儿,他的头发打了摩丝,黑发高高地挺着。我说咋弄这头发,王德说头发倒了的时候,毁掉运气。王决心端了一盆水给我洗了脚,又走出房间,他仰脸一瞅，星光满天，不由得赞叹，看完春节晚会，我们一起去放鞭炮吧。杨义成走过来了，想起爷爷就忐忑不安。大巴掌的女朋友长得很洋气，高高的个子，比大巴掌高出一头，白白净净。大巴掌吹嘘说，这是我的女朋友易丹。然后他就带着易丹跟我、王永泰、王永山、小洒锦点头致意说，过年好啊！

王决心悄悄问大巴掌，这个，啥时候喝你喜酒啊？

大巴掌嘿嘿笑着说，明年十月一，喝喜酒。

鞭炮和花炮在空中炸响了，打破了夜的寂静。我心中的喜气就涌动起来。

大年初一这天，村里的音乐会开始了，我带着孩子们到老梨树下拜年，拱手给村里乡亲们拜年，然后就介绍一番孩子们的成绩。音乐会跟着高跷旱船会一起，开始的时候吹吹打打，家家户户撤取门前的香火，迎接着表演队伍的到来。夜深的时候，我们大家还在把酒言欢。我看见杨义成仰着头，仰望着年夜浩瀚的星空。我忽然想起来了，杨义成已经大学毕业回雄县工作了。

紧接着，杨义成跟保定姑娘甄凤定亲，我们王家和杨家凑到一块儿庆贺了一番。

过了年，破了五，孩子们都走了，只有王永泰、王决心陪伴着我，我们三人过了正月十五，吃了元宵。那天晚上五更鸡叫，我睡不着了，就打电话把小洒锦和二巴掌叫了来。我笑着说，二巴掌的鱼丸好，我们的银淀鱼丸后继有人啊！屋里散发着苇席和作业本的香味。

2017年，白洋淀新区成立。那年冬天，一个平平常常的夜晚，王决心轻声对我说，奶奶，水上飞爷爷死了。我悲伤地叹息。人离死不远时都成了可怜的人。我听王决心说，水上飞最后瘦成一条船桨，被子下的双腿是平的。水上飞最后一个月住在新水医院，王德和媳妇杜梅伺候得很好。我悲伤地唠叨,大抬杆啊大抬杆,水上飞找你去了,你在那边接应着他吧,这家伙从来不认路。今天我才明白,我迟迟不走,是等着送水上飞先走,他如果比我早走,我担心后人对他的评价不公道。只要我活着,人们就不能冤枉了水上飞。英雄走了,我没有哭。

胡玉湖的村委会要给水上飞开追悼会。村委会拟写了悼词,悼词还是我来把关。胡玉湖让王德志来到我的床前念了一遍悼词。胡玉湖问,铃铛奶奶,这悼词您满意吗?

我已经无法说话,无法睁眼。

王决心细细观察着我的表情,现场异常安静。过了十分钟,我左眼角的皱纹里,爬出最后一行泪水。王决心说,你看,我奶奶答应了。

第二天上午,王家寨村委会给水上飞开了一个隆重的追悼会。我虽然无法参加,心中还是极大地感到安慰。大抬杆早死了,水上飞一死,我就啥都不想说了。这也许是我铃铛跟这两个男人的缘吧。还有啥好说的啊?我对杨牧仁说,我孙子这一辈的事情,你就找他们吧。我得留口唾沫暖一暖自己的心窝了。

杨牧仁恭敬地说,娘,可以了。

杨牧仁轻轻地走了。我让王决心背着我在老梨树下转了两圈,碰上了村里的"腰里硬"。我听见"腰里硬"夸奖我,铃铛奶奶老革命,身经百战,劳苦功高,从来没有摆过老革命的架子。我听着心里受用,但是连连摆手,要说干革命劳苦功高,还是水上飞大哥啊,我和大抬杆都比不上他啊!"腰里硬"说,别说了,他是逃兵啊。王决心说,滚,狗嘴吐不出象牙!"腰里硬"这小子嬉皮笑脸地走了。我们王家与姚家的搏斗是持久的、长年的、隔辈的、命对命的,就像是一对老冤家。天堂和地狱存在于每个人的心中。

我无奈地吸了一口凉气,寒意从脚底慢慢浮了上来。水上飞早被平反了,现在人都没了,为啥姚家人还拿他当逃兵看?村里人为啥也这样看？

我摇了摇铜铃说，我想吃鱼丸子啦！

家里没有人回应我，因为二巴掌不在王家寨了，听说他去外地寻找朱鹮鸟去了。

孙子们都长大了，成家立业。王决心最后一次背我出来，听见他的说话声，刹那间轰然一响，我的眼前闪现鸡形天象图了。我睁不开眼睛，心中感受到整个白洋淀晃晃悠悠像那个鸡形天象图，一只雄鸡在天幕上昂起了头，引吭高歌。王决心惊讶着瞪圆了眼睛说，奶奶，您瞅啊！

我瞅不见了。我睁不开眼睛，但我听见老梨树的响声了。

老梨树的枝枝权权伸展出轻微的响声。风吹来，先吹响树梢，再摇撼树干。燕子在老梨树洞里筑巢，银燕只在老梨树洞里筑巢，一窝又一窝，家族繁盛。朱鹮也常常飞落到这里。我听见朱鹮和鸟儿展翅飞向空中，很快在天空集结起来，像花一样绽放、翻飞。突然，老梨树火花一闪，腾的一声，老树自燃了。树老自燃，千古少见。我喃喃地说，老梨树归天了。我没有流眼泪，心哭了。一声惊叹，闭上双眼，天哪，还是应验了！千年老梨树走了。

杨牧仁一个踉跄，跌坐在地上，双拳捶着胸口。

火光冲天，照得淀水红光闪闪，将淀边的船、树和房屋映得红彤彤的。大火很快就遮盖住了淀水，黑灰一片一片闪跳、飞扬，弥弥漫漫搅上夜空。太热了，火烤得我身上冒火。树枝上挂着的红布条子也会被大火吞噬，将人们这些美好的祈愿送到天上去。我让王决心赶紧喊人，王决心腿脚沉得拉不开栓。可突然，王决心定了定神，疯狂地跑起来，上气不接下气地喊，着火了，都出来救火啊！

王家寨人听到了喊声，纷纷撒丫子跑出来。有的人在船上，纷纷下船拥到老梨树下。我感觉村里的人大多是老人、妇女和小孩，我看着他们的脸怪里怪气，有的像大钟，有的像倭瓜，有的像鲤鱼，有的像莲子。村人愣了一阵，围着燃烧的老梨树，愕然指点着，议论着，天塌了一样。杨牧仁仰天大吼一声，神树归天啦！我听见有人跪在地上祈祷。

人们伤心地流泪了。

一阵阵风助推了火势，冲天的火苗蹿了蹿，一股脑儿升得老高，像千万朵鲜花，竞相盛开。老梨树燃着小洒锦，人们在周围频频走动，火光把人影映到空中。我突然想到了乾德大钟，喊着，决心啊，钟，放下我，保护咱祖上的大钟。王决心急忙招呼人去摘乾德大钟。钟被烤热了，几乎无法靠近。突然，大钟嗡的一声滑落到了地上，发出地动山摇的轰鸣，满世界都是大钟的声响，持续了好久好久。

钟声在村庄和淀水里颤动。村庄没了吵闹，除了钟声还是钟声。最后钟声变成一股气流，天长地久、无穷无尽地萦绕在耳畔。

乾德大钟顶上，滚动着团团烟雾。

老梨树的树根，只剩下了黑黑的一盘焦炭。大钟温度渐渐冷却了，王决心又背我摸了摸大钟，我摸到了大钟表面刻的《金刚经》了。我闻到了涩涩的铜锈味，浑身起了一层鸡皮疙瘩。我让胡玉湖把乾德大钟保护起来。胡玉湖激动地说，就在这老梨树的原址，建设一个象征千年之城的新雕像，树根里要埋进我们的瑰宝。我们揭牌的时候，再把乾德大钟挂上去。我还摸到了疙疙瘩瘩的黑树根，树根一寸寸陷下去，黑黑的炭灰还热着，看上去像一片暗红色的血块，最后慢慢变黑。

天上星星蹿出来，我数了一遍，又数了一遍。

有死亡就有新生。

我忽然抬头看天，可是我已经睁不开眼睛了，但是，我用心隔着玻璃窗也能看见蔚蓝的天空。流传了千年的九朵荷花传说应验了。雾开始疏散，天空中的云彩缓缓聚集，渐渐形成了九朵荷花的形状。荷花状的云朵在万里无云的七月的天空中轰鸣。嘭的一声，九朵荷花的花瓣炸开了，清丽的花瓣像露珠一样闪闪发光，花瓣在纷乱中漫卷聚合，合成了一朵挺立的红色荷花。那是仙境，一尘不染的世界。荷花的美丽无法言说。看到它，人间任何苦难和痛苦都会得到稀释和溶解。

杨牧仁对王永山说，千年梨树自燃了，天上出现九朵荷花祥云，白洋淀要有大事发生。

我记得梦里的荷花仙子说，入淀的九条河打通了，与之对应的九朵荷花就会盛开，我的预感是相同的。

杨牧仁常常在夜间爬上房顶，对着星星说话，一直说到天蒙蒙亮，一直说到祥云飞在大乐书院屋顶，他才慢吞吞地下了梯子。过去，杨牧仁每天喋喋不休，有说不尽的人生道理。现在，杨牧仁不爱说话了，应该是不爱对人说话了。其实，他的话一点儿都没少，他只是对云说，对风说，对水说，对树说……说着说着，天上就突然出现了几朵荷花样的祥云，缓缓流动，分外生动。杨牧仁说，王家寨凡是有大事发生，天空就飘来荷花状的祥云。荷花岛的大乐书院上空，飘荡着几朵荷花状的祥云。2017年4月1日，白洋淀新区成立这天，天空就飘来荷花模样的云朵。王永山没有看见，可能是造化不够吧。他问杨牧仁，你怎么看见的九朵荷花？杨牧仁淡淡一笑说，审天地之道，察众之心。王永山说，明白了，尽人事，听天命。

杨牧仁总是温文尔雅，说话和风细雨。他终于说出了自己的秘密。当年，杨牧仁从白洋淀回到了阜平，这个时候他父亲杨磊连长在反"扫荡"中牺牲了，成为烈士。他母亲一直瞒着他。母亲在《晋察冀日报》搞印刷，教他读《三字经》《千字文》《幼学琼林》《孟子》《诗经》，那个时候他受孔孟之学如忠恕、孝悌、仁义礼智信等文化影响很深。有一天，他在学校值日，他在打扫教室的时候，有个同学起了坏心，将老师抽屉里所有的东西都扔进了胭脂河边。事后老师和同学查证，怀疑到了他身上，大家在教室里惩罚他。母亲得知后，让他跪在家中，久久不能站立起来。这件事让他很受触动,让他从小就跟佛家结缘了。

杨牧仁十二岁的时候,在五台山灵境寺剃度出家,然后住在观音洞打坐念经。他发现自己心还是不净,冒出一个念头,从五台山徒步行走到峨眉山,然后再回到五台山。后来经峨眉山净空大师指点,他回到故乡石家庄正定,在临济寺做了住持。王永山惊讶了,一个人行走这么远的路?杨牧仁讲述了他行走的过程。他从北方到南方,从白走到黑,从冬走到春,从落雪走到花开,跨过黄河,翻过秦岭,走过蜀道,越过汉江,挨过饿,迷了路,大病过,差一点儿就死在途中。但是,他终于到了峨眉山华藏寺,内心也从浮躁走到宁静。他到了华藏寺心静了,便潜心苦修,云水安养,开悟天道。

王永山吃惊地问,啊,牧仁兄辛苦了,这等意志,可敬可敬。我想知道,你有什么收获呢?

杨牧仁想了想说,收获不是直接的,只有从自己内心里长出来的东西,才是属于自己的。当然,外在的收获也有啊!在白洋淀新区成立之前,我就预测这里要发生大事。

王永山说,娘说看见荷花祥云了,我没有这样的功力。

王决心背着我出来看天空中的祥云。

稀疏的云朵,白中带着一点儿淡黄,荷花的花边蓬松而柔软,像晚来的春雪。杨牧仁喜庆地说,白洋淀的入淀河流打通了,天上的云彩只有九朵荷花同时盛开,每一朵荷花对应一条河流,象征着九条河流入白洋淀,那是"千禧荷花"景观。我高兴地说,我的父亲说过,1921年7月,中国共产党建党,天空出现了九朵荷花状的祥云,那这样的景观在千禧年都没有见过。我们一起凝望着荷花祥云。王决心喃喃地说,为什么是九朵祥云同时绽放?

云朵慢慢消融,没有留下阴影。

杨牧仁随口说,这是国家大事,千年大计,是人民的大事。多年之后，等新区建成了，九九归一，九朵荷花祥云还会聚拢过来吧。王决心微微一笑，说，我们已经够幸运的了。杨牧仁的表情依旧安静，没有突如其来的幸运，只有因果循环的福报，福从善中得。王永山思考说，随着城市的建设，王家寨要进行文化重建，从哪里入手啊？

杨牧仁说，应该从建设大乐书院开始。

王永山点点头，这样的机会来啦。

白洋淀的水面一望无际，水面被飘忽的蜃气笼罩，密实的绿色芦苇掩着稀疏的村落，硕大的荷叶点缀着灰亮亮的大淀，苇塘里有水鸟鸣叫，偶尔还有渔民唱歌，让人陷入迷醉的状态……

白洋淀新区成立了，我的故事讲完了。

噗的一声，我铃铛仅剩的一颗门牙也掉了。我把牙齿咽进了肚里，肠子里嘭的一声轻响。忽然，树根的黑灰里嘭地一爆，老梨树的树籽炸开了，那是树的种子，闪亮的种子又被埋入焦土。我有预感，来年的春天，黑树根的周围会长出一片绿芽。

人老了就是老了，吃不动走不动时看着窗外，即便是狂风骤雨，只要天不塌下来要了我的命，我就看着岁月变化，生来往死，带着对人间的不舍和留恋，愿生命延长再延长。活着真好。年轻时的任性挑剔是多么蠢笨，挑剔今天下雨，怕弄脏鞋子；挑剔天气太冷太热，躲在家里。嘿嘿，要是能重新活一回呀，我要用我年轻的身体去撞击那风雨的暴躁、雷鸣的穿过。浪费了，浪费了呀。而现在，静坐窗内看窗外的风和景。人的一生短啊，活明白了，路也不长了。活好每一天，每一时，每一秒，能看到我的子孙们全部的幸福……我忽然想起老大王永泰已经先我而去了。

老二王永山写了新区的诗，还做起了芦苇画。闺女王永丽非要接我到容城，那是个大工地，去那儿不是添乱吗？多亏杨牧仁常常陪伴我。我哪儿也不去，最好死在王家寨。话是这么说，我望着从朱家定制的骨灰盒，还是感到从没有过的孤独。人哪，活得越长越孤单。我跟祖上红姑一样，这是长寿者共同的宿命，要忍受常人无法忍受的孤独。可是，我还是陷入了无边的孤独。有人说孤独是一个人的狂欢，狂欢是一群人的孤独。是啊，谁不孤独呢？孤独是人的常态，我觉着有时候孤独是一种享受，如同这阳光里的尘埃，也许尘埃落定，也许浮浮沉沉飘向远方。我得学会自己跟自己说话，跟猫说话，安静，自在，这样才能找回真实的自己。后来，我的铜铃声，能够连接上王决心的手机，铜铃响在他手机上。科技真的发达了啊，王决心就让小洒锦划船从大平台将鱼丸子送过来了。送来了一碗，也吃不了两三个，牙口胃口都不行了。

有一阵子，我不想吃东西了。

我像小花猫一样贪睡。一没动静，他们都害怕我出事，我摇了摇铜铃向他们证明我还活着。生命快到尽头的时候，我摇不动铜铃了。我有一个想法，生命中所有的辉煌，最终将由记忆来诉说，所以，我诉说的故事，将由杨牧仁来记录完成。

我做了一个梦，梦里我碰见荷花仙子了，我问她，我啥时候离开人间？荷花仙子说天上九朵荷花盛开，然后花瓣纷纷炸开，合成一朵花，如果你看见这一景象了，就一定要离开这个世界了。我记住了。这不就是九九归一吗？我天天等待着九朵荷花状的云彩，希望在死亡之前还能遇到天上的荷花。一切的一切，博大而细微，都从我的铃铛声中响了过去。

人生在世，再不情愿，也难逃死去的一劫，如黄昏慢慢收拢花瓣的睡莲。日子一眨眼溜走了，秋霜似的白发笼上我的额头。是哩，我老了，忒老了，一百一十岁了，回忆起来比我们家族的寿星红姑还大，天哪，我的长寿也随了红姑了吧。日子就是这么坎坎坷坷、曲曲折折地走过来了。红姑啊，你要的那种人生，我替你活得完完整整。只不过，我的生活比红姑丰富曲折，我是战士，永远都在战斗，不肯妥协，直到终老。无论作为女人的人，还是作为人的女人，看清了女人的命运，也就理解了生活。

都说虎年是收老人的年份。仲夏的一个早上，我有点儿反常，脸红润起来，微微笑着，这是回光返照吧。王决心帮我穿寿衣了，先穿上了一件黑色上衣，再是黑色的缎面裤子、黑色的布鞋，满头白发梳在脑后，我瘦成麻秆的胳膊抬不起来了，一只手静静地抚摸着冰凉的白瓷大碗。白瓷大碗啊，杨义成起名叫"舍得"。

大碗怎么突然失去了温度？

我眼前迷离，一阵清醒，一阵幻觉。

我脑子里闪过一些活人和死人的面容。都说女儿是父亲的贴心棉袄，我最怜爱的是父亲，他影响我的一生。可我最崇拜的男人还是荆轲式的英雄王学武。黑夜来临了，我奔走于世，还是迷失在自身之中。这是梦境吗？不变的是高山流水，变的是人情冷暖。忽然间，我登上了一座高山，高不可攀啊，这不是曲阳的老虎山吧？不是阜平的太行山吧？总之是特别高的大山，我眼光即刻高远了。在白洋淀生活的时间久了，我能够瞭望壮阔的星河、广袤的天地，有一种惊奇的感觉，像看到了整个天空中唯一属于他们的星辰。人生在世必有一死，而他们，必将在无名的纪念碑上聚集，从虚浮的世界走向永恒。

屋里空无一人，灯像蒙了灰尘，光线昏暗。只有这样的时刻，我才会出现幻觉。但是，我又陷入那么深的回忆了，回忆我这九死一生的命，琢磨哪件事做对了，哪件事做错了？如果说有错，就是对不住赵国栋他奶奶还有他父亲赵树森啊，宁拆十座庙，不拆一桩婚。我有私心，为了自己跟大抬杆早早复婚，为了二霞找到归宿，愣是把赵春华第一桩婚姻给拆了。这事，到死都无法原谅自己。人啊，最珍贵的，不是你这一辈子干了多少事，而是你到我这把年纪还能记住多少事。天黑了，星星出来了。我的眼前没有王学武，没有父亲，没有许大彪，没有王学恒,没有大抬杆,没有王永泰。他们都走了,我却活着。面对命运的严刑拷打,我依然选择了活着。老天啊,快让我死吧,我活着都不怕,还怕死吗?女人啊,心胸狭窄的人往往容易误解生活,还是解解生活的迷雾吧,人们不要疏远、隔离和嫉恨,最后的生命里,最能记住的还是暖暖的理解和爱。

白天连着黑夜,黑夜连着白天,循环往复。黄昏众鸟归巢,我最喜欢夜晚来临了。我不是随意看过去日子的凋零,而是想找到活在我心中的人。星星亮了,我就有幻觉,有了幻觉就不再孤独了。我不清楚是夜晚烘托了星星,还是星星点缀了夜晚。每个星星都是一张人的脸。人到死前才知道谁爱你,到死才知道你爱谁。大抬杆是真的爱我,我是真的爱王学武。多么美丽的人生都有缺憾,人生往往是错位的。大抬杆爱我一辈子,支配他的,既不是胆怯,也不是甜蜜的爱情,而是无谓的牺牲。我感激大抬杆,心中祈求他的原谅,好在我对王学武是一种精神崇拜。这一瞬间,我又看见王学武肩背青铜宝剑穿梭在白洋淀。清水刮起旋涡,强劲的气流吹出了他眼中的泪水,他身后唰唰的声音像无数精灵在欢快地奔跑。

花开花落总有时,我这漫长的人生路上,一路遇见,一路再见,也是一种常态。用我儿子王永山的话说,生命中所有的辉煌最终由记忆来诉说。是啊,即便我们苦难重重,我们彼此依然像火一样爱着。我的梦是零碎的,王学武消失的时候,父亲竟然没有出现,只有母亲在圈头村的村口等我,母亲是我一生中忽略最多的人,我对不起母亲。有人说,生命抵达爱的尽头,便会与母亲相逢,梦见母亲的时候,与之相随的是婴儿出生。我心头却是极为温暖。母亲静静地站在那里,微笑着看着我。娘,你说话啊!她没有回答。我再问一句,母亲还是没有回答。从她荷花般的笑容里,我听见了凌乱的钟声。刹那间,我明白了一个道理,其实,人活着就是受罪,为什么人不愿意死?就是愿意多遭一些罪。人没有吃不下的苦，只有享不了的福，遭罪到了顶点就是幸福了。所有的人总是问我那些苦难、不幸、坎坷。我从来没有自我怜悯，也没有自认崇高。如今国家强大了，白洋淀新区成立了五年了，"淀中翡翠"王家寨也要改造了，老百姓留下守土也好，去城里住高楼大厦也罢，都会越来越幸福。我得走了，我不会再诉说革命了，也不再说苦难了。人类在同一个地球，面临着同一个世界的相同危险，人类在利益追逐中变得更加复杂、混乱。我过去总有一个错觉——这个世界欺骗了我。其实，生活永远没有欺骗我，我也有好多缺点，让我误解了生活。我庆幸生活在这个时代，参与这样精彩的历史。我枯干的身体已经盛不下太多的哀愁，必须放弃世俗，留下纯洁的灵魂。记得王永山教给我一句诗，我最后的敬礼，要献给那些知道我不完美却依然爱我的人。

荷花孝，荷花笑。孝和笑，就是人生的悲和喜，悲喜交集，谁也离不开谁。

这五年的时光，我不说了。我想到了朱家送给我的那个套盒。这是朱老忠送给我玩的，我的花猫常常蜷缩在套盒里睡觉。黑色的木头套盒积木一样一层套着一层，漆面闪闪发亮。我把这个黑色套盒送给了杨牧仁，套盒刺激了他的灵感，他端详了好一阵套盒说，娘，善战者不怒，善胜者不惧，您已经做到了。这套盒叫中国套盒，您的勇敢、慈悲和包容，您一生的经历，就是这个最大的套盒。所有的人和故事都是彼此相关的小套盒，这本书名就叫"中国套盒"吧。

我欣慰地笑了。我知道那一星半点儿，说也没有用了。我儿子、孙子在白洋淀新区这五年的故事，都让杨牧仁写进这本《中国套盒》书里去了。

2022年夏天的一天，王决心要背着我到新区工地转转看看。我说那片沸腾的土地生长了一个现代都市，这是何等的巨变，可惜我去不了啊。我的身体干瘪松软，而且睁不开眼睛了。

我是 1912 年生人，今年周岁恰恰是一百一十岁了。

我叫铃铛，学名邢桂芹，家住白洋淀王家寨，儿孙满堂。有英雄的地方是幸福的，我有一种来自心底的幸福，幸福的生活还是让他们自己讲吧。

神灵已经远去，人世间的一切都不知道了。我长叹一声，幸福地合上了眼皮。

我的亲人啊，我爱你们，永别了。请你们记住，若是天空响起了铜铃声，便是我来看你们了……